My Darling Duke
by Stacy Reid

壁の花の小さな嘘

ステイシー・リード
細田利江子・訳

ラズベリーブックス

献辞

デュショーンへ、どんなときも、永遠に。

謝辞

神の奥深き愛に感謝します。神の愛を妨げるものはなにひとつありません。夫のデュショーンに感謝を――あなたはほんとうに素晴らしい人ね。あなたの助言と支えはなくてはならないものでした。あなたなしで、この作品を完成させることはできなかったでしょう。

素晴らしい友人であり批評担当のパートナーでもあるジーナ・フィセローヴァにも感謝します。あなたがいなければ、わたしは道に迷っていたわ！

驚くほど超人的な編集者のステイシー・エイブラムズにも感謝します。

そして、素晴らしい読者のみなさんへ――わたしの本を選んで、チャンスを与えてくださってありがとう！　とりわけ、レビューを書いてくださった方々――ブロガー、ファン、友人のみなさんには深く感謝します。いつも書いていることですが、作家にとってレビューはレプラコーン（アイルランドの妖精）の金の壺のようなもの。わたしの虹の根元に金を埋めてくださったみなさんに感謝します。

壁の花の小さな嘘

主な登場人物

キャスリン（キティ）・イフィジェニア・ダンヴァーズ……マーロウ子爵の長女。〈罪深き壁の花たち〉の一員。

アレクサンダー・マスターズ……ソーントン公爵。

マーロウ子爵夫人……キティの母。

アナベル・ダンヴァーズ……キティの妹。

ペニー・マスターズ……アレクサンダーの妹。

ユージーン・マスターズ……アレクサンダーの従兄弟。

ダーリング伯爵夫人……アレクサンダーの名づけ親。

プリンセス・コジマ……高級娼婦と噂される公女。

メリアン・フィッツウィリアム……〈罪深き壁の花たち〉の一員。キティの親友。

ファニー・モートン……〈罪深き壁の花たち〉の一員。キティの親友。

オフィーリア・ダービー……侯爵令嬢。〈罪深き壁の花たち〉の一員。

シャーロット・ネルソン……〈罪深き壁の花たち〉の一員。

エマ・プレンダギャスト……〈罪深き壁の花たち〉の一員。

1

ハートフォードシャー、ブランプトン館

「罪深くて、不届きで、とんでもなく恥知らずな女性になるのよ」

思い詰めたように言ったのは、レディ・メリアン・フィッツウィリアムだった。〝恥知らず〟がどのような女性を指すのか、こういうことだと言われてもぴんと来ないようなうら若いレディだ。

オノラブル・キャスリン・イフィジェニア・ダンヴァーズ――友人たちと家族からはキティと呼ばれている――は、そんなことはぜったいあり得ないと思いながらも、たちまちその話に引きこまれた。もしかすると、自分のなかにも同じような考えがくすぶっていて――そうなることを願い、求めていたのかもしれない。

たしかに、そんなことはあり得ない。〝壁の花〟、もしくは〝行き遅れ〟とされている女性たちのなかに、道を外れた不届き者は見当たらないし――恥知らずとそしられたことのある女性もいないはずだ。

「わたしたちが？」その場にひそかに集まったほかの四人が、そろって声をあげた。

それから、息詰まるような沈黙があった。聞こえるのは、いくつか部屋を隔てた大広間から聞こえてくるオーケストラの調べだけだ。

「ええ、そうよ」メリアンは一同を見まわしてきっぱり言うと、立ちあがって、薄青い優雅なドレスの裾を擦りながら、赤茶色の絨毯の敷かれた部屋の中央に進みでた。今夜のメリアンは生き生きしている。そんな彼女でも、ダンスを申しこまれたことが一度もないことをキティは知っていた。

メリアンは腕組みをして、全員を見まわした。「わたしは、運命がこんなものだとは思わない。あなたたちだって、だれも満足なんてしていないはずよ。わたしたちは大胆にならなくてはならないの。両親や世間に言われるままに、棚に並べられてただ待っているだけではだめ。みんな二十二を過ぎて、もう若くないんだもの。このままでは見通しが暗くなる一方だわ。どのみち、失うものなんてないでしょう？」

「そうかもしれないわね、メリアン」レディ・オフィーリア・ダービーが口を開いた。彼女もまた、〈罪深き壁の花たち〉と冗談交じりに名づけられた仲間のひとりだ。ただし、ここに集まった面々は罪深いことをなにひとつしていない——オフィーリアの父のとっておきのウィスキーを夜中に空にして、けらけらと笑い合ったことを除いては。

オフィーリアは仲間内でも屈指の名門である侯爵家の娘だが、あいにく花嫁になるための持参金がなかった。彼女は濃い金茶色の瞳にありありと不安を浮かべていたが、キティの見間違いでなければ、そこには期待するようなかすかなきらめきもあった。

「十八で社交界入りしてから、社交シーズンが来るたびに憂鬱になるばかりだったもの」

オフィーリアの言葉に何人かがうなずくのを見て、メリアンはいっそう勇気づけられたようだった。肩をそびやかし、はしばみ色の瞳をきらめかせて、ほっそりした体のすみずみに決意をみなぎらせている。「わたしたちはみんな、いまの単調な生活とは違うなにかを体験したいと思ってる」

ほかの娘たちは、さらに力強くうなずいた。

「みんな、家族を持ちたいのよね、そうでしょう？　そうでなくても、お決まりの場所から、ほんのひとときでもほかの世界に行ってみたいと思ってる」

秘密クラブの面々は、詰め物入りの椅子からいっせいに身を乗りだしていた。今夜なにかが変わるという、ぴりぴりするような期待と予感で、部屋じゅうの空気が張りつめている。

「恋に落ちてみたいわ」ミス・シャーロット・ネルソンが頬を赤らめながらつぶやいた。彼女がサンズ侯爵に叶わぬ思いを抱いていることはここにいる全員が知っているが、侯爵は彼女の思いなど知るよしもない。

もちろん、気づいてもらえないのはほかの娘たちも同じだった。キティと友人たちは舞踏会でめったにダンスを申しこまれないし、紳士から訪問を申しこまれることもない。ハイドパークに馬車で出かけようと誘われることもなければ、社交シーズンの人気者から午後のお茶に招待されることもなかった。

「そう、恋――それも、身も心も燃えあがるような恋がしてみたい。でも、月日は過ぎて、わたしたちは壁の花になってしまった。良縁に恵まれる望みはもうほとんどないわ」メリアンが険しい口調で言った。

うなずきは、切ないため息に変わった。

キティのなかで、もどかしい思いが渦巻いていた。新しくて素晴らしいなにかがすぐそこにあるのに——。

キティと友人たちは、なんのきっかけもないまま、社交界の片隅に埋もれようとしていた。六人ともそれなりに魅力的だが、飛び抜けた美人とは言えない。おまけに有力な人脈も持参金もないので、結婚相手としてはまったく魅力がなかった。そんな娘は、花嫁を探している上流階級の若者たちからは無視されるのがふつうだ。

それでも彼女たちの胸には、結婚して家族をもちたいという夢がくすぶっていた。たとえその夢が叶わなくても、目の前で落としたハンカチを紳士が拾ってダンスを申しこんでくれたら——そして、翌日に花束を贈ってくれたら、どんなに素敵だろう。

「一度でいいから、わたしたちがそれぞれいけないことをしたら痛快でしょうね」キティがぽつりとつぶやくと、仲間たちの視線が集まった。彼女の胸のなかにあったのは、とんでもない思いつきだった。理屈も良識もない。

望ましい相手については、心当たりがあった——ただし、一般的な意味で〝望ましい〟というのとは違う。世捨て人のソーントン公爵、アレクサンダー・マスターズ。彼が、家族の運命を変えてくれる。

キティの思いつきはこうだった。これまで一度も会ったことのない男性と婚約しているように見せかける。

社交界では、だれと知り合いか、どれほど権力や地位のある人とつながりをもっているかが成功する鍵だった。オールマックス社交場に出入りするのも、舞踏会やオペラ、劇場に招待されるのも、すべては社交界での知名度しだいだ。キティはなんとしてもそうしたつてを手に入れて、妹たちに望ましい結婚相手を見つけてやりたいと考えていた。

愛する妹たち――アナベル、ヘンリエッタ、ジュディスの三人が、人脈や財産がないばかりに、自分と同じようにしおれていくなんて耐えられない。

でも、公爵という後ろ盾があれば、間違いなく明るい未来が開ける。

一家は苦しい生活を余儀なくされていた。ある貴婦人のお相手役をしているアナベルは、好色な息子から言い寄られるたびにかわさなければならないし、父の相続人から追いやられてキティたちが住んでいる田舎の家は、目も当てられないほど傷んでいる。母の寡婦産では料理番ひとりしか雇えず、上流階級の体裁をかろうじて保つのがやっとだ――だから、いちばん年長のキティは、裕福な相手と結婚することを期待されていた。

キティは立ちあがると、バラ色のドレスのスカートをさっと撫でつけた。今夜はいちばんしゃれたドレスを着てきたのに、ひとりの紳士からもダンスを申しこまれなかった。マズグローヴ伯爵夫人の舞踏会には、持参金がたっぷりある娘が大勢来る。「もうじっと待っているだけではらちが明かないわ。わたしたちのようにつても持参金もないのではなおさらよ」

友人たちはキティの断固とした言葉に耳を澄ませ、彼女の顔を食い入るように見つめていた。

「このまま舞踏室の壁に溶け込んでしまうわけにはいかないわ。壁の花から抜けだすのよ」

キティは話しながら手応えを感じていた。後ろめたく思っていたことでも、ここにいる仲間なら受け入れてもらえそうだ――落ちぶれた暮らしから抜けだすための、ただひとつの解決策を。

だが、ミス・エマ・プレンダギャストの表情は冴えなかった。いつも愛嬌たっぷりで陽気に振る舞う彼女が、今日は濃い灰色の瞳をくもらせている。「わたしは二十三で、社交シーズンは四回目――それも、名づけ親になってくださった方のご好意あってのことだから、これ以上のことは……」と、つらそうに言った。

「わたしたちは素直で、従順な娘だった。でも、それではなにも変わらないのよ」メリアンがふたたび口を開いた。

その言葉で、全員が立ちあがった。空気が期待に満ちている。「みんなで知恵を出し合って、助け合うの。わたしたちは――だれひとりとして、いままで罪深いことをしたことがない。そうでしょう？」

不届きで……罪深くて……恐ろしく恥知らずな女性になる。

めいめいのつぶやく声が消えると、室内は張りつめた沈黙に包まれた。

いったん踏ん切りがつくと、キティと友人たちはくすくす笑いながら、〝よからぬこと〟

について意見を出し合った。なんと罪深くて、わくわくする計画だろう。キティは、仲間たちがひるむことなく行動してくれることを祈った。

しばらくして、キティとメリアン以外の仲間たちは舞踏室に戻っていった――運命が今夜から変わるかもしれないと期待しながら。今夜から、みんな罪深くて――大胆な女性になる。

キティはいちばん仲良しのメリアンに向きなおった。「ハイドパークに馬車で出かけたときに、ふたりで内緒話をしたことは言わなかったのね」

メリアンはにっこりとほほえんだ。口角があがると、彼女の美しさがいっそう際立つ。社交界のしゃれ男たちは、どうして品のいい鼻にちょこんと乗った眼鏡の奥にあるものや、知的なユーモアに気づかないのだろう。こんなにも機知に富んだ快活な女性に魅力を感じないなんて、よほど鈍いとしか思えない。

「今朝、スタンフォード卿からの求婚を承諾したとお父さまから聞かされたの。ぞっとしたわ」

キティは驚いて、親友の両手をつかんだ。「嘘でしょう？　スタンフォード卿なんて、あなたのお父さまより年上じゃないの！」

だが、メリアンは意外にも瞳をきらめかせた。「わかってる……ちょっと思いついたことがあるの」

キティはぴたりと動きを止めた。「罪深いこと？」

「そうよ、キティ。悪魔のしわざのように罪深いこと。ニコラス・アイヴズを巻きこむの」

キティは目をむいた。「手のつけられない遊び人で、ロンドンでだれよりも悪名高いあの伯爵を？」

メリアンはなんとも言いがたい表情を浮かべたが、すぐに目を伏せた。「そうよ」彼女はさっと顔を赤らめた。

キティは親友の手を離すと、手提げ袋（レティキュール）を置いたところに戻り、なかから新聞記事の切り抜きを取りだした。そして、咳払いして言った。「実は、わたしも思いついたことがあって……」

それは信じがたいほど向こう見ずな思いつきだった。あんまり突飛すぎて、だれかに打ち明けたこともない。キティはつづけた。「こんなことを思いつくなんて、どうかしてるわ。何度も自分の胸に聞いてみたのよ、メリアン――人の道に外れてないかしらって。でも今夜、あなたのおかげではっきりしたの。人生には、もっと大事なことがある。そうでしょう？そんな大事なことを世間や、父や兄たちが決めるなんて間違ってるわ」

メリアンは足早にドアに近づくと、だれかがうっかり入ってこないように鍵をかけた。「どんなことを思いついたの？」

キティは新聞の切り抜きを差しだした。「これで、家族を救えると思うの」

メリアンは眼鏡を押しあげると、ゴシップ記事に目を落とした。「どういうこと？」

「父がいつも言っていたわ。世の中はすべて――上を目指すにしても、うまくいくかどうかは本人でなく、だれと知り合いかどうかにかかっていると」キティはいつものように悲しみをこらえた。四年前に父を亡くした悲しみは、いまもずっと残っている。人生がつらくなってからはなおさらだった。

「人脈は世の中で使われるお金のようなもので、生き残るただひとつの手だてだと、よく言われたものよ」キティは顔をあげた。「メリアン、わたしが囲んだところを読んでもらえるかしら」

メリアンは上品な咳払いをすると、眉をひそめて記事を読みはじめた。

キティはその記事を、一言一句たがわず憶えていた。この三週間というもの、レティキュールに入れて持ち歩いていたその記事の文章は、次のとおりだった。

謎めいた世捨て人のソーントン公爵が、花嫁探しをしているという噂が広まっている。社交シーズンで〝だれよりもたちの悪い、危険な男性〟として、失望や期待を巻き起こしていた公爵が、はたしてどなたを選ぶのか気になるところだ。ただし、ここ数年のあいだに公爵を見かけた者が皆無である以上、当〈スクルーティニア〉紙にたしかめるすべはない。これも、われらが世捨て人にまつわる新たな伝説のひとつなのだろうか？　それとも、この噂にはいくばくかの真実があるのだろうか？　むろん、なにかご存じの方はお知らせいただきたい。情報の出どころについては匿名をお約束する。

メリアンは目をあげた。「この記事が、あなたの計画とどういう関係があるの？」

キティは深々と息を吸いこむと、折りたたんだ紙を引っ張りだした。「これがわたしの返事よ――これから投函する予定の」

メリアンはキティの震える手からその紙を取りあげると、声に出して読んだ。

親愛なるレディ・ギャンブル

拝啓

私儀　ハートフォードシャーのオノラブル・キャスリン・ダンヴァーズは、恐れ多くもソーントン公爵閣下との婚約に至りましたことを、ここに謹んでお知らせ申しあげます。こうしてペンを執りましたのは、みなさまが昨今訝(いぶか)しく思われていることにお答えしようと思い立ちました次第。公爵閣下はほとんどの日々をスコットランドで過ごされており、結婚後も引きつづきそちらに住まわれるおつもりです。そうしますと、わたくし自身もロンドン社交界のみなさまにしばらくご無沙汰することになりますので、閣下のご承諾をいただいたうえで、婚約期間中に、わたくしのふたりの妹の縁談をまとめることといたしました。貴紙ならばこの吉報に欣喜雀躍(きんきじゃくやく)し、かならずや記事をしたためてくださることと存じます。

敬具

ミス・キティ・ダンヴァーズ

メリアンがぎょっとした表情を浮かべても、キティは笑わなかった。

「公爵にお会いしたことがあるの？」

「あるわけないでしょう」キティは声をひそめた。「社交界は公爵に興味津々だわ。その方の力を、家族のために利用するの」

「まあ、キティ……あなたって、わたしと同じくらい腹黒いのね」メリアンはそう言って笑いだした。いくぶんヒステリックに聞こえるが、キティの思い違いではなさそうだ。

「たぶん、腹黒いどころではないわよ」キティは落ち着かなかった。「とてもうまくいくとは思えない。嘘だと知れたら、わたしの評判は永遠に地に落ちてしまう……。でも、妹たちのために、一か八かで手を打たなくてならないの。公爵の名前を利用すれば、人脈が広がる。そうすれば、アナに――そしてジュディスにも、いいお相手が見つかるでしょう」

メリアンは心配そうに目を曇らせた。「公爵は軽々しく関わってはいけない方よ。キティ……新聞には、〝影の実力者〟とあったわ。遠く離れた領地で暮らしていても影響力がある方。政治関係の冊子は読まないの？」

キティはぞくぞくした。戦いを前にして、気分が高揚しているのかしら？　それとも怖いの？　よくわからない。

政治的な主張や風刺画には少しも興味がなかった。ソーントン公爵は新聞社や社交界にしてみれば謎めいた人物だ。キティはその得体の知れないところに賭けていた。

公爵が社交界に姿を見せない理由については、あやふやな噂がいくつかささやかれていた。

顔に傷があると言う人もいれば、体が不自由なのだと言う人もいる。なかには傷心のあまり引きこもっているという噂もあった。

なにを信じればいいのかわからなかったので、キティは子爵夫人である母親から公爵について それとなく聞きだそうとしたが、母はまともに取り合ってくれなかった。たしかなことはただひとつ——上流階級の人々はもう何年もソーントン公爵の姿を見ておらず、公爵自身も、きらびやかな社交界には二度と顔を出しそうにない。

公爵と婚約したことがひとたび表沙汰になれば、飽きっぽくてゴシップに目がない上流階級の人々は、さっそくキティに招待状をよこしはじめるだろう。謎めいた公爵の心を射止めた女性が何者なのか、躍起になって知ろうとするはずだ。

キティはひどく動揺していた。だが、自分は家族の頼みの綱だ。これまでの社交シーズンは二回とも期待外れに終わっていて、家族にささやかな安定をもたらせる望みはもうない。そんなときに思いついたのが、今回の策だった。うまくいけば、少なくとも一族の誇りを傷つけることなく家族を救える。

ただし……自分は、世間を欺いたかどで、いずれ煉獄で焼かれることになるだろうけれど。

高名な人物の名前を少々引き合いに出しても、なにも変わりはしない。彼女自身が、そうならなければ——。キティは、舞台女優になって一族の評判を地に落としたハリエットおばを思い出した。あのおばなら誇りに思ってくれるはずだ。

それは最悪の破滅につながりかねない、綱渡りに等しい行為だった。

レディは家族や社交界から、つねに良識と節度をもって振る舞うことを求められる。さもなければ、醜聞と破滅あるのみ。でも、家族の窮地が目の前に迫っていたとしたら？

社交界を相手にぺてんを働く――そう思うと、キティはいても立ってもいられなくなった。暗い部屋のなかで、正気かしらと自分に問いかけたこともある。わたしがなりたかったのは、そんな人間だったの？

そうするよりほかにない――でも、ほんとうにそうなのかしら？　決めるのは自分だ。そしてキティは、家族を救うためならどんなことでもする覚悟だった。

「レディ・ギャンブルは、あなたの返事を言葉巧みに膨らませて公開するわよ。もしそれが公爵の目に触れたら？」メリアンが言った。

どういうわけか、キティはそのことをほとんど気にしていなかった。「母の話では、もう六年近く、ソーントン公爵を見かけたり言葉を交わしたりした人はひとりもいないそうよ。母が最後にお見かけしたとき、公爵がどんなふうだったかも教えてくれなかった。それ以上探りを入れて、母に怪しまれたくなかったから……。それに公爵も、ゴシップ記事を読んでいるなら、去年の間違った記事になにかしら反応したと思うの。ほら、ソーントン公爵が亡くなったので、従兄弟のユージーン・マスターズ氏の爵位継承が公式に宣言されるのではないかという記事があったでしょう。ほかにも、ソーントン公爵がレディ・ウェスコットの姪御さんを強引に誘惑して、駆け落ちしたという噂もあったわ。去年の社交シーズンはその噂でもちきりだったけれど、公爵は謝罪も撤回も求めなかった。だれにも、なにも言わなかったの。だから、今回のことにも気づかないはずよ。きっとそう」

「でも、もし気づかれたら？」

「まさか、そんな……もし気づいたとしても、またいいかげんなことが書いてあると思うに決まってるわ。それに婚約者だと嘘をつくのは、社交シーズンのあいだだけだもの。妹たちの縁談がまとまったら、婚約は解消するつもりよ」

メリアンは気の毒そうにキティを見た。「それじゃ、あなたの評判が台なしになってしまうわ」

キティは肩をすくめた。「どうせわたしは、良縁なんて望めないもの」

メリアンにしげしげと見つめられて、キティは懸命に平静を装った。涙ならもう流している。この件で自分の評判に傷がついたらどうなるか——。

結婚もできず、子どもも持てないかもしれない。

たとえ評判に傷ひとつついていなくても、彼女のような娘が求婚してもらえるわけがなかった。過去二回の社交シーズンが、そのことを証明している。いま、彼女は二十三歳。「気立てのいいこと」「思いやりがあるのね」くらいなら何度か言われたことがあるが、「きれい」とか、「引く手あまた」とは一度も言われたことがない。年若い男性から一度、「瞳が魅力的だ」と言われたくらいだ。

いままでかけてもらったなかでは、それがいちばんのほめ言葉だった。

「自分の将来については心配していないわ。家庭を持つことはとっくにあきらめてるもの」

一族に財産もつてもないせいで、その覚悟は年々固まりつつあった。このうえ世間をだますのは、文字どおり棺桶の蓋に最後の釘を打ちつけるようなものだ。公爵の権威をうまい具合に利用できたとしても、しまいには婚約が撤回されたふりをしなくてはならなくなる。そうなれば、公爵に捨てられたと噂になるだろう。評判はめちゃくちゃになる。

でも、そうするしかないのだ……母と妹たちのために。最悪のことは考えない！

「あなたが自分の幸せを考えていないことが気がかりだわ」メリアンはため息をついた。

キティはかなわぬ思いで胸がいっぱいになったが、その気持ちを無理やり抑えこんだ。

「妹たちはいい子たちだし、もう充分辛抱しているわ。あの子たちには幸せになってもらわないと……。お父さまが亡くなって、お母さまはわたしたちの未来に絶望しているの。妹たちが結婚できるかどうかは、わたしの肩にかかっている。公爵家の親戚になると知れ渡れば、あちこちから声がかかるでしょう」

メリアンは思わず彼女を抱き寄せた。キティは笑顔に涙を浮かべて親友を抱きしめた。

「わたしたちも覚悟を決めるわ」メリアンはきっぱり言った。「罪深い壁の花になりましょう」

ええ、そうするわ――キティは、それが人生最大の過ちでないことを祈った。

2

二週間後
チープサイド、ロンドン

「これを読んだ？」狭くてがらんとした居間の真ん中で、妹のアナベルが傷だらけのサテンウッドのテーブルにぴしゃりと新聞を置いた。その青いモスリンのガウンの脇がまたもやほころびているのを見て、キティの胸は痛んだ。つい最近、裾とポケットを縫いなおしたばかりなのに。

「まだだけど……」キティはタルトを口に入れて平静を装った。

「とんでもないゴシップが載ってるの。お姉さまと、ソーントン公爵が婚約したことになってる。ソーントン公爵よ、キティ。『レディ・ギャンブルがたしかな筋から入手した情報によれば、ソーントン公爵がハートフォードシャーのオノラブル・キャスリン・ダンヴァーズと婚約した由』ですって。これって、お姉さまじゃないの」アナベルはそこまで言うと、信じられないとばかりに大きく息を吸いこんだ。

キティはぞくぞくしていた。怖いのはたしかだけれど、心は奮い立っている。

とうとう、反応があった。

二番目の妹のジュディスが、ろうそく一本の薄明かりのなかで読んでいたゴシック小説『悪魔の霊薬』をおろして、姉たちを交互に見た。「キティ、それはほんとう?」

キティはふたりの視線をひしひしと感じた。いちばん下の妹で、いやになるほど音程の狂ったピアノフォルテを練習していたヘンリエッタですら弾くのをためらっている。四人の母はひとつしかない窓のそばを離れると、これまたひとつしかない薄汚れた安楽椅子の肘掛けに腰をおろし、薄青い瞳でキティを見た。そして、身ぶりで新聞を持ってこさせた。

記事に目を通した母は、みるみる動揺をあらわにした。彼女は涙をこらえて居ずまいを正すと、改めてキティを見た。いままで絶望のあまり生気を失っていた瞳が、痛々しいほど希望を込めて輝いている。

「キャスリン、ここに書いてあることはほんとうなの?」

心構えはしていたが、キティは答えるのを一瞬ためらった。今回の作戦では、断固として嘘をつきとおすことがなにより重要だ。しかもそうするには勇気がいる。家族に偽りの希望を持たせても、自分が間抜けでぼんやりしていたら、その希望が粉々に砕け散ってしまうかもしれないのだ。それに頭の片隅には、そうなれば母は二度と立ちなおれないだろうという重苦しい不安もあった。そうなることを考えると、キティは奇妙なほど苦しくなった。

「ええ、お母さま」キティは静かに答えた。

奇妙な静寂が居間におりた。だれかが息をすれば、いまとは違う未来が燃えて灰になり、風に吹き飛ばされてしまうと言わんばかりに。

　母はキティを探るように見た。「驚いたわ。公爵――それも、ソーントン公爵のような有力な方とお近づきになっていたなんて……。あの方には何年も前に、お父さまの紹介でお会いしたきりなの。このうえなく魅力的で、ハンサムな方だった――噂では、事故で不自由な体になられたという話だけれど。社交界にはもう何年も姿を見せてらっしゃらなくて、今後戻られることがあるのか、ずいぶん憶測を呼んだものだわ。どうしてそんなお話がわたしの耳に入ってこなかったのかしら。いったいどういうことなの？」

　キティは言葉に詰まった。妹たちや母に嘘をつくようなことはしたくないが、正気の沙汰とは思えない計画を打ち明けて家族を巻きこみたくなかった。もしほんとうのことが世に知れたら、責めを負うのは自分ひとりであってほしい……。ふたたび弱気の虫が頭をもたげ、決意が揺らいだ。そんなことになったら、スキャンダルの影響は計り知れない。妹たちが結婚にこぎつけるわずかな可能性さえ台なしになってしまう。

「これまで、お手紙でやりとりしていたの。その……期待を裏切るようなことをしたくなかったものだから。そうするうちに、おたがい惹かれ合うようになって……」キティはこみあげる涙をこらえなくてはならなかった。もう少しでなにもかも打ち明けてしまいそうだ。

　母はすっと息をのんで、震える両手で口を覆った。「それじゃ、わたしたちは命拾いするかもしれないの？」

　ええ、約束するわ、お母さま。

「でも、わからないわ」アナが声をあげた。「どうしてお姉さまが選ばれたのかしら？」

無理もない質問だったが、キティは傷ついた。「飛び抜けた美点があるとは思わない。でも、どうしてわたしを選んではいけないの？　人好きがして、瞳がきれいで、機転がきくし、教養もある。贅沢は好みではないし、大きなお屋敷を切り盛りする自信もあるわ。落ちぶれたとはいえ、子爵の娘でもある。それに、いまも多少のつてはあるでしょう、アナ」

「もちろん、お姉さまの美点はだれだって認めるわよ。ただ、あんまり途方もないお話なんだもの。そうなったら、わたしたちはどうなるの？」アナは声を弾ませた。

久しぶりに家族の瞳が希望に輝くのを見て、キティは迷いが消えるのを感じた。

「みんな助かるのよ」母が勢いこんで言った。「この冬は石炭が買えるし、あなたたちのお父さまの相続人に、残り物をくださいと恥を忍んで手紙を書かずにすむ。あのおぞましい家にも戻らなくてすむのよ、アナベル。そして、ああ、あなたたちにもよりよい人生が開けるかもしれないわ」

ジュディスは両手を組み合わせた。「わたしもお披露目させてもらえるの？」

キティは十六の妹を見てほほえんだ。ジュディスは日がな一日、舞踏会に出かけて結婚を申しこまれることを夢見ている。そうなるものと信じて疑わない、なんともロマンチックな性格だ。「あと何年かしたら、そうなるんじゃないかしら。十八になればお披露目してもいいでしょう。それから、あなたのために家庭教師だって雇えるかもしれないわ、ヘンリエッタ」

キティは十一のヘンリエッタの教育を一手に引き受けていて、さまざまな学科を教えるのが大好きだった。

彼女はアナベルに向きなおった。「今年の社交シーズンはあなたが主役よ。ソーントン公爵の婚約者として、公爵と近づきになろうとする方たちをあなたに紹介できると思うの。お母さまが言っていたように、あの家には戻らないですむわよ」

アナベルはちらりと母親に目をやると、きっぱりとうなずいた。アナはまだ二十一で、キティのように社交界で消えゆく存在ではない。これまで、姉が裕福な結婚相手を見つけることにはかない望みをかけていた彼女は、その望みがかないそうもないことを察して、レディ・シュルーズベリーのお相手役の仕事を引き受けた。そして、息子の子爵から強引に口説かれて怯えきっている。乱暴に腕をつかまれたところはひどい痣になっているし、太腿にも指の痕が残っていて、キティはそれを見たことを一生忘れられそうになかった。

自分がそんな目に遭えばよかったのにと、何度思ったことだろう。もちろん進んでひどい思いをしたいわけではないが、自分は打たれ強いし、妹ほどやわではない。

アナが打ち明けてくれてよかったと、キティは思った。妹の名誉を守るために、ならず者の男に決闘を挑みたかったが、女の身ではそうするわけにもいかない。だがその一件は、キティを向こう見ずな計画に駆り立てるひとつのきっかけとなった。自分には家族全員を守るという、いまわの際の父との約束を守る義務がある。

キティは父のピストルを持ちだすと、妹に近づかないよう子爵に直談判した。もちろん、ならず者はひるむよりおもしろがっていたが、妹をおぞましい場所から救いだすことはできた。こんなふうに自分が行動しなければ、アナだけでなくヘンリエッタやジュディスも同じような目に遭うかもしれないのだ。

アナは呆然としたままうなずいた。「でも、わたしたちはいつその方にお会いするの？」

どうかそんなことになりませんように――与えられた時間は、今年の社交シーズンしかない。

公爵は世間とつながりを絶っているが、社交界の人々を来年もだましおおせるとは思えなかった。これからはじまる茶番劇では、公爵はどうしたのかとだれもが訝るはずだ。結婚式を挙げなければ怪しまれるだろうし、公爵が彼女のそばにいないのはなぜなのかと、だれもが知りたがるだろう。妹たちの将来を確実なものにするには、今年の社交シーズンですばやく、利口に立ちまわるしかない。

そんなことができるのかしら？　とてもできるとは思えない――そして怖い。

キティは乾いた唇を舐めた。あらゆる事態が頭に浮かんで、数日前からろくに眠っていない。彼女はすっと息を吸いこむと、家族に言った。スコットランドから公爵が出てきたらみんなに引き合わせること。最後に残ったなけなしのお金で、自分のために舞踏会用の華やかなドレスを三着、アナのために二着、そしてダンス用の靴と安物の装飾品を注文すること。母の残りわずかな寡婦産を使ってしまうのは大きな賭けだが、公爵の婚約者らしく装わなくてはならないし、アナも社交界で良い相手をつかまえなくてはならない。

公爵との婚約が公になった以上、世間の興味はとどまるところを知らないだろうから。

母が彼女をじっと見つめていた。キティは母の瞳に浮かんだ感情を垣間見て、胸が苦しくなった。

「あなたひとりに責任がのしかかっていることを思うと、胸が苦しくなるわ」母は考え深げに言った。「あなたはいつも元気いっぱいで、思い切ったことをする子どもだった。その生き生きとした魅力が、わたしたちのせいで損なわれないかと、ずっと心配で……。あなたはどんな困難にもひるまずに、家族に対する責任を果たしてきた。本来なら、お父さまとわたしが背負わなくてはならないことなのに……。アーティが生きていたら、あなたをとても誇りに思うはずよ」

キティはかろうじてうなずき、涙を浮かべてほほえんだ。

それから、一同がお茶とあり合わせのサンドウィッチで食事をすませるあいだ、キティはみんなに夢のような話を聞かせ、母と妹たちは父が亡くなって以来見せたことのないような笑顔を浮かべた。

最後の迷いが消えたのはそのときだった。

みんなの期待がかかっている。

二週間後

ああ、神さま……ほんとうに現実になってしまいました。

キティは〝世捨て人のソーントン公爵の婚約者〟になりきっていた。大衆紙には比類ない女性と書き立てられて、謎めいた公爵をめでたくつかまえたことになっている。地位も財産もある男性とキティとの婚約の知らせが社交界に大いに歓迎されたので、母はみるみる元気を取り戻した。キティはそれまで、母が気鬱のあまり死んでしまうのではないかと本気で心配していたが、その変わりようを見てほっと胸を撫でおろした。

だが、喜んだのはそれまでだった。今朝になって、親友のメリアンの従僕が舞踏会や音楽会や夜会、はては怪しげな個人宅のパーティへの招待状を一ダースほど届けにきた。バークレー・スクエアにあるメリアンの両親、マズグローヴ伯爵夫妻の優雅なタウンハウス気付で届けられた、キティ宛の招待状だ。彼女と親友は、キティが社交シーズンのあいだそこに滞在するとあちこちでほのめかすようにしていた。母がチープサイドにどうにか見つけた狭い借家に住んでいることを、人に知られてはならない。

キティは招待状の小さな束に目を落とした。ああ、どうしよう……。

いちばん上にあるのは、サンダースン侯爵夫人から届いた数週間後の舞踏会への招待状だった。これほど大がかりで人気のある催し物に招待されるのははじめてだ。こんなに馬鹿げたことはなかった。なにしろ、ここにいるのは三年前から毎年社交界に顔を出しているのと同じ娘なのだ。それが、レディ・ギャンブルがほぼ毎日発行している新聞のせいで、キティと家族全員が当惑するほど変わってしまった。

レディ・ギャンブルの記事はこの縁組みについて、あれこれと推測していた。ふたりが実は不謹慎な関係にあるのか、それともまっとうな婚約を交わしているのか。それで世間の関心は一気に高まった――キティが予想もしなかったほど。父の遺言執行者である事務弁護士のウォーカー氏から、メイフェアのタウンハウスを借りてはどうかと手紙が届いて、キティは息が止まりそうになった。請求書を公爵の弁護士に送りましょうかと、ウォーカー氏が控えめに申し出ていたからだ。

最初は戸惑ったが、しばらくしてはたと気づいた。偽りの婚約のおかげで、経済的なことについても解決の道が開けたのだ。もちろん、ウォーカー氏の申し出はことわった。夜寝る前には、自分の魂のために二度、心を込めて祈った。

そしていま、そうした驚くべき変化のひとつが、暖炉のそばに置かれたソファに腰掛けていた。緊張しているような、虚勢を張っているようなその人物は、アドルファス・プライスといった。お茶が運ばれてくるのを待つあいだ、キティは手元の招待状に目を通すふりをして、相手の様子を窺った。やせ形で、目立たないが隙のない服装をしている。頬骨の血色が良い男性で、ポマードで撫でつけきれない巻き毛が額に貼りついているのがご愛敬だ。だが彼の肩書は、そんな見た目とは相容れなかった。どうしてここがわかったのだろう。プライス氏が差しだした名刺によれば、彼は高名な法律事務所に務める弁護士だった。

やましいことのないように、客間のドアは開け放たれていた。アナがお茶を運んできて、訝るようにキティをちらりと見たが、キティはちょっと肩をすくめることしかできなかった。スミス&フィールディング法律事務所の年若い事務弁護士が、どうしてここに？　もしかすると公爵が新聞記事を見て、詐欺罪で訴えようとしているのかもしれない。

ともかく、お茶とお菓子を置いて妹は部屋をさがり、キティとプライス氏はふたりきりになった。

「どういったご用件でしょうか、プライスさん？」

プライス氏は慌ててお茶を飲むと、細かい傷のついたウォルナット材のテーブルにカップとソーサーを置いた。彼が見るからに落ち着きをなくしているのを見て、キティは肩の力を抜いた。

「ミス・ダンヴァーズ」プライス氏は、彼の首を締めあげている首巻き（クラヴァット）を引っ張った。「わたしはソーントン公爵閣下の案件を担当させていただいている者のひとりなんですが――」

その言葉を口にしながら、彼は胸を張り、ソファの上で居住まいを正した。キティはそれを見て、でこぼこのソファに座っているからそうしたのではありませんようにとひそかに願った。

両手のなかにあるカップのぬくもりが、ひやりとした気持ちを落ち着かせてくれた。ここは相手に気づかれることなく、巧みに対応しなくてはならない。彼女は引きつった笑いがこみあげるのをどうにかこらえた。偽りの芝居を打つのが、日に日にむずかしくなりつつある。

「はい」

「その……本日は上司の指示で……あの……最近、公爵閣下があなたさまと婚約されたことを伺いまして」

キティは揺るぎない目で彼を見つめた。「それで？」

「それで、上司から——」プライス氏が顔を赤くするのを見て、キティの胸はざわついた。

「慎重に調査をするようにと……その、われわれは公爵閣下が奥方を娶られるおつもりとは存じませんでしたので」

つまり、婚約がほんとうのことなのかたしかめたい——当然のことだ。

けれども、なぜ公爵本人でなく婚約者のところに来たの？　公爵は財産を管理している弁護士すら避けているのかしら？

「アレクサンダーは、悦ばしいお知らせをみなさんにお伝えしていないのでしょうか？」キティは懸命に平静を保って、ほほえみを浮かべた。どうか探りを入れていることを悟られませんように。

〝アレクサンダー〟とキティがあえて公爵の名前を出すと、プライス氏は体をこわばらせた。

「どうして本人に手紙で確認しなかったのですか？　アレクサンダーならきっと返事をよこしますわ。手紙をもらったらそうすると約束してくださいましたもの」

「公爵閣下が？」

キティはお茶をひと口飲んで、ゆったりとほほえんだ。「ええ、もちろん」

プライス氏は肩の力を抜いた。「上司のフィールディングが閣下に問い合わせの手紙を差しあげましたが、お返事をいただけませんでした」

「それは妙ですね……でも、それも閣下らしいと思います」キティは公爵がほんとうに筆不精で、自分の言葉があながち的外れでないことを祈った。彼女は充分に間を取って、さらにつづけた。「それで、わたしになんのご用でしょうか？」

プライス氏は周囲を見まわし、みすぼらしいソファとピンク色のすり減った絨毯に目を留めた。「こちらのお住まいを突きとめるのに、少々時間がかかりました。公爵閣下と婚約された方がチープサイドにお住まいとは思わなかったものですから」彼はもう落ち着きを取り戻していた。薄青い瞳に油断のならない表情を浮かべて考えこんでいる。

キティは内心たじろいで、お茶をほんの少し口に含んだ。頭を忙しく回転させて、かろうじて応じた。「公爵閣下のご依頼で、父の事務弁護士がもっとふさわしい住まいを探しているところなんですの。ダン&ロビンスン法律事務所のウォーカーさんですわ——ご存じですか？」

「存じております」プライス氏はそっけなく応じた。

「ウォーカーさんはメイフェアに非の打ちどころのないタウンハウスを見つけてくださったんですけれど、アレクサンダーがまったく気に入らなくて……。おそらく、閣下が考えてらっしゃるような最高の住まいではなかったんでしょう」それでいまだにチープサイドに住んでいることの説明はつくが、まだ冷や汗ものの気まずい空気が残っていた。これまでにも、嘘をつきとおさなくてはならないことがいやでたまらないことが何度かあったが、今日がそんな日だった。プライス氏は、どうしてここに来たのかしら？

ソーントン公爵本人が来るよりはましだけれど……。

プライス氏は青ざめて、ごつごつしたソファの上でますます背筋を伸ばした。「閣下が……閣下が、その件を別の法律事務所に？」

彼が動揺をあらわにしたのでキティはどきりとしたが、そのわけはほどなくわかった。プライス氏の法律事務所は、公爵からいかなる契約書の作成も依頼されないので気を揉んでいるのだ。公爵は彼らの仕事に満足していないのではないかと……。もちろん、今回の噂についても確認したほうがいいと考えただろう。そこでキティは思い当たった。それなら、過去の噂についても調べたはずだ。

どうしよう――キティはいっとき考えた。「ダン&ロビンスン法律事務所とうまく役割分担されたほうがよろしいんじゃないかしら。あちらの事務所には父の財産管理を任せておりますので……。そうしたことも含めて、わたしはなんでも好きなように決めていいと言われているんです」そこでケーキを選ぶふりをした。「そちらの事務所でしたら、公爵閣下に満足していただけるような住まいを見つけられるかしら？」

プライス氏はほっと肩の力を抜き、勢いこんでうなずいた。「もちろんですとも。スミス

＆フィールディングは、公爵閣下のご要望につねにお応えする所存です。ただちに取りかかりましょう。週末までに、ピカデリーかグローヴナー・スクエアにタウンハウスを見つけて、主だったお店の勘定後払いの口座を開設させていただきます。閣下には、お嬢さまがなにひとつ不自由なく過ごしていらっしゃることをお伝えいただければ……スミス＆フィールディング法律事務所は、お嬢さまのあらゆるご要望に喜んでお応えいたしますので」

勘定後払いの口座ですって？　なんてこと――それはやりすぎだわ。

それにしても、チープサイドに住んで去年の流行の服を着ている娘が、ソーントン公爵のような有力な貴族の婚約者だという話をあっさり信じる人がいるとは思わなかった。

この申し出をことわったら、プライスさんは公爵に手紙を書くかしら？　ソーントン公爵のような莫大な財産の持ち主は、彼の命令をせっせとこなす管財人や事務弁護士を何人か抱えているものだ。だから、ささいなことは当人の耳に入らない。けれどもタウンハウスの件を父の事務弁護士に任せるとあくまで言い張れば、スミス＆フィールディング事務所は公爵からの仕事を失うまいとして、当人に直接掛け合おうとするかもしれない。

キティはふたたび不安になった。けれども、婚約者にふさわしい住まいを見つけたことまで公爵には知らせないんじゃないかしら？「そちらの事務所が問い合わせても、アレクサンダーが返事をするかどうかはお約束はできません。わたしから伝えておきますわ」

プライス氏はまたもやほっとため息を漏らした。ということは、公爵は恐れられているのかしら？

「そうしていただけると大変助かります、ミス・ダンヴァーズ」

それからプライス氏は平たい黒革の書類鞄を開けると、書類を何枚かと小さなインク壺とペンを取りだし、仕事に取りかかった。彼の仕事ぶりは徹底していた。窓に掛けるカーテンや、それぞれの部屋に置く家具はどんなものがいいか。タウンハウスには何部屋あれば充分か。何人の召使いが必要か、勘定後払いで支払いをすませる店をどこにするか。一時間後、プライス氏は自信に満ちた足取りで帰っていった。

彼を乗せた辻馬車が遠ざかると、キティは色あせたダマスク織りのカーテンをおろした。自分で張りめぐらせたクモの巣がどうにもならないほど絡みついてきて、とても自由になれそうもない。

思わず自分を抱きしめた。これから舞踏会が控えている。おろおろしている時間はない。〈スクルーティニア〉紙に婚約の記事が載ると、キティはロンドンでも指折りの婦人服仕立屋を思いきって訪れ、アナと自分のために新しい舞踏会用のドレスを三着と、このうえなくしゃれた乗馬服を注文した。すると仕立屋はその場で代金をかなり割り引き、おかげで普段着も何着か注文することができた。

公爵の婚約者であることが、少なからず有利に働いているのだ。

その晩、キティは枕に顔を埋めて泣いた。父の遺した最後のお金を使ってしまって、不安でたまらなかった。冬になったら、爪に火を灯すような生活をしているかもしれないのだ。

ロンドンの有名店で後払いできるように専用の口座を作ったものの、そうした店では買い物をしないようにするつもりだった――たとえ切羽詰まったときでも。公爵の評判と権威は利用させてもらうけれど、お金まで取るのは浅ましいし、人の道にも外れている。でもそれなら、タウンハウスはどうしたら？　キティは思い悩みながら客間を出て狭い玄関広間を横切り、二階の寝室に向かった。

公爵にはいずれ全額返そうと、彼女は心に誓った。


数日後、キティはオフィーリアと並んでハイドパークを歩いていた。春の午後らしくない、底冷えのする天気だ。明け方から冷たい霧雨が断続的に降りつづいていたが、引っ越したばかりのタウンハウスに押しかけてくる客人はとどまるところを知らなかった。母は公爵の気前のよさに有頂天になっていて、節度というものをすっかり忘れてしまったようだった。

引っ越しが決まると、母は開きなおって、なにもソーントン公爵が同じ屋根の下に住むわけではないのだからと言った。公爵は親切な紳士で、婚約者の家族の生活を気づかってくれる人だ。「もちろん、そんな身分の高い男性なら、婚約者をチープサイドに住まわせたりはしないでしょうから！」彼女は将軍よろしく、娘たちに号令をかけて少ない荷物をまとめさせた。

とはいえ、今日になって詮索好きな人々が押しかけてきたのは予想外の出来事だった。母は注目を集めて気をよくし、女主人になりきって手際よくケーキと飲み物を運ばせ、話題を無難なゴシップにおさめて、ソーントン公爵についての質問を巧みにかわした。

キティは恐怖のあまり息が詰まりそうだった。いまはうまくいっているけれど、この状況はあまりにも現実離れしていて、危なっかしいことこのうえない。いずれ破滅と醜聞が降りかかってくるという動かしがたい現実は、つねにつきまとっているのだ。キティはいたたまれなくなって、暇乞いもそこそこにその場を逃げだした。

それから歩きやすい靴を履き、ボンネットとパラソルをつかんで家の外に出た。ほどなく、歩いているキティの横で馬車が止まった。オフィーリアだ。彼女は親友が不安に苛まれているのを察して、悪天候にもかかわらず公園を散歩しようと提案してくれた。

ふたりは曲がりくねった小道を歩いた。ありがたいことに、人はそれほど多くない。オフィーリアはダークグリーンの素敵なペリースに、いくぶん明るいグリーンの散歩用ドレスというしゃれた服装だったが、その瞳は暗く翳っていた。

「どうかしたの、オフィーリア？」キティはそっと尋ねた。「この前会ったときからなにかあった？」もしかしたら、オフィーリアもなにか無謀なことをもくろんでいるのだろうか。

「すぐにみんなで集まりたいの。どこかの客間に集まるのはどう？　話し合いたいことがたくさん。あなたも悩みがあるようだし」

「ええ、そうしましょう」キティはふたつ返事で応じた。みんなどうしているだろうか。

「たしかに話し合いたいことがたくさんあるわ」

オフィーリアはなにか言いたげに彼女をちらりと見た。「あなたはそれまで待てそう？」

キティはため息をついた。「ここまでことが順調に運ぶとは思わなかったわ。怖いくらい」

オフィーリアは謎めいたほほえみを浮かべた。「でも、そんなに向こう見ずなことをしたら、かえってぞくぞくしない？」

「そのとおりかもしれないわ。楽しくなることもあるくらい。あなたの馬を借りてひとりでハイドパークに出かけたのがほんの二日前。もともとそんなことをしでかすような娘ではないのに、新聞に書き立てられて、母は気を失いそうになっていたわ」キティはそう言って笑った。あのときの解き放たれたような感覚を思い出すとわくわくしてくる。「キティ・ダンヴァーズは大胆不敵に振る舞って、新聞や社交界の興味をとらえて離さないようにしなくてはならないの。わたしのことを知りたくてたまらなくなるように仕向けて、あっと言わせるような行動でみんなの心をとらえる。そうすれば、選ばれた人々しか招かれない舞踏会や催し物にも呼ばれるようになるわ」

「それなら、細心の注意を払ってそうすることね、キティ。少しでも迷いや気後れがあったら、いずれつまずいて、素晴らしい未来――退屈な日々を過ごす上品なレディには想像もできない人生を失うことになってしまうわ」オフィーリアは真顔で忠告した。

友人たちのなかでも、オフィーリアは別格だとキティはつねづね思っていた。本人が望めば、いつでも結婚できるはずだ。きりりとした目元に小さい鼻、緩やかに曲線を描く唇。そしてキティが思うに、これまで聞いたなかでいちばん忘れがたい美声の持ち主でもある。だが、議会の改革に関わった高名な侯爵の娘であるにもかかわらず、ここ数年の社交シーズンでオフィーリアに結婚を申しこんだのはただひとり――ラングドン伯爵、ピーター・ウォーウィックだけだ。そしてオフィーリアは、その申し込みをことわった。彼女が、節度ある美的感覚と……そして、だれも知らない別の顔の持ち主だったから。

レディ・スターライト——マスクとかつらで素顔を偽った、観客から熱狂的な崇拝を集める歌手。

「あなたに会えてよかった」キティはあらゆる不安を頭の片隅に追いやって、明るく笑った。「もう二度と迷わないから」

そのときだれかの声がして、ふたりは立ち止まって振り向いた。黒っぽいツイードの上着を着て、片手に帳面を持ち、反対の手に書類鞄をぶらさげた男性が、ふたりのほうに急ぎ足で近づいてくる。ふたりは脇によけたが、男性は目の前で止まった。キティは眉をひそめて、つきまとわれるようなことがあったら迷うことなく引っぱたいてやろうとパラソルを握りしめた。

そうはいっても、騒げば聞こえるところにオフィーリアの従僕が控えているので、それほど不安はない。

男性は、知的な茶色の瞳をふたりに向けた。「ミス・ダンヴァーズ——マーロウ子爵のお嬢さま、ミス・キャスリン・ダンヴァーズでいらっしゃいますね?」彼は息を切らして尋ねた。

「どちらさまでしょうか?」

「ロバート・ドーソン、〈モーニング・クロニクル〉紙の記者です。ソーントン公爵とのご婚約について、いくつかお尋ねしたことがありまして。少々お話を伺ってもよろしいでしょうか、ミス・ダンヴァーズ？」

ドーソン氏の瞳には、どことなく如才ないところがあった。

キティはオフィーリアをちらりと見た。金色がかった瞳が伝えている――図太くなるのよ。奔放に、そしてもっと大胆不敵に。

キティはそうすることにした。

3

スコットランド、パースシャー
マクマラン城

「僭越（せんえつ）ながら、ご婚礼の儀につきまして心よりお祝い申しあげます、閣下」

もっとも信頼している執事、トマス・ビドルトンが低い声で言ったが、アレクサンダーはなにごともなかったかのように聞き流した。もっとも、ほんの一週間前に、妹が子豚を森のなかに追いこみながら、早く逃げてと叫んでいるのを見たときは違った。

子豚はその日のうちに捕まえられたが、もちろん妹には言っていない。

アレクサンダーがそのことを思い出してうっすら笑みを浮かべると、書斎にいた弁護士たちはひそかに視線を交わした。そうやって仲間うちのやりとりをしている。どうして笑みを浮かべたのか、彼らは考えたのだろうか？　笑みというより、わずかに唇を動かして、影になった顔にけだもののような表情を浮かべた理由を。

彼の左の頰から首にかけて広がるひきつれた皮膚が、その動きで痛んだ。このところ、その皮膚を動かす機会はほとんどない。妹がたびたび突拍子もない行動に出ても、めったに気持ちは明るくならなかった――以前は妹を抱きしめるだけで心が満たされたのに。いつまでもむなしさが残っている理由がわからなかった。なぜそうなるのだろう。とっくの昔に運命を受け入れ、わが身の不幸を大声で嘆くこともなくなったのに、この胸のなかには、紛れもなく暗い部分が残っている。

孤独。

その容赦ない現実を突きつけられて、妹のペニーさえそばにいてくれればいいというそれまでの考えがぐらついていた。だから妹をイングランドにやることにしたのだ。社交シーズンに備えて、洗練された振る舞いを身につけさせる。妹はいやがるだろうが、このまま片田舎に埋もれさせるわけにはいかない。イングランドに行けば、幸せが待ち受けているかもしれないのだ。

「不躾をお許しください、閣下」彼が黙りこんだままだったので、執事のビドルトンは口早に言い添えた。

アレクサンダーは暖炉の脇に置かれた大きな安楽椅子に座ったまま、ブランデーの残りを飲みほし、無表情に戻った。「わたしの婚礼？　だれと？」

ビドルトンは目を見開いて、一瞬言葉に詰まった。「ミス・キャスリン・ダンヴァーズ――キティと呼ばれるのを好まれるようですが――その方がお相手ではないのでしょうか？　もっぱらそのような噂ですが」

「それならそうなんだろう」アレクサンダーは、彼の日常にまたもや入りこんできた噂をはねつけた。社交界から身を引いて十年というもの、世間で噂になったことはすべて知っている――フランス人の美しい愛人を崖から落として始末したとか、あの事故のけががもとで死んでしまい、さらに彼の邪悪な魂が推定相続人を死に至らしめたとか。そうした噂が、このスコットランドの僻地にまで届いていた。

彼は、ビドルトンが三人の事務弁護士たちにさっと目をやったことに気づいた。彼らは巨大なカシのテーブルで、公爵があとで吟味できるように書類をきちんと仕分けしているところだ。見るからにぎくしゃくと動いているところからして、居心地が悪いのだろう。大方、いつものように夕食に招待されるのではないかとびくびくしているのだ。公爵が怖いのでことわれない。そして、それを見透かされていることにも気づいている。

アレクサンダーの頭のなかを、どす黒いなにかが這いまわっていた。自分はひとりぼっちで、まわりにいるのは気骨のないゴキブリのような連中ばかり――こちらのあらゆる気まぐれにも、公爵だからという理由でぺこぺこ従う者たちばかりだ。

弁護士事務所に入ったばかりで名を成したいのか、プライスという新入りの事務弁護士が咳払いをして口を開いた。「僭越ながら、このたび、ミス・ダンヴァーズにふさわしいタウンハウスを見つけるというお役目をご本人から仰せつかりました。ミス・ダンヴァーズの亡き父君の弁護士ではそのお役目を果たせなかったそうですが、わたくしがポートマン・スクエアのタウンハウスをご案内したところ、たいそう気に入っていただきまして」

アレクサンダーは一瞬、耳を疑った。ここの事務所の人間が、例の女性に会ったというのか？

それから、心が奇妙に落ち着くのを感じた。どうやらこれは、退屈を持てあました人々の悪意ある噂ではなさそうだ。驚いたな――彼はしばらく考えこんで、領地の収益を計算し、イギリス議会を動かすために手紙を書くといったことでかりかりしない生活を想像してみた。

「それで？」わざと素っ気なくつぶやいた。

青二才の弁護士は、年配の弁護士ふたりの警告するようなまなざしに気づかずに、張りきって説明した。「ミス・ダンヴァーズは比類なき女性と、もっぱらの評判です。閣下のご婚約はあらゆる新聞を賑わしておりまして、その記事にも、ミス・ダンヴァーズはこのうえなく魅力的で気立てのよい女性とありました。お二方の出会いとひそかなご婚約に世間は沸き立っております。閣下は――閣下はいまや時の人になられて――」

プライスは、ほかの弁護士の刺すような視線にようやく気づいて口をつぐんだ。

だが彼のおべっかは、アレクサンダーの耳にまったく入らなかった。なぜなら、表向き表情を押し殺した彼のなかで、何年かぶりに生き生きした感情が動きはじめていたからだ。年若いレディが、われこそはソーントン公爵の婚約者だと名乗りをあげているという。よほどうかしているか、知略に長けた女性なのだろう。

いつになく、好奇心が頭をもたげていた。

彼は両手に持ったクリスタルのブランデーグラスをゆっくりとまわしながら、親指に走る盛りあがったやけどの痕をうわの空でたどった。「今日の会合は終わりだ。来月また会おう」

プライスとふたりの上司は立ちあがると、一礼してドアに向かった。

「きみはまだだ」

なんとなく自分のことだと察したのか、年若い弁護士はためらいがちに聞き返した。「わ……わたくしでしょうか、閣下？」

「そうだ」

ほかの弁護士がそそくさと部屋を出てドアが閉まると、室内は静かになった。

「きみに聞きたいことがある。ミスター――」

「アドルファス・リチャード・プライスでございます、閣下」弁護士は急いで言った。

アレクサンダーは弁護士の気持ちがほぐれるようなことはなにひとつ言わなかった。「ミス・ダンヴァーズと直接会って話したそうだが――」

プライスは慌てて説明した。ミス・ダンヴァーズのためにタウンハウスを探したこと。最高の仕立屋と帽子屋で使うように後払い専用口座を開こうとしたが、ミス・ダンヴァーズにことわられたこと。

それはおかしい。金に興味のない詐欺師だと？　いったい何者で、なにが目的なんだ？

彼に気に入られようと、弁護士はなおもあれこれと話しつづけた。アレクサンダーはときどきその断片をとらえ、それ以外はゆらめく炎を見たまま聞き流した。かつてこれ以上ない痛みをもたらした自然の力を見つめていると、決まって顔の焼けただれた側がずきずきと痛んでくる。

——社交界のだれもが興味津々で……

——閣下がこれほど心を砕かれていることにだれもが驚いており……

——愛し合うおふたりの……

——ご婚礼は冬になるかと……

——とうとう公爵夫人が……

あまりにも荒唐無稽で、信じがたい話だった。

アレクサンダーは口を開いた。「今後はこうしてくれないか。ミス・ダンヴァーズに関する新聞記事をひとつ残らず、見つけ次第わたしの元に送ること。とくに彼女の動向について書かれたものは金に糸目をつけずに早馬で送ってもらいたい」

「かしこまりました、閣下」プライスは喜びに声を震わせながら応じた。「お役に立つことができ光栄です」

「では、さがってよろしい」

プライスは一礼すると、いそいそと部屋を出ていった。

ふたたび、がらんとした書斎に静寂がおりた。アレクサンダーは背中の痛みをかばうように、杖につかまって立ちあがった。車椅子を使わずに、一日に一時間は体を動かすようにと医者たちから言われているが、彼は一時間どころか、毎日三時間も、苦痛をこらえて座らずに過ごしている。

廊下に出ると、レモンワックスと花々の香りがした。広々とした廊下には、懐かしい日々あのころ。召使いたちは、公爵夫人らしからぬ動きで娘を追いかける母をほほえんで見守っていた。これまで悲しみに浸る暇がなかったのは、そんな妹がいてくれたおかげだ。

自分には身を隠す暗闇が必要だが、妹はそれ以上に兄を必要としている。

一歩踏みだすたびに痛みが走った。ときどき体がよろめいたが、車椅子を取りにいかせたり従者を呼んだりはしない。カーブした階段をおり、客間と大広間を過ぎて、ドアを開け、彼専用にしつらえた唯一の安らぎの場所――宝物室に入った。

本や巻物や石の書字板を並べた棚が、見あげるほど高い壁をぐるりと覆いつくしていた。室内の装飾は古びた色合いの金と青で統一されており、六つの背の高い窓からはなだらかな起伏のある緑の草地を見渡せる。トルコの高官(バシャ)にふさわしいその部屋は、あの事故が起きる前に彼が集めた骨董品や風変わりな品物であふれていた。

アレクサンダーにはもともと、外国の文化や異なる文明について深く知りたいという欲求があった。以前は大陸を旅行して、貴重な宝石や石、神聖な巻物や小さなスフィンクスの像、異国の動物の像、明代の珍しい花瓶、さまざまな書物といった宝物を自分で見つけたものだ。そうした品を、寝床で宝物を守っている竜さながらにこの部屋に溜めこんでいた。

怪我をして出かけられなくなってからは、考古学者や弁護士、さらに世にも珍しい宝物を見つけるのが専門の〝ハンター〟を雇って、さらに貴重な物を集めさせた。言ってみれば、世界じゅうから偉大な美と神秘を集めているようなものだ。しかし、心が満たされたことは一度もなかった。

彼は最近入手したものに手を触れた。ひんやりした翡翠に刻まれた、モンゴル帝国皇帝クビライの彫像。

少しもときめかない。

心のなかはぽっかりと穴が空いたままだった。手に入れた数々の稀覯本を読みふけりたいというあらがいがたい欲望もない。いまは異国の世界に逃避して、この身を解き放つつもりにはなれなかった――なぜなら、古今東西の宝物のコレクションに〝あるもの〟を加えたいという、狂おしいまでの欲望ににわかにとらわれていたから。

ミス・キャスリン・〝キティ〟・ダンヴァーズ。

この大きなカシの扉の内側に持ちこまれた宝物は、二度と外に出ない。ソーントン公爵の婚約者を名乗る大胆不敵な女性がこの城に囚われることを想像すると、久しぶりに胸がわくわくした。

「やっと終わったのね！」くぐもった、不機嫌そうな声が聞こえた。

アレクサンダーはほほえんで広大な宝物室の奥に向かった。本棚の壁をまわりこむと、東洋風の深緑色の絨毯の上に、妹のペニーが手足を広げてあおむけに横たわっていた。ピンク色の普段着が、うっすらと汚れている。届いた木箱のなかに入りこんでいたのだろう。

「ずいぶん待たせてしまったようだな」

「二時間は待ったわ」妹はにっこりすると、青緑色の瞳をきらめかせた。「なにが届いたと思う、アレクサンダー？　セティ一世葬祭殿で使われていた聖杯よ。すごいと思わない？　またクックさんのお手柄ね。ヒエログリフに関する書物もあって――」ペニーは起きあがると、両手を腰に当てて彼の顔をのぞきこんだ。「あら、具合がよくないみたい！　お医者さまを呼ばないと――」

アレクサンダーは手を振ってさえぎった。「調子はいい。ただ、思いがけない知らせがあっただけだ」

ペニーは心配そうに眉をひそめた。「お医者さまから、なにかお話があったの？」

「いいや」

ペニーはほっと表情を緩めた。「いい知らせかしら？　それともよくない知らせ？」

「それは見方次第で――」

「哲学の講義はやめて、その話を聞かせて」ペニーは身を乗りだして尋ねた。

アレクサンダーは含み笑いを漏らした。今朝、小舟で冷たい湖に漕ぎだしたときに、ふたりで議論を闘わせたことを言っているのだ。「どうやらわたしは、婚約しているらしい」

ペニーは目を丸くして、ふかふかのソファに座りこんだ。「結婚するの？」

「そういうことになっている」アレクサンダーはおかしそうに言った。

「でも、どうして？　とても信じられないわ。喜んだらいいのか、それともお相手の女性を気の毒に思ったほうがいいのかもわからない。だって、変わり者のお兄さまのすることをがまんしなくてはならないのよ」ペニーはひと息に言って彼を見あげた。

アレクサンダーはいやな顔をした。

「といっても、楽しませてくれる変わり者だけれど」ペニーは急いで付けくわえると、にんまりした。「でも真面目な話、どうしてそんなことになったの？」

「わたしの知るかぎりでは、そのミス・ダンヴァーズという女性が新聞でわたしとの婚約を告知したそうだ。ちなみに、その女性とは会ったこともない」

ペニーはその意味を理解して、居住まいを正した。「まあ……どうしてそんなでたらめを告知したのかしら。怒ってる？」

アレクサンダーは女神ヘラのひんやりした大理石の彫像に触れながら、ぎくしゃくした足取りで、広々とした芝生と庭園を見おろす窓辺に近づいた。「それが……意外なほど腹が立たない」自分の感情をたしかめながらつぶやいた。

いま感じているのは、好奇心だ。

ようやく顔を出した月に、雲がうっすらとかかっていた。アレクサンダーはふと、自分のなかでもどかしいなにかが高まるのを感じた。それがぞわぞわと体のなかを駆け抜け、皮膚の下に潜りこんでいく――どうしようもない焦燥感にのみこまれそうだった。

きみは何者なんだ、ミス・キティ・ダンヴァーズ？

節操のない、怖いもの知らずの女性――自分の人生にわざわざ野獣を呼びこむくらいだから、そうに決まっている。そんなことをする女性はどこにもいない。いったいどういうつもりで茶番を演じているんだ？――目的は？

アレクサンダーは、もはや社交界でダイヤモンドさながらに輝く存在ではなかった。かつては美女という美女が憧れる花婿候補だったのに、いまでは世を捨てた醜い化けものに成り果てている。イギリス政界には手紙でいまだに影響をおよぼしているが、彼を望む女性はもはやひとりもいない――なぜなら、彼自身のものが役立たずになってしまったから。そんな男が、どういうわけか婚約した――しかも婚約者の女性は、社交界に旋風を巻き起こしている。

後ろで衣擦れの音がして、妹が床に積みあげられた巻物のところに戻ったのがわかった。兄が考えごとにふけりだすと長引くことをわかっているのだ。そうなったら、ひとりにすればいいことをよく心得ている。

アレクサンダーは興味をかき立てられていた。長らく彼にまとわりついて、思いがけないときに鋭いとげで刺してくる孤独が、ふだんと違うものを察知してちかちかと瞬いている。感情を凍てつかせる冷たい闇でもなく、喪失感から来る無言の怒りでもなければ、虚無感でもない。好奇心をはらんだ期待のようなもの――それが彼の心を包みこんでいた。

数週間後、新聞記事の包みがまたもやアレクサンダーの元に届けられた。プライスという若い弁護士は、与えられた任務を思いのほかきちんとこなしている。いまアレクサンダーのカシの机の上には、新聞記事が五つの山に分けて置いてあった。〈モーニング・クロニクル〉、〈タイムズ〉、〈ガゼット〉、〈モーニング・ヘラルド〉、そして彼自身にはなじみがないものの、噂好きならよだれを流して飛びつきそうなゴシップ紙の〈レディ・グーディの噂と秘密〉。そこに書いてあることは、彼がしていることと同じくらいばかばかしいとしか思えなかった。なにしろ、ミス・ダンヴァーズが外出するたびに執拗に追いかけまわしている。

まず、〈モーニング・ヘラルド〉の山から記事をひとつ取った。インタビュー記事だ。ミス・ダンヴァーズの厚かましい言葉の数々に目を走らせるのは、ひどく楽しかった。

記者「公爵閣下は社交界にもう何年も姿を見せていらっしゃいません。そのことについて、なにかお話しいただけますか？」

ミス・ダンヴァーズ「閣下はご自分の生活を大切にされる方なのです」

こんなことを平然と言いながら、彼女はどんな表情をしているのだろう。片眉をつりあげ、人を惑わすような笑みを浮かべているのだろうか？

記者「閣下は今年の社交シーズンにロンドンまでお越しになるおつもりですか？」

ミス・ダンヴァーズ「いいえ、そのようなことはなさいません。閣下は静かで快適な田舎の暮らしと、新鮮な空気をたいそうお気に召していらっしゃいますので。けれども、わたしにはよくお手紙をくださいます。とても楽しみにしておりますの」

記者「閣下は国内のどこにお住まいなのでしょう？」

アレクサンダーは、ミス・ダンヴァーズが笑い声を立てるところを思い浮かべた。かすれた含み笑いだろうか？　それとも、いかにも愉快そうな笑い声だろうか？

ミス・ダンヴァーズ「まあ、ドーソンさん、まさかわたしがお話しするとは思ってらっしゃらないでしょう？　そんなことをしたら、アレクサンダーに許してもらえませんもの。秘密は守りますわ」

ずる賢い雌ギツネにすっかり魅了されて、記者が身を乗りだしているのが目に見えるようだった。

記者「では、手紙にはどのようなことを書いてよこされるのですか？」

ミス・ダンヴァーズ「それはもう、うっとりするような愛の言葉と詩を」

あきれてものが言えなかった。かわいらしく頬を染めながら、口からでまかせを言ったのだろうか？　それとも、上目遣いにまぶたをぱちぱちさせていた？

記者「閣下から、なにか贈り物は届きましたか？」

ミス・ダンヴァーズ「婚約者からの贈り物にふさわしい、とても素敵な品をいただきました——詩の本や、思いの丈をつづった自作の詩をよこして、いつもわたしをほめたたえてくださるんです。アレクサンダーはわたしを想い、わたしもまたアレクサンダーを想っています」

記者「では、相思相愛というわけですね」

ミス・ダンヴァーズ「おっしゃるとおりですわ！　なりふり構わずわたしに尽くしてくださいます」

よくもまあぬけぬけと！　このわたしが尽くすだと……それも、なりふり構わず？

記者「閣下は近いうちに議会に戻るおつもりでしょうか？　閣下はきわめて合理的な

考えをお持ちで、ペンを持てば政治に影響をおよぼすこともできるお方ですが」

ミス・ダンヴァーズ「閣下とわたしはその手の茶番は話題にしませんの、ドーソンさん。たがいの思いを語り合うだけです」

ふと、ミス・ダンヴァーズは記事から読み取れるような浅はかな女性ではない気がした。いいや、彼女はこのうえなく狡猾な女性だ。

アレクサンダーは苛立たしげにため息をつくと、今度はゴシップ紙〈レディ・グーディの噂と秘密〉の切り抜きを取りあげた。

> わたくし、レディ・グーディは、今年の社交シーズンでもっとも大胆な女性がハイドパークを散歩するところを何度か目撃した。お付きは侍女がひとり。聞くところによれば、ミス・キティ・ダンヴァーズはフェートン（幌なしの二頭立て四輪馬車）や自分の馬車で来たのではないとのこと。

何者かは知らないが、この〝レディ・グーディ〟なる人物は、週に一度の担当欄で、ミス・ダンヴァーズが公爵夫人としていかにふさわしくないか、世間に知らしめることを自分の務めと心得ているらしい。先週の記事には、ミス・ダンヴァーズがどれほどあけすけな笑い声を立てるか、彼女の乗馬用ブーツがどれほど使い古されたものかといったことが書いてあった。

なぜそんな芝居を打つんだ、ミス・ダンヴァーズ？　こんなことをして、なんになる？　弁護士が勇んで手配したタウンハウス以外に、彼女が手に入れたものはなにもない。いったい、なんのためにこんなことをはじめたのだろう。

彼はさらに、ミス・ダンヴァーズに関する記事に注意深く目を通した。ほかの新聞は彼女に敬意を払っているが、レディ・グーディはミス・ダンヴァーズがほんとうにソーントン公爵の婚約者なのかと、辛辣かつ痛烈な言葉で中傷している。

> もっとも信頼できる筋によると、わたしたちの関心をとらえて離さないミス・ダンヴァーズが、またもやハイドパークで馬に跨がって乗っているところを目撃された由。信じがたいのはもちろんのこと、これほど大胆な行動で社交界を騒がせたのは、われらがレディ・キャロライン・ラム（詩人バイロンとの不倫と奔放な行動で有名な女性）以来である。さて、婚約者の突飛で危うい振る舞いについて、ソーントン公爵はどのようにお考えだろうか。

アレクサンダーは別の記事を取りあげた。同じ事件について書かれたものだが、ミス・ダンヴァーズの行動を勇敢で、社交界の慣習に昂然と挑むものだとたたえている。それどころか、そんな積極果敢な花嫁を迎えることを公爵は誇りに思うべきだとあった。

どうやら、社交界の半分はミス・ダンヴァーズの嘘をそのまま受け入れているようだが、残りの半分は注意深く様子を見守っているようだ。そんなどす黒くて危険に満ちたところにみずから飛びこんで、どうやってうまく立ちまわるつもりだろう？　よほど自信があるのか……それとも、いまごろ怖じ気づいているんじゃないのか、ミス・ダンヴァーズ？

アレクサンダーはにやりとして、インク壺と羽根ペンに手を伸ばした。それからいちばん上の引きだしから何枚か紙を取りだして、手紙を書きはじめた。型破りなミス・ダンヴァーズの行動に、すっかり心を奪われていた。これ以上無視することはできない。

――親愛なるミス・ダンヴァーズ……

アレクサンダーは手を止めて、思いつきでこんなことをしていいのか考えた。それに、なんと書こう？　説明を求めようか？　図々しい雌ギツネに、おまえのもくろみはお見通しだと警告する？

まったく、なぜこんなにも心がざわめくんだ？　彼女の猿芝居にすっかり魅了されてしまっている。謎めいた女性――だが自分は謎めいたものが好きだ。気が紛れるし、ひとときのささやかな楽しみを味わえる。

嘘つきの小悪魔とわかっている女性に、これほど心を奪われるとは……。

アレクサンダーはほうっと息をついた。しかも、彼女は当の公爵に一度も会わずにここまでやってのけたのだ。

彼はミス・ダンヴァーズに手紙を書くのをやめて、新しい紙に手早くペンを走らせた。

プライス殿
　拝啓　ミス・ダンヴァーズのために、フェートンとふさわしい馬二頭を揃えてもらいたい。馬小屋と馬丁の手配も頼む。わたしと貴君がやりとりしていることは、本人にけっして気づかれてはならない。それから、公爵の婚約者としてふさわしい生活をするように、彼女を説得すること。わたしが関わっていることは明かさないように。
敬具
ソーントン公爵

若い弁護士は目を白黒させるだろうが、あの男ならなにも言わずに従うはずだ。

ドアをノックする音がした。アレクサンダーが羽根ペンを置くと、ドアをバタンと開けて、妹が弾むような足取りで入ってきた。胸に抱いた小さなピンク色の生き物が、キーキーと鳴き声をあげている。

子豚が見つかったのだ。驚いたことに、料理番は見逃してくれたらしい。

ペニーは新聞も持っていた。「お兄さま、この新聞を読んだ？」妹は息せき切って声をうわずらせた。「賭けはわたしの勝ちみたいね。ミス・ダンヴァーズはおきれいな方なのよ」

アレクサンダーの胸は高鳴った。しばらく前に、ミス・ダンヴァーズはさえない容姿で、結婚には縁のない女性ではないかと思ったことがあった。だから切羽詰まって、こんなふうに男性の気を引こうとしているのではないか？　いやそれはないと、そのときは思いなおしたが、それとは別に、彼女が美しいかそうでないかで妹と賭けをしていた。

「そうなのか？」彼は気のない声で応じた。

「ええ、そうよ」ペニーは目をきらめかせ、うきうきして答えた。

アレクサンダーは低くうなると、新聞を受けとった。風刺画が載っている。派手な羽根飾り付きの帽子を粋にかぶった小柄な女性が、手袋をした手でうれしそうに口元を押さえている絵だ。その一方で、彼らしき男性が片膝をついて、花束を彼女に差しだしていた。服のポケットというポケットから手紙がこぼれているさまは、のぼせあがった間抜けにしか見えない。

アレクサンダーは目をしばたたいた。そして笑いだした。

その様子を見て、ペニーは目をむいた。

「お兄さまが笑った！」

アレクサンダーは内心、意外なほどうろたえた。「そんなふうに、珍しいものを見たような言い方をするものじゃない」

「笑いたかったら笑えばいいのよ。それとも、その謎めいた方にますます惹かれているのかしら？」

「新聞記事のことを、おまえに話すんじゃなかった」

ペニーはうんざりした。「お兄さまが打ち明けたんじゃないわ。わたしが秘密を探りだしたの」

先週、ミス・ダンヴァーズの新聞記事を読みふけっていたとき、いきなり耳元で声がした。

「お兄さまがゴシップ紙を読むなんて知らなかったわ。それも、ミス・ダンヴァーズに関する記事だけ食い入るように読んでるのね。どんな方か、わたしも知りたいわ」

ぎくりとして振り向くと、ペニーが満面の笑みを浮かべて立っていた。ふたりでちょっとした賭けをしたのはそのときだ。

ミス・ダンヴァーズは、これまで彼が好んで口説いていたような魅力的な金髪の女性か？　あるいは、さほどそそられない女性か？　豊満か、小柄か？　そんなことはどうでもいいと言うと、ペニーはこう言った。こんなことを大っぴらにやってのける女性は、体つきや態度もそれなりに大きいはず。

アレクサンダーはふたたび、新聞に描かれた小柄な女性に目を落とした。

もうひとつ、妹と賭けをしたことがあった。彼女は金髪か、それとも黒っぽい髪か？　彼は金髪に賭け、ペニーは黒っぽい髪に賭けたが、この風刺画ではわからない。

ミス・ダンヴァーズは結婚式の日取りをいつにするつもりか？　アレクサンダーは彼女がそんなことは口にしないほうに賭けたが、ペニーは十二月と予想した。

「お兄さまとミス・ダンヴァーズのなれそめも読んだわ」ペニーは目を輝かせて言った。「その方に会えたらいいのに！　きっとすごく大胆で、個性的な方だと思うの。今度はどんな突飛な話が飛びだすかしら？」

アレクサンダーはうなっただけだった。こんな女性に興味津々になっていることを悟られたくない。

「ミス・ダンヴァーズと会ったら、お兄さまはきっと恋に落ちるわ！」ペニーはきっぱり言った。

アレクサンダーはうぶな妹の言葉に苦笑した。恋だと？　そんなことはもう何年も頭をよぎったことがないし、夢見たこともない。

しかも、この変わり者の女性に？　あり得ない。

だが、それならなぜ、彼女のやりたい放題を黙認しているんだ？――答えは見つからなかった。

彼はミス・ダンヴァーズに関する新聞記事に片端から目を通して、彼女の奔放で向こう見ずな行動にますます引きこまれていた。心惹かれずにはいられない――世にも珍しい宝物と本に囲まれていても、満たされるのは知的好奇心だけで、寒々とした孤独は追い払えないから。ミス・ダンヴァーズは、そんな寂しさを紛らわせてくれる。

彼のなかで長いあいだ埋もれていた部分が、魂の奥底からささやいていた。もしわたしが会いにいったらどうする、ミス・ダンヴァーズ？　逃げだして、身を隠すか？　それとも、逃げもせず、隠れもしないで……わたしに戦いを挑み……屈服させるつもりか？

社交シーズンが終わるまでにその答えがわかるような気がした。

4

数日後、アレクサンダーは城の東側の庭園にいた。彼とテーブルを囲んでいるのは、妹と、母の親友で彼の名づけ親でもあるダーリング伯爵夫人、そして彼がもっとも信頼する友人のひとり、アーガイル侯爵のジョージ・ハムステッドの三人だ。レディ・ダーリングとジョージは前触れもなく押しかけてきた。この城までふたりがわざわざ来たのは、謎めいた婚約者のことがあったからかもしれない。

アレクサンダーが客間に行かなかったので、彼らは庭園に出てアレクサンダーを探さなくてはならなかった。城の庭園のなかで、ここはアレクサンダーが手に入れられなかったもの――妻や子どもたち、かなわぬ夢や希望――に思いを馳せるときに来る場所だ。春の匂い――バラやジャスミンの香りを胸いっぱいに吸いこみ、マキバドリのさえずりを聞きながら顔に降りそそぐ日光の温もりを感じていると、父に肩車され、母が穏やかに笑っていたときの思い出が鮮やかによみがえってくる。

「アレクサンダー、ロンドンは噂でもちきりだわ。そのせいで、あなたが〝わが家〟と呼んでいるこのぞっとするほど寒いところまでわざわざ遠出する羽目になったのよ。それで、ミス・キティ・ダンヴァーズと婚約したというのはほんとうなの？　はじめてその話を聞いたときは耳を疑ったわ。あなたが夢中になっているというとんでもない噂まであるのよ」

「ミス・ダンヴァーズとの出会いは、数カ月前でしょうか。彼女の馬車がこの人里離れた土地を走っているときに、車輪がひとつ外れたんです。まさにひと目ぼれでした」アレクサンダーはつぶやくように言った。「芸術や詩について、彼女と何時間も語り合いましたよ」

レディ・ダーリングは驚いて胸に手をやった。頭に巻いた青いターバンが揺れている。「まあ、アレクサンダー、素敵な出会いじゃないの！　噂を聞いて、わざわざ来た甲斐があったわ。どんなにわたしが旅を毛嫌いしているか知っているでしょう」

アレクサンダーは慣れっこだった。レディ・ダーリングはここを訪れると、やれ大変な道中だった、やれもう少しで追いはぎに襲われるところだったと愚痴を並べ立てる。おもしろいことに、そんなときでも、ウエストを高く絞ったエンパイア・ガウンに真珠の首飾りと耳飾りという最先端の装いに身を包んで、さりげなく富を見せつけることを忘れない。

「いいお話で、とてもうれしく思いますよ。ただ……どうしてロンドンに出てこないの？」レディ・ダーリングは遠慮がちに尋ねた。彼女の濃い青色の瞳を見ていると、気づかわしげに瞳を曇らせていた母を思い出す。「あなたは結婚しないものとばかり思っていたわ」

十年前なら、いずれは結婚して家庭を築くものと思っていたし、実際それは実現可能なことだった。だがいまは、こんなに醜くて体の不自由な男とはだれも結婚するはずがないと思われて当然だ。「大方、爵位と財産がものを言ったんでしょう」彼はいやな顔ひとつせずに応じた。

レディ・ダーリングはさっと顔を赤くした。「そんなつもりで言ったのでは――」

「いえ、いいんです」アレクサンダーはかすかなほほえみを浮かべた。

レディ・ダーリングはやけどの痕が残る彼の頬から首筋、そして車椅子へと目を走らせると、気を取りなおして彼に目を戻した。

「このままなにごともなく結婚できることを祈っているわ」その瞳には、痛々しいほどの希望が込められていた。

もちろん、だれもが憶えていた——彼がかつて、社交シーズンの華と称(たた)えられたダンフォード伯爵令嬢、レディ・ダフネと婚約していたことを。あの事故のあとで、はじめてアレクサンダーを見た彼女は卒倒した。そして二度と歩けず、男性としての機能も果たせないという医者の診断書を見せると、彼女は気の毒なほど泣きじゃくった。

取り乱した彼女を見て、アレクサンダーはむなしくなった。レディ・ダフネは、かつての彼でなく、公爵夫人の地位を失ったことを嘆いているのだ。彼の元から逃げだして二度と振り返らなかった彼女を責めるのはたやすかったが、そうする気分にはなれなかった。

……あるいは、それほどレディ・ダフネを愛していなかったのかもしれない。

そして悟った。こんな役立たずを受け入れてくれるような女性はまずいないし、ましてやそんな女性を見つけだそうとするなど愚の骨頂に決まっている。

思い出はゆがんでどす黒く変色したが、記憶の扉を閉ざそうとしたことは一度もなかった。人間は記憶から逃げずに、あくまで向き合おうとする生き物だ。それに、逃れようとしても逃れられるものではない。なぜなら、彼の居場所はまさに心の迷宮の奥深くにあったから。

楽しい日々は焼き尽くされて、風に飛ばされる灰のように消え去った。彼は痛みを感じながらも現実から目を背けなかった。逃げたところで、悪夢にうなされるだけだ。そのことは、正気を保って生き抜こうとあがいていた最初の数年で学んだ。だから、歯をむきだしてゆがんだ笑みを浮かべながら、白日夢に浸った。

夜は夜で、ぐっしょりと汗をかいて目を覚ますことがしばしばあった。そんなときは心臓が早鐘を打って、胃まで痛くなる。かつての思い出と両親を火事で亡くした記憶は、うねる波となって、眠っている彼を繰り返し襲った。

その事件はまさにこの館で起こった。建物の西側の翼が炎に包まれ、両親と数人の召使いの命、そして彼の青春が奪われた。不幸中の幸いだったのは、当時わずか七歳だったペニーを救えたことだ。

ペニーと一緒に逃げ道を必死に探したあのとき――煙に巻かれて息もろくにできず、自分の皮膚が焼け、肉がじりじり焦げるいやなにおいがし、目と喉が刺すように痛かった――そうした記憶は、いまもしじゅうつきまとっていた。生きるか死ぬかの瀬戸際で、しまいに妹の体をしっかりと抱きしめたまま、寝室の窓を破って飛びおりたあの夜。

あとで医者から聞いた話によれば、妹が無傷ですんだのは奇跡だったらしい。窓から飛びおりた直後に、彼をあざ笑うかのように雷鳴がとどろき、土砂降りの雨が降りはじめた。もう少し早く降りだしていれば、あるいは……。

おそらく、神はひねくれたユーモアの持ち主なのだ――少しもおもしろくない。

「たしかに……なぜ婚約者と一緒に社交界に顔を出さないんだ?」親友のジョージが探るように彼を見た。「こっちは売れっ子女優とのお楽しみをあとまわしにして――」

アレクサンダーが妹のほうに目配せするのを見て、彼は口をつぐんだ。ペニーはテーブルに飾ろうと、せっせとバラを切り取っている。ジョージが武勇伝を遠慮なく語るのは、彼の悪い癖だった。

執事が現れ、アイロンをかけた新聞を置いて立ち去った。

ペニーはバラを挿した花瓶をテーブルに持ってきて笑った。「もしかしてお兄さまは、勇ましい婚約者の記事を読むだけで満足するつもりなんじゃないかしら。新しい宝物を見つけたことに、まだ気づいてないの」彼女は訳知り顔で言った。「世にも珍しい宝物をわがものにしようとして、お兄さまのなかにいる竜がいつ雄叫びをあげて飛び立つのか、楽しみでたまらないわ」

あっけにとられているジョージにペニーが平然とウィンクを返すのを見て、アレクサンダーは眉をひそめた。ペニーにレディらしい振る舞いを身につけさせるために、そろそろロンドンにやることを本気で考える頃合いだ。こんなに生意気なままでは、洗練された社交界のレディにはとてもなれない。

たとえ自分がありのままのペニーを愛し、そのまま変わらずにいてくれればいいのにと思っていても。

「きみがこれといった後ろだても財産もない女性と婚約するとは思わなかった。父親のマーロウ子爵は娘たちにまともな財産を遺さず、相続人も彼女たちの面倒をほとんど見ていない。つまり、ミス・ダンヴァーズの家族はきみの目には留まらないたぐいの人々だ」ジョージが言った。「なぜそんな女性を選んだのか、にわかには信じがたいんだが」

アレクサンダーはほほえんだ。そんな女性に、だれが興味をもつかって？　このわたしだ。妹でないだれかがそばにいてくれたらどんなふうか——だれかにそばにいてほしいとどれほど願っただろう？　実際、何年もそう願ってきた。

ジョージはため息をついて脚を組んだ。ふくらはぎを包みこむ真新しいブーツに気を取られているようなふりをして、彼はつづけた。「いずれ化けの皮を剝いでやるつもりだが——ミス・ダンヴァーズは独創的で、型にはまらないことだけが取り柄の女性だ。きみは彼女に首ったけだと、もっぱらの噂になっているが」彼は新聞をつかむと眉をひそめて、ミス・ダンヴァーズに関する最新の噂に目を走らせた。「よくもこんな！　彼女の話では、きみがこんなにロマンチックなことをしてくれたとあるが、わたしは信じない。きみが詩を書いただと？　バラッドを歌っただと？　勘弁してくれ！」

まったく、彼女は憎めない嘘つきだ。

アレクサンダーは新聞を取りあげて、記事に目を通した。とんでもない内容で、好奇心がいっそうかき立てられる。ミス・ダンヴァーズの図々しさにすっかり魅了された彼は、抑えきれずになおも読みつづけた。こんな愛の言葉をわたしが伝えたというのか。

レディ・ダーリングが、彼の反応を引きだそうとさらに口を挟んだ。「正直に答えてちょうだい、アレクサンダー。このお話はほんとうなの？　本気でその方と結婚するつもりなの？」

名づけ親の女性に嘘はつきたくなかったが、ミス・ダンヴァーズが実際どれほど賢くて謀りごとに長けているか、いまは明らかにしたくなかった。「ミス・ダンヴァーズとわたしのあいだにはささやかな行き違いがありましてね。それが解決したら、改めてなにもかもお話ししましょう」

彼はジョージが信じられないとばかりに目をむくのを見て笑った。

ジョージは居住まいを正してさらに尋ねた。「おい、それはどういうことだ？　ロンドンに行くつもりか？」

アレクサンダーはもう何年もロンドンに行っていなかった。六年前に、イギリス議会に出席したのが最後だ。いまわしい記憶が一気によみがえる――イングランド銀行が計画していた金本位制の採用について議論を闘わせている最中に、立っていられなくなったときのことが。それは思いだしくもない記憶だったが、議会を埋めつくしたほかの議員たちのささやきがよみがえるのは抑えようもなかった。

――なんてひどいやけどの痕だ……

――まともに足腰も立たないじゃないか……

――もう以前の公爵では……

その年の社交シーズンの集まりにはまったく参加せずに田舎に引っこんだ。議会で恥をさらしたことはすでに新聞に書き立てられていたし、年若いレディを失神させるのも、上流階級の人々にあれこれ取り沙汰されるのも本意ではなかったから。

その後は両脚を辛抱強く鍛えた。はじめは幌付き車椅子からひとりでおりるのがやっとだったのが、しまいに支えなしで何時間も立っていられるまでになった。ロンドンの街にはもはやなんの魅力も感じない。なぜなら、重要な議案を通過させたいときは、友人たちが彼の手紙に目を通し、その意見が討議に反映されるよう取り計らってくれるからだ。

だが、いまは――小さな策士に会ってみたいと思う気持ちが膨れあがって、理屈や常識では歯止めがききそうになかった。ミス・ダンヴァーズと会ってどうするかは、また別の問題だ。

キティは妹の晴れ姿を見て、誇らしくて胸がいっぱいになった。優雅にお辞儀をしてリントン男爵の腕のなかに滑りこんだアナは、輝くばかりの笑顔を浮かべている。エメラルド色の舞踏会用ガウンと銀色のダンス靴が、クリスタルのシャンデリアの光を受けて玉虫色に輝いていた。男爵がアナをくるくるまわすのを見ていると、このふたりほど似合いの男女はいないような気がしてくる。今夜ふたりが踊るのはこれで二度目だ。男爵がアナにひときわ惹かれていることがわかったのは大きな収穫だった。

この三週間というもの、キティは招待された舞踏会にアナを伴って出かけるようにしていたが、アナは最初の夜から紳士たちの人気の的だった。計画はうまくいっている。ひとつだけ不都合があるとすれば、どうやらキティ自身も口説き相手のひとりと見なされているらしいことだった。

最初のうちは戸惑ったが、そのうち移り気な遊び人やしゃれ男たちの行動がおかしくなった――もっとも、そんな男性たちからのダンスを申し込まれたり馬車で公園に行こうと誘われたりしても、すべてことわるようにしている。自分専用の揃いの鹿毛に引かれた馬車があるという事実も、いまだに受け入れられなかった。弁護士のプライス氏の仕事ぶりは至れり尽くせりで、あとでソーントン公爵にひそかに返済しようと書き留めた金額は、とっくにとんでもない数字になっていた。

「アナベルとリントン男爵はお似合いね」キティのもうひとりの親友で〈罪深き壁の花たち〉のメンバーのひとりであるミス・ファニー・モートンがつぶやいた。

ファニーは華やかな美しさには恵まれなかったが、色白の顔に人を不快にさせるところはひとつもない。流行の短髪にした赤っぽい栗色の髪に、どこまでも深く計り知れない魅惑的な灰色の瞳。そんな彼女が、数年前に年若い準男爵と恋に落ちたと思いこんだのは不運な出来事だった。教会で結婚が予告されているのに、その男はファニーを捨て、年に五千ポンドもの金を意のままにできる女相続人の女性に走ったのだ。どういうわけか、社交界はそんなひどい仕打ちをした男でなく、彼女に冷たかった。

「リントン卿なら、願ってもないお相手じゃなくて？」パンチのグラスを手に近づいてきたオフィーリアが、ワルツのメロディーが流れるなかでささやいた。「あの方、もう少しで恋に落ちると思うわ」

「婚約が確実になるまで――いいえ、結婚式を挙げるまで、アナベルが自分の気持ちを明かさないでいてくれるといいのだけれど」ファニーは気づかわしげに瞳を曇らせ、そわそわと手をもみ絞りながら言った。「そうしたことを大っぴらにしてもいいことはないもの。そんなことをしたら……」彼女はぞんざいに肩をすくめてシャンパンを飲んだ。

「あのふたりは、もう純粋な愛情で結ばれているわ。キティ、あなたの努力のたまものね」オフィーリアはそう言うと、ほほえみを浮かべて、だが意外なほどうらやましげにため息をついた。

「――それになんといっても、リントン卿は年に一万ポンドの収入あって、領地だって二カ所もお持ちだもの」メリアンが近づいてきて言った。そわそわしているけれど、なにかあったのかしら？　頬が赤くなって、唇も腫れている。

……もしかして、キスしていたの？

「テラスに行ったら、ずいぶん顔色がよくなったみたいだけれど」オフィーリアが様子を窺うように言った。「珍しく不届きな女性になったのかしら、メリアン？」

「もちろん違うわ」メリアンはその言葉とは裏腹にほほえむと、金縁の丸眼鏡をくいと押しあげた。

キティは秘密の計画を友人たちに打ち明けたが、メリアンはロンドンでもいちばん危険な遊び人たちを巻きこむ罪深いはかりごとをみんなにはちらりとも明かさず、進むべき方向がはっきりしたら話すの一点張りだった。

ワルツが終わり、リントン男爵がアナベルと一緒にキティたちのところに来た。にこやかに一同に挨拶をし、優雅にお辞儀をする彼を、キティはほほえましく思った。穏やかな妹にぴったりの男性だ。あとは、結婚に向けてすみやかに動いてくれたらいいのだけれど。

世捨て人の公爵の婚約者をかたるようになってまだ数週間しかたっていないが、キティはいつ化けの皮が剝がれてもおかしくないとひやひやしていた。いくら公爵がロンドンに何年も姿を見せていないといっても、安心はできない。新聞記事はすでに彼女ひとりの力では歯止めがきかなくなっていて、だれよりも人間嫌いな公爵が勇ましいキティ・ダンヴァーズと婚約していることを、社交界に繰り返し知らしめていた。

こうなった以上、公爵が彼女のことを聞きつけるのは時間の問題だった。リントン男爵がほどなくアナに結婚を申しこむつもりなら、この神経をすり減らす茶番劇もそろそろ終わらせなくてはならない。

「次の曲でわたしと踊っていただけませんか、ミス・モートン」リントン男爵がファニーににこやかに声をかけた。

ファニーがびっくりしているのを見て、キティはじんとした。二回の社交シーズンを通して、ファニーがダンスを申しこまれたのはこれがはじめてだ。ほほえみを浮かべた彼女の下唇は震えていた。「喜んで、リントン卿」

ファニーは膝を曲げてお辞儀をし、男爵に付き添われてその場を離れた。もしキティが妹いただろう。

の結婚相手として男爵がふさわしいか迷っていたとしても、いまの行動で迷いはなくなって

　アナが振り向いた。目を輝かせて、頬も少し紅潮している。「ねえお姉さま、リントン卿

ほど感じがよくて優しい方にお目にかかったことがあって？」

　妹のときめきが伝わって、キティはほほえんだ。「いいえ、ないと思うわ」

「ああ、あの方を愛してる。ほんとうよ」アナはレディらしく両手を胸の前で組み合わせた。

「あまり早まらないで」キティは妹をたしなめた。「リントン卿にはまだお会いしたばかり

でしょう。たしかに特別によくしてくださっているけれど、まだご自分のお気持ちを伝えて

くださったわけではないのよ」

　アナは夢見るような表情を浮かべた。「ふたりが心を通い合わせているなら、出会いから

二週間しかたっていないことはほとんど関係ないんじゃないかしら。リントン卿の家柄は申

し分ない名門だわ。人柄だってご立派でとても感じがいい方だし、立ち居振る舞いも際立っ

ているでしょう。それに、わたしと同じくらい詩がお好きなの。ああお姉さま、あの方から

結婚を申しこまれそうな気がするわ」

　返事をする前に、来客を告げる声が響きわたった。「ソーントン公爵のご到着です！」

　キティはぎょっとした。

　部屋じゅうの人々がさっと振り向いた。コルセットが急にきつくなったような気がする。

　全身から血の気が引いて、体が小刻みに震えた。恐怖のあまり心臓が早鐘を打っていて、

かろうじてまだ生きているのだとわかる。

この悪夢から目覚めるにはだれかに頬を引っぱたいてもらうしかないが、友人たちは凍りつき、アナも舞踏室におりてくる階段の上に目を向けていた。その間にも舞踏室のなかをざわめきが野火のように広がり、一瞬の静寂ののち、執事の言葉の意味をだれもが理解した。ソーントン公爵ことアレクサンダー・マスターズが、この舞踏会に到着したのだ。

数秒が経過したが、舞踏室のなかでは、だれひとり息をしていないように静まりかえっていた。キティのなかで渦巻いている感情は、指の隙間から水がこぼれ落ちるように形がなく、とらえどころがない。

このままでは気絶してしまうかも——。

キティは公爵の婚約者になりすます前に、彼がどんな人物か数週間かけて調べあげていた。新聞によれば、彼は世を捨てた謎の人物で、ゴシップを書かれてもその記事を認めないどころか、なんの反応も示さない。そして社交界にも二度と出てこないだろうと思われていた。例の事故以来、ひたすら人との交わりを避けていると。

それが、なぜここに？

取り返しのつかない不名誉な見出しが頭に浮かんだ。偽りの婚約者を演じたという恥ずべき事実が表沙汰になるのだ。キティはぞっとした。自分のせいで家族が破滅し、アナが愛する人と結婚する機会も失われてしまう。

ソーントン公爵が現れた理由はひとつしかない——キティ・ダンヴァーズの化けの皮をは

がし、嘘だとはっきりさせるために決まっている。

キティはいっとき、舞踏会をこっそり抜けだして一目散に逃げたい衝動を抑えなくてはならなかった。

階段の上に公爵その人が現れたのはそのときだった。室内にさざ波のような衝撃が広がり、驚いたようなささやきがあちこちであがった。

「本人なのか？」

「もう六年くらい、だれも姿を見ていないと聞いたけれど！」

「これはこれは、あんな男とどうして結婚しようと思ったのかな」

「もちろん財産があるからよ。そうに決まってるでしょう？」

公爵は車椅子に座っていた。

そして、その顔……。

キティは息ができなかった。公爵の顔の半分は、白い磁器のようになめらかなマスクで覆われていた。なんて不気味で、恐ろしげな顔。

ああ、この人が公爵のはずはない。

公爵は幅広い肩を動かして両手で車椅子の車輪をまわし、階段の上に進みでた。

感覚のなくなったキティの指からシャンパンのグラスが滑り落ちて、寄せ木張りの床の上で砕け散った。ぎくりとするような音が舞踏室の静寂を破って響きわたると、それが無言の合図になったかのように、人々はふた手に分かれた。キティの忠実な友人たちは身を寄せて彼女のまわりを固めたが、みんなが緊張していることはキティにもわかった。罪深い計画を知っている以上、公爵の登場が致命的な結末をもたらすことはかんたんに見当がつく。扇子で口元を隠した数人のレディが、ひそひそとささやいているのが聞こえた。

「まあ、あんなに青ざめて！」

「婚約者が来て、どうしてあんなに動揺しているのかしら？」

「それより、公爵をごらんなさいな！」

いまが生きるか死ぬかの瀬戸際だというのはいやでもわかった。ソーントン公爵は何年も舞踏会に姿を見せていないという話だったのに。

「あの方のところに行くべきだわ」オフィーリアが静かに言った。「破滅を避けるためには、なんとかして事情をわかっていただかないと……。キティ、お願いだから走らないでね。そんなことをしたらゴシップ記事が際限なく出てくることになるわよ」

喉を締めつけられているようだった。恐怖でどうかしてしまいそう……。両足が自分の意志を持っているかのようにのろのろと動き、そしてぐらついた。もちろん、公爵は階段をおりることができない。そうするかわりに、彼は広々とした舞踏室に目を走らせていた。白いマスクに隠されていないほうは端正な顔立ちだが、なんの感情も読み取れない。

まるで、王が領地を見渡しているよう――公爵を見つめるうちに、キティは悟った。知らなかったこととはいえ、これ以上ないほど危険な男性を表舞台に招き寄せてしまった。

何年もきらびやかな社交界を避けてきたのに、どうしてよりによっていま出てくるの？

こんな局面をうまく切り抜けられるとはとても思えなかった。

ああ、どうしよう。

キティは何度か息を吸いこむと、背筋を伸ばした。いまできることはただひとつ。公爵と――とにかく正面から向き合い、こちらが怯えていることを気取られないようにすること。相手はその気になれば、キティ・ダンヴァーズのしたことを当局に通報し、詐欺罪で訴えることもできる人だ。自分と妹たちは、破滅――いや、もっと悲惨な運命をたどることになるかもしれない。

公爵に気圧されて動けなくなった人々のあいだを縫って進み、震える足で階段をのぼった。公爵は彼女をじっと見つめていたが、マスクで半分覆われたその顔からはなんの感情も読みとれない。

背後で車椅子に手をかけて立っていた優雅なお仕着せ姿の従者も、階段をのぼってくる彼女にすっかり目を奪われているようだった。

キティは階段を最後までのぼった。舞踏室じゅうの意地悪な視線がふたりに集まっている。マスクの奥にある瞳が、冷ややかに彼女を見据えていた。キティははっとするほど青いその瞳から目をそらせなかった。タカに狙いを定められた野ネズミは、きっとこんな心地だろう。心臓がどきどきと脈打ち、膝が小刻みに震えていた。その膝を折り、どうにか顔から床に倒れこまずに、しとやかにお辞儀をした。

「閣下」彼女は口を開いた。「ようこそお越しくださいました。お会いできて、これほど

――これほどうれしいことはございません」

公爵の瞳に驚きの表情が浮かんだ。それから好奇心――そして感嘆。その後は、ふたたびなにを考えているのかわからない瞳に戻った。

舞踏室に居合わせただれもが、彼女の声に耳を澄ませていた。声が届かない人にも伝えようと、ささやきがさざ波のように広がっていく。キティは婚約者であることをこの場で否定されないよう、必死で祈った。わざわざそんなことをするためにレディ・サンダーソンの舞踏会に来るはずはない。

慎重に言葉を選んで言った。「よろしければ、お庭に参りませんこと?」自分がしでかしたことについて、人目のないところで申し開きをする必要がある。

彼の視線が顔から首筋、そして胸元の膨らみからくびれへと、滑るように動いた。全身を眺めまわすように観察されて、キティはにわかに不安になった。こんなふうに見つめられたらどきどきするけれど、その一方で怖くてたまらない気もする。息詰まるような沈黙がつづくより、なにか言われたほうがまだましだった。

圧倒的な力を前にして、キティは取り乱しそうになるのを必死でこらえた。どうあがいても手も足も出ないし、どう切り抜ければいいのかもわからない。彼女は切羽詰まって、頭のなかで逃げ道を探しまわった。

そして張りつめた空気に耐えられなくなったとき、とうとう公爵が口を開いた。

「ミス・キャスリン・ダンヴァーズか?」

5

ソーントン公爵の低い声には暗く罪深い響きがあったが、それでいてどことなく楽しんでいるようなところもあった。キティはその含みのある問いかけに、挑戦と警告の意思表示を感じとった。

まともな返事を思いつく前に、この屋敷の女主人であるレディ・サンダーソンが楽団に演奏を指示する声が響いた。妙にゆったりしたワルツの旋律が流れだし、キティの――そしておそらく公爵の――様子を見守るより、体を密着させる不届きなダンスを踊るほうがおもしろそうだと思いなおした人々が、いっせいにダンスフロアに向かった。

それから、レディ・サンダーソンがふたりのところに来た。

「閣下、わざわざお越しいただき光栄ですわ」侯爵夫人は瞳を輝かせて息をつき、膝を曲げてお辞儀した。何年かぶりにソーントン公爵を自邸に迎えた最初の人間になるとは、彼女にしてみれば大変な僥倖だろう。「主人はいま、別室でカードをしておりますの。先ほど呼びにやりましたので、間もなくこちらに参ると思います」

レディ・サンダーソンはいっとき陶器のマスクに目を留めたが、すぐ車椅子に目を落とした。彼女が両手をもみ絞ってそわそわしているせいで、キティはいっそう落ち着かなくなった。

一刻も早くこの舞踏会から逃げだし、家に帰って荷物をまとめ、行方をくらまさなくては。

そんなばかげた考えを見透かしたかのように、公爵が口を開いた。「サンダーソンにはここを出る前に会うことにしよう。いまはここにいる――わが〝最愛の人〟と話がしたい」

なんてこと――公爵は、ゴシップ記事を読んでいるのだ。

レディ・サンダーソンはもう一度膝を折って暇乞いをすると、足早にその場を離れた。

「わたしの記憶がたしかなら――」公爵はキティに目を戻してつづけた。「あちらのほうにこぢんまりした客間があったはずだ。そこならふたりきりになれるだろう、ミス・ダンヴァーズ」

舞踏室という安全地帯や、友人たちから離れて？　逃げ道も断たれて？　あり得ない。けれども、舌が動かなかった。マスクから半分のぞいた唇に冷ややかな笑みが浮かんでいる。狼狽（ろうばい）した心のなかを見透かされているのが癪だった。

「承知いたしました、閣下。お供いたします」むきになって応じた。

公爵と共に舞踏室を離れるときは、人々の視線をひしひしと感じた。婚約者同士だからふたりで話しても妙な勘ぐりはされないだろうけれど、部屋のドアは開け放しておきたい。がらんとした廊下で車椅子を押していた従者が、キティにはわからない言葉で主人に話しかけた。

なぜ自分はのこのこついていくのだろう。まるで、市場に連れていかれる子羊みたいだ。

「たしか、ここがその部屋だ」公爵が言った。

従者がドアを開けると、客間でなく狭い書斎が見えた。キティはこんな狭いところなら入らずにすむかもしれないと思ったが、公爵はそこでかまわないらしい。その部屋では暖炉にちろちろと火が燃えているせいで、室内の暗がりがかえって際立っていた。

「ここでいい」公爵はやはりわからない言葉で従者になにやら指示した。

従者はお辞儀をし、もう一度頭をあげたときには銀の持ち手付きの杖を両手に持っていた。公爵はその杖をつかんで立ちあがった。

まあ、歩けるのね。

公爵は思った以上に長身で、杖をついてはいるものの、見た目は非の打ちどころがなかった。キティは額が彼の顎に届くか届かないかだったので、必然的にたくましい胸とまともに向き合うことになった。上着に青いベスト、そしてシルクの首巻き（クラヴァット）を巧みに結んでいる。

体つきは引き締まり、しなやかでありながら力強く、柔らかそうなところはまったくなかった。車椅子に乗っていた人とは思えない。

どうしてこんなふうになってしまったのかしら？　ゴシップ記事によると事故があったようだけれど、詳しいことはなにもわからない。喉元まで質問が出かかったが、無理やりのみこんだ。

公爵が先に行くように合図したので、キティは平静を装ってゆっくりと部屋に入った。背後でパタンとドアを閉める音がしてぎくりとした。「閣下、ドアは開けておいたほうがよろしいのでは……人目があります」

怯えているとか、浅はかとは思われたくない。

「そうかな？」

キティは素っ気ない返事に戸惑った。「ええ、もちろんです」

揺るぎないまなざしで見据えられて、キティはますます居心地が悪くなった。「ここでするお話をドア越しに立ち聞きされるようなことはお望みでないと思いますが」

ああ、このままでは大変なことになってしまう。

公爵は黙って彼女を見おろしていた。杖の助けを借りているものの、直立不動で堂々としている。微動だにしないところが、かえって気詰まりだった。

公爵が口を開いた。静かだけれど凄みのある声。「大それたことをしたものだな」

首筋がひやりとして、全身に震えが走った。気を取りなおして背筋を伸ばし、大きく息を吸いこむ。「切羽詰まって、愚かなことをしました」恐怖をこらえて、正直に答えた。

公爵はきちんと撫でつけられた焦茶色の頭を傾けて、キティをまじまじと観察した。どぎまぎして、自分の心臓の音しか聞こえない。取り乱さないように、懸命に気持ちを落ち着けた。

「なぜわたしの婚約者のふりをしたんだ、ミス・ダンヴァーズ？」

そんなのはでまかせです――とっさに叫ぼうとしたが声が出なかった。犯した罪の大きさは、すでに取り返しがつかないほど大きくなっている。彼の視線がずっしりと重く感じられて、たじろがないようにするのが精いっぱいだった。「とんでもないことをしてしまいました。自分のしたことを顧みると、いたたまれなくなります」

一瞬、公爵の唇にかすかなほほえみが浮かんだような気がした。神経が張りつめているせいでそんなふうに見えたのだろうか。

「きみのように知略に富んだ女性なら、どんな状況になろうと恥じ入ることはなさそうだが」

キティは深々と息を吸いこむと、婚約者のふりをした理由を急いで説明しようとした。

「恥ずかしげもなく閣下のお名前と権威を利用するようなまねをしたのはほんとうに浅はかでした。そのような行動に出たのは、妹たちと母を貧しくみじめな生活から救いだしたかったからです。タウンハウスと、立て替えていただいたお金、そして馬車にかかったお金は、一ペニー残らずお返ししますわ。妹たちの嫁ぎ先が決まりましたら、家庭教師の仕事に就こうと考えておりますの。計算してみたのですが、おおよそ――十年程度でお返しできそうです」

公爵はほほえんだ。今度はキティがまじまじと見返す番だった。どうして？　わけがわからない。

「怒って……怒ってらっしゃらないのですか？」

公爵はいっとき考えたようだった。「そのようだな」

なにかよこしまなことを思いついたように、彼の瞳の奥が光った。暖炉の炎が揺らめいて、彼女を射すくめる瞳が真っ青な空の色に変わる。彼の全身――たたずまいそのものが、力強さを物語っていた。特権階級を絵に描いたような、高位につくことが保証されている人。いったい、どういう人なのかしら？

「理由をお尋ねしても？」

「わたしの怒りを買いたいのか、ミス・ダンヴァーズ？」公爵がつぶやいた。

「いいえ、とんでもない。これまであらゆる心づもりをしていたつもりですが、まさかこんなことになるとは……。わたしには……わたしにはわかりかねます」

うっすらと笑みを浮かべた彼の口元は、戸惑うほど官能的だった。ああ、どうしてほほえむの？　キティは懸命に平静を保とうとした。

公爵の刺すようなまなざしが鋭くなった。「きみの考えをもっと聞かせてくれないか、ミス・ダンヴァーズ？」

「いいえ、遠慮いたします」ますます気が動転して、キティは冷たいすきま風が入ってくる窓のほうに向きなおった。それから暖炉に近づき、どうにか気持ちを落ち着かせて言った。

「お話をするまでもなく、わたしの評価は地に落ちているのではないでしょうか。こうなる前にお会いしたところで、好感をもっていただけたはずもありませんけれど」

慌ててしゃべっているのが恥ずかしくなって、キティは顔を赤くした。それから大きく息を吸いこみ、ぐいと顔をあげて、白いマスクに惑わされないように公爵の肩の向こうを見た。臆病になってはだめ――自分を叱咤して、影に包まれている彼の顔に目を向けた。

公爵は、暖炉の明かりが作りだした不穏な影に巧みに隠れるようにたたずんでいた。そうする癖があるのかしら？　暗闇に紛れていたほうが心地いいの？　気味が悪くて、とにかくこの状況を変えたかった。「ひとつお伺いしたいのですが……これからどうすればよろしいでしょうか、閣下？」

「こんな尋常でない状況では、形式張らないほうがいいだろう、キャスリン。アレクサンダーと呼んでくれないか」

どうしてそんなに落ち着き払っているの？　今回の件はただごとではないはずなのに、アレクサンダーだなんて。こんなにも不安な気持ちにさせられる相手に、そこまでなれなれしくするなんてできない。それに、どうしてさっきの公爵の言葉が、過ちや堕落へといざなうように聞こえるの？　きっと神経がすりへってしまったせいだ。

「怖いくらいなにもおっしゃらないのですね」

「わたしはこれまでの経過に満足している」

「といいますと？」

返事はなかった——居心地が悪いことこのうえない。しばらくして、キティはふと思った。もしかして、公爵は気安く口を開く人ではないのかもしれない。噂では世捨て人で、社交界の人々とも何年も付き合いらしい付き合いをしていないという話だけれど、こんな状況でほんとうに落ち着きはらっていられる人がいるとは思えなかった。

「なんの経過でしょうか、閣下？」どうしたらいいのかわからなくて、もう一度尋ねた。とても現実に起こっていることとは思えない。

「きみが引き起こしたことだ、ミス・ダンヴァーズ。わたしはきみが社交界を征服する様子を逐一見守ってきた」

キティはぎくりとした。「わたしが、征服ですって?」

「新聞と大衆紙はきみが外に出て、向こう見ずな振る舞いをするたびに記事にした。記者たちはきみの笑い声をナイチンゲールに、笑顔を太陽にたとえんばかりの勢いで書き立てている。そんな読み物から目が離せるものか。そうだろう? 上流階級の人間はわたしたちの関係に眉をひそめたが、実はだれもが興味津々でさらに知りたがっている。わたし自身、きみという女性がまだよくわからないんだ」

キティは記者たちが躍起になって話を聞きだそうとしていたことを思い出した。もしかすると、記者たちにした作り話をぜんぶ読まれたのかしら?――公爵から告白されたとうそぶいた言葉の数々を。あれを読まれたら、巧みな称賛と愛の言葉によほど飢えているのだと思われても仕方ない。

にわかに体が熱くなった。いたたまれなくて、心臓がきゅっと締めつけられるような気がする。

「ここに来るまでのあいだ、どんな女性だろうと考えをめぐらす時間はたっぷりあった」公爵は言った。「きみのことで、あれこれと想像したものだ。厚顔無恥ないかさま師か? わたしの名前で仕立屋をだまそうとしている詐偽師か? あるいは豪邸に入りこもうともくろむ宝石泥棒か? それとも、単に世間を騒がせて混乱を引き起こしたがっている、退屈を持てあましたレディの仕業か？　どういうやり方できみを片づけるのがいちばんか考えていた」

キティは背筋がひやりとするのを感じた。「閣下、この状況で――この状況で〝片づける〟という言葉はふさわしくないように存じます。少々物騒な気がするのですが」

冗談めかして言ってみたが、公爵はにこりともしなかった。いまいましい人。

安心させてくれるようなそぶりはまったくなく、公爵はひとことも言わずに彼女を見おろしているだけだった。まるでこちらが珍しい生き物かなにかで、これほど好奇心をかき立てるものはないと言わんばかりだ。舞踏室のほうから、笑い声とグラスを合わせる音がかすかに聞こえた。キティはそのくぐもった音に集中して、気持ちを落ち着けようとした。こんな土壇場でも、たじろがず勇敢に対応できるかどうか――その行動に、家族の運命がかかっている。

彼女はさっと膝を曲げて優雅にお辞儀をすると、ぐいと顔をあげて背筋を伸ばした。「閣下にご迷惑をおよぼすつもりは毛頭ございませんでした。誓って、数カ月のあいだだけ閣下のお名前におすがりしようと考えただけです。そのことがお耳に入るかもしれないと一瞬でも思い至っておりましたら、けっしてこのような振る舞いにはおよばなかったでしょう。どうかその点はご理解くださいますよう」

公爵が一歩踏みだしたので、キティは一歩さがった。その動きで、マスクに覆われていない部分がすっかり影に包まれて見えなくなった。

「そう申し開きすれば、自分のしたことが正当化されるというのか、ミス・ダンヴァーズ？」

彼女を見つめていたマスクがにわかに冷たくなったかと思うと、不穏な光を帯びて輝きはじめた。耳のなかで轟音（ごうおん）が響きわたる。自分の意志に反して、そのマスクに吸い寄せられるような気がした。

「とんでもないことでございます、閣下。ただ閣下のお怒りをやわらげ、埋め合わせをすることを許していただきたい一心で申しあげました」

公爵がゆっくりと笑みを浮かべたように見えたので、キティはかなり変わった人なのかしらと思った。そして予想以上に扱いにくい人なのかもしれない。

彼から目を逸らして、部屋の隅にあるカシの机にさっと近づき、ろうそくに火をつけた。これでどうかしら――影が少なくなれば、不安も小さくなるはず。そう思って公爵の前に戻ったが、残念なことに、ろうそくの明かりは狭い書斎にますます影を増やしただけだった。手強い相手は――もしかして、おもしろがっている？　あんな恐ろしげな陶器のマスクをつけているのでは、よくわからない。

「わたくしがなによりも恐れておりますのは、このことが公になりましたら、家族の者が一生汚名から逃れられなくなってしまうということです。閣下のように情け深い方でしたら、わたくしの懸念が現実になるようなことはなさらないと存じますが……。この先どのようにすべきか、どうか閣下のご意向を教えていただけないでしょうか」

婚約者が偽りであることを、公爵が新聞社に知らせませんように。そんなことになったら、アナは立ちあがれないほど打ちひしがれてしまうだろう。あれほど彼女に優しくしていた男爵からも愛想を尽かされるはずだ。そのほかにも、考えただけでぞっとするようなことがつぎつぎと頭に浮かんだ。公爵の意向ひとつで、牢屋に入れられるか、裁判にかけられるかもしれない。

「わたしのことを知らないくせに、情け深い人間だと思うのか？　ものを知らないにもほどがある。それとも、うまいことお世辞を言って逃れようとしているのか？　きみは人を煙に巻くのが得意なのかな、ミス・ダンヴァーズ」

彼の暗く物憂げな声は、ただ聞いているだけでキティの心をかき乱した。よくわからないけれど、なにかほかにも伝えたいことが隠れているような気がする。キティの胸をよぎったのは、公爵は道徳観念にそれほどこだわらない人ではないかということだった。だから今回の件で不快感をあらわにしないのでは？　だから新聞社にキティ・ダンヴァーズを非難する手紙も送らず――わざわざ当人に会いにきたのかもしれない。

キティは不安と期待に押しつぶされそうだった。

「これからどうなさるおつもりでしょうか、閣下？」こんなにも落ち着いて話しているのが不思議だった。なかなか答えてもらえなくて、大声でわめきちらしたいくらいなのに。

いっとき、じりじりするような沈黙があった。なんとか言って！　そう言ってやりたかったが、どうにか苛立ちを抑えこんだ。

と思う」

「そのことなら——」公爵はまたもや口元を緩めたように見えた。「なにもしないでおこう

キティは思わず笑ったが、すぐにわれに返った。右手にはめていた手袋を取り、手の甲を額に当ててみる。意外なほどひんやりしていた。わけがわからない。だからといって、これ以上説明してもらいたいかというとそうでもなかった。

「大丈夫か、ミス・ダンヴァーズ?」

あざけるような口ぶりから、人があわてふためくのをおもしろがっているのだとわかった。

「昨日雨に当たってしまって、寝るときに少し熱があったんです。それから、今朝目が覚めたかどうかも定かでなくて。きっと、まだベッドで夢を見ているんだわ」

公爵は頭を傾けた。「きみは変わった人だな。気に入った」

キティはなおさら、熱に浮かされて悪夢を見ているのだと思った。公爵の声は妙に温かく、愉快そうな響きすらある。あらゆることが不確かで、彼の細やかな表情の変化を覆い隠しているマスクがうらめしいくらいだった。とても正気とは思えない話し合いから逃げだしたいのに、その一方で、どういうわけかとどまりたいと思っている。公爵と話をして、なんのためにロンドンまで出てきたのか——そのほんとうの目的と、醜聞と破滅を避ける手だてを知りたかった。

「どうしてマスクをつけてらっしゃるのでしょうか?」彼女は尋ねた。「風変わりな出で立ちを噂されるのは閣下の本意ではないと思いますが」

公爵は微動だにしなかった。息をしていないのではないかとキティが思いはじめたとき、彼はようやく口を開いた。

「やけどの痕がある」

キティの記憶では、そんな噂は聞いたことがなかったし、彼について読みあさった新聞記事にも書いてなかった。社交界の人々はそこまで卑しくないということなのだろう。

「見せていただけますか」キティはささやいてから、なれなれしく失礼なことを口にしたことに驚いた。いったい、どうしてそんなことを口走ったのかしら？　信じられない……。それでも、挑むように頭を反らして待った。

「ふむ……変わっているだけでなく、厚かましいのか。ミス・ダンヴァーズ、きみにはこのうえなく好奇心をかき立てられる。これも悪だくみの一部なのか？」

思わせぶりに皮肉を言われて、キティはすっと息をのんだ。

公爵が一歩近づいた。部屋が小さくなったように思える。どうして近づいたの？

「わたしはただ、閣下のお顔を拝見したかっただけです。どんな方か存じあげないまま、マスクでお顔を隠した方とお話しするのは、どうにも落ち着かないものですから……。そのほかに理由はありません」

公爵は杖を握っていないほうの手を胸に押しつけ、二本の指で二回胸を叩いた。「それは残念だ」

変わっているのはあなたのほう――キティは大海原で、泡立つ波にもまれる木の葉になったような気がした。しかも公爵は政界で重要な地位にある人だ。そんな人ならではの、したたかで知的な雰囲気をひしひしと感じる。

くやしいけれど——この人が怖い。

本能が全力で警告していた。怯えてみせても、愚かなふりをしてもどうにもならない。母によく嘆かれた持ち前の毒舌をふるっても、公爵はびくともしないだろう。けれども、べつに変わり者として気に入られてもいいんじゃない？　重要なのは、家族が無傷で逃げきることと——たとえ無謀な行動のせいで自分が犠牲になったとしても。

「先ほどのお願いに、違う理由をお望みのようですね。では申しあげましょう」キティはそう言うと、頭を左に傾けて公爵の表情を窺った。「もしかすると、あなたはソーントン公爵ではなくて……わたしをだまそうとしている詐欺師なのかも」

公爵がにやりとしたので、キティはどぎまぎした。

「それだけか？」彼は畳みかけるように言った。「わたしがソーントンでないと、本気で思っているのか？」

「ご本人だと思っています」キティは正直に答えた。そうでないと考えるのはあまりにばかげている。偽りの婚約者だとわかっているのは、本物の公爵だけなのだから。

「なぜわたしがここに来たと思う？」

「わたしに会うためだと？」

「そのとおりだ」

なんてこと――キティは公爵から目が離せなかった。なにより、そうせずにはいられない。「よくわからないのですが……閣下はわたしを怒りもせず、責めもなさらないで、どうなさりたいのか……このままでは気持ちがおさまりません」

公爵は、杖の持ち手をつかむ手に力を込めた。「噂を立てられ、悪意ある記事を書かれることにはとっくの昔に慣れっこになっている。そんなものを打ち消すために、スコットランドの領地からわざわざ馬車を飛ばして社交界のハゲタカどもと交わると思うか？　きみの言い訳を聞くために、夜となく昼となく旅をしてきたと思うか、ミス・ダンヴァーズ？」

キティはなすすべもなく彼を見つめ返すしかなかった。口のなかが乾いて、不安で胃が飛びだしてしまいそうな気がする。そして、彼の唇がまた動いて、謎めいたほほえみがちらりと浮かんだ――彼だけが知っている秘密か、特別な理由があると言わんばかりの。

「きみはほかの者たちとは違う、ミス・ダンヴァーズ。わたしは冷えきった自分の部屋で、きみに会うことばかり――きみのとりこになってしまったのではないかと考えていた。あるいは、胸に大きな穴が空いたようにむなしい日々を過ごしていたから、偽りの婚約者がひとすじの光のように思えたのかもしれない。人と違うのは間違いなくいいことだ。それは歓迎すべきことだし、ありきたりで退屈でいるよりはるかに素晴らしい。そう思わないか？」公爵の言葉は驚くほど率直だった。

なにを言っているの？　キティは肌がぞくりとするのを感じた。心臓がどうしようもないほど早鐘を打っている。「閣下……」

公爵の〝胸に大きな穴が空いたようにむなしい日々を過ごしていた〟という言葉に、キティの心は揺さぶられた。そのうえ、今回の正気の沙汰とは思えないもくろみが彼の気持ちを明るくするなんて。わたしがひとすじの光……素晴らしいですって？　口のなかがいっそうからからになった。

けれども、公爵が現れたからにはただではすまないはず――キティには彼の意図がまだわからなかった。もどかしくてたまらない。「わたしにどうしろと……？」

「正直になることだ、ミス・ダンヴァーズ」彼の声は炎となって、キティの肌を舐めるように広がった。「これからは――正直になって、ふたりの絆を深めようじゃないか」

キティはぎょっとした。「閣下は今後もこのような関係がつづくことをおっしゃっているようですが、わたしにはそうなるとは思えません。わたし自身、いまのところは――いかなるときでも、正直でいるつもりですが」

これまで遠慮なく公爵の名前を利用してきたことを思えば、そうして当然だ。

マスクの奥で、青い瞳が挑むように冷たく光った。だが彼がまぶたを閉じてふたたび目を開けると、こちらを見つめ返しているのは奇妙なほど無表情なまなざしだった。

「なぜマスクの下にある顔を見たいんだ？」

「それは……」おなかの前で両手の指を絡ませ、公爵を見つめ返した。射るようなまなざしが、外側にあるものをぜんぶ取り去り、心の内をのぞきこもうとしている。正直になれと――「たぶん、わたしのなかでくすぶっていたものに火をつけた方の顔を見たいのだと思います」

公爵の瞳に好奇心と期待がちらりとひらめいた。彼は首をかしげて言った。「ほう？」

その瞳を見た瞬間、キティの体をなんとも言えないざわめきが駆け抜けた――公爵は、婚約者がおじけづいていないことを楽しんでいる。

「いまは胸がどきどきして、手のひらが汗ばみ、頭のなかに無数の疑問が渦巻いていますが、これまで経験したことがないくらい生きているという実感があるんです。怖いのに、なにかが起こる予感があって……」

冷たく青い瞳が、きらりと光った。「そうか……」

満足した声。

自分でも驚いたことに、キティは彼に一歩近づいた。「閣下。お顔を見せてください」

公爵とふたりきりになったどの時点で、すべてを忘れることにしたのか――礼儀作法も、社交界でそれなりの地位を得たいという願望も、母から何年にもわたってこんこんと言い聞かされてきたレディとしての心得も――改めて振り返っても、よくわからないだろう。〝正直になること〟で、それまで自分のなかでずっと息をひそめていた奔放で不届きな一面が表れたようだった。

沈黙があったが、公爵が心底満足しているのはわかった。それとも、そんなふうに思うほど想像力がたくましくなってしまったのだろうか？

暖炉のなかで、燃えさしが赤く光っていた。不意に公爵はマスクを取った。突然だったが、キティは彼の顔をまじまじと見つめずにはいられなかった。

ただれた皮膚――でも、なんて美しい人なのかしら。

キティは唇を震わせながらため息をつき、その息は部屋の空気に溶けこんでいった。

彼の左の頬から顎、そして首筋にかけて、縄で絞めつけたような醜いやけどの痕が広がっていた。力強く自信に満ちていたはずの男性が、どうしてこんな顔になってしまったのだろう。世が世ならはっとするほど威厳のある容姿に、こんな欠点があるのが不思議だった。

それまでマスクのせいではっきりしなかった彼の顔立ちもあらわになった。力を秘めた高い頬骨。さっき官能的な形に見えた唇は、冷ややかな曲線を描いている。そして、これまでマスクの奥に隠れてよく見えなかった瞳は――濃い青を帯びて輝き、鋭利な知性を漂わせていた。やけどの痕がない側はなめらかで、笑いじわや眉間のしわすらない。まるで無表情のまま人生を歩んできて、感情をなくしてしまった人のよう。

彼がさらに一歩踏みだしたが、キティは動かずに、その目をひたと見つめた。この人のまとう静けさには、計り知れないものがある……。そう思うと、どうしようもない好奇心が湧きあがった。まるで、目に見えない糸が伸びてきて、絡め取られたよう……。

そして、さらに引き寄せられる。

キティはシャンパンを何杯飲んだか思い出そうとした。

公爵は冷ややかなまなざしで、品定めをするように彼女を見た。「最後に舞踏会に出てこの顔を見せたときは、少なくとも九人のレディが気絶した。そのとき聞いた悲鳴が、いまも耳に残っている」

公爵について書かれた記事を調べていたとき、どうしてその話が見当たらなかったのかしら？　キティは少し肩をすくめた。「それは、かなり昔のことでしょう」

「記憶がたしかなら、七年前だ」

「それでは申しあげますが、わたしの周囲に、そこまでや、わ、な者はおりません」

公爵の瞳が光った。「では、きみは怖くないというのか、ミス・ダンヴァーズ？」

「わたしは、不幸にして傷を負った方を怖がるような者ではありません。その点はご同意いただけますでしょうか？」

公爵は黙ったまま、人を不安にさせるようなまなざしで彼女をなおも見据え、キティも気後れせずに彼を見つめ返した。彼の口元がゆがんでいることに気づいたのはそのときだった――痛みをこらえているのだ。そういえば、姿勢もさっきと違って杖にしっかりともたれていた。けれども、彼の威厳は変わらない。こんなにたくましくて魅力的な男性に会うのははじめて――不届きな思いが頭をよぎって、キティはかっと顔が熱くなるのを感じた。

公爵は杖をついてさらに距離を詰めようとしたが、一歩踏みだしたところでよろめいた。キティは思わず駆け寄った。

彼は差しのべられた手を払いのけたが、キティはひるまずに彼の腕をつかんで支えた。

「閣下！」

公爵の信じがたいほど青い瞳が凍りついた。キティは彼の腕をゆっくりと離したが、その場を動かなかった。とっさに腕をつかまれたことで、公爵は気分を害したかもしれない――こちらを見据えるまなざしに、揺るぎない誇りと警戒心が表れている。

他人に頼ることをよしとしない人なのだろう。痛みで口元をますますゆがめているのに、楽になることを拒んでいる。彼のまなざしには苦しみと、計り知れない強さと、ほかの者にはけっして理解できないなにかがあった。

キティはにわかに、切なくてたまらなくなった。これほど弱みを見せないでいるには、どれほどの痛みに耐えなくてはならないのだろう。

意外なことに、しまいに公爵が手を差しだしたので、キティはその手を取った。

「さっきの振る舞いを許してくれないか、ミス・ダンヴァーズ。ペニー以外の人間に触れられることに慣れていないものだから」

愛人かしら？　だとしたら、どうしてそのことを残念に思うの？

彼はキティの手首に、ゆっくりと親指を滑らせた。「妹だ」

キティはほっとしてため息を漏らした。「なにも訝しくは思っていません」

「嘘をつくんじゃない」公爵はおかしそうにささやいた。「きみの瞳はじつに正直だ。よくそれで人をだませたものだな」

彼は頭をかがめ、キティは彼をじっと見あげた。どういうつもり？　けれども、そんなことはどうでもよくなった――なぜなら、彼が唇を重ねてきて、あらゆる感覚がぱっと燃えあがったから。柔らかな羽毛を押しつけられたように、唇をそっと包みこまれた。はっとあえいだ拍子に唇を開くと、下唇に彼の舌先が触れ、全身が熱くなってこわばった。

「ほんとうに世間知らずなんだな。こんなうぶな女性とは思わなかった」彼は唇を少し離してつぶやいた。

よろよろとあとずさって、なすすべもなく彼を見返した。「なぜこんなことを？」

心臓がどくどくと脈打っていた。これまでずっと自分のなかで息をひそめていたものが伸びをして、動きだしたような気がする。この男性をもっと知りたいという熱い思いが体のなかをさざ波のように駆け抜け、怖いけれどわくわくするようななにかが目覚めていった。

キティはもともと、夢見がちなほうではなかった。父からは決まって、おまえは分別があると言ってほめられたものだ。こんなふうに思いつきで行動するのは無責任だし、愚かとしか思えなかったが、それでもこの荒波にはあらがえなかった。

「わたしの婚約者だから」

どういうこと？――公爵の声にはわかりきったことをと言わんばかりの響きがあったが、キティにはよくわからない緊張もはらんでいた。燃えるようなまなざしで見つめられて、キティの鼓動はまた速くなった。「閣下はさぞかしお怒りのはずです。怒って当然ですもの。ですから先ほど、つぐないをさせていただきたいと申しあげたのです」

「わたしは少しも気を悪くしていない。さっきも言ったとおり、きみの行動が誘い水になった。わたしはきみとの婚約に興味を抱いて、乗り気になっている」

きみとの婚約？　キティの胸に希望が芽生えた。「わたしが婚約者のふりをするのを許すとおっしゃるんですか？」

公爵は黒っぽい頭をぐいと上げた。キティは、自分でもうまく言い表せない複雑な思いに駆られた。公爵がこちらの計画に合わせてくれるはずはない。そんなことをしても、彼のような人にはなんの得もないからだ。それとも、このまま茶番劇をつづけさせてくれるほどお人好しなのだろうか。

「なぜです？」そう言ってから、ひとつの可能性が頭をよぎった。「――わたしは、閣下の愛人になるつもりはありません」一度、その手の汚らわしい申し出をされたことがある。そのときは、財産も̀つ̀てもない女性はまったく尊重されないのかと、腹が立って仕方がなかった。「そのおつもりでキスされたのでしたら――」

「手ごめにされるのではといった心配は無用だ。きみに対して肉体的な興味は抱いていないし、今後そうなることもない。そういった考えは捨てることだ」

キティは恥ずかしさのあまり、しばらくなにも言えなかった。「キスをされたものですから、てっきり――」

「わたしは不能なんだ、ミス・ダンヴァーズ。だから、そんなことにはけっしてならない」

熱くなっていた空気が凍りついたようだった。冷めきった口調とは裏腹に、彼の暗い瞳の奥底に激しい怒りがちらりとひらめいたが、瞳はすぐ無表情に戻った。

「も……申し訳ありません」キティはつぶやきながら、その〝不能〟という言葉が意味することと手ごめにされることがどう結びつくのか理解しようとした。関係があるのはたしかだけれど、世間知らずでうぶだと思われたくない。いま相手にしているのは、体が不自由で、ひどいやけどの痕があるにもかかわらず、冷徹なまでに自信家で、当たり前のように威厳を漂わせている相手だ。だからこそ、彼との取り引きで――これが取り引きのはじまりでありますように――弱みを見せたくなかった。「でしたら、わたしにどのようなことをお求めなのでしょうか、閣下」

公爵はほほえんだ。素敵な笑顔。「友人になれるのではないかな」

「友人？」

「そうとも」彼はすんなり応じた。

「友人になることを提案するために、わざわざわたしに会いにこられたのではないでしょう？」キティはふと怖くなった。そんな単純なこととは思えない。きっと公爵は、思いつきを口にしたのだ。

公爵は油断なくこちらを見ていた。「〝キスをする友人〟ではどうだろう」彼の瞳は好奇心をあらわにして、愉快そうにきらめいていた。

キティは体がかっと熱くなるのを感じた。意志に反して、どんどん彼に惹かれていくのがわかる。自分と公爵が――友人だなんて。滑稽にもほどがある。

この人はなにかほかのことも求めている――よくわからないけれど、それはたしか。「もうキスはなしにしましょう」彼の唇が〝不能〟ではなかったことを思い出して、キティはささやいた。「ただし、ほんとうに婚約するおつもりでしたらそのかぎりではありません。わたしはまっとうなレディですから、閣下」

どうしてそんなことを口にしたのだろう。冷静沈着な彼の瞳が、挑発するように光った。

「それはない、ミス・ダンヴァーズ」公爵はつぶやいた。「わたしはけっして結婚しないつもりだ」

6

ミス・ダンヴァーズは異国の女性を思わせる切れ長の目の持ち主だった。ウィスキーのような金茶色の瞳を、漆黒のまつげが囲んでいる。猫の瞳だ。男を惑わしかねない——ゆっくりと、時間をかけて。

「けっして？　けっして結婚なさらないおつもりですか？」ミス・ダンヴァーズはささやきながら、指先を這わせるように彼の顔から全身を眺めまわした。

「そのとおりだ」アレクサンダーはつぶやいた。好奇心を抑えこむのがやっとだ。「この話題はもうなしにしよう」

ミス・ダンヴァーズは目を見開いた。彼女には、飾らない美しさがある。濃い青の舞踏会用ガウンが小柄な体に魅惑的にまといつき、彼女の曲線を包みこんでいた。小柄だが豊かな胸にほっそりした腰つきが、息が止まるほど魅力的だ。腰にはバラ色のシルクの帯が巻かれ、ガウンの深い襟ぐりには小粒の真珠で花模様が縫いつけられている。あらわになったクリーム色の肩から襟ぐりに目をやらずにはいられなかった。

だが、さらにじっくりと観察したのはその顔だった。優雅な輪郭の頬。顔立ちは上品だが、鼻だけはどことなく高慢な感じがする。これまで見ただれよりも黒々とした巻き毛の持ち主で、きめ細かい肌には染みひとつない。真っ白な歯がふっくらとした下唇の上にちらりとのぞいているのが、すねたように唇を嚙んでいるように見える。

伝統的な美人とは言えないが、魅力的な女性だ。

さっき激しい好奇心に突き動かされてロンドンまで馬車を飛ばしてきたと言ったのは、嘘ではなかった。なにしろ記事という記事が自分を愚弄し、手招きし、言葉巧みに誘い、罵りの言葉を投げつけているのだ。公爵の名を利用し、とうの昔に死んでしまった魂をそんなやり方で呼び覚ました詐欺師と一刻も早く対決したくて、どうかしてしまいそうだった。

だが、ここに来ても好奇心はおさまらなかった。むしろ、とどまることなく無限に倍増している。このどうしようもない衝動をなんとか鎮めたい。

今日会ってみて、ミス・ダンヴァーズについてかなりのことがわかった。

彼女はキスをしたことが一度もない。つまり、これまで気の早い若者や手慣れた遊び人に誘惑されたことは一度もないということだ。誘惑した男がいたとしても、その男は手ひどくはねつけられただろう。

それから、彼女はユーモアを楽しみながら優雅に生きている。なにしろ、思いがけなく婚約者が現れて死ぬほどどぎまぎしているのに、一度ならず場の空気を軽くしようとするような女性だ。

それ以上に驚かされたこともある。実際に会う前は、てっきり人を欺いて世渡りするような面の皮の厚い女性だろうと思いこんでいたのに、ミス・ダンヴァーズはあり得ないほどうぶで、たおやかで魅力的な女性に思えた。

無防備な表情にちらりともろさをのぞかせて目を伏せた彼女を見て、こうも思った。ミス・ダンヴァーズはしっかり者だ。なにしろ、この醜い顔を見て取り乱さない女性はめったにいない。そして偽りの婚約者になりきるというとんでもない行動に出たところからして、向こう見ずで、若いのに性根が座っていることがわかる。

彼女の瞳は、家族を養うために詐欺師にならなくてはならなかったことを恥じている。優しくて誇り高い女性だ。だが、逆境で育まれた不屈の精神の持ち主でもある。この先同じ苦境に陥っても、やはり同じことをするだろう。

彼は動かなかったが、心はかき乱されていた。もっと知りたい——この戸惑うような飢えが満たされるまで、彼女のすべてが知りたい。そう思ったところで、にわかに彼女をわがものにしたくてたまらなくなった。

もちろん、そんなのは愚かな願いだ。自分は肉体的な快楽はもとより、彼女を喜ばせるようなものをなにひとつ持ち合わせていないのだから。公爵夫人の地位なら、あるいは——だが、それ以外はなにもない。彼女はその胸にわが子を抱くこともないだろうし、快楽で満たされることもない。そして、いずれ冷えきった孤独のなかに閉じこめられることになる——長いあいだ、自分がそうだったように。

ミス・ダンヴァーズはいっとき彼の背後に目をやったが、すぐに彼の顔に視線を戻した。背筋を伸ばして、ひるむまいとしている。「そろそろ舞踏室に戻ったほうがよろしいのではありませんか、閣下？」

「そうしよう」彼はつぶやいた。

彼女はまぶたを伏せて表情豊かな瞳を隠すと、膝を曲げてお辞儀した。「では、ごきげんよう……アレクサンダー」

それは穏やかで、奇妙で、切ないまでに優しい響きだった。

そして、さっきまであれほど乗り気ではなかったのに、そんなふうに親しげに呼びかけてくれたことで、彼女の運命は決まった。「きみといるあいだは楽しめそうだ、ミス・ダンヴァーズ。明日の午前中に、ポートマン・スクエアのタウンハウスを訪問しよう。温かい歓迎を期待している」

ミス・ダンヴァーズは少しよろめいて、詰め物がされた椅子の肘掛けにつかまった。「閣下……わたしは……」

「そのときに、わたしたちの〝契約〟について話し合おう」

ミス・ダンヴァーズは見るからに戸惑って、答えに詰まっているようだった。

彼はミス・ダンヴァーズの手を取ると、手の甲にかすめるようにキスした。残念なことに、手袋をはめなおしている。まわれ右してドアを開けると、従者と車椅子が待っていた。彼は小さくうなり声を漏らしながら、車椅子に腰をおろした。

ここまでの旅は楽ではなかった。なにしろ、パースシャーからロンドンまで馬車に乗るか馬に乗るかで、何度か宿屋に泊まったときも、体の痛みでろくに眠れなかった。

「このままお帰りになりますか、閣下」あるじがひとりになりたいのを察して、従者のホイトが尋ねた。

「ああ」アレクサンダーは応じた。サンダーソンには明日の朝に手紙を届けさせることにした。以前は友人だった男だ。スコットランドに引きこもるようになってから、疎遠にしたのはこちらのほうだった。

「話し合いはご期待どおりでしたか、閣下？」

うちの召使いたちは、あるじの私生活にいささか立ち入りすぎだ。旅の荷造りをしているときの彼らのはしゃぎようといったらなかった。とうとう奥方を迎えるのだと、喜びを隠そうともしない。いまいましいことに、執事が召使い用の居間で、五十人の召使いたち全員にゴシップ記事を読みあげていたことまでわかった。召使いたちは息をひそめ、耳をそばだてて聞き入っていたそうだ。

まったくいまいましい連中だ――彼はひそかに苦笑いした。

「期待以上だった」彼は正直に認めた。召使いたちの厚かましい振る舞いを何年も放っておいたのは自分だ。

ホイトは満足げに応じた。「それはようございました、閣下」

ホイトに車椅子を押されて廊下を進むあいだ、ミス・ダンヴァーズの視線を背中にずっと感じた。彼女と一緒にいたい――そんな理屈抜きの欲求が一気に湧きあがったのはなぜだろう？　そんなことをしてもいいことはひとつもないはずだ。ミス・ダンヴァーズは愛人にも、妻にもなり得ない。〝友人〟というのは、彼女が呼び覚ました感情に戸惑ってとっさに思いついた言葉だった。彼女は死ぬほど怯えただろう。こちらの要求に困惑しているのは間違いない。

それはわたしも同じことだ、ミス・ダンヴァーズ……。

翌日、キティはタウンハウスの狭い庭に面した窓辺で、気持ちを落ち着けながらソーントン公爵の来訪を待っていた。彼女が座っているのはバラ色の真新しい安楽椅子で、その膝には公爵にいくら借りがあるか記した手帳が乗っている。

千ポンド近い金額だった。とてもすぐには返せない。

こまめに節約して、条件のいい家庭教師の仕事に就いたとしても、十年はかかりそうだった。キティはパタンと音を立てて手帳を閉じた。なんと愚かなことをしてしまったのだろう

――あの事務弁護士にすすめられるままにタウンハウスを借り、家具を揃えさせ、家族が戸惑うほど大勢の使用人を雇うなんて。提案をことわったら怪しまれるのではないかと思ってそうしたけれど、そこまで抜かりなく行動しても結局公爵は現れた。

そして彼は驚いたことに、友人になろうと真顔で言ってきた。そんな空恐ろしいことを

――でも、願ってもない話だ。友人でいられるなら、家族にとって有益なことこのうえない。そうなれば、これまでどうにか築いてきた頼りないつてが確実なものになるだろうし、妹たちの将来も開ける。

それでも、キティは気が気でなかった。

それどころか、すっかり弱気になってしまったくらいだ。ゆうべ舞踏会から帰ってきてからは一睡もできなかった。公爵が何年かぶりにロンドンに現れたことはすぐ噂になるだろう。今日の訪問も、厄介なことになる前兆でしかない。

母はジュディスとヘンリエッタを伴って公園にピクニックに出かけていた。アナは侍女に付き添われて、男爵と一緒にランドー（幌付きの四輪馬車）で出かけている。キティはそうした予定が取り消されないように、公爵が来ることはだれにも告げなかった。舞踏会に公爵が現れたことはだれにも話さないとアナが約束してくれたので、つじつま合わせはむずかしくなかった。もちろん母と妹たちも、帰宅するころにはすべてを知っているだろう。なにしろ、街じゅうがすでにその噂でもちきりになっているはずだから。

もっと確実な取り決めをするまで、公爵のことは家族に話したくなかった。友人だなんて――キスをする友人？　自分は尻軽女でも、奔放に振る舞うことに同意したわけでもないのに。

キティは考えこんだ。今回のたくらみは不届き千万かもしれないけれど、だからといってやりたい放題にされていいわけではない。

来訪に備えて昼用のいちばんしゃれたガウンを着て、髪は流行の凝った髪型に結いあげた。最高のもてなしをするように指示し、もともとぴかぴかの客間は空気を入れ換え、摘みたてのバラも飾った。執事が現れて「ソーントン公爵閣下がお見えになりました」と告げたときには、思わず安堵の声を漏らすところだった。

公爵がゆっくりと入ってきたので、キティはさっと立ちあがった。なんて紳士らしくて、自信にあふれているのだろう。今日の彼は杖をついていない。そして淡い黄褐色のブリーチズとベスト、膝上まである散歩用ブーツ、濃紺の上着に凝った結び方をしたクラヴァットと、長いこと社交界から遠ざかっていたとは思えないほど、非の打ちどころのない服装に身を包んでいた。

彼はアーチ形の入口をくぐりかけたところで立ち止まり、部屋の奥にいるキティを見た。マスクをつけていない。昼間見るやけどの痕はいっそうむごたらしく、つらい過去とここに至るまでの孤独な道のりを窺わせた。

いったい、なにがあったのかしら？　頭のなかに質問が渦巻き、もう少しで口にしそうになったが、キティは言葉をのみこんだ。親しくない間柄でそんなふうに私生活に立ち入るべきではない。

彼は威圧感をにじませていたが、その瞳が一瞬揺らぐのを見て、キティははっとした。

この人も不安なのかしら？

そんなことはあり得ない。でも……。

キティは静かに息を吸いこんで気持ちを落ち着けると、膝を深く折ってお辞儀をした。ここは、おとなしく目を伏せていたほうが賢明だろう。「閣下、またお会いできて光栄です」

「とてもそうは見えない」

「なぜでしょうか、閣下？」キティは優雅に結ばれたクラヴァットから目を逸らさずに尋ねた。

「いかにも悔い改めたような、しおらしくはかなげなその振る舞いを見ればわかる」

いきなりそんなことを言われて、キティは思わず彼の目を見た。礼儀上、手厳しく言い返せない。それに、彼のやり方もわからなかった。ひとまず相手の出方を見きわめようと無言でにらみ合ううちに、彼のまなざしに巧妙なユーモアが潜んでいることに気づいた。

公爵がようやく部屋のなかに入ってきた。「では、わたしたちは会えてうれしいわけだ。わたしに会っても不安ではないと？」

どうやら公爵は、婉曲な言いまわしをしない人らしい。「もちろん、不安などありません。わたしたちは友人のようなものではないのですか？」キティはごく当たり前の話をしているような口調で言った。

「きみが言いたいことをこらえているのは見え見えだ、ミス・ダンヴァーズ。だから挑発した」

「レディが礼儀を忘れるわけにはいきませんもの。そうでしょう？」キティはどうにか笑みを浮かべた。

公爵は鋭いまなざしで彼女を見据えた。「悪賢いことを考えながら、愛想よく上品に振る舞えるものだろうか？」

ずばりと言われて、キティは唖然とするしかなかった。「嫌みを言い合うためにこちらに来られたのではないと思いますが、閣下？　わたしたちの……〝契約〟について話し合いに来られたのでは？」

公爵がほほえんだので、キティはどきりとした。

様子を窺いながら、彼女はさらにつづけた。「どうぞお掛けくださいませ。飲み物をもってこさせますから」

公爵は彼女の向かいに置かれた安楽椅子に身を沈めた。間もなく、彼の到着と同時に臨戦態勢になってキティと同じくらいぴりぴりしていた家政婦が、お茶のセットを慌ただしく運んできた。

「ありがとう、ミセス・ヘッジポール」キティは家政婦に声をかけると、公爵のお茶を淹れた。

ずっと彼の視線を感じた。なにひとつ見逃さないまなざしだ。

ソーサーに載せたカップを手渡すと、大きな——だが意外なほど優雅な手のなかにカップがのみこまれたように見えた。左手の甲に、編み目のようなやけどの痕が残っている。キティはいっときその痕に目を留めたが、すぐにはっとして彼の顔を見た。

公爵はお茶を飲みながらカップ越しに彼女を観察していたが、やがてそれをクルミ材の小さなテーブルの上に戻した。「ここの玄関の近くを、新聞記者がうろついていた。これがやたらと熱心で、わたしに声をかけてくるんだ——相手にしなかったが」

キティは咳払いした。「閣下が社交界にふたたびお出ましになったとあれば一大事ですから……。すでに騒ぎになっているところに、これでは火に油を注ぐようなものですわ。なにしろ、何年も姿を見せていらっしゃらなかったんですもの。いまだに、こうして目の前に座っていらっしゃるのが信じられないくらいです」

公爵はちらりと笑みを浮かべただけで、なにも言わなかった。ただ婚約者を見つめているだけで満足だと言わんばかりだ。そうやって人をじろじろ見るのは無作法なことだし、相手を苛立たせることもわかっているはずなのに。

「ミス・ダンヴァーズ――」

「閣下――」

彼の目が笑ったような気がして、キティは落ち着かなくなった。

「わたしたちはふたりとも、どう折り合いをつけるか、肝心なところを詰めなくてはならないと思っている」

キティは引きつったような笑い声を漏らした。「わたしと、その――友人関係になったとして、閣下にどのような利益があるのでしょうか」

ほら、また――彼の瞳に、人を不安にさせるようななにかがひらめいた。

「ここ数年、胸が躍るようなことがほとんどなかった。これほどの逸品は、納得のいくまで吟味しなくては気がすまない」

どういうこと――わたしが、〝逸品〟だというの？「そのあとは、どうなさるおつもりですか？」

「ほかに興味をそそるものに移る」公爵は当たり前のように答えた。

キティは背筋がひやりとするのを感じた。この男性とどんなやりとりをするにしろ、細心の注意を払って立ちまわらなければ、心を絡め取られて、ぞんざいに捨てられる羽目になる。

「そうですか」キティは静かに応じて、お茶を少し飲んだ。「では、最初に申しあげますが、このたびの愚かな振る舞いは、だれにそそのかされたわけでもありません。家族はこの件を一切関知しておりませんし、ましてやなんの咎(とが)もないのです。このまま、なにも知らさないようにしていただけるといいのですが」

「承知した」

「それから――わたしたちの婚約が見せかけであることを、社交界のだれにも明かさないでいただけますか？」

「なにかと引き換えになら」公爵はあっさり答えた。いかにも当然と言わんばかりだ。

『ベニスの商人』さながら、一ポンドの肉を要求するつもりかしら。「友人になることが代償です」キティは念を押すつもりで言った。

「いいだろう」

「では、どうすればよろしいでしょうか？」キティはささやいた。

「わたしと共に過ごしてもらう」彼の口ぶりは、命令することに慣れている人物のそれだった。「わたし自身、異性の友人がいたことは……きみのように、ひどく興味をそそられる異性の友人がいたことはこれまで一度もない、ミス・ダンヴァーズ」

キティは信じられない思いで、公爵をまじまじと見返した。それなのに、どうしてわたしと友人になろうとするの？　爵位と権威を恥ずかしげもなく利用した女と？

そのとき、信じがたい考えが頭の片隅に浮かんで、キティははっとした。

この人は寂しいのだ。

まるで、胸を刺し貫かれたようだった。キティはなすすべもなく彼を見つめた。

あなたはどういう人なの？　ここ数年、彼がどんな生活を送っていたのか知りたくてたまらなくなった。「友人としてどのようなお付き合いをお望みですか、閣下？　それがどんなに風変わりなことか、ご承知かと思いますが」

「ふむ……そのことについては、わたしに任せてくれないか」

それなら、〝キスをする友人〟にはけっしてならないことをはっきりさせておかなくてはならない。「不適切なことは一切いたしません」キティは鼻に皺を寄せて言った。

公爵の瞳が、かすかに光った。「明日、レディ・カーンフォースの舞踏会に来てくれないか。そこからはじめよう。それから、芝居を見にいく。もう何年も舞台を見ていない」彼の口ぶりには、憧れるような切ない響きがあった。「あるいは、博物館に出かけてもいい。とにかく、興味の赴くままに出かけたいんだ。そのとき、きみにも来てもらいたい」

とたんにキティはぞくぞくしたが、どうしてそうなったのか、考える間もなくその感覚は消えてしまった。

「長いこと社交界から遠ざかっていらっしゃったので、ご存じないようですが――」キティは言った。「レディ・カーンフォースは、ウィットと鋭い毒舌で知られた手厳しい方です。

毎年夏に主催される舞踏会は、社交界でも語り草になるほどですが、名士の方々しか招待されません。いくらわたしが最近世間を騒がせているからといっても、招待されるはずがありませんわ」

公爵は、そんなことはどうでもいいと言わんばかりに曖昧に応じると、ぞんざいに言った。

「招待状なら届く」

きっと公爵は、自分がロンドンに戻った以上、招待状が遅れて届けられることを知っているのだ。なぜなら、名のあるレディというレディが、謎めいた公爵を自分の舞踏会や文学サロンに招こうと躍起になるはずだから。公爵は、そうした上流社会につきものの優雅な付き合いが恋しくなったのかしら？「舞踏会は明日です。招待状が届きましたら、妹と母と一緒に参りますわ」

公爵はほほえんだ。笑顔になると、凄みのある顔がぐっと柔和になる。キティのまなざしは、彼の顔を台なしにしている縄目のようなやけどの痕に吸い寄せられた。どうしてゆうべはマスクをつけていたのに、今日はつけていないのかしら。

「そうしてもらおう、ミス・ダンヴァーズ」公爵は感じよく言ったが、その目は油断なく光っていた。

まるで、ほんとうに口説こうとしているよう――もちろん、そんなはずはない。ふたりはただ、本物の婚約者がするように親しげに振る舞い、期待に胸を膨らませているように見せるだけだ。

そんなふうに行動するのは空恐ろしかったが、その一方でほっとしていた。これで、アナは望ましい嫁ぎ先に落ち着けるかもしれない。

だが、これほど大っぴらにしてしまった以上、ひとたび婚約が解消されたら、自分自身が良縁に恵まれる機会は一切なくなってしまう。思ったより致命的なことになりそうだったが、それでもキティは、どんなことでもするつもりだった。

できればあと六カ月ほどこのままでいられたら――。そうなれば、社交シーズンが終わるまでにジュディスの縁談もまとまるかもしれない。妹ふたりの未来を、まとめて確実なものにできる。

ああ、それがかなうならなんでもする。末の妹ヘンリエッタが社交界入りするころには姉のスキャンダルも下火になって、今度はアナとジュディスが申し分ない後ろ盾になってくれるだろうから。

キティはおずおずと公爵にほほえんだ。

すると、彼が言った。「それから、スコットランドのわたしの領地に一、二週間ほど滞在してもらう。ただし、付き添いはなしだ」

キティはそれがいかにとんでもないことか伝えるのに、しばらく言葉を探さなくてはならなかった。「な……なんですって？」

「いま言ったとおりだ、ミス・ダンヴァーズ」

「そんなことはとてもできません、閣下」

「わたしは私生活を大事にする人間だ。きみがわが屋敷に滞在するあいだ、ハゲタカのような記者どもがわたしたちの生活を外に漏らすことはない。興味本位で憶測を書きたてる人間にはがまんがならないんだ。きみが困るようなことはひとつもないと保証しよう」

公爵が平然とそんなことを言うので、キティはますます慌てた。「わたしがスコットランドのお屋敷に行くなど……。とんでもないお話ですわ。そんなことをするわけにはいきません」

「交渉の余地はない」

彼の鮮やかな青い瞳が冷たくなったので、キティはひやりとした。

「付き添いなしで田舎に出かけることはできません。そんなことをしたら、世間からなんと言われるか……」

公爵はお茶を口に運んだ。わざと間を取っている。「きみが世間の評判を気にするとは驚きだな。これほど手の込んだ悪だくみを思いつくんだ。それほどやわな女性ではないと思うが」

彼がからかうように片眉をつりあげるのを見て、キティは顔を赤らめた。目と目が合うと、なぜか下腹部がきゅっと縮こまって、胸がどきどきする。

公爵は手に持っていたカップとソーサーをクルミ材のテーブルに置くと、安楽椅子の背にゆったりともたれて、長くたくましい脚を伸ばした。「きみのように図々しい女性は気にしないはずだ」

「だれかにそそのかされたからといって、礼儀知らずな行動を取ることはありません。考えなしの軽はずみな女に見えるかもしれませんが、それは違います、閣下」

空気が張りつめて、ぴりぴりしていた。

「ほう……では、わたしの婚約者になりきるために、入念に計画を立て、それを巧みに実行に移したというわけだ」

キティはいっとき言葉に詰まって目をしばたたいた。「この点はぜひともご理解いただきたいのですが――社交界を相手に芝居を打ったのはやむを得ない事情に迫られたからです」

思わず見とれるようなほほえみが、またもや彼の口元に浮かんだ。「きみはいくつになる、ミス・ダンヴァーズ？」

キティは答えないでおこうかと思ったが、考えなおした。「二十三になります、閣下」

「では、社交界入りしたばかりで、つねにお目付役が必要な娘ではないわけだ。きみほど抜け目ない女性なら、わたしの計画に身を委ねても自分の評判くらい守れるだろう。わたしはできると思うが、どうかな？」

彼は微動だにしなかった。

「閣下――」

「こちらの条件に同意しないのなら、婚約は今日で解消する」

彼の低い声がとても落ち着いていたので、その容赦ない内容を理解するのにしばらくかかった。体が小刻みに震え、心臓が小鳥のようにどきどきしている。こちらが口を開くのを、彼がただ待っているのが腹立たしかった。

「社交シーズンでは、きわめて繊細な舵取りが必要です。わたしがいなくては、妹たちは途方に暮れてしまうでしょう。これまでのわたしの行動は、すべて妹たちのためにしてきたことです。それなのに、必要なときに妹たちのそばにいてやれないとなると……」キティは言葉を切って、大きく息を吸いこんだ。

彼が表情を変えないところを見ると、いまの説得は無駄に終わったらしい。

「せいぜい一、二週間ロンドンを離れるだけだ。なんとかなるだろう」公爵は素っ気なく言った。

「閣下には大変よくしていただきましたが、そのご恩に報いるには、ほかの方法もあるはずです」

公爵はまたもや推しはかるようなまなざしで彼女を見た。「わたしの名づけ親――ダーリング伯爵夫人に、きみの妹たちの世話を頼もう。結婚市場に出ていくなら、きみが世話を焼くより、彼女が後ろ盾になるほうがいい」

キティは思わず息をのんだ。ダーリング伯爵夫人といえば、社交界でもっとも影響力のある女性のひとりだ。その人が後ろ盾になるというのは、妹たちにとってこれ以上望むべくもない話だった。信じられなくて、思わず聞き返した。「ほんとうでしょうか？」

「ああ、ほんとうだとも。それから、こう言えば安心してもらえるだろうか――妹のペニーもわたしたちと一緒だ。ペニーなら、口うるさい付き添い役になってくれる」公爵はおかしそうに言った。妹がかわいくてたまらないのだろう。険しかった表情がほころびかけている。

「妹さんもスコットランドに？」

「ああ」公爵はなにやら考えているような目で応じた。「ペニーは、きみの大胆な行動を書きたてた新聞記事をひとつ残らず読んで、きみにとても会いたがっている」

キティはまだすんなり言いなりになるつもりはなかった。「お気づかいに心より感謝申しあげますわ、閣下」静かに言った。「では、友情を深めるための婚約期間をどれくらいにするか、提案させていただいても？」

彼の唇がぴくついた。「それはだめだ」

きっぱり拒絶されて、キティは奇妙なほどどきりとした。「閣下――」

「その期間は、わたしの――気分で決まる」

キティはすっと背筋を伸ばした。つまり、キティ・ダンヴァーズと一緒にいることに飽きたら、六カ月はおろか、六日でさよならということだ。それでわかった。公爵にとっては、こちらが世間を欺いている理由はどうでもいい。肝心なのは、新しくてぴかぴかしたおもちゃを見つけたということ。そして、こちらに交渉する権利はない。

だが、そこではっとした。この人は謎めいた有力な貴族、ソーントン公爵だ。彼なら、上流階級のレディからその手の職業の女性に至るまで、あらゆるたぐいの女性を何人でも、好きなようにそばに置いておけるだろう。それなのに、そんな彼が興味を引かれたのは、しがない壁の花だった――。

そう思うとくらくらして、心臓の鼓動がさらにあり得ないほど速まった。「では、いつでも出発できるように仕度をしておきますわ、閣下」

公爵の目が満足げに光った。「では、話し合いはおしまいだ」彼はふたたびカップとソーサーを取りあげると、挨拶するようにカップを持ちあげてお茶を飲んだ。

そのとき、玄関の扉が開いて、大理石貼りのホールにせかせかと駆けこんでくる足音が響いた。母と妹たちの興奮した声が聞こえる。キティは思わずうめきそうになるのをこらえて立ちあがり、スカートのしわを伸ばして、大きく息を吸いこんだ。

公爵もなにも言わずに立ちあがり、両手を後ろに組んで、開いたままの戸口に威風堂々と向きなおった。

キティは不安で仕方がなかったが、どうにか気持ちを落ち着けた。

「キャスリン、さっきびっくりするような噂を耳にしたのだけれど――」

彼女の母は公爵を見てはっと息をのみ、胸に手をやった。そしてちらりとキティを見て、公爵にまた目を戻したときにはすっかり平静を取り戻していた。

「お母さま……」キティはそわそわして、咳払いをした。「閣下、母のマーロウ子爵夫人と妹のミス・ジュディス・ダンヴァーズ、ミス・ヘンリエッタ・ダンヴァーズを紹介させていただきます」

母と妹たちは、膝を深く折ってお辞儀した。妹たちは公爵のやけどの痕をまともに見ないようにしていたが、母は顔色ひとつ変えずに彼をじっと見つめた。その穏やかなまなざしには、同情と敬意がこもっていた。

「お目にかかれて光栄ですわ、閣下」母はほほえんで言った。

公爵は前に進みでると、キティが驚いたことに、見とれるほど優雅なお辞儀をした。

「レディ・マーロウ、ようやくお会いできて光栄です。ふたりのお嬢さんについても、素晴らしいレディだと伺っていますよ」

キティは母と妹たちが顔を赤らめるのを見て目を丸くした。あの公爵が、人が変わったように愛想のいい紳士になって、さりげなく、それでいて心底うれしくなるようなほめ言葉をかけている……。彼はそれ以上のもてなしを丁寧にことわると、数日後に、今度は名づけ親のダーリング伯爵夫人と一緒に訪問すると言った。キティの母はあまりのことに卒倒しそうになった。

やがて公爵がキティに目配せをして帰っていくと、母は妹たちを狭いほうの居間に追い払った。

ふたりきりになると、キティは母の視線を感じて落ち着かなくなった。

「あなたからソーントン公爵と婚約したと聞かされたときは、とても信じられなかったわ。新聞で婚約が告知されても、それは変わらなかった」母はどんな変化も見逃すまいと、キティの表情を探るように見ていた。「あなたはいつも向こう見ずで、手に負えない娘だったから、どういうことかしらとは思っていたけれど……」

「そんなふうに思われていたなんて驚きだわ、お母さま」キティはどぎまぎしながらも、平静を装ってソファに腰をおろした。「もっとお茶を持ってこさせましょうか？」

「いいえ、結構よ」母は穏やかに答えると、しずしずと近づいてきてキティの隣に腰をおろした。「世間は、ソーントン公爵がロンドンに到着したという噂で持ちきりになっているわ。今日はレディ・グッドールとレディ・ウェストンからゆうべの舞踏会に公爵が現れたと聞かされて、とっさに知っているふりをしなくてはならなかったの。あなたが公爵としばらくふたりきりになっていたという、ぞっとするような話まで……」

キティは母の手をつかんだ。「ごめんなさい、お母さま――今朝お話しするべきだったわ。ゆうべの舞踏会にソーントン公爵がいらっしゃることは、わたしも知らなくて……閣下は、わたしを驚かせるおつもりだったの。そして、たしかにふたりきりで話し合ったわ」

母は安心させるようにキティの手を握りしめた。「その話し合いは、あなたが望むような結果に終わったの？」

キティは母の胸に抱きつきたくてたまらなくなった。最後に母から慰めてもらったり、助言してもらったりしたのはいつだろう。実際、父が亡くなってからは、家族が進むべき方向は母でなく彼女が決めてきたようなものだったし、問題が起きるたびに家族を励まして対処するのも彼女の仕事だった。食べるものや家庭内の切り盛りについて家族全員が彼女を頼りにし、安定と安心感を求めるようになって、かれこれ五年になる。その間に心が折れたことは一度もなかったが、いまは唇が震え、喉が焼けつくように熱くなっていた。肩にのしかかるこの重荷をおろしたい――ほんのしばらくのあいだだけでも。

母はなおも答えを待っていた。キティが子どものころから、いやになるほど効果てきめんだったやり方だ。揺るぎないまなざしでこんなふうにじっと見つめられると、子どもたちは嘘や秘密を洗いざらい白状せずにはいられなくなる。

後ろめたくて、キティは頬が熱くなるのを感じた。「公爵から――ソーントン公爵から、何日かスコットランドのお屋敷に滞在するように誘われたの」

嘘の説明をしてこの場をごまかすことも頭をよぎったが、愛する家族を欺くのはもううんざりだった。公爵との婚約は願ってもない話だとみんな思っているけれど、母に対してはもっと正直でいたい――とりわけ、だれかの助言が必要ないまは。「付き添い役は連れてくるなと言われたわ」

「まあ！」母はキティの手を離して、美しい眉をひそめた。

「でも、べつに危害を加えるつもりはなくて、詮索好きな人たちのいないところでわたしのことをもっと知りたいだけだと思うの。お屋敷には妹さんも住んでいて、家庭教師もいらっしゃるそうよ。なにもやましいことはないと思うわ」

できれば、もっと自信ありげに言いたかった。不安のあまり、こんなに胸が震えていなければいいのに。ああ、ほんとうにどうしてしまったの？

母は優しくほほえむと、キティの肩を抱き寄せた。「紳士のなかには、お目付役がいると口が重くなってしまう人がいるの。アーティもそうだった。だから、わたしたちは……何度か人目を忍んで、愛を育んだものよ」母は頬を赤らめてつづけた。「そういうひとときが必要なのだとしたら、公爵がそんなことを言いだすのもわかるわ。それにあなたは二十三で、ソーントン公爵は、人づてに伺った話では三十におなりだとか。ふたりとも道理をわきまえた、良識ある大人ですものね」

キティはひそかに驚いた。母は不適切なことをしていいと言っているのだ。あれほどいつも礼儀作法にうるさかった子爵夫人が。娘たちの悪ふざけを理解して大目に見てくれるのは、どちらかといえば父のほうだった。母がそんなことを言いだすなんて信じられない。「お母さま――」

「何人かのお友達に、それとなく言っておくわ。あなたがダービーシャーのエフィーおばのところに一、二週間滞在すると」

「お母さま！」

母は立ちあがってキティを見おろした。「あなたの誠実で優しい性格を知ったら、公爵はきっとあなたを奥方に迎えてくださると思うわ」静かに言いながら、母は目に涙を浮かべた。

それを見て、キティも立ちあがった。「お母さま――」

母は背筋を伸ばした。「あなたのためを思ってそう言っているのよ。公爵と縁つづきになれば一族の利益になるというのもあるけれど、それだけじゃないの。あなた自身が、安住の地で幸せになるのにふさわしい女性だからよ。そこに、地位も財産もある男性と幸せになってほしいと願うのがそんなに恥ずかしいことかしら？　幸運は大胆に行動する者のところに転がりこむの。それ以上はもう控えておくわね」

母はそう言うと、さっと身をひるがえして部屋を出ていった。キティはあっけにとられてなにも言えなかった。胸のなかに期待と不安が渦巻いている。

幸運は大胆に行動する者のところに転がりこむ？

たしかにいまは、どんな破滅や苦しみが待ちかまえていようとそうするつもりだけれど……。

だからといって、ソーントン公爵のような謎めいた変わり者の気を引くつもりはない。興味がなくなったとたんに、相手を破滅させようとするような人は――。

けれども、彼の唇の感触がいまも忘れられなかった。両腕を体にまわされたときの感触も、肌に焼きついているような気がする。彼が内に秘めた情熱も、男性らしい香りも、こちらに向かって〝逸品〟と言ったときの彼の切ないまなざしも憶えていた。

このわたしが――もっと吟味したい〝逸品〟だなんて、まさかそんな。

キティは目を閉じ、まだどきどきしている胸を押さえてつぶやいた。「でも、なんて素敵な言葉なのかしら……」

7

レディ・カーンフォースの贅沢なタウンハウスの舞踏室で、アレクサンダーは室内バルコニーの柱の陰から集まった人々を眺めていた。そのなかに、社交界についてのある顔見知りの新聞記者が何人か混じっている。彼らは首相とバンクロフト公爵、そして陽気な女主人と話をしていたが、時折ハゲタカのようなまなざしを彼のほうに向けて、顔の半分を覆っているマスクと彼が握りしめている黒檀の杖をじろじろ見ていた。

ロンドン社交界の人々は、文字どおりゴシップ中毒だ。記者たちは彼らに餌を与え、明日はだれもがロンドンに到着したソーントン公爵の詳細な記事を読み、あれこれと憶測をめぐらせることになる。

どういうわけか、愉快な気分だった。奇妙なことに、懐しい気もする。以前はロンドンが好きで、社交シーズンの浮わついた生活が楽しくて仕方がなかった。スコットランドに引きこもっているときに、そんな生活が恋しいとはまったく思わなかったが。

美しく着飾った人々が彼のまわりでさまざまな香水の匂いを振りまき、耳障りな声で話し、笑い声をあげていた。だがコリント式の柱にもたれている彼に気づくと、たいてい口をつぐんでしまう。マスクにちらちらと視線を投げかけてくるだけで、興味津々なのに、だれも近づいてこようとしない。

ソーントン公爵の名前がひそひそとささやかれるのも聞こえた。その公爵が、こんなところでいったいなにをしている？　もともと自分は、衝動に突き動かされて行動するような人間ではない。以前に社交界の常連だったころ、あまりの手の早さに、〝だれよりもたちの悪い、危険な男性〟と言われていたときですらそうだった。あらゆることをつねに入念に計画して実行する。そうした戦略家の一面があるからこそ、ミス・ダンヴァーズのもくろみに一目置いているのだ。

だが、彼女を見いだしてからの自分は、衝動的というほかなかった。そしてミス・ダンヴァーズがかき立てた、彼女のことをもっと知りたいという手に負えない欲望に、たちまち屈してしまった。

自分の人生は、そんなに空っぽだったのだろうか？

どうやらそうらしい。なぜなら、彼女の計画を叩きつぶして終わりにするような筋の通った理由が見つからないからだ。ミス・ダンヴァーズは、正体をさらして報いを受けさせるべき詐欺師だが、すでにそんな考えは消え去っていた。いまあるのは、彼女を理解して、玉ねぎの皮をむくようにその中身を知りたいという燃えるような好奇心だけだ。

「マーロウ子爵夫人、ミス・キャスリン・ダンヴァーズ、そしてミス・アナベル・ダンヴァーズのご到着です」

アレクサンダーの視線は、執事の声がしたほうに吸い寄せられた。ミス・ダンヴァーズが舞踏室の反対側の入口に現れ、彼は呼吸を忘れた。

なぜこんなふうになるのか、理由はけっしてわからないだろう。明日のゴシップ紙や情報紙に載せようと手ぐすね引いて待っていた記者たちが、ミス・ダンヴァーズから彼のいる室内バルコニーにさっと視線を移した。ミス・ダンヴァーズはまたもや記事の主役になるだろう。そしてのぼせあがったソーントン公爵が、彼女の魅惑的な姿に見とれていたと書かれるわけだ。

世間にはそんなふうに彼女に首ったけになっていると思われているが、ほんとうのところはどうなのだろう。自分は甘い感傷に浸るような人間ではない。だからといって、愛の力を信じていないわけではないが——いや、たしかに信じている。ただ、これまで知り合った女性たちには総じて、控えめな好意と、つかの間の欲望しか感じなかっただけだ。かつての婚約者に惹かれた理由も、権力と人脈だった。人気者でなおかつ有望な政治家であり、いずれ公爵になることが約束されている男と似合いの、社交界一のダイヤモンド。

新聞も、あえて〝恋〟という言葉は使わなかった。だがいまは、痛快なミス・ダンヴァーズにあたかもぞっこんになっているように風刺画に描かれ、おもしろおかしく書き立てられている。これも、ミス・ダンヴァーズのせいだ——思い知らせてやらずにはいられない。

ミス・ダンヴァーズの鮮やかな緑のガウンは、淡い暖色系のドレスが多いなかで、はっとするほど目を引いた。彼はその姿を遠慮なく観察した。優雅なドレスの下に、ほっそりとくびれて緩やかに広がる腰と、魅惑的な胸の膨らみが見て取れる。数人の若者と、さらに年配の紳士がひとりかふたり、ものほしげなまなざしをちらちらと彼女に向けていた。

ミス・ダンヴァーズは自分の魅力に気づいていないようだった。頬も染めず、得意げな顔もせずに、舞踏室の様子を窺いながら階段をおりている。小柄だが官能的な体の動きがなまめかしくて、目で追わずにはいられない。それに、あの誘うような口元。わが婚約者の、なんと魅惑的なことか――こんな素晴らしい女性を見逃していた男どもは、よほどの間抜けとしか思えない。

彼女のあとから、すらりとした体に淡いピンクのガウンをまとった女性がおりてきた。ふたりは階段をおりたところで短く言葉を交わすと、人混みを縫って舞踏室の壁際に向かった。ふきれぎれに聞こえてくるささやきから、あとからおりてきた女性がミス・ダンヴァーズの妹だとわかった。

ふたりとも美人だ。財産とつてを基準にして女性を選ばなくてはならない男たちが気の毒になる。

金色のドレスとダイヤモンドをきらめかせながら、レディ・カーンフォースが近づいてきた。「あら、あなたにまた会えるなんて！　何年ぶりかしら！」彼女はわざとらしく驚いた。「その仮面の下の顔は、アレクサンダー、あなたなんでしょうね？　会いたいと思っていたのよ――心の底から」

アレクサンダーは前屈みになり、彼女が持ちあげた手に型どおりのキスをした。「間違いなくわたしだ、従姉妹のミランダ。わたしもきみに会いたいと思っていた」アレクサンダーは自分がほんとうにそう思っていたことに気づいて少し驚いた。たしかに、ミランダの突飛で厚かましい言動を懐かしく思っていた。

彼が姿勢を戻したとき、ちょうどキティの視線が室内バルコニーにいる彼をとらえた。彼女はぴたりと動きを止めると、挨拶するように頭を反らした――またもや胸のなかに温かいものが流れこんでくる。

もしかして、医者に診てもらったほうがいいのかもしれない。

レディ・カーンフォースも好奇心をあらわにしてミス・ダンヴァーズを見ていたが、やがてほかの人々に視線を移した。そう見せかけて、横目でこちらを窺っている。人々の注目を集めている従兄弟がどう反応するのか、気にしているのだ。たしかに、既婚のレディや社交界入りしたばかりの娘たちが、あからさまにこちらをじっと見ていた。その貪るような視線が、毒アリのように首筋や背中を這いまわっている。

「上品な方々でも、少しばかり礼儀知らずになることがあるのね」レディ・カーンフォースはふんと鼻を鳴らした。「お食事には、このうえなく贅沢なものを用意させたわ。食堂もエジプト風に飾りつけたのよ。ほら、いまはエジプト風にするのが大はやりでしょう？　それに、ひそかに愛人関係にある方々や、色恋が噂されている人を片端から招待してあるの。そうしたら、みなさん自分のことで手いっぱいで、あなたとミス・ダンヴァーズのことを気にする暇もないでしょう――いくらあなたがわたしより人気者だといっても」

「言っておくが、意図してそうなったわけじゃない」

「ミス・ダンヴァーズに招待状を出すように頼まれてから、あなたも来るとわかって……どうして今夜、ミス・ダンヴァーズが来ることがそんなに重要なの？」

「とにかく重要なんだ」

レディ・カーンフォースは不満げに咳払いした。噂話の材料になりそうなことを明かしてもらえないので、見るからに苛立っている。

「ミス・ダンヴァーズは、少し——人騒がせな方ね。あなたがそんな方を選ぶとは思わなかったわ」彼女はすっと近づいてつづけた。「実はほんの数週間前まで、ミス・ダンヴァーズとご家族のことはなにひとつ知らなかったの。今年で社交シーズンは四回目だと聞いて耳を疑ったわ。正直言って、引き際を心得るべき頃合いでしょう？　そんな方があなたをつかまえたんですもの、きっと天にも昇る心地でしょうね」

とんだ見当違いだ。「騒がしくて厚かましいのはきみのほうじゃないか、ミランダ。ミス・ダンヴァーズはまったく違う。冷たいダイヤモンドのなかに咲いた、世にも珍しい温室の花だ」

従姉妹はまた鼻を鳴らした。「まるで崇拝しているような口ぶりだこと。新聞にあなたがぞっこんだと書いてあったのはほんとうだったのね！」

アレクサンダーはなにも言わずに、ミス・ダンヴァーズに対する人々の反応をのんびりと見守った。舞踏室を横切る彼女を、ある者はまったく気に入らないとばかりににらみつけ、ある者はうらやましげに見送っている。彼女がまとう美しい緑のガウンにも、堂々と頭をあげて歩くその姿にも、大胆不敵さが表れていた。いまのキティ・ダンヴァーズになる前は、あんな色のドレスは着たことがなかったのではないだろうか。以前はどんな女性だったのだろう？　いまと変わらない？　それとも別人だった？　ちっぽけなネズミだったのか、牝のトラだったのか？

彼女が舞踏室を颯爽と横切っていくさまは、ほれぼれするほど魅力的だった。ここにいることにけちをつける者がいたら、だれだろうと相手をするとばかりにぐいと顎をあげている。あれは、自分を守るための虚勢なのだろう。こんなふうに、いかにもとがった――一風変わった人間になったのは、子どものころから苦労してきたからなのだろうか。

彼女は公爵夫人にふさわしい上品で分別のあるレディではない。母はそんな女性を選ぶようにと言っていたが、自身もそれほど行儀がよくなかった母がそんなことを言うのもおかしな話だった。

ミス・ダンヴァーズは、これまで心惹かれたどんな女性ともまったく違う。ときとして炎のように輝き、風のように気まぐれになる女性。

母ならきみを好きになっただろうか、キャスリン・ダンヴァーズ？　母はきみを見てぎょっとしただろうか――それとも、わたしのように、きみに魅了されただろうか？

気がつくと、妹と話している彼女の両手の動きや、頭の動き、そして優しそうな――だがときどき真剣になる表情に見入っていた。「わが婚約者はなかなかの女性だ、ミランダ」レディ・カーンフォースの無言の視線を感じて、彼は言った。

「そんな――」

「そうでないとほのめかされていい気はしない」冷ややかに言った。「彼女には真心と敬意を示すべきだ」

ワルツの演奏が告げられた。ダンヴァーズ姉妹はそれぞれ、ダンスを申しこんだ紳士と一緒に、にっこりとほほえみながらダンスフロアに向かった。楽団が演奏をはじめ、流れだした音楽がアレクサンダーを包みこんだ。このうえなく優雅で豊かな調べが空気を震わせている。これほど自分が音楽に飢えていたとは――そう思いながらも、ミス・ダンヴァーズからは一度も目を離さなかった。

彼女はわたしの腕のなかにいるべきだ――ばかげた思いが、頭のなかをぐるぐる駆けめぐった。

「あの方をずっと見ているのね。それも、恥ずかしげもなく」レディ・カーンフォースはまたもや鼻を鳴らした。

「そうとも」

そのことで言い訳したり、行ないを改めるふりをするつもりはなかった。いまはミス・ダンヴァーズと踊りたくてたまらない。彼女を抱き寄せ、テラスに出て、ひそかに唇を奪いたい。

不思議だった。たった一日のうちに、彼女にキスすることを二回も考えるとは。何年かぶりに、地に足がついていないような気がする。

いったいきみをどうすればいいんだ、ミス・ダンヴァーズ？

レディ・カーンフォースの舞踏室で、キティは着飾った人々から離れた壁際にいた。さっき三度目のダンスの申し込みをことわって、ほっとしているところだ。ワルツは一度踊れば充分。無数のろうそくを灯したシャンデリアに照らされて、ハンサムな紳士と美しいドレス姿のレディたちが笑いさざめきながらゆったりと歩き、くるくると踊っていた。

まさに華やかな上流階級の世界。けれども、これほど自分を場違いだと感じたことはない。キティがここにいるのは、ソーントン公爵の口利きがあったからだ。ポートマン・スクエアのタウンハウスに招待状が届けられたのは今朝の出来事だった——レディ・カーンフォース自身の、こちらの不注意で招待するのが遅れてしまい申し訳ないという自筆の手紙付きで。母とアナは有頂天になって喜び、家じゅうが笑い声と興奮した声であふれかえった。そして数時間後、キティとアナはいちばん美しい舞踏会用のガウンをまとい、ギリシャ風に後れ毛をふわふわと垂らして髪を結いあげ、母と一緒に舞踏会に出発したのだった。

人混みで母の姿は見失ってしまったが、アナの姿は見えていた。舞踏室全体を明るくするような、まばゆいばかりの笑顔を浮かべている。リントン男爵がアナを賛嘆のまなざしで見つめていることはだれが見ても明らかだし、あれこれと憶測も呼ぶだろう。気をつけないと、男爵が確実な約束をなにひとつしていないことをあげつらって、意地悪なことを噂する人もいるかもしれない。たとえアナを見つめる男爵が、彼女と同じくらい——もしくはそれ以上に夢中になっているように見えても。

キティはほうっとため息をつくと、通りかかった従僕の盆からシャンパンのグラスを取りあげた。

「明日の新聞記事はこれで決まりね。ミス・キティ・ダンヴァーズは、滑稽なくらい退屈していた。二十人編成の楽団が演奏し、国王陛下までお見えになるような——まだ到着されていないけれど——華やかな催し物でも、彼女は超然としていた」

キティはぱっと振り向いて苦笑した。「オフィーリア！……よかったわ、あなたに会えて」

オフィーリアは濃い黄色の舞踏会用ガウンを優雅に着こなし、いつも以上に上品で、しとやかに見えた。壁の花の仲間たちのなかで、レディ・カーンフォースの高名な舞踏会に招待されたのは彼女だけらしい。

「わたしもあなたに会えてうれしいわ、キティ。おかげでもう退屈しないですみそう」オフィーリアはにっこりほほえんで言った。

キティは笑った。「わたしもよ」

「今日は元気がないのね。ソーントン公爵とはうまくいっているの？」

キティはどきりとした。それから、バルコニーの暗がりにかろうじて目をやらないようにしながら、これまでの経緯を手短に話した。

オフィーリアは目を丸くした。「早くみんなに知らせないと……あなたが数週間ほど、ダービーシャーのおばさまのところに滞在するって。でも、ほんとうはそのおばさまでなく、スコットランドの公爵のところに行くのね？」

キティは顔を赤くした。「ええ」ひるまずに親友の目を見つめてつづけた。「みんなには、おばさまのところにいると思っていてもらいたいの。もちろん、戻ったら正直に話すつもりよ」

「でも……」オフィーリアは言った。「ほんとうに、人に知られたら大ごとだわ。もしかして……ソーントン公爵に惹かれているの？」

「まさか！」キティは即座に否定したが、その言葉は自分でも信じられなかった。「まだお会いしたばかりなのよ。それに、とにかく変わった方で、これまでお会いしたどんな男性とも違うの。わたしはそんなふうに変わったところが好きだし、実際、あの方となら友人になれるかもしれない。異性の方と友人にならないというのもおかしな話じゃなくて？　きっととても興味深いお付き合いになるわ」

「でもキャスリン、あなた……不安になってるみたい」

キティはオフィーリアに顔を近づけて声をひそめた。「実は、付き添いなしで来るように言われたの。わたしひとりで、公爵と一緒にスコットランドに行くことに——」

「まあ！　すごいじゃない！」オフィーリアは瞳をきらめかせた。

「まったく、とんでもないことだと思うわ」キティはたまらず声をうわずらせた。「そんなふうに公爵とふたりきりになるなんて……でも、そうすると決めたの」

「いいきっかけになるかもしれないわ」

キティは親友をにらみつけた。「冗談でしょう？　せいぜい破滅のきっかけになるだけよ！」けれども、その道を進まなければ婚約を解消されてしまう。

「もしかしたら、ほんとうに公爵夫人になるかも――」オフィーリアがつぶやいた。

「もう、いいかげんにして！」愚かな希望を抱かないように、キティはさえぎった。

「持って生まれたその魅力で、公爵の気を引くいい機会だと思うけれど」

キティが思わずうめきそうになったそのとき、不意に公爵がバルコニーの暗がりから姿を見せた。あちこちからささやきがあがり、舞踏室じゅうにざわめきが広がっていく。階段に向かう公爵をだれもがじっと見守っていたが、彼はそうした視線をほとんど気にしていないようだった。

幅広い階段をおりてくる彼の動きは優雅そのものだった。驚いたことに、杖をついていない。そして、彼の顔――またやけどした側をマスクで隠しているが、今夜のマスクは黒の地に金と青の繊細な模様が施されていた。なんと美しく、魅惑的なのだろう。

自信と威厳に満ちたその姿を見て、彼がマスクをつけていることや、よく見ないとわからないほどわずかに足を引きずっていることを指摘する者がいるとは思えなかった。だれもが息をのんで彼を見守っている。

「今夜、ソーントン公爵はどうしてここにいらしたの？」オフィーリアはキティを守るように体を寄せた。

「わからないわ」キティは公爵から目を離せなかった。「ただ、レディ・カーンフォースがわたしに招待状を送るようにしてくださったのは公爵なの」

オフィーリアはキティにそっと肩をぶつけた。「ちょっと、キティ！　お願いだから目を逸らしてちょうだい。また噂の種になるわよ！」

キティは顔を赤くして彼から目を逸らした。有力な貴族はもとより、首相や外務大臣までもがソーントン公爵に近づいて挨拶している。彼がそうした人々と親しげに言葉を交わすのを、キティはさりげなく見守った。マスクをまじまじと見つめられるのも気にせず、口元をほころばせ、ときどき笑い声もあげている――その声に、軽蔑するような響きがあると思ったのは気のせいだろうか。取り巻きの紳士やレディたちは、彼がなにを言ってもうっとり聞き入っているようだったが、彼にはまわりから切り離されているようなところがあった。

美しいマスクに隠されていないほうの顔には、退屈と無関心が混ざり合ったような皮肉めいた表情が浮かんでいた。それなら、なぜここに来たのかしら？

そのとき、不意に公爵がこちらを向いたので、キティは頭を傾けて挨拶した。体のなかにじわりと温かいものが広がっていくのがわかる。すると公爵は、取り巻きに暇乞いもせずにこちらに向かいはじめた。いきなり大勢の視線を浴びることになって、キティは落ち着かなくなった。

「頭をあげて――誇り高く、美しく振る舞うのよ。自分がキティ・ダンヴァーズであることを忘れないで」オフィーリアが耳元でささやき、そっとその場を離れた。

公爵が目の前に来たので膝を折ってお辞儀すると、彼もゆったりとお辞儀を返した。温もりのあるまなざしに引きこまれそうになって、目を逸らして彼の肩の向こうを見た。

──ゲームの駒に過ぎないことを忘れないで。ここでは公爵がただひとりのプレイヤーで、ルールを決めるのも彼なのだから。

公爵が片手を差しのべた。「わたしと踊ってくれないか、ミス・ダンヴァーズ。次もまたワルツらしい」

キティは戸惑いながらも、軽く膝を折って彼に手を預けた。ふたりがダンスフロアのほうに歩きだすと、楽団がワルツの演奏をはじめた。公爵がゆっくりと彼女の腰に手を滑らせて抱き寄せる。その手がわずかに動いて、ふたりはワルツを踊りはじめた。

まあ……なんてしっくりくるのかしら。

そんなばかげた思いがキティの頭をよぎった。公爵は彼女の肩に手を置き、キティも彼の肩に手をかけて、ふたりは優雅なダンスのリズムに乗ってくるくるとまわった。

「きみのおかげだ、ミス・ダンヴァーズ。こんなふうにダンスを楽しむのは何年ぶりかな」

「お礼を申しあげるのはわたしのほうですわ、閣下」

彼の唇に、またもやちらりとほほえみが浮かんだ。いくつか聞きたいことがあったが、せっかくの楽しい気分に水を差したくない。それより、数日前の舞踏会に車椅子で現れた人が、こんなふうにやすやすとダンスをリードできることが不思議だった。

「きみはどんなことが好きなんだ？」

キティは眉をひそめた。「どうしてそんなことをお聞きになるんですか？」

「きみのような女性のことをもっと知りたいんだ、ミス・ダンヴァーズ。さっき様子を見ていたんだが、きみにとって舞踏会はあまり楽しい場所ではないらしい」

キティは不安だったが、彼に惹かれずにはいられなかった。これまで、ダンスを申しこまれたり訪問されたりしたことは何度かあるけれど、どんなことが好きなのかと聞かれたことは一度もなかった。

そのことに、どうして気づかなかったのだろう。「閣下、わたしは――」

そのとき公爵がよろめき、はずみで肩と腰をぎゅっとつかまれた。痣ができてもおかしくない力だ。キティはうめき声を漏らしそうになるのをじっとこらえて、彼の目を見あげた。瞳が暗くなっているけれど、燃えるような誇りを宿している。いまはどうしたのかと尋ねたり、ダンスをやめてはどうかと声をかけたりしてはいけない。

彼はふたたび、しなやかな動きでキティをくるりとまわした。痛みがあるはずなのに、ひとことも言わずに唇を引き結んで、しっかりと体を支えている。力を込めてつかんでいることに彼は気づいていないようだったが、キティは気づかないふりをして、彼と一緒に無言で、流れるように踊りつづけた。

ワルツの演奏が終わると、彼はキティの体を放してお辞儀をし、ふたたび背筋を伸ばした。なにを考えているのかわからない瞳――それから、ひとことも言わずに背を向けて立ち去った。好奇心旺盛な人々がひそひそつぶやいている。キティは首を伸ばして彼を見送った――彼の頭が人混みに見えなくなるまで。

しばらく迷ったあげく、意を決してあとを追った。公爵の様子には、どこか引っかかるものがあった。このまま放っておくわけにはいかない。

　さりげなく周囲を見まわしながら、開いたテラスドアをこっそり通り抜けた。テラスには数組の男女がいたが、みんな相手に気を取られていて、だれが出てきたのか見ようともしない。キティはテラスを見まわして公爵がいないことをたしかめると、小さな階段を足早におりて、小石が敷かれた庭園の小道を進んだ。生け垣が奥まったところにはたいてい男女がいて、くすくす笑い合ったり、かすれたささやきを交わしたりしている。

　どこかに公爵はいないかと、あたりを見まわしながらなおも小道を進んだ。そして、危うく見落とすところだった――温室の入口近くの植物が生い茂った暗がりに、石のベンチがある。公爵はそこに、ぎょっとするほど乱れた姿で腰をおろしていた。上着を脱ぎ捨て、クラヴァットをはずし、ざらざらした石のベンチに爪を立てている。そんなことをしたら爪がぼろぼろになってしまいそうだ。額に汗が浮かび、やけどの痕が残る喉がこわばっているが、体はぴくりとも動かさずに大きく息をしていた。

　荒々しい、苦しげなうめき声が聞こえた。キティは胸に手を押しあて、いっとき目を閉じてその声に聞き入った。

　ソーントン公爵は自分の意志で――苦痛を味わうのを承知で、キティ・ダンヴァーズと踊ったのだ。なぜ？

　そのとき公爵が姿勢を変えて、表情が影に隠れた。けれども、いま動いた拍子にこちらに気づいたはず――そう思うと、不意に足元がおぼつかなくなったような気がして胸が震えた。

公爵の姿が驚くほどくっきり見える。

なにも言わなくても、彼が説明を求めていることは手に取るようにわかった。庭園の暗がりから、こちらをじっと見つめている。紳士らしい気づかいは一切なく、婚約者の体のあらゆる曲線を舐めるように……。不意になじみのない感覚がぞわりと広がり、体が内側から熱くなった。

来た道を振り返ったが、だれも見当たらない。目を戻すと、彼はなおも刺すようなまなざしでこちらを見ていた。無言でそんなふうにじっと見つめられると、ますます落ち着かなくなる。耐えられなくて、とうとう自分から口を開いた。

「急いで舞踏室を出ていかれたものですから――」キティは顔にかかる巻き毛をそわそわと耳の後ろに押しやった。「閣下に大事がないかたしかめようと、お探ししていました」

好奇心は災いの元だ。公爵とはじめて会ったそのときから、たがいにどうしようもなく惹かれあっているのはわかっていた。そんな相手と、庭園の人気のないところでふたりきりになるのは賢いことではない。こんなにも公爵に惹かれてしまうのは、母からもしょっちゅう咎められていたこの向こうみずな性格のせいなのかしら？

沈黙がつづいた。夜のしじまがふたりを包みこんでいる。

「ここに座ってくれないか、ミス・ダンヴァーズ」彼は目の前にある錬鉄製の椅子を指し示した。近くのガス灯の温かい明かりがその椅子を照らしだしている。キティがそこに座れば、暗がりから彼女の顔つきや体つきを細部に至るまで観察できそうだった。

背筋がぞくりとして、頭のなかで本能が警告を発した――逃げて、逃げるのよ、とにかく全速力で。

彼はまだ理解のおよばない、未知の生き物だった。冷たい炎のように、触れればやけどするとわかっている。それでも、キティは近づいて椅子に腰をおろした。周囲は暗く、ジャスミンと百合の香りが漂っている。

「まず、お体を支えてもよろしいでしょうか、閣下？」

彼はうっすらと笑みを浮かべてキティに向きなおった。「それは罪深いことをしようと誘っているのかな、ミス・ダンヴァーズ？」

「もちろん、違います」キティは少し笑って答えた。「閣下が見るからに、ひどい痛みに耐えてらっしゃるものですから」

とたんに彼の顔が無表情になった。まるで、秘密を守ろうとしているように――あるいは、誇りを保つためにそうしたのかもしれない。「いらぬ気づかいだ！」

突き放すような口調に、空気が凍りついた。めまぐるしく気分が変わる人だ。キティはおとなしく従うかわりに立ちあがり、石のベンチに近づいて、隣に腰をおろした。彼の肩幅が広く、脚も長いせいで、ゆったりとは座れない。

ベンチの端をつかんでいる彼のこぶしに太腿を押しつけているのが恥ずかしかったが、愚かな娘のように逃げだすつもりはなかった。彼がこんなふうに計り知れない苦痛に耐えているのは、キティ・ダンヴァーズと踊りたかったからだ。それ以外にも、社交界での婚約者の地位をたしかなものにしたかったのかもしれないし――何年かぶりに、舞踏室でくるくる踊るのがどんな気持ちか味わいたかったからかもしれない。

彼の理由は永遠に理解できない気がした。わかっているのはただひとつ、痛みを抱えた彼をひとり残して立ち去れば、自分がつらくなるということだけだ。

無言で座ったまま、長い時間が過ぎた――それとも、ほんの数秒だった？　彼の指が動いたので、キティは目を落とした。ベンチの端をがっちりとつかんで、手の甲が白くなっている。彼は口から漏れそうになる低いうめき声を、無理やりのみこんでいた。

それからベンチを離して、指を立てて太腿をつかんだ。そんなことでは気が紛れないのか、小声で苦しげに悪態をついている。顔を盗み見ると、苦痛にゆがんだ口元がガス灯の青白い光のなかで浮かびあがっていた。

キティの胸は痛んだ。こんな痛みは想像もつかない。それを黙って耐えなくてはならないなんて、どれだけ自制心が必要なことか……。いまはひとりでいたいようだし、こんなところに踏みこむなんて場違いもはなはだしいに決まっている。それでも、この場を無言で立ち去る気にはなれなかった。

なかなか踏ん切りがつかなかったが、キティは深く息を吸いこんで迷いを振り払った。わたしならできる。

彼のほうにそろそろと手を伸ばした。田舎にいたころ、捨て犬に厨房の残り物をあげていたときのことが頭をよぎった。彼の焼けつくような視線と驚きが伝わってくる。それでもすべてを無視して、彼の膝の上にそっと手を置いた。

なんて不届きなことを――全身がかっと熱くなり、思わず手を引っこめそうになるのを懸命にこらえた。手のひらの下にある筋肉は、痙攣を和らげようとして彼が指を立ててもまったくほぐれていないように思える。

彼の目を見た。こんなにも顔が赤くなっていなければいいのに。さらに身を乗りだして、彼の手に触れないように気をつけながら体を近づけた。太腿の筋肉が、少し緩んだような気がする――そのことを意識すると、顔がますます熱くなった。彼はぴたりと動きを止め、太腿をつかんでいた手をだらりと垂らした。ときどき意識して息を吐かなくてはならないようだけれど、呼吸は小刻みになっている。

張りつめた、重苦しい沈黙がつづいた。

キティは指先に力を込め、痙攣した筋肉をさすった。彼の唇からはなんの音も聞こえない。実際、息を止めてしまったのかも……。こんな親密な行動に出たせいで彼が黙りこんでしまったのは明らかだった。

「どうしてこんな……」公爵が、息を吐きながら言いかけた。

キティは手を止め、さっと目をあげた。ふたりは微動だにせずに、いっとき見つめ合った。彼はマスクを外していて、うつむきかげんの顔には浮き彫りのように陰影ができている。唇をきっと引き結び、瞳は氷のように冷たい。そしてふたりの顔は戸惑うほど近く、どちらか一方が少し身じろぎしただけで唇が触れ合ってしまいそうだった。キティの胸は、どういうわけか切ない思いでいっぱいになった。

「どうしてこんなことをするんだ？」

噛みつくような言葉が、夜のしじまに響きわたった。彼がどう思っているのか、距離が近すぎてよくわからない。キティのなかでなにかが震えていたが、どうにか気持ちを落ち着けて言った。「痛みがあるのではありませんか？　わたしでよろしければ、お役に立てるかもしれません。父が健在だったころ、わが家には何頭か馬がいたんですが、手伝いでよくブラシをかけ、横腹をさすっていたんです。たぶん、それと似たようなことではないでしょうか。少し楽になるかもしれません」

「きみの厚かましさには毎回驚かされる」彼の声はいつになく荒っぽかった。

キティは急に恥ずかしくなった。彼のことを心配しているのに、うまく説明できない。痛みに苦しんでいる人の前でなにもしないでいるのはつらいことなのに……。ばかね。どうして気づかうの？　所詮わたしは、もの珍しいだけの存在なのに。彼にとっては退屈しのぎで、興味があってもいずれすぐ飽きてしまう相手なのに。「さするのをやめましょうか？」

彼は顔をあげたが、返事はなかった。影に隠れて、表情がふたたび見えなくなっている。キティの指の下で、筋肉がぴくぴくと引きつった。苦痛で体じゅうをこわばらせている。キティは体の向きを変えて、今度は両手で彼の太腿をさすりはじめた。

どれくらいの時間がたっただろう。ついに緊張がほぐれて、筋肉が柔軟になってきた。彼は張りつめた空気を和らげるようなことは一切口にせず、キティは言うべき言葉を知らなかった。彼はキティの手に自分の手を重ねてとどめた。

キティは影で見えなくなった顔を見あげた。

「ありがとう、ミス・ダンヴァーズ。おかげでかなり楽になった」彼の声はもう穏やかだった。またもやどことなく探りを入れるような口調になっている。

キティは彼の手の下から自分の手をそろそろと引き抜いた。こんなに胸がどきどきしていなければいいのに。「どういたしまして、閣下。わたしの厚かましい振る舞いが少しでもお役に立てたのでしたら光栄です」

彼の唇にかすかな笑みが浮かんだ。

それから、また沈黙。キティは、公爵と一緒にいてくつろげるときがあるのかしらと思った。ふたりは付き合う人々も性格も、天と地ほど違う。そっとため息をついて、離れた噴水に目を移した。彼が注意深く身を隠しているのに、自分の表情が丸見えなのが気に入らなかった。「どうしてわたしと踊ったんでしょうか？」

彼は考えこんでいるようだったが、しまいに口を開いた。「そうしたかったから」

キティは頭を傾けて美しい夜空を見あげた。「それだけの価値はありましたか？」

「わたしを見るんだ」

キティは全身をこわばらせ、彼のほうを見た。「これでは暗すぎて……」

彼は頭を少しかがめた。おかげで表情は見て取れるようになったが、ふたりの唇はまたもやどぎまぎするほど近づいていた。彼は手を伸ばして、キティの額にかかる髪を押しやった――体の力が抜けてしまいそう。思わず息をのみそうになるのをこらえて、彼をじっと見つめ返した。なにか言わなくてはという気がしたが、舌が言うことを聞かない。

ああ、どうしてわざわざ公爵を探すようなまねをしたのかしら？

「そうするだけの価値はあった」彼はしまいに言った。「心から感謝する」

キティは小さく声を漏らした。いまいましい人だけれど、その気になれば魅力的な人になる。胸のなかにさまざまな感情が渦巻いていたが、なにひとつ理解できなかった。この暗い場所からすぐにでも逃げなくてはならないのに、このままとどまりたいと思っている。そして、できることなら彼のことをもっと知りたかった。友情とはそうやって育むものではなくて？――率直に言葉を交わしながら。

「どうして距離を置かれたのですか？　その……社交界から」

彼は驚きをあらわにして彼女を見た。

答えてもらえるかしら？　張りつめた空気のなかで、自分の体がふわふわと漂っているような気がした。

「社交界に足を踏み入れることを考えるたびに、忘れかけていた感覚が一気によみがえった。まわりを取り巻く壁がせまってきて、しまいに呼吸さえ難しくなるような感じだ。議会で倒れたあとも、そのときの記憶に何カ月も苦しめられた。友人と思っていた男たちの顔に浮かぶ憐れみと嘲笑。共に酒を飲み、馬車で競争までした仲間たちが……。そうした連中とまた顔を合わせると思うと、心臓の鼓動が一気に速まった。クラヴァットが絞首刑の縄のように首を締めつけ、やけどの痕すべてが落伍者の烙印のように思える。そんなふうに考えるのはばかげているとわかっていてもだ」

キティはじっと耳を傾けていた。動けば、彼のつぶやきが止まってしまいそうだったから。彼は恥もなにもかなぐり捨てて、悔しさをあらわにして話しつづけた。

「そして、社交界の連中にどう思われようとまったくかまわないと思い至るころには、上流階級の浮わついた生活にまったく興味がなくなっていた。公爵夫人を探し求める必要もない。議会に手紙を書けば、その場にいて意見を言うのと同じくらい影響を及ぼせることもわかった。そして、妹にはわたしが必要だった。それが……すべてのよりどころになった」

いままでは。その言葉は口にされないままだったが、彼の言葉がそこまで意味しているのは明らかだった。

いままでは。

キティはほほえんだ。「打ち明けてくださってありがとうございます、閣下」

彼はキティをじっと見つめた。「素敵な笑顔だ」

かすれた声で言われて、キティはいっとき呼吸を忘れた。「……ありがとうございます」

「〝キティ〟と〝キャスリン〟は同一人物なんだろうか？　きみはいつもこんなふうに厚かましくて、こうと決めたらあとに引かない人なのか？」

「はい」キティはささやいた。

「それならなぜ、社交界はいままできみに気づかなかったんだろう？　炎を隠すことはできないはずだ」

キティは正直に答えた。「あなたの婚約者になる前は、おとなしく隠れていたからでしょう。年若いレディは、ほかの方の気分を害さないように、慎み深く振る舞うようにしつけられますから」

「ふむ」

柔らかな吐息のような声を聞いて、キティの体に快感がさざ波のように広がった。

「では、馬に横乗りでなく跨がって乗ったことも――それも二回――レディ・アップルビーの舞踏会にコルセットなしで現れたことも、小さい女の子が飼っていた猫を木に登って助けおろしたことも、すべて後悔していないというのか？」

キティはあっけにとられた。「ゴシップ紙をぜんぶ読まれたんですか？」

彼は手を伸ばし、キティの柔らかな頬に指の背を滑らせると、顎の丸みのところで手を止め、親指で唇をなぞった。

キティは思わず引きつった笑いを漏らした。心臓がどきどきして、口のなかが乾いている。

「閣下？」

一瞬、公爵も驚いたように見えた。まるで、そんなつもりではなかったような――触れずにはいられなかったような表情を浮かべている。彼の体じゅうが熱を発散していた。

キティは思わず、彼の手首に唇を滑らせた。ああ、そんなつもりでは……。ふたりは凍りつき、キティは顔から火が出るほど恥ずかしくなった。考えなしに、とんでもないことを……。

ふたりの目と目があった。長いあいだ抑えこんできた願望が、またもや胸の奥底から吹きだしている。不意に、はじめて会ったときに唇を重ねたことがよみがえった。あのとき、コーヒーと、ウィスキーと、欲望の味がしたことも。

胸がどきどきした。なじみのない、鈍い痛みがゆっくりと広がっていく。

自分が衝動的にしたことと向き合いたくなくて、キティはやにわに立ちあがって歩きだした。背中に焼けつくような視線を感じる。錬鉄製の門まで来たところで、彼の声が聞こえた。

「ミス・ダンヴァーズ」

キティはぴたりと動きを止めた。ひとつ……ふたつ……みっつ……四つ……五つ……数を数えても無駄だ。心臓の鼓動は、落ち着くどころかいっそう速くなっていた。「閣下？」震える声で応じた。

「数日後に、スコットランドに出発する」つぶやくような声が聞こえて、キティは動けなくなった。

不安と期待で、ぞくぞくしていた。

「承知しました、閣下。参りましょう、スコットランドへ」

8

レディ・カーンフォースの舞踏会から一週間後にスコットランドに出発して、すでに三日が経過していた。ロンドンを出発する前、キティは公爵と一緒にドルリー・レーンの王立劇場に出かけて、噂好きな上流階級の注目を集めた。

ほかの観客席を見おろす豪華なボックス席で、公爵は顔の片側を覆う黒と金のマスクをつけ、超然とした近寄りがたい雰囲気を漂わせていた。彼は報われない愛と復讐を描いた劇的な物語に見入っていてキティのほうをほとんど見なかったし、キティもなにを話せばいいのかよくわからなかったのでほとんど黙っていた。物見高い人々がオペラグラスをふたりのほうに向けているのは、上流階級の人々がまたおもしろい場面を見られるかもしれないと期待しているからだ。キティがすべての視線を無視してドーランと作りものの世界にのめりこむには、しばらく時間が必要だった。

その日はまったく変だった。キティの家に到着するまで、公爵は決まりきったやりとりをする以外はほとんど口をきかなかった。ほんとうは、長いこと娯楽から遠ざかっていた彼に感想を聞いてみたかったのに。スコットランドに行く前に大英博物館に行くつもりなのか尋ねてみたが、彼は無表情のまま「いいや」と答えただけだった。

キティはため息をついて、馬車の外を見た。ロンドンを出発して以来、狭いところにずっと閉じこめられていて、いいかげんうんざりしている。公爵は巨大な牡馬に乗って馬車の先にいた。ときおりカーテンを開けて外をのぞき見ると、馬に乗っている彼の姿が見える。またあるときは二台目の馬車に乗りこんで、キティの馬車の後ろにいることもあった。

彼が同じ馬車に乗ろうとしないのが不思議だった。婚約者を避けているとしか思えない。これまで泊まった二軒の宿屋でも、夕食と朝食はひとりで食べたくらいだ。彼が手配してくれたのだろう、宿屋ではかならず最高の部屋に泊まれたし、道中の付き添い役として、小太りで気さくな未亡人も同行していた。ミセス・ウィリアムズというその女性は、数人の召使いや荷物と共に――ときには公爵と一緒に――二台目の馬車に乗りこんでいた。

公爵が慎重に距離を置いてくれたので、キティはほっとしていた。レディ・カーンフォースの舞踏会の夜に庭園であったことを思い出すと、いまだにあれこれ考えてしまう。あの場にとどまらなければよかったのかしら？　それとも、勇気を出して彼にキスすればよかった？　あれこれと考えるうちに、キティは自分の唇に触れていた。ごく軽くではあったけれど、はじめて会った夜にキスしたことが頭を離れない。それなのに、公爵はこちらの気持ちを少しも思いやらずに、どう楽しもうかと考えているのだ。それが腹立たしかった。

自分は、夢見る愚かな娘とは違う。そうでしょう？　間違いなく、もっと地に足のついた娘のはず。それならどうして、こんなことでくよくよしてしまうの？

窓から前方を見ると、馬に乗った彼が見えた。空を指さしながら、御者に向かってなにごとか声を張りあげている。行く手に目をやると、木立の上に暗い雲が垂れこめていた。いまにも雨が降りだしそうだ。

そういえば、スコットランドは夏でもひどく雨の多いところらしい。

馬車が前に傾き、にわかに速度をあげて走りだした。キティはため息をつきながらカーテンをおろし、柔らかな背もたれに体を預けた。公爵の城で一、二週間どうやって過ごすのか見当もつかない。そこでも無視されるのかしら？　劇場に出かけた夜そうだったように、夕食もほとんど無言ですませるつもり？　わたしの存在は、ただのお飾りに過ぎないのかしら？　それより、もっと長く滞在するように言われたら？　けっしてそんなことにならないように掛け合うしかない。

キティはふたたびため息をついて、座席の下に置いてあるトランクケースから本を取りだした——イライザ・パーソンズの『ヴォルフェンバッハ城』。本を開き、頭のなかの不安を締めだして、つづきから読みはじめた。あんな短いキスをしたくらいで動揺することはないし、庭園でふたりがどれほど親密だったかも、彼がいまどんなによそよそしいかも気にすることはない。彼に結婚するつもりなどないのだから。

なすべきことは簡単明瞭だった。結果はどうあれ、とにかく彼の友人になる。そして、必要なうちは、婚約を解消されないようにすること——ただし、〝キスをする友人〟にはならない。そうすれば、この難局を乗り越えて、家族も幸せに過ごせるかもしれない。

アレクサンダーは馬車を急がせた。風が強まり、黒い雲が見る間に太陽を覆い隠している。

まるで、自分のなかの迷いと競争しているようだった。ふだんは優柔不断なほうではないのに、城に近づくにつれ、とんでもない過ちを犯したのではないかという思いが強まっている。年若いレディを人里離れたスコットランドの僻地に連れてくるなど、到底許されることではない――それも、付き添いもなしに。

こんな噂が少しでも社交界に伝われば、ミス・ダンヴァーズの名誉は地に落ちたまま二度と挽回できないだろう。いっときの軽率な行動で、醜聞はあっという間に広がる。そんな目に遭わせるわけにはいかない。彼女のような勇敢な人は、優しく背中を押して花開かせてやるべきだ。誤解されて叩きつぶされるのでなく。

スコットランドへの道中のほとんどは、彼女が家族のために賭けに出たことや、彼女自身の人となりについて考えていた。ミス・ダンヴァーズは勇敢で、忠実で、機知に富み、風変わりなユーモアと辛抱強さを兼ね備えた女性だ。そのうえ優しくて――他人のためなら自分の評判すらいとわない。

つまり、これまで出会ったどんな女性とも違う。

手綱を引いて、巨大な馬を止まらせた。馬車のガタゴトという音が近づいてくる。馬の蹄の音が、以前の揺るぎない自信をあざけっているように聞こえた。眉をひそめて、黒い空を見あげる――五月にこんな嵐が来るとは。

もしかしたら、なにかの予兆なのかも。

大粒の雨がぽつりと頬に当たったので、悪態をついた。城に到着するまで、あと一時間はかかるが、このあたりは大雨が降ると道がぬかるんでしまう。それに、こんな天気は土砂降りになると決まっていた。強い風で木々がたわんでいる。いきなり突風が吹きつけ、あっという間に帽子をさらわれていた。

また悪態をつきそうになるのをこらえて、馬を前に進めた。刺すような冷気が上着の内側に染みこんでくるが、それでもミス・ダンヴァーズと一緒に馬車に乗るつもりはなかった。これまでときどき使っていた二台目の馬車は数時間早く出発したから、もう城に着いている頃だ。従者は反対したが、車椅子と杖はその馬車にしまいこんであった。背中と両脚がずきずきと疼いたが、自分の城には自力で帰還すると決めている。

ほどなく雨はみぞれに変わった。彼はぶつぶつ言いながら馬車を止めるように御者に命じると、背中に激痛が走るのをこらえて慎重に馬をおりた。数回呼吸して痛みを抑えこみ、馬車のほうに踏みだした。「ハーキュリーズを馬車の後ろにつないでくれないか。この雨のなか、これ以上馬で進むのは無理だ。あとは城までミス・ダンヴァーズと一緒に馬車に乗ることにする」

御者のジョージは年配だがかくしゃくとしていて、アレクサンダーの命令にも素早く動いた。いまいましいことに、にやにやして片目をつぶっている――こともあろうに、あるじに向かって。十年ほど前から首にするぞと脅かしているが、今度こそそうする頃合いかもしれない。

ジョージはこの旅のあいだじゅう、魅惑的なミス・ダンヴァーズと一緒にいるべきだとほのめかしていた。彼がようやく口を閉じたのは、今朝になってアレクサンダーが、その舌を引っこ抜くぞと脅したからだ。アレクサンダーの言葉にはささやかな愛情が込められていたが、ジョージはどうやら言葉どおりに受けとったらしい。

アレクサンダーは馬車の踏み段をよじのぼって、暖かな車内に入った。ミス・ダンヴァーズは驚いたように口を開きかけ、読んでいた本をおろした。

「閣下……」彼女は小さい窓の外をちらりと見た。

「ミス・ダンヴァーズ、到着するまで同乗することを許してもらいたい」

彼女がほほえんだので、アレクサンダーはどきりとした。どうしてこんなふうにどぎまぎするんだ？――たかがほほえみひとつで。

「やむを得ずそうされるのでしょう」

彼がうなると、ミス・ダンヴァーズはさらにほほえんだ。まったく、遠慮というものを知らない女性だ。はたして自分は、そういう女性が好きなんだろうか？　妹を除けば、自分が知っているのは、閉鎖的な社会のなかで生きている女性と、その檻のなかに娘を閉じこめておこうとする上流階級の人々だけだった。はたしてキャスリン・ダンヴァーズのことはどう考えればいいのだろう。

レディ・カーンフォースの庭園で彼女がしたことが、いまも頭を離れなかった。年若いレディがあんな行動に出るとは思わなかった。劇場でも、こちらが黙りこみ、人々からもあからさまにじろじろ見られているのに、彼女は芯の強いところを見せつけた。少しもひるまず、迷わず、恐れない。この体の痛みがなくなることより、そんな彼女にキスすることを望んでいるくらいだった。

いまでさえ、もどかしい欲望が体のなかにわだかまっている。彼女を抱き寄せ、顔と喉にキスをし、甘い唇を味わいたかった。彼女のにおいを吸いこみ、自分の一部にしたい。

なぜそこまで惹かれるのだろう。キャスリン・ダンヴァーズは、自分が〝だれよりもたちの悪い、危険な男性〟と言われていたころに目をつけていたレディとは違う。レディ・ダフネと婚約したときは、〝またとない縁組み〟と称えられて、社交界のあらゆる人々から祝福されたものだ。レディ・ダフネはしとやかで従順な女性だったが、彼女は自分の好みや願望を口にしなかったし、こちらもそんなことは知ろうともしなかった。

だが、ミス・ダンヴァーズのすべてを知りたいという思いはおさまりそうもなかった。人生に退屈した反動だろうか？　そうでないのはたしかだ。まるで、これまで空っぽだった井戸に、なにか貴重なものがぽつりと落ちてきたようだった。これまでとなにかが違う――そして、ここ数日はすさんだ孤独も感じない。こんな日々がいつまでつづくのだろう？

ミス・ダンヴァーズが小さく咳払いした。頬がピンク色に染まっている。「さっきからこちらを見ていらっしゃるようですが……」

アレクサンダーがゆっくりと眺めまわすと、彼女の頬はますます赤くなった。

彼はからかうようにうっすらと笑みを浮かべた。「自分が美しいことはわかっているはずだ」

意外なことに、ミス・ダンヴァーズは信じられないと言わんばかりの表情を浮かべた。「そうじゃないと思っているのか？」

「器量はそれほど悪くないと思います」彼女は静かに言った。「瞳が魅力的だと言われたこともありますが、〝美しい〟は言いすぎではないでしょうか？」

心臓の鼓動が速まった。「たしかにきれいな瞳だ――とりわけ、怒りできらめいているときや、キスをせがんでいるときは……。しかし、器量も間違いなくいい」

これほど大胆で美しい人はめったにいない。

ミス・ダンヴァーズはあり得ないほど魅力的な瞳を驚いたように見開くと、声を押し殺して言った。「キスをせがんだりしたことはありません」まるで、焼けたフライパンがあればそれで殴りつけたいと言わんばかりの口ぶりだ。

アレクサンダーは低く笑った。「〝せがむ〟という言い方がよくなかったのか？」

ミス・ダンヴァーズは苛立たしげな声を漏らすと、うんざりしたように頭を傾けた。眉をひそめて、なかなか怖い顔をしている。おそらく、簡単に負けを認める女性ではないのだろう。

彼女をからかうのは楽しかった。表情がめまぐるしく変わるが、そのどれもが複雑で美しい。それに比べたら、自分は死んでいるようなものだ。

馬車ががくりと揺れて、ミス・ダンヴァーズの体が前に投げだされた。アレクサンダーがとっさに支えると、馬車はガタガタと音を立てて止まった。ドアがバタンと開き、御者のジョージの不安そうな顔が見えた。

「とんでもない大木が道に倒れてまさあ、閣下。この先は行けやしません」

アレクサンダーは小声で悪態をついた。ここは人里離れたところでいまさら引き返せないし、近くに宿屋もない。「ではどうする?」

「まわり道して行けるかもしれません、閣下。橋を渡るんでさ。少しばかり時間がかかりますが」

それはぐらついて修理することになっている橋だった。そんな危険を犯していいものだろうか。「最後にあの橋を渡ったのはいつだ、ジョージ?」

「つい先週のことでさ、閣下」

「川が増水していたら別の手だてを考えよう」アレクサンダーは言った。

ジョージはうなずいてドアを閉め、しばらくして馬車はガタゴトと動きだした。ミス・ダンヴァーズはふたたび窓に目をやり、降りしきるみぞれを見た。

「では、もうすぐ到着するのですか?」

「ああ。一時間とかからない」

彼女はほっと息をついた。「この先、なにが待ち受けているんでしょう」

「わたしにもわからない」

彼女は横目で彼をちらりと見た。「閣下も同じようなお気持ちとわかって、安心しました」

「というと?」

「わたしを〝片づける〟予定はないとわかりましたので」

「物騒な計画なら考えているが、それ以外できみをどうすればいいのかわからないと言ってるんだ。あくどいことをするにはそれなりに時間がかかる」

「からかってらっしゃるのですか、閣下？」ミス・ダンヴァーズがふっと笑うと、体の芯がじわりと温かくなった。なんとも魅惑的なほほえみだ。

そのときがくんと衝撃があって、馬車が大きく傾いた。

「おい――」

なにかがきしむいやな音がしたと思う間もなく、橋が陥没し、彼らを乗せた馬車は荒れくるう川のなかに落下した。


公爵が馬車のドアを力まかせに押し開けようとする傍らで、キティは取り乱しそうになるのを懸命にこらえた。馬車がどんどん沈んでいるせいで、ドアはびくとも動かない。キティはよろめきながら彼の隣に行き、ドアを押すのを手伝った。しまいにドアが勢いよく開き、ふたりは逆巻く流れにのみこまれた。

冷たい水のなかでいっとき呼吸が止まったが、どうにか顔を出してぜいぜいとあえいだ。いまつかまっているのは馬車の一部だが、どう見ても沈みかけているし、沈んだら水から顔を出せなくなってしまう。みぞれが目に沁みたが、顔にかかる水滴をいくら拭っても無駄だった。年配の御者がなにごとか叫んで岸を指さしているが、荒れくるう水と雷の音にかき消されて聞き取れない。

「泳げるか？」公爵がすぐ近くにいた。

恐怖で心臓が凍りつきそうだった。「いいえ……あなたは？」

返事は風にさらわれて聞こえなかった。彼はゆったりとした動きでキティの後ろにまわりこむと、両腕を彼女の腰にまわした。川岸はすぐそこに見えるが、渦巻く流れが邪魔して、とてもたどり着けそうにない。

少しでも力になりたくて、両脚をばたばたと動かした。

「動くんじゃない！」彼の声が耳元で響いた。

ふたりはいっとき水のなかに沈んだ。頭の上まで水が来てなにも聞こえない。スカートとペチコートが重たい。けれども、取り乱すことはなかった――彼が手を離さないとわかっていたから。大きなうねりが来て、ふたりはふたたび水の上に出た。ありがたいことに、岸がそこにあった。

彼が腰に両手をかけて、滑りやすい斜面を押しあげてくれた。気が動転して、かえって引きつった声で笑ってしまう。川岸を覆うように青々と茂っているコケをつかんで這いあがった。水に引きこまれないところまであがって、彼を助けようと振り向く。するとあろうことか、彼はほとんど沈みかけている馬車に向かって泳いでいた。

「アレクサンダー！」

彼は振り向かなかった。ジョージはまだ川のなかにいて、馬車を引く馬の金具をはずそうと悪戦苦闘している。彼は馬車の後ろにつながれた自分の馬のほうに向かっていた。馬たちの鳴き声がきれぎれに飛んでくる。全身ががたがた震えて、ふたりが馬車から馬を外すのをなすすべもなく見守るしかなかった。しまいに彼が馬たちの尻を叩くと、馬たちは本能で岸に向かって泳ぎだし、どうにか川岸をよじのぼった。

馬車が見えなくなり、体力を使い果たした御者が流れにのみこまれた。

ああ、神さま！

御者が浮かんでこないのを見て公爵が水に潜った。キティはぶるぶる震えながら祈った――どうか、公爵と御者が姿を見せますように。顔に当たるみぞれをしゃにむに拭いながら、もどかしい思いで凍てつく流れを見守った。

とうとう公爵がジョージの体をつかんで水面に現れ、キティは思わず安堵の声を漏らした。ジョージを背負ってこちらに近づこうとしているが、なかなか前に進めない。キティは近くに落ちていた木の枝を恐る恐る手に取ると、しっかりとつかんで逆巻く水のなかに踏みこんだ。あまりの冷たさに、息が止まりそうになる。とにかく、両足が川底についてさえいれば――そう思って、たわんでいまにも折れそうになっている枝を必死に握りしめ、彼のほうにじりじりと進んだ。

岸の方向をたしかめようとした公爵と目が合った。なにか叫んでいるが、風に吹き飛ばされて聞き取れない。ただ、彼がそれまで以上にしゃにむに泳ぎはじめたのはわかった。両足が川底から離れないように水のなかで踏ん張りながら、彼のほうに少しずつ進んだ。しまいに水が顎まで来たところで立ち止まって、手を伸ばした。そこに彼が泳いできて、キティは御者の肩をつかんだ。

公爵が御者の下から抜けだして川底に立ち、後ろから御者の両脇を支えた。御者の顔が水に浸からないように、キティが上を向かせる。そうやってなんとか川岸にたどり着くと、キティは御者の体を公爵に預け、木の枝をつかませて引っ張った。足下が滑ってさんざん苦労したが、しまいに岸を這いあがり、振り向いて、公爵に押してもらいながら御者を引っ張りあげた。そして最後に、公爵が荒れくるう川のなかから岸に這いあがった。

彼は泥だらけの草の上に仰向けになってぜいぜいとあえいだ。そして苦しそうにひと声うめくと、立ちあがって彼女を見た。

「……おかげで助かった」痛みに口をゆがめながら、彼は真顔で言った。「泳げないのに、わざわざ川に入って使用人を助けるとは……」

「どなただろうと同じことをしますわ」キティは小声で応じると、彼の額に手を伸ばした。「お体が痛むようですね。目を見ればわかります」

「大したことはない」彼は無表情になってぼそりと言った。

キティが手をおろすと、驚いたことに、彼は頭をかがめて彼女の額にキスした。たちまち、氷のように冷たく、炎のように熱い衝撃が体を駆け抜ける。そしてキティが反応する間もなく、彼は目を逸らし、ぬかるんだ地面に横たわっている御者を見た。

「これ以上みぞれに濡れないようにしないと……」彼はかがんで、老人を肩にかついだ。

キティは急いで彼のあとにつづいた。公爵は川を離れて、森に向かっていた。木立のなかに入ると、数本の大きなカシの木の下に雨が降りこんでいない場所があった。枝葉が分厚い屋根になり、カシの木に生えるツノマタゴケとマツの木のにおいがあたりに満ちている。公爵は青々と生い茂った柔らかな下生えの上に膝をつくと、御者を横たえ、彼の胸に耳を押しあてた。

そして顔をあげ、キティを見た。瞳に、苦痛と悲しみがあふれている。「わたしが愚かな決断をしたばかりに、気のいい男を死なせてしまった」

キティは愕然とした。「亡くなってしまったんですか？」

公爵はもう一度御者の心臓と口の近くに耳をつけた。そして、つらそうに体を起こした。

「心臓の音は聞こえないし、吐く息も感じない。たしかに死んでいる」

ふたりは身じろぎもせず、口もきかずにしばらく見つめ合った。

キティは恐怖を隠せなかった。「そんな……まさか……」

彼の瞳にはありありと苦悩が浮かんでいた。「ジョージには妻と――子どもと孫もいる」

「なんて……」キティは声を絞りだした。「なんて申しあげたら……」

彼は手で顔を拭うと、苦しそうに言葉を絞りだした。「橋を行くようにわたしが言わなければ……」

キティはたまらなくなって、ドレスがさらに台なしになるのもかまわず膝をつき、彼の肩にそっと手を置いた。

「お気の毒です、閣下」なにもかもがあまりにも急で、残酷だった。ひねくれ者で、あるじに遠慮なくものを言うあの御者が死んでしまったなんて。「ほんとうに……」

「くそっ！」彼は御者の胸を叩いた。

そんなことをするのは死者への冒瀆だ。彼はふたたび、無言で御者の胸を叩いた。キティがやめるように言おうとしたちょうどそのとき、老人の指がわずかに動いた。キティはあっと声をあげて両手を口にやった。

「どうした？」公爵は鋭いまなざしで彼女の後ろをさっと見渡した。

「いま――いま、動いたように見えたんです」これまで読んだゴシック小説の場面が次々と頭をよぎった。嵐のせいで空がまがまがしいほど暗く、木立に覆われた峡谷に人気がまったくないせいかもしれない。

公爵は地面に横たわる男をさっと見ると、もう一度かがんで胸に耳をつけ、目を閉じてしばらく待った。後悔がにじんでいる。「……いいや。ジョージは死んでいる」淡々と言ったが、その目には痛みと悲しみがにじんでいた。

「ほんとうにそうでしょうか？」

「ああ」公爵は祈るように頭を垂れた。

いっとき、張りつめた沈黙があった。キティはなんと言って彼を慰めればいいのかわからなかった。「閣下――」

そのときうめき声が聞こえ、横たわっていた体がぴくぴく動いた。キティはあっと声をあげ、公爵の肩をつかんで立ちあがろうとしたが、その拍子にぬかるみで足を滑らせ、緩やかな斜面をごろごろと転がった。しまいに仰向けになって止まると、急いで体を起こして振り返った。「いま、体が動いたのをご覧になりましたか?」声を張りあげて尋ねた。

公爵はあっけにとられて彼女を見ていたが、しまいに御者に目を戻した。御者は体を震わせながら横向きになり、むせながら大量の水を吐きだした。それから体を起こし、日焼けした顔をしかめ、焦点の定まらない目で木立を見まわした。死んだと思われた男は小声で悪態をつくと、最後に痛そうに胸をさすって公爵をにらみつけた。

「ずいぶんとこっぴどく殴りつけたもんですなあ、閣下」

「ああ、そうとも」公爵はぶっきらぼうに応じた。「無事でよかったじゃないか、ジョージ」

公爵はキティを振り向いた。唇を開きかけ、目尻に皺を寄せて――癪にさわる声で笑いだした。腹の底から思い切り笑っている。けれども、そこには安堵があった。「もしかして、ジョージがよみがえって怪物になったと思ったか、ミス・ダンヴァーズ?」

キティは顔をしかめた。恥ずかしくて、耳まで赤くなっているのがわかる。そんなふうになるのがまた腹立たしかった。まったく、世間知らずの愚かな娘のように取り乱してしまうなんて。「そんな……ひどいわ!」しまいに声を張りあげた。「こんなときに冗談を口にするなんて!」

公爵は真顔になったが、瞳は愉快そうにきらめいていた。「ミス・ダンヴァーズ、おかげで楽しい一日になった。しばらく忘れられそうにない」

キティはなんとか立ちあがった。もう体裁もなにもない。巻き毛は濡れて額に貼りついているし、水の入ったハーフブーツはぐちゃぐちゃと音を立て、スカートの裾には泥がこびりついている。こんなにびしょ濡れになって汚れたことはなかった。それなのに彼は泥のなかに尻もちをついたまま、肩をふるわせて無言で笑っている。

しばらくして御者は自分の足で立ちあがり、キティをちらりと見た。そして、あるじと同じようににんまりした。

「エメットの家が近くにありますさあ、閣下」ジョージは震えながら呟きこむと、あるじに手を差しのべ、立とうとする彼を支えた。

公爵が御者を抱きしめたのはそのときだった。キティはたじろぎ、無言でふたりを見守った。あるじと使用人が、こんなにも固い絆で結ばれているのを見るのははじめてだった。公爵の瞳には優しさがあふれている。彼が御者を優しく抱きしめるのを見て、キティの胸は熱くなった。冷たいようで、情の深い人なのだ。

いままで感じたことのないときめきが体のなかに広がった。よくわからないけれど、うれしくて仕方がない。

ジョージがなにやらつぶやくと、公爵は低く笑って御者の背を叩き、体を離した。

「そういうことだ。では、先に進むとしよう」彼はキティのほうに手を差しのべた。「さあ行こう、ミス・ダンヴァーズ。雨宿りできるところに」

そんな場所が近くにあるのだ。キティは急いで彼の元に戻った。

公爵は濡れた上着を脱ぐと、キティの頭にかけた。キティはベストとシャツの下にある彼の胸の輪郭に目をやらないようにした。濡れた服が、しなやかでたくましい胸にぴったりと貼りついている。

「……ありがとうございます」びしょ濡れの服から彼のにおいがしたような気がした。

ふらりとよろめくと、彼が目にも留まらぬ速さで支えてくれた。

「ほんとうに滑りやすくて……そう思いませんか？」彼に触れられて下腹部が不思議なほどきゅんとした。

公爵が手をつかんで、指と指を絡めてつないだ。その手に目を落とすのと同時に、キティは前に引っ張られた。一歩進むごとに、未知の恐ろしいなにかに近づいている気がする。もちろんそれはくだらない妄想だろうけれど、それでも人生のなにかが変わったという感覚は拭えなかった。そして、そうなったのは公爵とはじめて会ったときでもなければ、はるばるスコットランドの城に彼と一緒に行くことを承諾したときでもない――それはまさにいま、ふたりが手と手を絡み合わせ、うつむいて風と雨に耐えながら無言で進んでいるときだった。

9

キティはスコットランドを訪れるのははじめてだった。馬車に乗っていたときは時間つぶしに本を読んでいたので、景色はほとんど見ていなかった。実を言うと、いつ国境を越えてスコットランドの低地地方（ロウランド）に入ったのかもわからない。もうすぐ公爵の城に到着するのなら、国境はずいぶん前に越えたのだろう。スコットランドの第一印象は雨と、美しく連なる緑の丘と谷間だった。ところどころに、息をのむほど色鮮やかな野生の花々が咲き誇っている。

雨でぬかるんだ坂道をしばらくのぼって、しまいに広けたところに出た。ずっしりとした石造りの煙突がのった藁葺き屋根の家が見える。キティはほっとして、思わずため息を漏らした。早くこの濡れそぼって汚れた服とブーツを脱ぎたい。少し先を歩いていた御者のジョージが階段をのぼり、ドアを開けた。

公爵はしばらく時間をおくと、ゆっくりと階段をのぼって家のなかに入った。彼のあとからなかに入ったキティはこわごわと周囲を見まわした。玄関は狭いが清潔だ。キティはかがんで、ブーツの紐をほどきはじめた。

公爵がじっと見ていたので、キティは言った。「そこらじゅうに泥をつけたくないんです」

彼は口元をぴくつかせた。「ここを出るときにきれいにさせる。客間はこちらだ、ミス・ダンヴァーズ」

彼は先に立ってゆっくりと歩きだした。少し足を引きずっている。キティは心配になったが、口には出さなかった。

客間は飾り気がなかった。暖炉のそばに安楽椅子がふたつと、小さな窓の近くに小型のテーブルと細長い椅子が四脚置いてあるだけだ。部屋のなかほどには紺色の敷物が敷いてあった。もしかして、客間ではなくて居間なのかしら？　どちらにしてもこぎれいな部屋だ。暖炉の火を熾していたジョージが立ちあがって、さあどうぞと言うように公爵を見た。キティはさっそく暖炉に近づき、両手をかざした。かじかんだ指が温まって、思わずうめき声が漏れる。

公爵も隣に来て、濡れた手袋を脱いで炉棚に置き、両手を温めた。「ここはきれいにしてあるんだ。薪はふんだんにあるし、貯蔵庫には食べ物もある。屋根は最近葺き替えさせたばかりだから、雨風にも充分耐えられるだろう」

キティは彼をちらりと見た。なにごともなかったような表情で、炎をじっと見つめている。

「では、ただの嵐ではないとお思いですか？」

「ああ」

キティはしばらく前の恐ろしい体験を思い出してぞっとした。「ここはいったい……？」

「うちの地所の管理人の家だ」

彼女はきちんと片づけられた室内を見まわした。「女性がいらしたようですけれど」

「最近結婚したばかりだからな」

わたしを見て――「いまはいらっしゃらないようですが……」家のなかに人の気配はなかった。

「新婚旅行に出かけている」

キティは目をしばたたいた。地所の管理人が花嫁と新婚旅行に出かけるなんて、聞いたこともない。「そうでしたか」

ようやく彼が振り向いたが、その瞳は意外なほど暗かった。それからあとずさって影のなかに入ってしまったので、キティはいま見たものは錯覚だったのかしらと思った。

「ここからわたしの城まで小道が通っている。歩いて行くと、かなりの距離だ。早足で歩いても二、三時間かかる。だから、ジョージを先に行かせて、迎えにきてもらうことにした」

「では、さっそく……」ジョージが口を挟んだ。

「まだ降っているぞ」公爵が言った。

「夜まで降ってまさあ。すぐ出るに越したことはありませんや」老人は意味ありげにキティをちらりと見た。「手伝いの者を連れてすぐに戻ります、閣下」

老人が嘘をついているような気がしてキティは眉をひそめた。あるじの命令に従わないはずはない。けれども、ふたりはまるで友人だった。おかしな話だけれど、公爵がうんざりした表情を浮かべたのがなによりの証拠だ。

いったい、公爵はどういう人なの？

「すぐに戻るんだぞ、ジョージ。すぐにだ」公爵は素っ気なく言った。「知らせていいのは最低限の使用人だけだ……ミス・ダンヴァーズの評判を守らなくてはならないからな。今日あったことはひとことも噂してはならない」

ジョージはさっと頭をさげると、素早い身のこなしでいなくなった。気がつくと、公爵がじっとこちらを見つめていた。胸のなかが奇妙なくらいざわついている。

「ほんとうにすぐ戻ってきてくれるでしょうか？　手伝いの方たちも一緒に？」

公爵はうなった。

キティはむっとした。「それがお答えですか？」

彼はほほえんだ。「街道が通れるようになったら戻ってくるのではないかな」

「それはいつになるとお思いですか？」

キティはぎょっとした。「数日？　ご冗談でしょう！」

「数日かかるだろう」

彼の目が鋭くなり、探るように彼女を見た。「おそらく、二、三日」

キティは室内を見まわした。公爵と、数日間ふたりきりに？　こんな狭い家で？　思いがけないときめき――そして、いけないことをしているという胸騒ぎが背筋を駆け抜けた。とても耐えられない。そもそも、大勢の召使いや彼の妹、その家庭教師がいる城で彼とふたりきりになるのとはまったく違う。「では、そのあとで結婚すると約束してくださいますか？」

彼の表情は読みとれなかった。「もちろん、そんな約束はしない」

キティはわが身を守るように抱きしめた。このもやもやをはっきりさせなくてはならない。

「でしたら、ご一緒できないことはおわかりでしょう。閣下とこの家で過ごすなど——数日はおろか、数時間でもいけません。そんな——そんな不届きなこと！」

彼は足を引きずって玄関に向かい、ドアを開けた。凍りつくような風がみぞれと一緒に吹きこんでくる。「急げばジョージに追いつけるだろう。城に着いたら身なりを整えて、わたしは街道が通れるようになったら戻ると妹に伝えてくれればいい」

そこまで聞いて、キティは自分が恥ずかしくてたまらなくなった。どうして思い至らなかったの？——城まで徒歩で行ける距離なのに、彼が歩いて行かなかった理由を。キティは彼のそばに行った。「身勝手なことを申しあげてしまいました。閣下を傷つけるようなことを……どうかお許しください」

「べつにかまわない」公爵は彼女をちらりと見てつぶやいた。「ここを出たいか？」

キティはどうするか決めかねて両手を握りしめた。彼は痛みに苦しんでいる。そんな人をひとり残して行くなんて……。覚悟を決めて、息を吸いこんだ。「いいえ」しまいに答えた。

彼がドアを閉め、カチャリとかんぬきを掛けると、荒れくるう風や打ちつける雨の音が消えて親密さが増した気がした。彼は低いうなり声を漏らしながら、暖炉のある部屋に戻っていく。こんなに足を引きずっている彼を見るのははじめてだった。自分のしたことが恥ずかしくていたたまれなくなる。彼は全力を尽くして婚約者と御者を助けてくれた。わが身の危険もかえりみずに——そしていま、口元をゆがめて痛みに耐えている。

「どうか、わたしにおつかまりください」小声で懸命に話しかけた。

「わたしなら大丈夫だ、ミス・ダンヴァーズ」彼はぎくしゃくと安楽椅子に近づいた。「雨はまもなく止むだろう。そうしたら、なんとかして城に向かおう」

そんなことができるのかしら？　無言で痛みに耐えるつもり？　キティは胸が苦しくなった。「いまにもくずおれそうではありませんか。どうか、わたしにおつかまりください。庭園で痛みに苦しまれていたときもお力になれたはずです」

彼の瞳に生々しい怒りがひらめいた。ああ、誇りを傷つけてしまったのかしら？「閣下――」

「きみはどれくらい器用なのかな、ミス・ダンヴァーズ？」

「え？」

「今夜ジョージは戻らない。この雨と風では無理だ」

キティは窓の外で降りしきるみぞれに目をやって、御者の意味ありげな表情を思い出した。たしかに、ジョージは戻るつもりなどまったくなかった――たとえ戻れたとしても。

「召使いがいなければ、おたがい助け合わなくてはならない」

キティは愕然とした。彼の言葉が、ふたりのあいだの狭い空間に余韻を残していた。従者も従僕もいないのに、公爵はずぶ濡れで、泥だらけだ。痙攣した筋肉をさするどころではない。ブーツを脱がさなくてはならないし、服も……。キティの呼吸は速くなった。そして、自分にも侍女がいない。

なんてこと……。

「そうですね……」キティはつぶやいた。体が熱くなっているのが苛立たしくてたまらない。人生がかかっているのに、顔が赤くなるのを止められないなんて。

「きみは、そういった仕事をこなせるのか？」小ばかにしたような口調だったが、彼の目は注意深く彼女を観察していた。

誠実であることとまっとうに振る舞うことは一体のはずだが、それがいま、粉々に砕け散って、壊れやすい陶磁器のように足下に散らばっていた。

「顔を見ればわかる。不安なんだろう」

キティは腕組みをして彼をにらみつけた。

彼がゆっくりと笑みを浮かべたので、胸の鼓動がいっそう速くなった。

「恐れるな――みじめな、びしょ濡れの猫はわたしの好みじゃない」公爵はなかば同情するように言った。「だが、牝のトラなら話は違ってくる」

いやな人！　しゅっと息を吐いて、それまで息を止めていたことに気づいた。「身のまわりのことでしたら、もちろんこなせます」このうえなく事務的に答えた。でも、顔が赤くなるのをなんとかしないと！

「では、手伝ってもらうとしよう、ミス・ダンヴァーズ。ただし、きみがそのびしょ濡れの服を脱いで、髪を乾かすのを手伝ってからだ。風邪をこじらせて死なれるのは忍びない」

「なんですって？」

彼は胸に手を当ててお辞儀をした。「きみの侍女を務めさせていただこう」

ほかにどうしようもなかった。キティは深々と息を吸いこんで気持ちを落ち着けようとした。体じゅうが冷えきっている。濡れて泥まみれになった服を一刻も早く脱がなくては……。周囲を見まわし、狭い廊下に出た。別の部屋の入口の手前に、リネン入れらしい戸棚がある。そこには、小さなタオルを二枚と、毛布が一枚、シーツが二枚入っているだけだった。それでなんとかしなくてはならない。

それから寝室に行き、衣装簞笥を開けてみた。黒っぽくて飾り気のないドレスが二着と、ナイトガウンが一着さがっているだけだ。そして、さっと見たかぎりでは、管理人の妻はかなり大柄な女性らしかった。きっとぶかぶかだ。そのほか、淡黄褐色のシャツと青いシャツが一枚ずつに、上着とズボンがひとそろい、きちんとたたんで置いてあった。

キティは震える手で衣装簞笥の扉を閉めた。

「それでなんとか間に合わせよう」公爵のつぶやきがすぐそばで聞こえた。

気づかないうちに彼が近くに来ていたので、キティはぎくりとした。すっと息を吸いこんで振り向いた。「そうしましょう」

いっとき、彼の瞳になにかがひらめいた。「尋常でない状況だな」

「ええ」キティは不安に押しつぶされそうだった。さらにまずいことに、なじみのないときめきがどくどく音を立てて血管を流れている。もしかしたら、このときめきが気に入っているのかしら？　なにかがほしくてたまらないような、よくわからない感覚——そして心の奥底では、彼とふたりきりになりたいと願っている。

濃い青色の瞳で見つめる彼のまなざしに、心のなかまで照らしだされているようだった。

「ジョージが戻るまで、助け合っていくしかない」

「それまで数日かかるかもしれないのですね」キティはまだ信じられない気分だった。

「そういうことだ」

「ジョージはわざとそうするのではありませんか、閣下？」

彼はキティの体に手を添え、そっと後ろを向かせた。「そろそろアレクサンダーと呼んでくれてもいいだろう——キャスリン」

キティはしばらく動かなかった。「キティです……」しまいにささやいた。「友人たちや家族からは、キティと呼ばれています」

彼は頭をかがめ、キティの耳元に触れそうなほど唇を近づけた。彼の温かい息づかいや、すぐ近くにある体のぬくもりも感じる。そうやってからかうつもりなのかしら……。

「キティ……」彼はしまいに言った。

そこにはかすかに困惑しているような響きがあった。それから、好奇心と、なにかほかの感情も……。キティの体は恥ずかしげもなく反応し、つま先から喉元までかっと熱くなった。

「髪を乾かすのを手伝おう」

手足にさざ波のような震えが走った。「わたしは……髪がどうなろうと少しもかまいません」

その言葉をあざ笑うように、濡れた髪から額、頬、首筋へとしずくが伝い落ちていた。間の悪いことに、くしゃみが出た。

「病気になったら大変だ。体面ばかり気にしていると、命すら危なくなる。ここにいるのはわたしたちふたりだけだし、わたしたちが助け合ったことはだれも知りようがない。ここであったことはわたしたちだけの秘密だ——きわめて不届きなたぐいの」

「そこまでおっしゃるのなら……」

彼はキティの頭からピンを抜き取ると、濡れて重くなった髪をほぐしておろした。そして背中まで届く髪をタオルで挟んで、手際よく水分を吸い取っていった。無駄のない動きだ。キティは安心して、少し肩の力を抜いて身をまかせた。

「服を脱ぐのも手伝いがいりそうだな」

旅行用の服をひとりで脱ぐのは不可能だった。なにしろ、背中に幾重にもフックや小さなボタンが並んでいる。実際、ひとりで服を脱ぎ着したことは一度もない。経済的に困窮していたときですら、母は四人の娘たちのために侍女をひとり雇っていたほどだった。身分相応の格好を保たなくてはならなかったから。

でも、だれも知るはずがないのなら……。

「ええ……」キティはそっと答えた。彼には聞こえなかったかもしれない。

無防備になっていることをひしひしと感じた。彼が無言でドレスのフックを外しおわると、濡れそぼった重たい布地が床に落ちた。コルセットとペチコートはまだ身につけていたが、とても彼と顔を合わせられない。男性の前でこんな格好になるなど論外だった。

「もうひとつ、話し合っておかなくてはならないことがある」

ゆっくりと……ゆっくりとコルセットの紐を引っ張られて、キティの体は震えた。「なんでしょう？」

「ベッドがひとつしかない」

まさか、そんなことを言われるとは思ってもみなかった。

キティは部屋の片隅に置かれた小さながっしりとしたベッドにさっと目をやった。ベッドがひとつ……ひとつだけなんて……そんな！　そこで、客間の暖炉のそばに小さな安楽椅子が二脚置いてあったことを思いだした。自分なら、二脚の椅子をくっつけて、そこで眠れるかもしれない。

「なかまで濡れているのか？」

キティはぱっと振り向いた。濃い青の瞳が、いたずらっぽく光っている。いっとき、なぜか太腿のあいだが濡れて、下腹部が疼いていることを見抜かれたのかと思った。

また顔が赤くなりそうだったので、訳知り顔の彼から目を逸らして、衣装簞笥に向きなおった。「ええ、着ているものはすべてぐっしょり濡れています」

「コルセットをはずそうか……それからペチコートも」

キティは黙りこんだ。自分の心臓の音しか聞こえない。もうだめ――観念して目を閉じた――これでもう、結婚なんてできない。

理詰めで考えてみた。部屋の空気は冷えきっていて、暖炉で火が燃えていても少しも暖かくならない。自分はびしょ濡れで、この服をこれ以上着ているわけにはいかない。公爵も当たり前のようにそうしようと……ただ、声は低くかすれていた。その声のせいで、なぜか尋常でないほど胸がざわついている。

まさか、そんなことまで……。いちばんあり得ないと思っていたことが頭をよぎった。

「わかりました」しまいに言った。「たしかに風邪を引いて寝込んでしまっては大変ですから……」

彼は黙りこんだ。素直に受け入れてもらえるとは思っていなかったのだろう。ふたりは無言で立ちすくんでいた。呼吸の音だけが聞こえる。キティの体は信じられないほど生き生きとして、感覚という感覚が鋭くなっていた。体の奥から、なにかを求めてやまない、息苦しいまでの欲求があふれんばかりに湧きだしている。キティはゆっくりと呼吸して、その激しい欲求をやり過ごした。

彼がコルセットをぐいと引っ張ったので、まぶたを閉じた。心臓が脈打つ音が耳のなかでがんがん響いている。しっかりして、と自分に言い聞かせた。わたしはもう二十三の大人の女性で、愚かな小娘ではないのよ。

効果はなかった。下腹部がますます疼いて、どこかに落ちていくような気がする――それも際限なく。

彼は強く引いたり緩く引いたりしながら、しまいにコルセットとペチコートの紐を緩め、キティは瞬く間にシュミーズとストッキングだけになった。

「ついたての向こうで待っていてくれないか」彼はつぶやいた。「水を張ったたらいを持っていくから——それと毛布も」

キティは情けないほど小さなついたてを見て、管理人の妻が体を洗うときにこれしか身を隠すすべがないことに驚いた。

彼が離れたことは、音というより気配でわかった。足が痛むのに、どうやって音を立てずに歩いているのかしら？　タオルをつかんで、薄くて頼りないついたての向こうに急いだ。振り向くと、ついたて越しに彼の姿がはっきり見えた。

ということは、あちらからもこちらが丸見えということだ。

恥ずかしくて、体じゅうが熱くなった。こんなところで、何日も過ごせるはずがない。

ほどなく、ついたての脇に水を張ったたらいが置かれた。それから彼は音を立てずにまたもや姿を消し、今度はふたつ目のたらいと、小さな石鹸の棒を持ってきた。

「……ありがとうございます」キティはささやいた。彼には聞こえなかったかもしれない。

かがんで、床の上に置かれたものを小さな木のテーブルの上に移した。目をあげると、彼が狭い寝室に一脚だけ置いてある安楽椅子にのろのろと向かい、身を沈めるのが見えた。けれども、ついたて越しでは、こちらを見ているのかよくわからない。

とにかく不安でたまらなかった。こんなに不謹慎で、礼儀作法に反したことばかり……。

キティは公爵のシルエットに目を向けたまま、身をかがめて、台なしになったストッキングを脱いだ。自分の不規則な息づかいと、暖炉の薪がはぜる音以外はなんの音も聞こえない。

公爵はこちらを見ているのかしら？　それとも目を閉じている？

体を起こし、ひと息ついて気持ちを落ち着け、最後に残っていたシュミーズを脱いで床に落とした。素裸になった体が熱くほてって、自分のものでない気がする。それから、彼のほうに背を向けた。彼が目を開けていたとしても、そうしておけばお尻がせいぜいぼんやりとしか見えないはず……でも、恥ずかしい！　キティはますます赤くなった。

石鹸を取り、手ぬぐいを水につけ、できるかぎり体をきれいにした。しばらくすると、体は震えていたが、気分は見違えるようにすっきりしていた。小さなタオルで重たい髪の水分をできるかぎり吸い取り、ピンを適当に刺して大まかにまとめる。それから、ギリシャのトーガを着ているように毛布を体に巻きつけ、意を決してついたてから顔を出した。

彼は天井を見あげて、椅子の肘掛けを握りしめていた。

キティは使わなかったふたつ目のたらいを持って彼に近づいた。そしてたらいを椅子の脇に置き、なにも言わずに膝をついて、膝上まである彼のブーツをそっと引っ張った。彼は肘掛けをつかむ手を緩めたが、キティのほうは見ずに無言で天井を見つめつづけた。

キティは彼がなるべく痛みを感じないように気を配りながら、片方ずつブーツを脱がせ、椅子の脇にきちんと揃えて置いた。それから手ぬぐいを水につけ、石鹸を塗りつけた。

膝立ちになって身を乗りだし、彼の頬と顎にこびりついた泥を拭うと、彼の目がぱっと開いてこちらを見た。動揺を顔に出さないようにして、泥や木くずをできるかぎり手際よく取り除いていく。手ぬぐいをふたたび水につけたときは、彼が鋭いまなざしで一挙手一投足を見守っているのをひしひしと感じた。

次は、やけどの痕が残っている部分だった。彼の緊張がありありと伝わってくる。高い頬骨の皮膚が引きつれて、冷ややかな、用心深いまなざしがじっとこちらを見つめていた。緊張で歯がカタカタいわないのが不思議だった。

彼の視線を感じながら、キティはやけどの痕を手ぬぐいでそっと押さえた。彼が歯を食いしばっているのが伝わってくる。それから、胸が痛くなるようなやけどの凹凸を感じながら泥を拭った。

彼は肘掛けから手を離してキティの顎の下に手を滑りこませると、上を向かせてじっと眺めた。

「まったくきみは勇敢な人だな、ミス・ダンヴァーズ」

どういうわけか、そのつぶやきは脅し文句のように聞こえた。

彼は手を肘掛けに戻した。

彼の額に触れている濡れた巻き毛を押しやったのは、無意識の行動だった。高貴な顔立ちに、人生の皮肉と苦痛が容赦なく刻まれている。なにも言わずに手ぬぐいをたらいに戻した。その調子だ。

手を伸ばしてクラヴァットをほどき、モスリンの布を引っ張った。柔らかくしなやかな布地をゆっくりと抜き取り、床に落とす。それから、シャツのボタンをひとつずつ外して、たくましい喉をあらわにした。汚れてはいないけれど、そこにもねじれたやけどの痕がある。

見ていられなくなって、もう一度手ぬぐいを取りあげた。そして畝のようなやけどの痕に沿って、慎重に手ぬぐいを動かした。

彼が体をこわばらせたのがわかった。表情を変えずにこちらの動きを目で追っているけれど、喉を見ると……せわしなく脈打っている。さっきまでの落ち着き払った男性と違って、まるで籠から逃げだそうとしている小鳥のよう……。そこで、キティの体のなかに炎がぱっと燃えあがった。思いがけないほど熱い炎が。

いま頭をかがめて喉にキスしたらどうなるかしら？　そんな不届きな思いつきが頭のなかを駆けめぐった。まるでこの状況が、自分のなかから良識のある部分を追いだして、これまでずっと抑えこんできた奔放な部分を引きだそうとしているよう。

キティは毛布の合わせ目をつかんで立ちあがった。「立ちあがっていただけないでしょうか、閣下」

彼は言われたとおりに立ちあがった。キティは頭を少し傾けて揺るぎないまなざしを受け止め、それから彼の喉元の金色がかった肌にいっとき視線をさまよわせた。「従者のかわりを務めればよろしいのですか？」顔をほてらせてつぶやいた。

「いや、服なら自分で脱げる。これ以上、きみを動揺させたくない」

また挑発するような言い方をして――けれども、おかげで張りつめていた空気が少し軽くなった気がした。

「なにか食べるものを作ってくれるなら、急いで身なりを整えよう」

食べるものを作る？　食事を作ったことなど一度もなかったので、キティの頭は一瞬真っ白になった。しかし、できないからといって引きさがるたちではない。すぐにキッチンに向かった。ありがたいことに、獣脂ろうそくが何本かともしてある。調理台の上はきちんと片づけられていて、少し探しただけでチーズが見つかった。それ以外に用意できるものはほとんどない。彼女が寝室に戻るころには、公爵は暖炉の傍らに立って、タオルで髪をごしごし拭いていた。明らかに彼のものでないけれど、しなやかな体にぴったり合う服を着ている。

「チーズとリンゴでよろしいでしょうか？」部屋の中央にあった小さなテーブルの上に皿を置いた。

彼はぎくしゃくとした足取りでのろのろとテーブルに近づき、ふたつある椅子のひとつに腰をおろした。キティは身にまとうものが毛布しかないことをひしひしと意識しながら椅子に座った。ふたりはチーズとリンゴの簡素な食事に無言で取りかかった。この調子では、遠からず食べるものがなくなってしまうかもしれない。

雷の音がとどろいて、キティはひとつしかない窓から外の暗闇を見た。「ジョージは無事にお城に着いたとお思いですか？」

「ジョージは機転のきく男だ。土地勘もある。心配は無用だ」

そして、また沈黙。疲労から、不意にあくびが出た。キティは恥ずかしくて、彼をちらりと見た。「そろそろ休ませていただきたいのですが……」

「ほかにすることもないしな。きみがベッドを使ってくれ」有無を言わせない口調でそう言うと、公爵は鮮やかな青い瞳を愉快そうにきらめかせた。

キティはうなずくと、椅子から立ちあがり、寝室に向かった。さっき衣装簞笥を見たとき、管理人の妻のナイトガウンがあった。簞笥のなかを手探りして、黒っぽい色のたっぷりした綿の服を引っ張りだした。これに違いない。

ついたての後ろに行き、毛布を床に落として、ガウンを頭からかぶった。ガウンは肩にかろうじて引っかかって止まったが、裾が数インチほど余っている。胸元が大きく開いているのをかき合わせ、ずるずるとガウンを引きずりながらベッドに向かった。

ベッドに横になって、ひそかに後悔した。なぜ一緒に旅をするように言われたときに承諾してしまったのだろう。でも、拒絶なんてできた？ あのとき、取引に見せかけた脅し文句に多少なりとも抵抗したかしら？ そうではなくて、みずから進んで破滅の道に身を投じたのでは？ 少なくとも、公爵はわたしを破滅させるつもりではなかった……。

寝室は静まりかえっていたが、それは気まずくて心許ない静けさだった。キティは息を吐いて勢いよく起きあがり、こぶしを握りしめた。

公爵はふたたび安楽椅子にもたれて、天井に顔を向けていた。

「閣下」

彼はキティを見た。「ベッドに虫でもいたか、ミス・ダンヴァーズ？」

キティがいやな顔をすると、彼はほほえんだ。なんていまいましい人！ でも……。「その椅子に座ったままひと晩過ごされるおつもりですか？」

「きみをこれ以上動揺させたくない」

「閣下、わたしたちはれっきとした大人です。あなたは紳士ですし、わたしは良識あるレディ――そうでしょう？」むきになって言った。「ひとつのベッドで寝ても、不適切なことや不快なことにはならないはずです」

彼の熱いまなざしは愛撫するようだった。「朝、目を覚ましても、気絶したり、悲鳴をあげたりしません」こんなに疑わしそうにされたのでは言わざるを得ない。

「とにかく、わたしは浅はかな小娘ではありませんから！」

「ああ……そうだな」彼は大儀そうに立ちあがった。「わたしといても危険なことはまったくない。安全は保証するから、安心して眠ればいい」

キティはベッドをおりた。「閣下はこちら側でおやすみください。わたしは反対側で眠ります」それから、ふたつある枕の片方をベッドの真ん中に置いた。

神経がぴりぴりしていた。こんなふうになるのはばかげている。いままで耐えなくてはならなかったことを思えば、これくらい……。

鼻を鳴らして、ふたたびベッドに入った。彼のほうに背を向けて横になると、しばらくしてベッドが沈んだ。振り向きたいのをこらえて、目をぎゅっと閉じた――疲労のせいで、自然と開かなくなるまで。

10

奇妙な音がして、キティはまどろみから覚めた。ベッドから危うく落ちそうになっていることに気づくまで数秒かかった。床に転がり落ちなかったのが不思議だ。室内は暗く、暖炉は燃えさしがかろうじてくすぶっているだけで、空気は冷えきっていた。毛布が顎の下と体のまわりにたくしこんであることに気づいたのはそのときだった。驚いてさっと公爵を見ると、彼は毛布なしで仰向けに横たわり、不規則に胸を上下させていた。

苦しそうなうなり声がした。この声！　眠りから覚めたのはこの声のせいだ。彼は体をひどくこわばらせて、シーツをつかんでいた。

狭い寝室に、またもや苦痛に満ちたうめき声が響いた。

キティは枕越しにおそるおそる手を伸ばして、固く握りしめた彼のこぶしに触れてみた。とたんに、彼が目を覚ましたのがわかった。動きがぴたりと止まり、呼吸も意識して抑えている。それでも彼は手を引っこめず、キティも伸ばした手を引っこめなかった。

「どんなに厚かましいことをされても、もう驚かない」

「起こさないわけにはいきませんでした、閣下。うなされていらっしゃったので……」

彼が手を返して、手のひらと手のひらが合わさった。

「いつもそうだ……毎晩夢を見る」

彼のつぶやきには、キティにはけっして理解できない苦悩がにじんでいた。けれども打ちひしがれているのでなく、その苦悩を受け入れているように聞こえる。

キティは絡み合った手を見て、自分の手を引っこめるべきか迷った。「なんて申しあげたらいいのか……」

「きみのせいではない、ミス・ダンヴァーズ」

「でも……」

いっとき間があった。「夢そのものはいいんだ」

キティは枕から身を乗りださんばかりに体を近づけた。「悪夢を見てらっしゃるのかと……」

彼は無防備な表情をちらりと見せたが、すぐ無表情に戻った。「夢に見るのはあの夜のことだ……しかし、火事のことだけじゃない」

キティははっとして彼の顔の反対側に目をやったが、醜いやけどの痕はよく見えなかった。

「どうしてそんなに苦しんでらっしゃるの？」

「……」

彼はそれ以上なにも言わなかったし、キティも重ねて聞かなかった。でも、彼の秘密――いいことも悪いことも含めて、洗いざらい知りたかった。ばかげた願望だけれど、どうしても知っておきたい。彼の手からそっと手を抜いて枕の上に置き、顎を載せた。

「話していただけますか？」

「いままで、だれにも話したことがない」彼がそっと答えた。

「なぜ？」

「だれからも聞かれなかったから」

キティはたじろいだ。「たぶん、あなたのことが怖くて——もしくは気後れして、聞けなかったんでしょう」彼の強烈な存在感を目の当たりにしているだけに、そうとしか思えなかった。「そこまで踏みこめるはずがありません」

「なるほど、きみは怖いもの知らずだからな。ジョージを助けたときに手を貸してくれたように……。ほんとうに勇敢な女性だ」

キティの体はかっと熱くなった。「ありがとうございます」

まるで空気そのものが変わって、心地よいなにかがふたりのあいだに満ちたようだった。遠くのほうで雷がとどろき、雨は土砂降りに変わった。「もしかすると、赤の他人のほうが秘密を守れるかも……。名誉にかけて、あなたの信頼は裏切りません、アレクサンダー」

彼はゆっくりとほほえみを浮かべたが、なにも言わなかった。キティはため息をついて目を閉じ、屋根を打つ雨の音に耳を傾けながらふたたびうとうとしはじめた。

「……母の笑い声はだれよりも素敵だった。あの日の朝、朝食室に入ろうとしたときに最初に聞こえたのがその声だった。母は父に思いがけなくキスされたところで、当時七つだった妹のペニーも、その場面を目にして同じように驚き、うれしそうにしていた。わたしたち家族はいつも朝食を共にしていたんだ。ペニーは一度も子ども部屋に追いやられることなく、わたしたち大人と一緒に食事をしていた」

キティはゆっくりと目を開けたが、そのまま息を凝らしてじっとしていた。

「朝食のあと、母はペニーと一緒に芝生の上で本を読んで過ごし、父とわたしは地所のことを話し合った。それから、みんなで馬車に乗って村に出かけて……夜になると、父と母は地元で催された慈善目的の舞踏会には出かけずに、うちで過ごした。みんなで夕食を共にしたときの、ペニーのうれしそうな顔……食後は客間に移って、母がピアノを弾き、わたしが歌った」

また、思い出にふけっているような沈黙があった。屋根を打つ雨の音が強まっている。キティはさらに彼に近づき、なにも考えずに自分の毛布の一部を彼のおなかにかけてたくしこんだ。彼はなにも言わなかったが、口元をふたたび小さくほころばせた。

「あの晩、わたしを眠りから覚ましたのはペニーの泣き声だった。どうやってたどり着いたのか、わたしの部屋に来ていたんだ。すでにカーテンに火がついていて、熱と煙で息もできないくらいだった。ペニーを抱きかかえて廊下に走りでると、城の西翼はどこもかしこも火の海だった。階段は炎に包まれていておりられない。残る手だては、わたしの部屋に戻ることだけだった。炎のなかをくぐりぬけて……見てのとおり、赤い悪魔につかまりかけたが、どうにか窓を押し開け……飛びおりた」

「なんてこと……」どんなに恐ろしかっただろう。大切なものを失って、どんなにつらかったことか……。

「あの日のことを夢に見るときはいつも、一部始終を思い出す。喜びと笑い声に満ちた朝から、恐怖と悲鳴に包まれた夜まで。だから……何度うなされても、それはかけがえのないひとときなんだ」

キティのなかでなにかが砕け散り、痛みで胸が張り裂けそうになった。「では、この次は起こしません」

彼は片方の口角を持ちあげた。「この次があると考えるのはなんとも複雑な気分だが、いずれにしろ礼を言っておこう、ミス・ダンヴァーズ」

キティは顔を赤くして、寝室に明かりらしい明かりがなくてよかったと思った。どういうわけか、彼に飛びつき、抱きしめたくてたまらなかった。でも、彼のような強い人にそんなことはできない。ふたりが黙りこくってしばらくたった。彼の呼吸が徐々に穏やかになっていく。でも、まだ――。

「まだ起きていますか？」

「まだ起きているか？」

ふたりは同時に口を開いた。彼がくっくっと豊かな声で笑いだしたので、キティはどぎまぎした。

「どうやら似たようなことを考えていたらしい」

キティはほほえんだ。「そのようですね。どうぞ、先におっしゃってください」

「きみには興味をかき立てられる。新聞で知って以来、頭のなかはきみのことだけだ」

キティはあまりのことに呆然とした。体も動かないし、声も出ない。言うべき言葉も思いつかなかった。どきどきしながら次の言葉を待った。

「見たところ、きみはひとりで家族の面倒をよく見ている。家族のためなら、きみはどんな犠牲も払うだろう。まったく大した女性だ」

キティは鼻を鳴らした。「だから脅してやろうと思い立ったんですか?」

「うん? わたしたちはたがいに都合のいい取引をしたはずだが」

キティはむっとして息を吐いた。

彼は両手を頭の後ろで組んだ。「それで思ったんだが――きみの夢はなんだ?」

たやすい質問だった。「それは、妹たちが――」

「きみ自身の夢だ」彼はさえぎった。「きみはなにが望みだ?」

キティは戸惑って彼を見た。これまでそんなことを聞いてきた人はひとりもいなかった。実際、自分でも考えたことがなかったかもしれない。父が亡くなって以来、頭のなかにあったのは、どうすれば妹たちと母が幸せになれるか――それだけだった。「自分のことで夢見る余裕なんてありませんでしたから」

「ではいま、考えてみてくれないか――わたしのために」彼がつぶやいた。

キティはすっと息をのんだ。「どういう意味でしょうか、閣下?」

「これまで胸に秘めてきたひそかな夢を聞かせてほしい。自分の評判や幸せより家族の幸せや義務を優先してきたきみが、ずっと抑えこんできたものを」

「そんな思いがあると？」

「だれだろうとそうした夢はあるものだ――気軽なものから真剣なものまで。そして、思いきって行動する者だけがその夢を実現できる。きみはそういう人だ」

キティの体のなかに温かいものが広がった。自分自身のために、なにかを望んだことなんてあったかしら？

妹たちとおしゃべりするときのように、腹ばいになって両手の上に顎を載せた。「おばのハリエットのように、舞台に立てたらと思ったことがあります。おばの行動には一族全員が驚いて、ほとんどの者が付き合いを断ってしまいました」

「だが、きみは違った」

キティは小さく笑った。「ええ、わたしは違います。こっそりおばの舞台を観にいっていました。それほど素晴らしかったんです。おばはほんとうにあふれんばかりの才能の持ち主でしたから……。父が亡くなる前は、幕間の休憩時間によく訪ねたものです。そこでおばから、女優としての心得を聞きました。母からはとんでもないと言われましたが、父は見逃してくれました」

「なにか心からやってみたいことは？」

キティは父が亡くなる前はどうだったか思い出した。もう何年も忘れていたことだ。「外の世界を見てみたいと思っていました。生まれたときから、ハートフォードシャーをほとんど出たことがなかったものですから。外の世界はどんなに広いだろうと……。十五の誕生日に父が地球儀を買ってくれて、好奇心に火がついたんです。あらゆる国を見にいきたくてたまらなくなりました——エジプトにアメリカ、中国、インド……。母からは、そんな国は未開で野蛮なところだし、粗野な人しかいないと言われましたが、自分の目で見てみたかったんです。ひと晩でハートフォードシャーは砂粒になり、広大な海への憧れで胸がいっぱいになりました。なにかというとその話しかしないものですから、母が礼儀作法をなおすために学校にやりたいと言いだして……」キティはくっくっと笑いながらつづけた。「でも父は母の言葉に耳を貸しませんでした。それに、母は父を心から愛していたので、結局は……父がどう説き伏せたのか知りませんが、変わり者のわたしは現実的かつ分別があるということになって、物好きな性格はその後も甘やかされたままでした」

「わたしがきみを恥も外聞もなく甘やかしたように？」

「そういうことです」キティはどうしてこんなにもどきどきするのだろうと思った。ふたりのあいだに生まれたこの雰囲気——心地よくて……気心の知れた友人のような……これはわたしだけが感じているのかしら？　直接聞けたらいいのに。

「父上が恋しいだろう」

キティの胸はずきりと痛んだ。「ええ」

「亡くなってどれくらいたつ？」

キティはいっときためらった。「もうすぐ五年になります」

彼が両手で頭を支えたまま体を横向きにしたので、ベッドが沈んだ。「なにを笑っているんだ？」

「なにもかもがとても現実とは思えなくて……。たがいに打ち明け話をして、まるで……」

「友人のよう？」彼がいたずらっぽく言った。

こんなふうに不届きで礼儀作法に反したことをするとは思わなかった。そしてこの先も、ひそかな楽しみが待っているような気がする。「不思議だわ……いままでこんなふうに話せたのは、〈罪深い壁の花たち〉の仲間たちだけだった」

「ほう？　なかなかおもしろそうな話だ」

「ここではまだ話せません」こんなふうに気安く話す自分がいやになりそうだった。公爵が好きだし、尊敬もしているけれど、自分はいずれ飽きたら捨てられるおもちゃに過ぎない。それなのに、彼にキスしたいと思っている――それはロンドンを馬車で出発して以来、ずっと打ち消してきたひそかな願望だった。

「では、わたしとふたりきりでも、もう怖くないということかな？」

キティは顔をしかめた。またそんなことを。「あなたの評判を聞いてためらっていましたが、噂どおりの方ではなさそうですから……」

彼は片眉をつりあげた。「どんな噂かな、ミス・ダンヴァーズ？」

キティはためらった。同じように皮肉を返したくなるのはなぜ？「〝だれよりもたちの悪い、危険な男性〟という噂です」

彼の瞳が愉快そうにきらめくのを見て、キティの胸は震えた。

「〝恐ろしく罪深い〟と言われたこともある」彼はのんびりと言った。挑発するようなおどけたまなざしだが、ぬくもりも感じる。キティの口のなかはからからになった。

「いまそう言おうとしていたところでした」キティはほほえんだ。「〝だれよりもたちの悪い、危険な、そして罪深い男性〟と。ずいぶん並べ立てたものですね」そのほか、心の声が〝容赦ない〟〝頑固な〟とささやいていた――あまり感心できない性格だ。

不意に彼が顔に触れ、頬に温かな感触を残した。もっと愛撫されたい。それはかなり胸をざわつかせる願望だった。

「きみは他人の話をすべて鵜呑みするのか？」

それは意地の悪い警告だったが、だからといって、はいそうですかと引きさがるつもりはなかった。あとで、板屋根や窓枠に雨の打ちつける小さな家に閉じこめられたせいにすればいい。暖炉で熾火がほのかに光っているだけで、寝室は親密な暗闇に包まれていた。ふたりのあいだに広がる静寂は、危険だけれどわくわくするようななにかをはらんでいる。

向こう見ずな、まったく不届きななにかが自分のなかでむくむくと湧きあがっていた。この人にキスしたい――そんなことを考えるなんて、ばかね！

「そんなに怖い顔をして、どんなふうに痛めつけて息の根を止めようと考えているんだ？」

からかわれるたびに、彼の顎をつかんで、湧きあがる情熱のすべてを込めてキスしたくなった。キスがどんなものか知らずにずっと憧れているのが苦しくて、じわじわと生殺しにされている気がする。彼がほしくてたまらない。もどかしい思いがはじけて、解き放たれたのはそのときだった。ぐいと身を乗りだし、彼が驚いた表情を浮かべるのもかまわず、首を伸ばしてさっとキスした。優雅さのかけらもない。

それはぎこちないが、心のこもったキスだった。息を止めて待った——が、なんの反応もない。

いたたまれなくなって体を引き、震えるため息をついた。

彼はぴくりとも動かなかった。瞳も読み取れない。影になった顔に、複雑な感情が浮かんだ——渇望と、不安——そして、奇妙なほど平然とした表情に戻った。「そんなことをされるほど、なにかきみの気を引くようなことをしただろうか？」

「いまのはただ、どうしようもない不安を払いのけたかっただけです」

「というと？」

「こんな狭い家に二日以上もあなたと一緒に閉じこめられたら、どうかしてしまうに決まっていますから」キティは指を二本見せて強調すると、さらにつづけた。「どんな感じなのか、このままでは考えすぎておかしくなりそうでした。ずっともどかしい思いを抱えて悶々としているのがどんな気分か想像できますか？　でも、いまそれがわかりました」

彼がどう解釈したらいいのかわからないような顔をしてじっと見ていたので、キティは恥ずかしくなった。

「なにがわかったというんだ？」

「それはもちろん……あなたにキスしたらどんな感じか」とうとう言ってしまった！　いか

にも無頓着に、世慣れた口調で。けれども、胸がどぎまぎして、とても落ち着かない。

「なんとも不当な言われようだな」彼はつぶやいた。「そんなのは犯罪に等しい行為だ」

キティは眉をひそめた。「なにがですか？」

「あんなものをキスと思っていることが」

キティはかっとした。「あんなもの？」

「ああ。わたしの犬たちもあんな感じで迎えてくれる」

思わず、低いうなり声が喉から漏れた。「よくもそんな！」

彼は愉快そうに瞳をきらめかせた。「からかってすまない。どうやらきみの自尊心を傷つけてしまったようだ」

キティはむっとして鼻を鳴らしたが、彼の言葉に傷ついたのはたしかだった。「では、もっと上手にできるとお思いですか？　いいえ、答えないで！　なぜって、はじめて会った夜のことを一部始終憶えてますもの。あのときの口づけなんて、わざわざ引き合いに出すまでも――」

「ほう……誘っているのか？　よしわかった、ミス・ダンヴァーズ。そうしよう」低い声で笑いながら、彼はキティを引き寄せてキスをした。

キティがその唇を噛んだので、彼は小さく悪態をつきながら彼女を離した。

「なにをするんだ！」

キティは毛布を押しやってベッドから転がりでると、怒りをこらえて安楽椅子に走った。

〝あんなもの〟ですって――自分に多少なりとも分別があったら、彼の言葉など無視してもう一度ベッドに潜ってしまうのに。彼はけっして結婚しないと言った。そして自分は破滅などしたくないのに、彼に火をつけられてしまった。もしかしたら、彼の挑発をあっさり信じたのがいけなかったのかもしれない。さっと振り向くと、彼もベッドをおりてたたずんでいた。

つかつかと近づいて肩をぐいとつかみ、つま先立ちになって唇を押しつけた。ほら、これでどう？ 〝あんなもの〟ですって？ 憎たらしい人！

彼が驚いたようにくぐもった声を漏らし、ふたりはもつれ合ってベッドに倒れこんだ。キティは彼の上にどさりと倒れ、額をぶつけた。うめき声を漏らし、額をさすりながら頭をあげた。

「きみの石頭のせいで、危うく頭蓋骨にひびが入るところだった」彼がつぶやいた。

「だって、あなたが――」

彼の唇がまたキティの唇をとらえた。今度のキスは、それまで注意深く抑えこんでいた飢えが一気に解き放たれたようだった。ふたりはゆっくりと……気の向くままに、そして不届きなほどしっかりと唇を重ねた。

「そのかわいい唇を開いてくれないか」彼がつぶやいた。

キティがたじろいではっとあえいだのがきっかけとなった。

彼の舌先がはじめて触れた瞬間、体のなかでめらめらと炎が燃えあがり、体がふしだらなほど熱くなった。下唇をそっと噛まれて、また深々と唇を重ね、たがいの舌をみだらに絡み合わせる。

彼の切ないうめき声を聞いて、キティの胸は喜びに震えた。

唇が離れた拍子に彼がごろりと回転して、今度はキティが下になった。なんて扇情的で、怖い体勢なのかしら――キティは気絶しそうになった。このまま行けば傷つくことになるとわかっているけれど、彼がかき立てた未知の情熱の前ではなすすべもない。

なんて愚かなことをしているのだろう。彼は目的を達成するための手段に過ぎなかったのに。彼にとって、キティ・ダンヴァーズはつかの間の遊び相手で――いずれ切り捨てて、忘れ去るべき存在なのに。でも、それならどうして――どうしてこんな気持ちになるの？　まるでなにかに向かって、まっさかさまに落ちていくようだった。自分では歯止めがきかない。

この人に――すべてにおいてかけ離れた世界に住んでいるこのソーントン公爵に、いいようにされてしまうのだ。こちらを見つめているのは、そうしたことを知っている目だった。でも――惹かれずにはいられない。その苛立ちは、憎しみといってもいいほどだった。

「わたしを傷ものにするおつもりなんでしょう」キティは彼を見つめたままつぶやいた。鼻で笑うか、違うと言ってほしい。それとも、幸せな生活が灰になったときに彼を支えたユーモアでごまかしてくれてもいい。

指先で頬をたどる彼の瞳は暗く翳っていた。悲しみ……そして、うつろなまなざしを通して、別のなにかが伝わってくる。「きみなら大丈夫だ」静かに、だが容赦のない口調で言った。

キティはたじろいだ。

なんの約束も残らなかったし、なにかをほのめかされるようなこともなかった。そして、浅はかで向こう見ずな心に、はじめてひびが入った。

ふたりは見つめ合った。暗い部屋のなかにふたりきりでいると、どんな秘密も守られるという気がした。この家であったことは、キスも、意味ありげな流し目も、親密な触れ合いも、すべてふたりだけの思い出になるのだ。世間には知られるはずがないから、破滅も避けられる。

ようやく知りたかったことがわかる――待ちわびた魂が叫んだ。かつて夢を見てやむなく抑えこんできたものが、生き返ったようにちかちかとまたたいている。

その渇望を感じとったように、彼は顔を近づけた。そして鼻を短くこすり合わせると、荒々しい優しさで唇を求めた。目も開けていられない。荒波のなかであがきながら、この海にもっと深く沈みたいと思った。彼の髪に指を差し入れ、押し返すのと同時に彼を求めた。

アレクサンダーの魂のなかで炎が燃えあがっていた。みだらな欲望が皮膚の下でうごめいている。キャスリンの唇の感触は、はじめてのキスのように新鮮だった。彼女に触れてもらいたい。焼けつくような快楽を感じたい。そんなどうしようもない欲望にいまにも屈服しそうだった。さっき彼女のキスを〝あんなもの〟とからかったのは、自分を守るため――このどうしようもない衝動から彼女を守るためだったが、そのときにはもう、彼女の味のとりこになっていた。

触れてくれ……お願いだ——心の声が切羽詰まって懇願している。

彼女の甘い味が口のなかに広がり、喜びのため息が彼の体じゅうを震わせ、心臓がどくどくと脈打ちはじめた。魂が震えるのを感じ、心臓の鼓動を聞いたのは何年ぶりだろう。たどたどしかった音が、ものの数秒でとどろくような拍動に変わっていた。最後にこんな甘い味を味わったのはいつだったろう？　こんな喜びを味わったのは？　十年前？　いいや、生まれてはじめてだ。

そのとき、下半身が欲望に目覚める鈍い痛みを感じた。ばかな——自分は不能のはずだ。この十年というもの、医者が原因を求めてつつきまわし、友人のアーガイル侯爵は、刺激的かつ魅惑的なパリの高級娼婦まで送りこんできたが、なにをしても情熱がよみがえることはなかった。

いまのところ、あの部分が硬くなる気配はなかったが、いままでとは違う感覚があった——肝心なのはそこのところだ。

貪るようなキスに自然に応えるキャスリンの口は、甘くなめらかな炎のようだった。もどかしげな声を小さく漏らしている。体じゅうのあらゆる筋肉がこわばり、魂のなかにあったうつろな部分が膨れあがって、驚きに近い、なじみのない高揚感で満たされていた。どうしようもない欲望に突き動かされて、彼女の頭の後ろに手をまわし、もう片方の手で頰を包みこんで、唇を斜めにしてさらに激しく求めた。

下半身は熱くなってずきずきと疼いていたが、肝心のところはやはり硬くならなかった。キャスリンは甘い声を漏らしながらキスに応えて、手のひらに感じる鼓動も囚われた小鳥のように速くなっている。体勢を変えると、太腿から腰にかけてズキリと痛みが走った。

キャスリンはくぐもった声を漏らしながら、彼の胸を押しやった。彼が手を離すと、ごろりと転がって離れ、キスで腫れあがった口を開けてあえぎながら息を吸いこんだ。ナイトガウンの胸元からのぞくクリーム色の膨らみを震わせている。ぽってりと腫れた下唇に触れる彼女の顔は青ざめていて、その瞳は傷ついた表情を浮かべていた。

彼は深々と息を吸いこんだ。「怖がらせてしまったようだな」

「いいえ……自分で自分が怖くなったんです」

彼にはその意味がわかった。

「こちらに来るんだ、キャスリン」

彼女は挑むように瞳をきらめかせると、さっと下唇を舐めた。「結婚を申しこんでくださるおつもりですか、閣下？」

彼の胸がずきりと痛んだ。「いいや」

キャスリンの顔が怒りで赤くなった。「では、強引なことはなさらないでください」彼女の声は痛々しいほど静かだった。「たったいまあなたにキスをしてしまいましたが、貞操を急いで失うような軽はずみなまねはしたくありません。もし――もしあなたの誘いに屈するようなことがあるとすれば、それは結婚を前提としているときです。わたしたちが置かれているのが、このうえなく――常軌を逸した状況である以上、いかなる誘惑にも屈するべきではありません。わたしは元よりそのつもりですが、あなたも悪魔の声に耳を傾けないようにしていただけないでしょうか。わたしには名誉を守ってくれる兄も父もおりません。わが身を守るには自分の分別に頼るしかないのです」

彼女は青ざめ、打ちひしがれて、胸が痛むほど美しかったが、その言葉はあくまで断固としていた。

彼は指先でキャスリンの腕をそっと撫でると、彼女のほうに顔を近づけた。「では、その分別を賢く使うことだ、ミス・ダンヴァーズ」

彼女はたとえようもなく魅力的で優しい、凛とした女性だ。女性らしさを損なわない、芯の強さも兼ね備えている。そして自分はいま、長年あきらめていたことを実現したいと――快楽と喜びだけでなく、公爵夫人の称号と保護も与えたいと願っている。それはばかげたことかもしれない。けれども、厚かましく、大胆で、生き生きとしたキティ・ダンヴァーズがほしくてたまらなかった――彼女をわがものにしたい。

こんな体でなければ……。

彼はごろりと仰向けになって、天井を見つめた。ふたたび、うつろでむなしい感覚がよみがえっていた。人生を呪い、悲しみと絶望の化けものになったあのころに味わった感覚。そのとき、人並みの幸せは二度と手に入らないことを受け入れたはずだった。それなのに、なぜいまになってまたほしくなるんだ？

——わたしを傷ものにするおつもりなんでしょう。

どきりとするような言葉が耳に残っていた。静かな口調だが、どことなくもろくて、不安そうで……それが良心に爪を立てていた。

——きみなら大丈夫だ。

なんと冷たくて、思いやりのないことを言ってしまったのだろう。あのときは彼女を味わい、においを嗅ぎ、ただただ触れたいという燃えるような欲望で、頭のなかがいっぱいだった。どうすればそんな反応を抑えこめるのか、さっぱりわからない。そもそも自分には、差しだせるものなどなにもないのだ。そんなのはわかりきった——いやというほど思い知らされていることだった。もうふつうの夫婦生活は望めないし、その手のことを求めても結局は労力と時間の無駄に終わることも、とっくのむかしに受け入れている。そして自分は、報いのない投資はしない人間だった。

では、なにを望んでいるんだ？

意外なことに、彼女はベッドから出ずに肩がぶつかるほど身を寄せてきた。

「キスが太陽のような味がするなんて……」静かに言った。

「嵐のようでもある」彼はつぶやいた。

感触でわかった。彼女は間違いなくほほえみを浮かべている。

こちらが呼吸をしなければ、手を触れてたしかめてくれるだろうか。

彼女はそうした。手の甲をさっと撫でて――ああ、くそっ。

「本気で考えているんだが、わたしたちはこのままずっとキスをする友人でいてもいいんじゃないか、ミス・ダンヴァーズ？」

「とんでもない。そんなことをしたら、このうえなく不届きな女性になってしまうわ」彼女はおどけて言った。

アレクサンダーは片眉をつりあげたが、彼女のほうは見なかった。そんなことをしたら、信頼を踏みにじって彼女をかき抱いてしまう。「ほんとうにそうなる？」

「ええ」彼女は気取って、だがいたずらっぽく答えた。どうやったらそんなことができるのだろう？

ふたりは同時に顔を見合わせ、彼はほほえんだ。

「またキスをしたいと、顔に書いてあるわ」彼女がため息をついて言った。揺らめく影に隠れて表情が見えない。

「そのとおりだ、ミス・ダンヴァーズ」

「もう形式張らないことにしたはずでしょう」

「二度とばかなまねをしないように――ミス・ダンヴァーズと言わなくてはならないんだ」

彼女は目を見開いた。「わたしはあなたの名前を口にしたいわ、アレクサンダー」

「きみに名前を呼ばれるのは好きだ」

彼女は体の向きを変えてこちらを見た。まるで牝のトラだ。そして、この世でいちばん自然なことをするように唇を重ねてきた。彼の髪に指を差し入れ、燃えるような欲望をあらわにして唇をなぞっている。彼女が漏らす柔らかな声を、彼は心の奥深くにしっかりと刻みつけた。この先もずっと思い出せるように。

何年も前に死んでしまったものが、魂の奥底で目覚めようとしていた。身じろぎし、背伸びして、うめき声をあげ——快感と痛みが、彼自身のものを矢のように突き抜けた。

ああ……いったいどうしたというんだ？

11

アレクサンダーは悪態をついてキャスリンから体を離し、ベッドから飛びだした。いきなり動いたので背中にずきりと痛みが走り、ベッドのほうによろめいた。彼女は悲鳴をあげて彼を支えようとしたが、体重を支えきれずにベッドの上で下敷きになった。それがおかしくて、彼は声をあげて笑った。

「少しもおかしくないわ」彼の肩に唇を押しつけたまま、彼女はぶつぶつ言った。

うなりながら体をずらすと、下から彼女が這いだした。ベッドの上で体を伸ばすと、痛みが暗い波のように襲ってきて、そのまま動けなくなった。ふくらはぎが痙攣し、筋肉が引きつって、激痛で体がこわばっている。さっき彼女が眠っているときに一時間近く悪戦苦闘して抑えこんだと思ったのに、またこれだ。

「わたしにまかせて」彼女が膝立ちになって、ふたつの枕を彼の足の下に押しこんだ。

思わずうなり声が漏れた。こんなに弱っている姿を見られたくない。

キャスリンが心配そうな目で見ていた。「いちばん痛むところはどこかしら、アレクサンダー？　どうかわたしを信じて、教えてちょうだい――過去を正直に話してくれたように」

静かに諭されて、左の太腿に顎をしゃくった。すると彼女はためらうことなく太腿の筋肉をつかみ、指先をゆっくりと沈めて揉みほぐそうとした。引きつった筋肉はなかなかほぐれない。額に汗を浮かべ、シーツをつかんで痛みをこらえた。

体をこわばらせるたびに、彼女はあの手この手でなだめてくれた。緊張がほぐれるように、すぐに楽になるからと絶えず話しかけてくる。いつもは痛みを忘れるためにさまざまな場所に気持ちをはばたかせているが、彼女に触れられるとそれがむずかしかった。

「わたしなら、きみが想像したこともないほど歓ばせてやれるのに」ほんとうに、この舌の歯止めがきかなくなっている。それでも、笑ってくれるのではないかと思って、じっと彼女を見た。

キャスリンは目を見開いて、太腿を揉んでいた手を止めた。「いま〝歓ばせる〟話はしないほうがいいんじゃないかしら」かすれた声でつぶやくと、ふたたび魔法の手を動かしはじめた。

痙攣した体に、いやな顔ひとつしない。

彼女は下唇を嚙み、眉をひそめ、生き生きとした知的な瞳で意味ありげにこちらを見た。

ふむ。「興味はあるわけだ」

彼女は顔を赤らめた。「生身の人間ですもの。興味をもつのは自然なことじゃないかしら。ほら、社交シーズンのあいだに、いろいろな噂を耳にするでしょう？　不届きな娘になったらどんなふうかしらと、想像したこともあるのよ」

ミス・キティ・ダンヴァーズがさらに不届きな女性に……もしかしたら小悪魔のような女性になるかもしれないと思うと、下半身がたまらないほど疼いた。その感覚があまりに強烈だったので、額にじわりと汗をかきながら、もどかしい思いで自分の体をたしかめた。その感覚がつづいてくれたら――欲望で自分のものがもう一度硬くなってくれたら。

だが、それはズボンのなかでしおれているだけだった。だが、筋肉を揉んでいる彼女の手が太腿の上のほうまで来ると――頭のなかで、彼女が小さなベッドの上で体を伸ばし、欲望と不安を瞳に浮かべて、ドレスがめくれあがって腿の内側の青白い肌があらわになっているところを思い浮かべると――荒々しい痛みが局部を突き抜け、その部分がピクピクと動いて硬くなった。

心臓が止まるかと思った。長年死んでいたと思いこんでいた部分がわずかに反応している。あり得ない。こうなることをどれほど望んだことか――幾晩夢見たことか。

「……不届きな娘になりたいなら、その服を脱いでここに来たらいい」

「ご冗談を、閣下！」彼女は顔を赤くして声をうわずらせた。

「アレクサンダーだ」からかうように言ったが、心の片隅ではまだ自分の言葉が信じられなかった。

彼女はそれでも怒って逃げなかった。それどころか、唇を引き結んで、美しい瞳でこちらをじっくり見定めている。

「どんなふうにして歓ばせようというの？」

「裸になって……わたしの口の上に座るんだ。そうすればわかる」ゆっくりと、誘うように言った。

彼女は目をむいた。

「座る……座るですって……」今度は胸元まで赤くしている。「なんてことを！」そう言うなり彼の太腿を乱暴に押しやって、ぱっと立ちあがった。「そ……そんな下品なことを口にするなんて……し……信じられない」しどろもどろに言った。

「きみのきれいなあそこを舐められるように、わたしの口の上に座れと言ったことが？」彼女のあの部分が、きれいで、柔らかくて、濡れてなめらかになっていることはわかっていた。そして、甘くて……きつく締まっていることも。

どうしてそんなふうに露骨にからかったのか、自分でもわからなかった。ミス・ダンヴァーズは悲鳴をあげて寝室を飛びだした――まるで、相手に角や尻尾が生えていることにたったいま気づいたみたいに。おかしくて笑ってしまう。だが、あんなふうに下品にからかったことはすぐに謝らなくてはならない。むろん、償いもする。

下半身の疼きを気にしないようにして、体の向きを変えた。だがベッドからおりる前にミス・ダンヴァーズが戻って来た。水を張ったたらいを持っている。アレクサンダーは彼女がつかつかと近づいてきたので眉をひそめた。「ミス・ダンヴァーズ、さっきはほんとうにすまな――」

氷のように冷たい水を頭から浴びせられて、彼は愕然とした。

「ベッドがびしょ濡れじゃないか！」

彼女の瞳は怒りに燃えていた――だが見間違いでなければ、やり返すのを楽しんでいる。

「これで目が醒めたかしら？」

言葉では言い表せない感情が湧きあがった。あれはまだ立っていない。ただ……下腹部で熱いものがうごめき、もやもやした欲望があの部分を愛撫して、目覚めさせていた。彼はたじろいでぴたりと動きを止めた。

気のせいではない。どういうことだ……。

「アレクサンダー？」彼女は眉をひそめてたらいをおろした。「具合でも悪いの？」

彼がなにも言わなかったので、彼女はたらいを床に落として足早に近づいてきた。「どうしたの？　なにか言ってちょうだい」

そして肩に触れた。

そのとたんに、彼女に触れて、抱きしめることしか考えられなくなった。

衝動的に彼女をつかまえ、激痛が走るのもかまわず太腿の上に乗せた。痛みが薄らぐまでゆっくりと息をしながら抱きしめると、彼女もなにも言わずに抱きしめてくれた。肉体的な欲求は消え、そのかわりに心安らぐなにかが――どういうわけか、もっと重要ななにかが生まれたような気がした。うまく感謝の気持ちを伝えられなくて、彼女の頭のてっぺんにキスした。

「どうしてキスを？」

「きみが友人だから」くぐもった声で答えた。

彼女はゆっくりと彼を見あげた。目を大きく見開いて、驚いたように唇をわずかに開けている。きゃしゃな手で胸を押さえ、動揺も不安も見せずにこちらをじっと見つめていたが、しまいににっこりした。見たことがないほど晴れやかな笑顔だ。「あなたの友人になれてうれしいわ……アレクサンダー」

夜が明けようとしていた。太陽が地平線から顔を出し、温かな光で夜の名残を追いやっている。窓から光が差しこみ、狭い寝室にまぶしい太陽のかけらをまき散らした。

「朝日を見ないと……」

話題が急に変わっても、彼女はなにも言わなかった。そうするのが習慣だと理解してくれたのだろう。毎日、明け方に太陽と空を眺め、小鳥のさえずりを聞くのが彼の習慣だった。ゆっくりと立ちあがって、寝室から廊下に出た。玄関の扉を開けて、深々と息を吸いこむ。ゆうべの雨のにおいがまだ空気にたっぷり含まれていて、清らかな日光を文字どおり味わった気がした。

キャスリンが傍らに来た。「笑顔にならないの？」

「なるさ」

彼女は怪訝そうに片眉をつりあげた。「いつなるのかしら？　いまはほとんどしかめっ面だけれど」

「そういう気分になったときに」

キティは肩をすくめた。「わたしは朝、目が覚めたら笑顔になるわ」

体のなかに温かいものがゆっくりと広がった。「ほんとうに？」

「ええ、お日さまと朝に挨拶するのがただうれしくて」

彼が眉をひそめて空に目をやったので、彼女は笑った。

「小鳥の歌を聞いたときや、雨のにおいを嗅いだとき、雷がゴロゴロいうのを聞いたときも笑顔になるわ。眠るときも。なぜって……それがわたしだから」

「どうかしてるんじゃないのか」彼がぼそりと言ったので、キティは吹きだして彼の腕を殴るまねをした。

彼はキティに向きなおると、首をかしげて考えこんだ。「いままで眠っていたんだろうか……」何年も眠りについていた感情という感情、感覚という感覚がそろって目を覚まして、皮膚の下で脈打っていた。はじめて感じるように、生々しく、刺激的で……そして奇妙なほど心許ない。

彼女をどうすればいいのかわからなかった。そもそも、こんなふうになること自体が気に入らない。以前の自分は明確な感情や、人生において歩むべき道が定まっていることを好む人間だった。自分の身分にふさわしい性格を誇りに思っていたのに、キャスリン・ダンヴァーズと会って、またもや混乱させられている。彼女といるときの自分は……何者なのだろう。

彼女を、自分のものにしたい——男が女をわがものにするように。もし……。

心の奥底で、優しくて温かいなにか——長いあいだ忘れていたなにかがうごめいていた。

彼女のラヴェンダーの香りをあまり深く吸いこまないようにした。ずっとそばにいてもらいたいが、そこまで残酷にはなれない。金にものを言わせ、強引にことを進めれば、言うことを聞かせることもできるかもしれないが。

それでも……しばらくのあいだだけなら。

彼女を見つめたまま、どれだけこの女性がほしいのだろうと考えた。「きみが……好きだ」

「まるで、重大な罪を犯しているような言い方をするのね」彼女はからかうように言ったが、彼の顔を愛撫するそのまなざしは訝しげで――不安そうだった。

そんなのは妄想だ。彼女がこの状況を招いたのだから――それでなにもかも変わった。なにもかも。

「そうかもしれない」彼はつぶやいた。

それから、明けはじめた空に顔を向け、湧きあがる雲のあいだから射しているわずかな光を浴びた。こんなときに会話は必要ない。一日のはじまりの一、二時間は、黙って過ごすものだ。

この沈黙を――孤独を分かち合いたい。

そして、同じ空間で彼女に息をしていてほしい。彼女が呼吸する柔らかな音――それは安らぎの証として室内を満たすだろう。風変わりかもしれないが、そこには満足があるはずだ。

沈黙はいつも暗いものだった。そこでは過去の悪夢がよみがえり、孤独を思い知らされる。むなしさがこだまする場所。その沈黙が、いまは優しくて心地いい。親密で、ひそやかで、ためらいがちで――そこには答えのわからない問いも漂っている。

おまえはなにを期待しているんだ?


キティと公爵は、キスをする友人となった。

そんなことが社交界に知られたら、レディとしての評判は地に落ちてしまう。とんでもなく不届きな取り決めだが、キティは後悔していなかった。

いまは、服のごわつきが気になっていた。昨日着ていた服がほとんど乾いていたので、彼に手伝ってもらいながら着替えた。彼が着替えるときは、キティが無言で従者の役目を果たした。

ずっと手を動かしていたので、赤面する暇もなかった。

一時間以上も朝日を眺めておなかがぺこぺこになっていたので、ふたりで食料貯蔵庫に向かった。そこには所狭しといろいろなものが保管されていたが、調理済みの食べ物がない。そこで、狭いがきちんと片づけられたキッチンで食べるものを見つけることにした。

キティは、今度ジョージに会ったらどうやってはらわたを抜いてやろうかと、やり方を何通りか考えていた。ほんとうなら、何時間も前に手伝いの者たちを連れて迎えに来てくれてもいいはずだ。間違いなく、アレクサンダーと自分をふたりきりにしようとしている!

アレクサンダーは、今日だれも迎えに来なければジョージにあとで思い知らせるつもりだと言ったものの、彼なりのユーモアで状況を受け入れているようだった。

「――なにか間違えているような気がするんだが」アレクサンダーはキティをちらりと見て、

ぼろぼろの紙の束に目を戻した。

「そんなはずはないわ」キティは明るく応じた。「たぶん大丈夫よ。ぜんぶ書いてあるとおりにしたもの」

「食卓でこんな代物は見たことがない。言っておくが、ミセス・マクギニスはうちの厨房で働いている」

キティは少々傷ついて顔をしかめた。それからふたりは改めてレシピに顔を近づけ、じっくり読みなおした。たまたまレシピの束を見つけたのはキティだった。そこで彼女は、勇敢にも提案した――ふたりともきちんと教育を受けているのだから、簡単なケーキの焼き方くらいわかるはずでは？　なにしろキティは三カ国語を話し、水彩画と地理が得意だ。アレクサンダーはなんと九カ国語を話せるという。おまけに議会では弁が立つことで有名で、かつてはやり手の政治家として尊敬を集めていた。このふたりの頭脳をもってすれば、そこそこおいしいケーキが作れないはずはない。

ただ、この期におよんでキティは不安になっていた。

「あの……卵を入れ忘れたと思うの」レシピをにらみながら小声で言った。「貯蔵庫に卵なんてなかったけれど」

「外で鳴き声が聞こえたんだが……あれは雌鶏だと思う」アレクサンダーは横目で彼女を見た。「嘘じゃない。耳が悪くなっていないかぎりほんとうだ」

ふたりは石のカウンターに載っているぼそぼその塊を見おろした。

「それに、砂糖も入れた憶えがないぞ。きみはどうだ?」アレクサンダーがからかうように言った。

「それはあなたの役目でしょう。憶えてないの?」

彼は生地の入った大きな陶器のボウルを手前に引き寄せると、ひと口取って、思いきって口に放りこんだ。一瞬見開いた目を閉じ、ひと声うなる。キティは両手を組み合わせて待ったが、いまいましいことに、彼は黙って口を動かしているだけだった。「それで、どう?」

彼は改まった表情で答えた。「素晴らしい」

「ほんとう?」キティはひと口取って口に放りこみ、うっと口を押さえた。ぜったい無理!

「このままでは、飢え死にしてしまうわ」

彼はにやりとした。「まさか。うまく焼けなかったら、この生地を食べるまでだ。もっとまずいものを食べたこともある」

「これよりまずいものを? そんなことを信じるものですか!」そんなことにならないように、ボウルの中身を急いでくずかごに捨てた。

彼が低い声で笑ったので、キティもつられてほほえんだ。

彼はひとつだけ残ったリンゴを取りあげた。「これをふたりで分けよう」

キティはうなずくと、ゆっくりとカウンターに近づいてそこに座った。そして、彼が目の前に差しだしたリンゴを、身を乗りだしてがぶりとひと口かじった。彼はしかめ面でリンゴを見て、またキティに視線を戻した。

「ずいぶん歯が大きいんだな、ミス・ダンヴァーズ」

キティはくすくす笑いながら、かじったリンゴをむしゃむしゃ食べた。彼はひと口かじって、またキティにリンゴを差しだした。

ふたりはそんなふうにしてリンゴを食べた。石のカウンターの上にナイフが置いてあって、そうしようと思えば簡単にリンゴを半分にできることはどちらも言わずに。

12

リンゴだけの朝食をすませていくらもたたないうちにジョージが迎えにきたので、キティは自分でも情けなくなるほどほっとした。公爵ともうひと晩同じベッドに寝るなど、とても考えられない。そんなことをしたら、なにかふしだらで後悔するようなことが起こるに決まっていた。自分は傷ものにさせられて悲しむ羽目になるだろうけれど、公爵は……公爵はかすり傷ひとつ負わずにけろりとしているはずだ。

「このとおり、ちゃんと迎えに参りやした」ジョージは訛り丸だしで言った。キティと公爵を交互に見ながら、薄いはしばみ色の瞳を意味ありげにきらめかせている。そんなふうにされても、アレクサンダーが御者を叱ることはなかった。にっこりして、ちょうといいときに戻ってくれてよかったと言っただけだ。

キティはむっとしてふたりをにらみつけたが、ジョージはにやにやしているだけだった。とはいえ、彼が具合はどうかとぶっきらぼうに尋ねる様子は、見ていて胸が熱くなった。ジョージの瞳を見れば、あるじを心から愛し、気づかっていることがわかる。だから、ふたりの奇妙な関係をありのまま受け入れることにした。尊敬の念さえ覚えながら。

馬車はいま、でこぼこした道をガタゴトと走っている。御者はキティの尻が痛くなるのもかまわず馬たちを急がせていた。アレクサンダーは自分の馬で馬車の前を走ることを選んでふたたびキティをひとりにしていたが、彼女は気にしなかった。ただ、ゆうべのことを思い出す時間がたっぷりあるのは問題だった。夢のようなキスや――いまだにキスの味と感触を憶えている――彼に不謹慎な言葉でからかわれたこと、彼のせいで目覚めた罪深い欲望……。ゆうべ気を許してしまった自分に、まだ少し腹が立っていた。それなのに。

――わたしなら、きみが想像したこともないほど歓ばせてやれるのに。

その歓びを探索してみたいと思っているなんて。

それから目を閉じてクッションに頭をもたせかけて、公爵にいつまでもキスする空想にふけった。頭がのぼせていなければ、意識して正反対のことを考えるようにしたかもしれない。けれども、公爵と自由奔放に過ごせるのは白日夢のなかだけだと思うと、そうしないではいられなかった。

荒れてぬかるんだ道を半時間ほど走ると、馬車はしっかりと均された私道に入った。両側に見あげるようなニレやブナの木が生えている。長い私道は手入れが行き届き、木々の向こうには起伏のある芝地が何マイルも広がっていた。キティはカーテンを開けて、行く手の壮大な景色に目をみはった。

まるで、おとぎ話のお城に来たみたい。

これまで想像していたのは、崩れかけた暗い城だった。世捨て人というからには、あらゆるものとつながりを断って暗いところに引きこもっているものとばかり思っていたが、まったく違う。窓の外を過ぎ去っていく美しい丘陵地帯。そして、徐々に近づいてくるのは、青々とした草と花々に囲まれた、丘の上の夢の宮殿だった。

それからしばらくして、馬車は広々とした中庭で止まり、踏み段がおろされた。馬車のドアが開くと、公爵が手を貸そうと待っていた。彼の手を借りて馬車をおりたキティは、周囲を見まわして呆然とした。

城は灰色の花崗岩造りで、そのいかめしさを美しい庭園と噴水が和らげていた。ふたつある噴水は古典様式で、海の神ネプチューンのまわりでニンフたちが戯れているものと、月の女神ダイアナの足下で雄シカが頭を垂れているものがある。

城には左右に翼があり、左側の翼だけが見るからに新しかった。城の背後の広大な緑の斜面の先には、緑の小島が散らばる絵のような湖がある。島には枝を垂らしたヤナギや緑豊かな灌木がこんもりと茂っていた。

「素晴らしいところね、アレクサンダー。まさに楽園だわ」

公爵が応じる前に、驚いたような——はしゃいだ叫び声が聞こえたので、キティはそちらに目を向けた。

ライオンの頭部のノッカーが付いた大きな玄関から、少女と若者がこちらに近づいてくるのが見えた。よく似たふたりだ。ふたりとも色白かつ金髪で、顔立ちがとても美しい。少女は薄いピンクのドレスを着て、金髪の長い巻き毛をゆるく結いあげ、顔のまわりの愛らしい後れ毛を肩に垂らしている。さらに近くまで来ると、瞳の色が鮮やかな青で、公爵の瞳とそっくりだとわかった。

彼女のそばにいる若者は、髪と肌の色は少女と同じだが、瞳は薄い緑色でにこにこしていた。キティは不意に自分の格好に思い当たって、しわだらけの見るも無惨なガウンの前に手をやった。

「きみはいつだって美しい。たぶん、麻袋をかぶっただけも魅惑的だ」アレクサンダーがつぶやいた。

「冗談はやめて」キティは小声で言い返したが、ほんとうはうれしくて、顔に出さないようにするのが大変だった。

アレクサンダーはほほえむと、近づいてくるふたりのほうに進みでた。

「お帰りなさい、アレクサンダー。戻ってくれてほっとしたわ！」少女はうれしそうに言うと、好奇心をむきだしにして公爵とキティを交互に見た。

アレクサンダーは屈んで少女の頬にキスした。それから彼は若者と握手したが、その若者は好奇心を隠そうともせずに、キティが落ち着かなくなるほどまじまじと見つめた。

「ミス・ダンヴァーズ、妹のレディ・ペネロープと従兄弟のユージーン・マスターズ氏を紹介しよう」

「ああ、ミス・ダンヴァーズ！　ずっとお会いしたいと思っていたのよ！」少女は興奮を抑えきれずに、両手を組み合わせて叫んだ。「わたしのことはペニーと呼んでください。こんなところまでいらっしゃるなんて、ほんとうに信じられないわ！　ユージーン、ミス・ダンヴァーズはアレクサンダーの婚約者なのよ」最後にうれしそうに付けくわえた。

少女に温かく歓迎されて、キティは気が楽になった。「お知り合いになれてうれしいわ、ペニー。それからマスターズさんも」

マスターズ氏はぎょっとしていた。「婚約者？」

「ええ、そうよ」ペニーはキティにいたずらっぽく目配せしながら応じた。

マスターズ氏は驚くのと同時に信じられないような表情を浮かべると、丁寧にお辞儀した。

「お会いできて光栄です、ミス・ダンヴァーズ。わたしのことはユージーンと呼んでください。まさか従兄弟の許嫁にお目にかかれるとは……まったく、こんなにうれしいことはありません」

彼の啞然とした口調は、とてもそう思っているようには受け取れなかった。

マスターズ氏は物問いたげにアレクサンダーを見た。それからしばらく、お決まりのやりとりを交わしてわかった。マスターズ氏は陽気で礼儀正しい人物だが、レディ・ペニーは礼儀作法というものが苦手で、まるでこらえ性がない。彼女を見ていると、しばしば口うるさく注意してやらなくてはならない末の妹ヘンリエッタを思い出した。

「ミス・ダンヴァーズ、ロンドンや社交シーズンのことであなたにお伺いしたいことが山ほどあるの。わたしのわがままを聞いていただけるといいのだけれど！」

キティはペニーにほほえんだ。「そうさせていただくわ。ただ、都会の浮わついた生活や出来事についてお話しする権限はわたしにはないけれど」

アレクサンダーが横から言った。「ミス・ダンヴァーズは長旅で疲れているんだ。二、三時間ほど休んでもらう」

ペニーはいっとき黙りこむと、ため息をついて言った。「それもそうね。気が利かなくてごめんなさい」

見上げるようなアーチ型の玄関に圧倒されながら、キティは一同と一緒に城に入った。アレクサンダーから執事と家政婦に紹介されたときは、あっけにとられて言葉が出てこなかった。ふたりともにこにこしていて、歓迎されているとしか思えない。どうしてそうなるの？ キティはまごつく一方でおかしくなった。

公爵もキティもひどい格好だったので、先に見苦しくない程度に身なりを整えることにし、ペニーとは二、三時間後に客間で会うことになった。キティはメイドのあとにつづいて広々とした廊下を進みながら、公爵と従者が向かったのとは違う翼に案内されていることに気づいた。

「公爵はどちらに行かれたのかしら？」

サラと名乗ったメイドはうれしそうに答えた。「西の翼ですわ、お嬢さま。そちらでしかお眠りにならないので」

どういうこと？「そこに、〝魔法をかけられた部屋〟があるのかしら？」

サラは戸惑ったようだった。たぶん、『美女と野獣』の話を聞いたことがないのだろう。整った顔にひどいやけどの痕があっても、公爵は野獣ではない。それに、ほとんどの貴族に染みついている傲慢な考えも持ちあわせていないように見える。それどころか、彼は罪深いほど魅力にあふれた男性だった。

　そして、信じられないほどキスが上手な人……。

　カーブした階段をのぼりながら思ったのは、この城がとても生活感にあふれていて、住み心地がよさそうだということだった。それでいて、優雅な装飾がそこここに施されている。たとえば、すべての階の窓に、ラヴェンダー色のシルク・ブロケード（金糸や銀糸を用いて装飾的な模様を織りだした豪華な布地）のカーテンが掛けられていて、それぞれの飾り布（カーテンの棒を隠すための布）に公爵家の盾形紋章が金糸で刺繍され、縁には金の花綱（はなづな）飾りが施されていた。壁には立派な祖先の肖像画や、有名な画家のものと思われる作品がずらりと並んでいて――なかには、レンブラントやルーベンス、ラファエロの作品とわかるものもあった。

　キティが案内された部屋は、大理石と彫刻の施されたマホガニー材が使われたイタリア風の家具で統一されていた。部屋の大部分を占めている天蓋付きのベッドの柱には、薄い青のダマスク織りのカーテンが花綱で留められている。それを引き立てるように、さまざまな青い色合いの模様が入った絨毯が石造りの床に敷き詰められていた。壁の下半分は黒っぽい化粧板で、上半分は銀の装飾模様が施された薄い色の壁紙で覆われている。詰め物のされた椅子とソファの生地は、銀と青の落ち着いた色合いのシルクで統一されていた。キティはなんとなく、この城のすべての部屋の内装をひとりの人物が考えたのではないかと思った。

「ぜんぶで何部屋あるのかしら？」

「百十でございます、お嬢さま」サラは誇らしげに答えた。「そしてこちらのご領地は二千エーカーあるそうですよ」

キティは衣装箪笥に近づき、自分の荷物がすでにほどかれて、ドレスがつりさげられているのを見て満足した。

「入浴の仕度も間もなく整います。おすみになりましたら呼び鈴を鳴らしてくださいませ」

キティが笑顔で礼を言うと、サラは膝を折って部屋をさがった。入浴用のたらいが運ばれてきてほどなく、キティはバラの香りのする温かなお湯のなかでゆったりとくつろいでいた。あまりの気持ちよさに、思わずうめき声が出る。ため息をついて、深いたらいのなかに身を沈めて顎まで湯に浸かった。それから、管理人の家で公爵と交わしたやりとりをひとつひとつ思い出した。彼の下敷きになったときの心地よい重み。男性独特のにおい。一生頭を離れそうにないキスの数々……。

この胸に芽生えたかけがえのない感情に、背を向けて立ち去ることができて？　ひとりの人にこんなに強い称賛と憧れを抱いているのに、それを無視できると思う？

彼には、この城に一週間滞在すると約束した。一週間。そう思ったとたんに涙で目がちくちくしてきたので、まぶたをぎゅっと閉じた。アレクサンダーが好き――大好き。このままでは、まっさかさまに恋に落ちてしまうとわかっていた。そして……しまいには傷つくことも。

でも、ほんとうの恋をしているのなら、振り向いてもらえばいい。

キティは凍りついた。胸がどきどきする。まさか、そんな……。

彼女のなかの一部はその考えに尻込みしていたが、長いあいだ眠っていた残りの部分は目覚めて動きだしていた。たがいにこれ以上ない組み合わせだとわかってもらうために、なにかできないかしら？

長年妻を迎えなかった公爵が、キティ・ダンヴァーズを見て、にわかに理想の公爵夫人だと思うはずがない――キティは鼻を鳴らして、自分のなかにふつふつと湧きあがってきた願望を憎んだ。父が亡くなったときに封印した、かなうはずのない夢。家族の前途が自分にかかっている以上、夢をあきらめるのは仕方のないことだった。

ぞくぞくするような危険なときめきが駆け抜けたのはそのときだった。彼と一緒にもっといろいろなことを分かち合えたら……見せかけの芝居でなく、本物のなにかを。それは下手をすると心が打ちひしがれてしまうかもしれない、危険な賭けだった。

ひと晩のうちに、愚かな娘になってしまったようだった。まともに考えることもできないまま、愛と家族についてくよくよ迷っている――そして、そこにはこのうえなく見込みのない男性と幸せになることも含まれていた。彼は永遠につづくものには少しも乗り気でないのに。

――わたしはけっして結婚しないつもりだ、ミス・ダンヴァーズ。

でも、少し夢見るだけなら？

キティは、体を洗いながら罪深い夢に浸った。公爵の友人になり……愛人になり……しまいに、彼がどうしようもないほど激しい恋に落ちる夢を。

炉棚の置時計が三十分の目盛りを指してチャイムを鳴らした。ミス・ダンヴァーズを連れて城に戻ってから、三十分のチャイムが鳴るのはこれで三度目だ。アレクサンダーはかかりつけの医者たちにただちに往診を依頼すると、じっくりと時間をかけて入浴し、管理人の家ではうまく落とせなかった汚れや泥をきれいさっぱり落とした。

新しい服を着ていくらか人心地がつくと、右手に持った杖に体重をかけながら、カーブした階段をゆっくりとおり、長い廊下を歩いた。ここに到着するまでの最後の数時間にかなり無理をしたせいで、腰と脚の筋肉が引きつっている。その痛みは、大きな銅の湯船に長々と浸かって従者にさすってもらっても、ほとんど和らがなかった。体の負担を減らすために、また車椅子を使ったほうがよさそうだ。

アレクサンダーは図書室に入ると、重たいカシのドアを後ろで閉めた。暖炉のそばでユージーンが本を読みふけっていたが、アレクサンダーは驚かなかった――あるいは、読みふけっているふりをしていたのかもしれない。従兄弟のふだんの気晴らしといえば、女性と競馬と決まっている。

ユージーンはいくらかほっとしたようにパタンと本を閉じた。「ああ、やっと来たか。このまま来ないんじゃないかと思ったぞ」

アレクサンダーは自分の車椅子に近づいて、座席に腰をおろした。体が一気に楽になって、思わずうめき声を漏らしそうになる。目をあげると、ユージーンが気づかわしげな表情を浮かべ、唇を引き結んで鉄の椅子をじっと見ていた。居心地が悪そうにしているところは、何年たっても変わらない。

「大変な目に遭ったそうじゃないか？　ジョージからひととおり聞いたんだが、あの男を助けに、増水した川に戻ったそうだな」

「ああ、だが危険を冒す価値はあった。ジョージは生きている」

貴族の屋敷ではめったいないことだが、アレクサンダーにとって召使いたちは家族のようなものだった。ひどいけがをして地獄のような日々を送っていたときに、召使いたちは彼のそばにずっとついていてくれた。彼らがいたからあきらめなかったし、アヘンやそれ以外の死をもたらす快楽にのめりこむこともなかった。

当時は、エジンバラやイングランドの高名な医者たちが、彼の命を救うために何日もつききりで治療に当たらなくてはならなかった。それから、医者以外の人間と会えるようになるまでに数週間、杖や従者の支えなしに歩けるようになるのにほぼ一年かかった。そして、だれかれなく当たり散らさなくなるまでに三年。肉体的な痛みを抱えこんだまま、あまりの喪失感にどれだけ人生を呪い、わめき散らしたことだろう。

だが、悲しみで胸を引き裂かれるより、肉体的な痛みのほうがまだましだった。

ユージーンが金髪をかきあげながらうなった。「あのミス・ダンヴァーズという女性は何者だ？　きみたちふたりは親しそうだが、三週間前にきみと会ったときは、婚約の話など少しも出なかった。ペニーはペニーで、茶目っ気たっぷりにずっと目をきらめかせている」

そこでアレクサンダーはいささか楽しそうに、ミス・キティ・ダンヴァーズの不届きな逸話を話して聞かせた。彼女が社交界を欺くために芝居を打っていることや、そんな彼女に興味を持ったことも。そして最後に言った。「彼女の噂なら、ベッドフォードシャーのきみのところにも届いているものと思っていたが」

ユージーンは目を丸くした。「聞いていない。彼女に興味を持っていると言ったが、わたしをからかっているのか？」

「いいや、とんでもない」

「ミス・ダンヴァーズは、勝手にきみの婚約者を名乗ったんだぞ！」

アレクサンダーは曖昧にうなった。

ユージーンは眉をひそめた。「とんでもない女性だな！　そんな作り話を思いついて、しかも実行するとは……。まったく、なんと言ったらいいのか……」

アレクサンダーは笑いをこらえようとしたが、口元が緩んでしまった。

ユージーンは目を丸くすると、今度はその目を細くした。「……彼女が気に入っているのか」そっと言った。

「というより、興味がある」――嘘だ。

「だからこの城に連れてきたのか？」

「自分でもまだよくわからない」

いつになく沈黙があった。ユージーンは炉棚に近づき、ウィスキーをふたつのグラスに注ぐと、ひとつをアレクサンダーに渡した。

「地所の件はどうする？」ユージーンが尋ねた。「いまはやめにして、ミス・ダンヴァーズとペニーがいる〝バラの客間〟に行くか？　ペニーのことだから、きみの婚約者を説き伏せてクリベッジ（カードゲームの一種）をしているはずだ」

アレクサンダーはグラスをぐいとあおった。「あと二、三時間後に医者が何人か往診に来るはずだ。いまは遠慮しておこう」

「ミス・ダンヴァーズにきみのことを聞かれたら？」

「勝手にしゃべるなよ。どうしたのかと思わせておけばいい」

ユージーンはうなずくと、アレクサンダーを残して図書室を出た。アレクサンダーは車椅子を動かして机に向かった。三人がいるこぢんまりした客間に行きたいのは山々だったが、そうするかわりに手紙の束を取りだした。首相から来た手紙だ。

ノックの音がして、返事をする前にドアが少し開き、ミス・ダンヴァーズの顔が見えた。

「ちょっといいかしら」彼女は小声で言った。

「ふつうは返事を待ってからドアを開けるものだ」

「わたしが〝ふつう〟でないことはもうわかってるはずよ」彼女はいっときためらったが、結局なかに入った。ドアを完全には閉めずに、その場でたたずんでいる。「あなたが来ないものだから、ペニーがとてもがっかりしていたわ」

「きみはどうなんだ？」

その問いに、彼女は小さくほほえんだ。そして、答えるかわりに尋ねた。「ここにいてもかまわないかしら？」

「きみをがっかりさせたくないんだが、わたしはおしゃべりが苦手でね」アレクサンダーがいちばん落ち着くのは、静まり返った沈黙だった。だが、いまは彼女にとどまってもらいたい。話しかけて、触れてもらいたい。そして自分は彼女に触れるだけでなく、快楽の手ほどきをしてみたい。

彼女のことを、もっと知りたかった。

「管理人の家ではいろいろな話をしたわ」彼女はカチャリと小さな音を立ててドアを閉めた。

そんなふうに図々しいところが、たまらなく魅力的だ。「ドアを閉めるのか？　いったいどういうつもりだ、ミス・ダンヴァーズ？　きみならうわべだけでもきちんとするものと思っていたが」

彼女は唇を震わせてほほえんだ。「あなたのそばにいれば、こんなに安心なことはありませんもの、閣下」彼女は机の上にあったリヴァプール伯爵からの手紙に目を落とすと、好奇心をあらわにした。「イギリスの首相があなたに手紙を？」

「そう……これは――」と言って、アレクサンダーは手紙の束から一通引っ張りだした。

「――わたしが婚約して社交界にふたたび姿を見せたことを祝福する手紙だ。ずいぶん愉快な女性をつかまえたものだと書いてある」

ミス・ダンヴァーズが顔を赤くしたので、彼はほほえんだ。

「それからこの手紙は、われわれの努力をねぎらうものだ。これまでの努力が実を結んで、死刑判決法が議会を通過した」

「そのことなら新聞で読んだわ。それまでは、いちばん軽い罪でも死刑になることがあったそうね。子どもですら、生きるために食べ物を盗んだら死刑を免れなかった……。議会へのあなたの働きかけが実を結んだのは、素晴らしいことだわ」彼女は執務室を見まわした。「そうしたことをすべて、ロンドンや議会に行かずにやってのけるなんて」

「その口ぶりは、わたしを咎め立てしているのかな？」

彼女が体の向きを変えると、深紅のモスリンのイヴニング・ガウンが分厚いペルシャ絨毯を擦る音がした。「もちろん違うわ。敬服しているのよ」

「わたしの体はここにあるが――心はいつもイギリスとその窮状に寄り添っている」彼は何年ものあいだ、みずからの権力と雄弁なペンの力で、とりわけ深刻な問題と闘ってきた。ほんの数カ月前まで、イギリスでは二百以上もの犯罪に死刑判決がくだされていた。なかでも容赦がなかったのは下層階級だ。彼の城で働いていたメイドの甥は、金の懐中時計を盗んだかどで絞首刑にされた。少年はわずか十三で、年齢的な未熟さが考慮されることはなかった。

その一件はアレクサンダーの心に火をつけ、孤独の淵から彼を引きずりだし、胸のなかにぽっかり空いた穴に立ち向かうきっかけとなった。彼は議会への提案書を相次いで書き送り、リヴァプール卿とそのほか数名の有力貴族は、彼の提案を議会で熱心に主張した。その議案の審議は、数週間にわたって新聞を賑わせたものだ。

彼は車椅子を動かし、机をまわりこんで暖炉のそばに立っている彼女のところに来たが、そこではじめて、その行動が間違っていたことに気づいた。彼女のバラの香りに呼び覚まされて、これまで感じたことのないほど強烈な欲望にがっちりと捕えられている。

彼女はなまめかしく輝いていた。こんな女性にはありとあらゆる快楽がふさわしい。たとえ見返りがなにもなくても、彼女に快楽を与える人間になりたかった。

彼女を味わい、においを吸いこみ、彼女の舌が口のなかに入ってくる感触を楽しみたい。自分を残酷なほど蝕んでいた虚無感の残りを吹き飛ばしたい。唇を重ねて、せわしなく脈打っている首筋まで探索したい。そこで時間をかけて柔らかな肉を甘噛みし、それから両脚を広げさせて、舌を使って罪深いことをしたい……。

激しく、生々しい後悔と怒りが、彼のなかで爆発した。そんなふうに彼女をものにすることはけっしてない――けっして。

その現実は彼の胸をつらぬいた。あまりにみじめで、手が震える。これまでよりいっそう闇に包まれた孤独の深淵が、ついいましがた彼女の笑顔に見いだした安らぎを打ち砕いた。

「放っておいてくれ！」思った以上に声が険しくなった。

彼女の返事は、しんしんと堪えるような沈黙だった。そして彼女は、なにも聞かずにドアを開けて部屋を出ていった。まるで、それまで図書室を満たしていた光と温もりが、ドアの黒い隙間に吸いこまれるように。

アレクサンダーは車椅子を動かしてドアのところに行き、カシの扉に手を押しあてた。けっして手に入らないものをほしがる自分が情けなかった。

13

料理番からはなんの予告もなかったが、その夜の夕食は豪華そのものだった。使用人たちはミス・ダンヴァーズを感心させたかったのだろう。ミス・ダンヴァーズも彼らの期待を裏切らずに、目の前に料理が置かれるたびにおいしそうに平らげ、そのつど料理番に称賛の言葉を伝えた。彼女が料理を楽しみ、堪能していることはだれの目にも明らかだった。

アレクサンダーはかつての婚約者や知り合いのレディたちが、料理を少しずつ上品に口に運んでいたさまを思い出した。当時は優雅で洗練された仕草だと思ったが、いまはばかばかしいとしか思えない。ミス・ダンヴァーズがためらうことなくすべての料理をもりもり食べているのを見ていると、こちらまでうれしくなる。そして首をかしげた彼女の首筋が、唇と歯でいじめてほしいとせがんでいるように見えて仕方がなかった。

彼に見つめられていることに気づいたミス・ダンヴァーズは、ウィンクをして目を逸らした。

そんな大胆な振る舞いが、孤独で鈍った感覚には途方もなく魅惑的だった。彼女が城に来て数時間しかたたないのに、召使いたちのあいだにも微妙な変化が表れている。従僕はふだんより誇らしげに胸を張って動いているし、メイドはなにか不満はないかとミス・ダンヴァーズにしじゅう尋ねて、せっせと世話を焼いていた。ミス・ダンヴァーズからひとことでも声をかけてもらうのがうれしくてたまらない様子で、あるじと彼女がちらちらと目を合わせ、曖昧なほほえみを交わすのも気になって仕方がないらしい。アレクサンダーはそんな召使いたちの様子がおかしくてたまらなかった。それに、だれもが彼女のような存在を待ちわびていたように見える。

とりわけ、ペニーはそうだった。

「ロンドンで、馬に跨がって乗ったことがあって、ミス・ダンヴァーズ？」ペニーはくすくす笑いながら尋ねた。「たぶん、あなたのように大胆で思いがけないことをする方なら、ためらわずにそうするだろうと思って」

ミス・ダンヴァーズ——キャスリンの笑い声が、アレクサンダーの胸を締めつけた。

「これまでのわたしの行動でいちばんとんでもなかったのは——」彼女はナプキンを上品に口に押しあてたが、瞳は不届きなほどきらめいていた。「あなたのお兄さまとの婚約を承諾したことよ」

少々度が過ぎた冗談だったが、生意気な妹には受けたらしい。ペニーは笑ってつづけた。

「王立博物館がとにかく素晴らしいそうね。アレクサンダーがさんざん話を聞かせてくれたわ」

「ロンドンには一度も行ったことがないの？」キャスリンは怪訝そうに尋ねた。

ペニーはいっとき顔を曇らせた。「まだ行ったことがないの。でも、どうしても行きたいってほどでは……ときどきどんな感じかしらって思うだけ」

その口ぶりにはそうしたい気持ちがにじみ出ていたが、ペニーは兄に気を遣っているのか、笑顔を向けてその気持ちを隠そうとした。やはりペニーはロンドンの社交界に送りだして、同じ年ごろのレディたちと関わりを持たせたほうがいい……。ペニーはキャスリンに、さらに質問を浴びせていた。劇場やヴォクソール・ガーデンズ、博物館、舞踏会にダンスのこと。そしてキャスリンは感心するほど辛抱強く、ひとつひとつの質問に丁寧に答えていた。

暗い後悔が心をよぎった。妹には、スコットランド以外での生活が必要だ。兄とふたりきりの世界は孤立していて外を見通せない。兄はスコットランドの上流階級の人々すら寄せつけないし、近隣の人々もマクマラン城は訪問せず、招待状も送らないほうがいいことを心得ていた。

そうした状況はこれから正されることになる。それも、まもなく。

「ペニーにはロンドンに行ってもらうつもりだ」アレクサンダーはぼそりと言った。「ユージーンがもちろん付き添ってくれるだろう」

テーブルがしんと静まりかえった。ユージーンが片眉をぐいとつりあげている。

「ロンドンに！」ペニーはすっと息をのんでフォークを置いた。「お兄さまも一緒にいらっしゃるの？」

「もちろん、一緒には行かない」

「それなら、お兄さまを置いてはいけないわ」ペニーは挑むような目をして言った。

「わたしを見捨てることにはならない」アレクサンダーは辛抱強く言った。「ロンドンに行って、ダーリング伯爵夫人を訪問するだけだ。あの方が後ろ盾になって、ロンドン見物や買い物に連れていってくださる。社交界の人々にも紹介してくださるはずだ」

「お兄さまを置いていきたくないの。だからロンドンに行かせないで！」ペニーの瞳には、アレクサンダーには理解できない苦悩が浮かんでいた。

「ペニー……」

「いやよ。いまはだめ。お願い」

こんなに打ちひしがれたペニーを見るのは久しぶりだった。それ以上妹を傷つけたくなくて、アレクサンダーはうなずいた。ペニーはほっそりした肩をそびやかしてぐいと顎をあげたが、下唇はまだ震えていた。

「ミス・ダンヴァーズ」ペニーは気を取りなおして、キャスリンに明るく話しかけた。「妹さんたちのお話を聞かせてもらえるかしら。新聞には、妹さんが三人と書いてあったわ。わたしと同い年の方はいらっしゃるの？」

キャスリンは咳払いした。目を見ればペニーを気づかっているのがわかる。彼女はほほえんで、妹たちのことをおもしろおかしく話しはじめた。とりわけ、末の妹のヘンリエッタは動物を家に持ち帰ってくることがちょくちょくあって、母親を悩ませているという。

「そんなお話は聞いたことがないわ！」ペニーは声を立てて笑った。

ほどなくペニーは肩の力を抜いたが、それでも兄のほうは見ようとしなかった。まるでそうするのが耐えられないと言わんばかりだ。アレクサンダーは話に加わらなかったが、テーブルには残った。みんながわいわい会話しているのを眺めていると、心が安らぐ。

キャスリンが笑い、アレクサンダーの目は彼女に釘付けになった。ユージーンのおかしな話を聞いて満面の笑みを浮かべ、愉快そうに瞳をきらめかせている。ユージーンの話にいかにも興味があるように彼のほうに少し顔を向けて――礼儀でそうしているんじゃないのか？それとも、うっとり聞き惚れている？

キャスリンがにっこりし、頬を染めてユージーンをからかっているのを見るうちに、アレクサンダーのなかに冷たく暗い感情が広がった。嫉妬しているのか？　これまでそんな感情を抱いたことがないからわからない。

従兄弟のユージーンもキャスリンに魅了されているようだった。顔を赤くして、ほどなく恋に落ちてしまいそうな男に見える。そしてふたりは似合いの組み合わせだ――そう思ったとたんに、激しい絶望に刺しつらぬかれた。ユージーンはいずれ公爵になる男だし、人好きのする優しい性格の持ち主でもある。キャスリンの大胆で奔放な魅力は、この先何年も彼をとらえて離さないだろう。ユージーンは最近、そろそろ妻を見つけて家庭を持つと言っていたが、これではいちばん魅力的な花嫁候補をそれと知らずに連れてきてやったようなものだ。

アレクサンダーは料理に手をつけず、その後の会話にも加わらずに――話題はスコットランドの天気や政治、最新のファッション、噂話など多岐に渡っていた――とにかくキャスリンを見つめずにはいられなくて、ひそかに彼女を観察しつづけた。彼女はペニーとユージーンの両方に注意を向け……ときどき眉をひそめて……笑うときは先に目を細くし……料理をむしゃむしゃ食べて楽しんでいる。

しまいにキャスリンは目をあげ、彼の視線に気づいた。一瞬驚いたような表情を浮かべたが、それからかすかに――だが紛れもなくはにかんで、さっと目を伏せた。くっきりと長いまつげ。彼女の肌がこんなにもなめらかで美しいことに、どうしていままで気づかなかったのだろう？

それから、深紅のガウンの控えめな襟ぐりに視線を移した。ほっそりした肩が、ろうそくの光を受けて白く輝いている。彼女が身につけている装飾品は、小さな金の十字架の首飾りだけだった。

アレクサンダーは、あの悲惨な火事のあとに金庫から出てきた一族の宝石を思い浮かべた。あの日以来、だれも身につけていない宝石がたくさんある。ダイヤモンドの装身具一式は、彼女のヴェルヴェットのドレスに合うだろうか――それとも、あまりごてごてしていないルビーの首飾りのほうが美しさが際立つだろうか。

彼はそこから、宝石しか身につけていない彼女がベッドに横たわっているところを想像して、さっとその空想を振り払った。キティ・ダンヴァーズについてそんな空想をしてはいけない。

ペニーが様子を窺うようにときどき彼のほうを見ていたが、彼はそれでも会話には加わらなかった。見ているだけで充分だ。

夕食が終わると、彼は宝物室に引きあげるかわりに、みんなと一緒に音楽室に移動した。

玄人はだしの演奏家であるペニーがピアノフォルテの前に座り、陽気な曲を演奏してみなを楽しませた。

「一緒に歌ってちょうだい、キティ」ペニーがうきうきして呼びかけた。

キャスリンは誘いに応じると、ピアノフォルテの隣に立ち、楽しそうに歌いはじめた――これはひどい。彼女が自信満々に歌っているのが不思議でならなかった。おまけに、茶目っ気たっぷりに瞳をきらめかせているところからして、自分が音痴だということを充分承知しているらしい。

こちらがぎょっとしているのがおもしろいのか、彼女はこともあろうにウィンクまでした。この温かい感情はなんだ？　ほかにだれもいなくて、彼女が婚約者のためだけに歌っていたらよかったのに。そうなれば下手な歌でも耳を傾け、彼女の楽しそうな笑顔をひとりじめできたのに。

アレクサンダーはひと声うなってそんな空想を片づけた。キャスリンがひときわ声を張りあげたので思わず身がすくんだが、体は燃えあがっていた――どこもかしこも。

そして、それはぜんぶ彼女のせいだった。

彼はいま、愚かなほど深いところにはまりこんでいた。ミス・ダンヴァーズに対する欲望でなすすべもない。ただ、彼女をそばに置いておきたいという願望にはまだ戸惑っていた。そんなことは実現するはずがないのだ。相手がどんな女性だろうと、こちらが与えられるものはなにもないのだから。キャスリンは、身を引き裂かれるような虚無から気を逸らしてくれるだけの存在だ。ちょっと考えれば、彼女でもその虚無は満たせないとわかる。だが、心はそうした事実を受け入れるのを拒んでいるようだった。

地所の管理人の家で彼女と過ごしたことを思いだした。短いひとときだったが、この十年で最良の時間だった。もしかすると、悲惨な火事の前にも、あれほどのときはなかったかもしれない。こんなに複雑に絡み合ってほどけそうもない欲望をもたらす女性には、一度も会ったことがなかった。

そのことに気づいてもたらされるのは悲しみだろうか、喜びだろうか。

「楽しい女性じゃないか？」左側から声がした。

アレクサンダーはユージーンの言葉になにも言わず、ただ黙って同意した。ほんとうは、楽しいどころではないのだが。

「ミス・ダンヴァーズは他人を利用する性悪女だと思っていたが、まったくの誤解だった。彼女ならきみにぴったりの奥方になるだろう」従兄弟はかすかに嫉妬をにじませて言った。

「――もちろん、このまま彼女を引きとめておきたいならだが」

アレクサンダーはどきりとしたが、すぐに冷静を装い、固く張りめぐらせた壁を溶かそうとしていた温かな感情を葬った。夢や希望を抱くことは、とっくの昔にあきらめている。はじめから期待しなければ、失望も絶望もない。

彼は目を閉じ、ゆっくりと息を吸いこんだ。「ミス・キャスリン・ダンヴァーズとは知り合って間もないが、彼女のような女性には、公爵夫人になるよりもっと大きな幸せがふさわしい。貴族の称号だけでは、彼女のように生き生きとした女性には物足りないだろう。家柄以上のものが必要なんだ。子どもにも恵まれるべきだし――もっと広い世界がふさわしいかもしれない」

ユージーンはすっと息をのんだ。「彼女に惚れているのか？」

「いいや」それはあり得ない。

「ミス・ダンヴァーズがきみに向けるまなざしを見て気づいたんだが――」ユージーンが言った。「彼女はきみのことが好きらしい。だがその一方で、そのことにとても怯えているようだ。まるで、きみに傷つけられるのを恐れているような……。彼女になにかしたのか？」

――わたしを傷ものにするおつもりなんでしょう。

その怯えたささやきの記憶が、彼のなかにあるもっとも彼らしい部分――〝怒り〟と〝苦悩〟に突き刺さり、ねじりあげた。「なにもしていない」アレクサンダーは従兄弟に向きなおった。「きみこそミス・ダンヴァーズと楽しそうに過ごしているじゃないか。そうしたければ、口説いてもかまわないぞ」

ユージーンは驚いた表情を浮かべたが、その顔にはそうしたいという願望と欲望もにじんでいた。「おい、正気か？」

アレクサンダーにはどちらとも答えられなかった。「きみはわたしの相続人で、いずれ公爵になる男だ。富も地位もある。そして見たところ、ミス・ダンヴァーズの一風変わった性格に大いに惹かれている。この際、わたしが彼女のことをどう思っていようと関係ない。なぜなら、これ以上のめりこむつもりはないからだ。だから、彼女を追いかけることにきみが罪悪感を覚えることはない」

そう言って、彼はその場を去った。

その夜、アレクサンダーはベッドで何度も寝返りを打ち、翌日は首相や議会に手紙を書いて過ごした。彼は医者の往診を首を長くして待った――ふだんは年に四回の主治医の往診でさえ苦痛に思っているくらいなのに。そして三人の主治医が来ると図書室で会い、彼らがすぐに依頼に応じてくれたことに感謝の気持ちを伝えた。

彼は車椅子に座って、開いた窓のそばで用件をどうやって切りだそうかと考えていた。沈黙がつづき、置き時計の正時のチャイムが鳴ってはじめて、二十分ほど考えにふけっていたことに気づいた。車椅子を動かして医者たちのほうに向きなおると、主治医たちのなかでも年配のふたり――アップルビーとモンローが、気づかわしげな表情を浮かべて視線を交わした。

暖炉のそばの安楽椅子に座ったアップルビーは中背の痩せた体つきで、ごま塩頭に眼鏡をかけていた。モンローはアップルビーよりやや若く、長身で驚くほどの巨体をソファの背にもたせかけている。三人目の医者は暖炉の傍らにたたずみ、なにかの秘密を解き明かそうとしているように揺らめく炎を見つめていた。

モンローが咳払いした。「閣下、お元気そうでなによりです。最後にこちらに伺ってから、いかがお過ごしでしたか？」

それを皮切りに、三人の医師はそれぞれ帳面を取りだすと、公爵の次の言葉を辛抱強く待った。

「腰の痛みが今週ずっとつづいているが、ふだんより体を動かして歩くようにしている」

「アヘンはお吸いになりましたか？」モンローが尋ねた。

アレクサンダーはかつて絶え間ない激痛と苦しみに耐えるためにアヘンにのめりこんでいたことを思い出して顔をしかめた。「いいや。このところは吸いたいと思ったこともない」

三人は彼の言葉を帳面に書き留めた。

「アヘンチンキはいかがですか？」

「いいや。葉巻なら吸っている」彼はのんびりと答えると、話題を変えた。「実は特別な女性がいて……彼女のことを考えると……これまで感じたことのあるどんな欲求とも違うものを感じるんだ」彼は皮肉っぽくほほえむと、素っ気なくつづけた。「そんなときは、つかの間ではあるがあの部分が硬くなる。あの火事以来、そんなことははじめてだ。それが彼女と一緒にいるときだけ、二回起こった」

客間はしんと静まりかえっていた。

「それは心強いお知らせですね」アレクサンダーの主治医のなかでもっとも若く、もっとも進歩的なグラントが口を開いた。医師たちのなかでも、物議を醸（かも）すような最新の治療法を取り入れようとするのは彼だけだ。アレクサンダーが定期的に往診する医師たちのなかに彼を含めているのはそういうわけだった。

「閣下」アップルビーが口を切った。「かなわぬことを期待されるのはいかがなものかと……。不幸な事件から十年ものあいだ、男性としての機能が目覚めることがなかった以上、いまになって——」

グラントはアップルビーの腕に手を置いて彼の言葉をさえぎると、口早に言った。「わたしはかなわぬこととは思いません、閣下。かねてよりわたしはこう考えていました。その——その手の刺激に対して一切反応がないのは、閣下が日々の生活で悪戦苦闘なさっているときに大変な苦痛を伴うことと関係があるのではないかと。ほかの医師たちは閣下の背中と両脚の神経が損なわれたせいで通常の生活を送れなくなっているものと考えていますが、わたしはそうは思いません。閣下の心と脳は、お体の別の変化——つまり、回復することにその力を向けているだけなのです」

アレクサンダーは眉をひそめた。「あの火事から何年もたっているが、ドクター・グラント」

「閣下のお体はいい、いまも回復途上なのでしょう。これまでの回復ぶりにも目をみはるようなものがありましたが——閣下ほど強さと忍耐を兼ね備えた方は見たことがありません——この旅はいまもつづいているのです。お体がひととおり回復したときにこれ以上の改善は望めないとわたしどもが判断したのは、非常に近視眼的な考え方でした。人体についてわかっていることは、いまもきわめて限られているのです」

アレクサンダーはグラント医師が熱心に主張したことを考えた。たしかに不能と診断されたのは、火事からそれほど経っていなくて、苦痛に苛まれていたころだった。『二度と歩くことはかないません、閣下。お子を作られることもです』――それはエジンバラでもっとも高名な医師のひとりがくだした宣告で、イングランドの医師たちも後日その診断を支持した。だがアレクサンダーは医師たちの見通しにあらがい、ふたたび歩けるようになろうと血のにじむような努力をつづけた。

床の上にくずおれたときはいつも、野獣のようにうなって召使いたちを追い払った。そして床を引っかき、肘と手の平に擦り傷を作りながら、自分ひとりの力でよろよろと立ちあがった。そのときの絶望と無力感を思い出すと、いまでもやりきれなくなる。

「ドクター・モンロー、八年前にあなたは、二度とこの車椅子を手放せないとはっきり言った。しかしわたしは毎日、車椅子なしで何時間も過ごしている」アレクサンダーはつぶやいた。

モンローの薄い緑色の瞳には同情が浮かんでいた。「しかしその代償は非常に大きいはずです、閣下。なにしろあのとき三階の窓から飛びおりて、お背中と両脚の骨が何カ所も砕けてしまわれたのですから。わたしは科学者ですが、いまだに閣下が生きてらっしゃることが奇跡としか思えません――しかも、いまは歩いておいでです。それ以外の機能については、われわれがおすすめした治療法がまったく功を奏さなかった以上、なんと申しあげてよいものか……」

モンローは困惑して、ほかの医師たちに目をやった。

当時医師たちから提案された治療法のなかには、奇抜なものもいくつかあった。たとえば、ワニの睾丸のバター焼きなどがそうだ。あのころは体の痛みと悲しみで女性に興味を持つどころではなかったし、それから数年経っても、欲望を感じるようなことは一切なかった。親友のジョージは、〝だれよりもたちの悪い、危険な男性〟を復活させるために美女を城に送りこんできたが、アレクサンダーはうんざりしただけだった。そうした女性たちは耳障りな声でくすくす笑うばかりで、彼女たちの肉体的な魅力も、彼のなかにある空っぽの井戸には届かなかった。

「あのとき提案された治療法は、ほとんど無視した。ヤギやワニの睾丸を食べるなどまったく合理的でないし、ドクター・アップルビー、あなたが作った睾丸用の湿布は不快なだけだった」アレクサンダーは冷ややかに言った。

アップルビーは顔を赤くした。

グラントが進みでた。「これはぜひともお伺いしなくてはならないのですが……その特別な女性と一緒にいるときに、閣下自身のものが勃起した状態はどれくらいつづいたのでしょうか？」

数日前に感じた生々しい欲望の記憶が、頭のなかを漂っていた。「つかの間だった。だが、そうなったのはたしかだ」それに、ミス・ダンヴァーズにキスすることを考えるたびに下腹部が疼いて、欲望でどうかしてしまいそうになる。

グラントは咳払いすると、彼と目を合わさないようにして言った。「では……その女性とまた……しばらくのあいだ関わっていただいても？」

アレクサンダーは彼をじっと見た。「彼女は売春婦でなく、れっきとしたレディなんだが」

グラントは頭を傾けた。「お気持ちはわかります、閣下。しばらくはご自分で処理することをご検討ください。わたしは、閣下の神経が完全に破壊されたわけではないと信じております。ただ、脳が……そちらの方向に注意を向けていないだけで。快楽から目を逸らしているうちは、肉体も反応しないのでしょう」

すると、モンロー医師が怒りで顔を赤くして立ちあがった。「たわごとだ！　自慰というのは、精神的にも肉体的にも有害な行為だぞ！」

グラントはあきれたようにそっぽを向いた。

アレクサンダーも、自慰行為については賛否両論があることを承知していた。グラント医師がそのことをはじめて言いだしたのは数年前だったが、当時はそんなことをじっくり考える余裕がなかった。あのころはむなしさが光という光を奪い、世界を鈍い灰色に変えてしまっていたから。だが、いまなら想像できる——のりのきいたシーツの上に横になり、自分自身を握って動かす——彼女がほほえみ、足首をちらりと見せ、体に触れ、キスしてくれるところを想像しながら。管理人の家でドレスを脱がせたときに見えた、彼女の優雅な背骨が思い浮かんだ。あの曲線に、どんなに舌を這わせたかったか……。

キスしたときの甘い口とせがむような声の記憶が、熱い波となって体のなかを駆けめぐっていた。アレクサンダーはそんな考えを追い払うと、いつものように医者たちを夕食に招待し——彼にしては珍しく不機嫌な口調になった——医者たちはその招待を受け入れた。

きみをどうすればいいんだ、キャスリン・ダンヴァーズ？

14

アレクサンダーは車椅子を動かして、図書室から廊下を通り、安らぎの空間である宝物室に来た。うなり声を漏らしながら車椅子から立ちあがり、ドアを開け、ふたたび車椅子に座ってなかに入った。

かすかな音が聞こえたので、そっとドアを閉め、部屋の奥に進み、天井まである書棚をまわりこんだ。いくつかある木箱の前で、キャスリンが跪(ひざまず)いている。彼女は最近エジプトから届いた荷物のなかからなにやら引っ張りだすと、窓から光が差しこんでいるところに行って、光に透かして見た。スカラベの魔除けがついている首飾りだ。彼女はそれをしばらく観察すると、華奢な指先でスカラベの背を撫でた。そして、見るからにわくわくしながら首飾りを箱のなかに戻すと、別の品を引っ張りだした。

アレクサンダーはほほえまずにはいられなかった。小さな手で持っているのは、象牙に似た大きな男根像だ。音を立てないように細心の注意を払いながら、彼は椅子から立ちあがった。それから腰が痛むのもかまわず、抜き足差し足で彼女に近づいた。

「……なにかしら?」彼女はぶつぶつ言いながら、驚くほど繊細な静脈模様が施された表面に手を滑らせた。

その耳元でささやいた。「答えを言ってうぶなきみを困らせるのはどうかと思うんだが……」

キャスリンはぱっと振り向き、手で胸を押さえた。喉が脈打っているのがわかる。「なんて人！　そんなふうに後ろから忍び寄るなんて！」

「それは違う」アレクサンダーは彼女の鼻を指でちょっと叩いた。「きみ自身、文句は言えないはずだ。ここへの立ち入りが禁じられていることは、きみもよくわかっているだろう。図々しいにもほどがあるぞ」

キャスリンはいっとき黙りこんだが、すぐにいたずらっぽく言い返した。「つまらないことを言わないで。あなたからしょっちゅう言われるくらいだから、図々しいのはわたしの魅力のひとつなんでしょう。あなたもそこのところが気に入っているんじゃないかしら？」

キャスリンはどうしようもないほど魅力的だった。アレクサンダーはゆっくりと時間をかけて彼女の首筋に頭をうずめ、せわしなく脈打つところに唇を押しあてた。「きみの大胆で、頑固で、詮索好きなところが好きだ」どういうわけか、声がかすれた。

「アレクサンダー？」彼女は驚いたように息を弾ませた。キャスリンは目を見開いて訝るように彼を見ていた――象牙の男根を両手でつかんだまま。

「なぜここに来たんだ、キャスリン？」

「もしかしたら、この城には魔法にかけられた部屋があるのかもしれないと思って……」彼女は声をひそめて言った。

「ああ……『美女と野獣』か」アレクサンダーは顎のやけどの痕をさっと撫でた。

キャスリンはその部分をじっと見つめた。「あなたは野獣なんかじゃないわ。わたしも美女じゃない」

「これまで会ったなかで、きみほど美しい女性はいない。そしてわたしは、解放するつもりもないのにきみをさらってしまった。どうだろう、あの物語に似てるんじゃないか？」

キャスリンは唇を開いてため息を漏らし、無数の質問をたたえた瞳で彼を見あげた。その質問が答えられることはない。なぜなら、彼自身も自分を突き動かしている力がわからないからだ。

かすかに声を震わせて、キャスリンは神妙に言った。「では、わたしは塔のなかに押しこめられて、あなたと一緒に食事をするときだけ外に出るのかしら？」

「いいや」

ふたりは見つめ合った。沈黙が得体の知れない危険をはらんでいる。「あなたといる一瞬一瞬が、破滅をはらんでいるような気がするの、アレクサンダー」

「そのとおりだ」

キャスリンは目を伏せたが、瞳に怒りの炎がひらめくのを彼は見逃さなかった。

彼女はぐいと顎をあげ、彼を見据えた。「わたしはいつロンドンに帰るの？」

「きみがわたしに興味を抱かなくなったら？」

彼女の表情がいっとき凍りついて、アレクサンダーは不意に悪者になったような気がした。

だが、真実は真実だ。ふたりとも、その事実から目を逸らすべきではない。

彼女の瞳を奇妙な表情がよぎった。「もし永遠に興味があるとしたらどうなるの、アレクサンダー？」

彼は殴りつけられたようにぱっと身を引いたが、すぐにいま感じている感情とはかけ離れた冷静な表情を装った。心臓が尋常でなく脈打っている。

図々しい娘は危険なほどこちらに近づいた。それから片手を伸ばして顔のやけどの痕を包みこみ、親指で醜い痕をなぞった。蝶のはばたきのように軽やかに愛撫されて、彼は敗北のうめき声を漏らし、目を閉じて彼女の手のひらに頭を預けた。彼のなかの隠れた部分が、〝永遠に〟という言葉の響きに酔いしれている。それは魂の隙間という隙間を無限の可能性――とりわけキスする友人でいる可能性で満たしてくれた。

アレクサンダーはキャスリンから離れた。彼女の手が触れていたところが冷たくなっていく。キャスリンがあとずさって控えめにまつげを伏せるのを見て、思わず鼻を鳴らしそうになった。さっきまでの図々しい娘が〝控えめ〟という言葉を知っているとは思えない。「この部屋を見学したいか？」ぶっきらぼうに尋ねた。

キャスリンはぱっと目を輝かせた。「客は入れないんじゃなかったの？」

「個人的にさらってきた人は例外だ」

キャスリンがいやな顔をすると、彼はほほえんだ。

「キャスリン、きみは燃え尽きることのない炎だ。きみがパチパチ火花を飛ばさなくなったら、さぞかし寂しくなるだろう」キャスリンと自分、どちらに感心しているのかよくわからなくなってきた。

キャスリンは体を引いて彼の瞳を見つめた。「そんなことを言って、どういうつもり？」

アレクサンダーは彼女の頬に触れた。「さあ、わからない……だが、ほんとうのことだ」

キャスリンは鼻に皺を寄せた。「意味もわからずにもっともらしいことを言うなんて、頭が空っぽな人がすることよ」

「それなら、口に蓋ができないレディにも同じことが言えるんじゃないか？」

キャスリンはくっくっと笑った。温かくて、心をざわつかせる声だ。そして彼女の瞳は、もっと熱いなにかできらめいていた。

これまでにも何度か思ったことだが、どんな人生を歩んできたら、これほど大胆な女性ができあがるのだろう？　父親を亡くして、家族のために強くならなければならなかったからそうなったのだろうか？　それとも、厳しく躾けられたせいで埋もれていた反抗的な性格が、そんな強さを頼るしかなくなって引きだされたのだろうか？

これほど心がなごむのははじめてだった。「おもしろい」彼はつぶやいた。

キャスリンは生意気そうに片眉をつりあげ、腰に手を当てていった。「自分がなにを言っているのか、またわからなくなってるみたい」

「きみの笑い方を言ってるんだ」

キャスリンは目をみはった。「あなたもわたしを好きになりかけているのかしら？」彼女はゆっくりと挑発するように言った。

「そうかもしれない」しかし、そうするの愚かなことだ。

キャスリンはたじろぐと、しばらくなにも言わずに彼の目を見た。なにかを一心に求めている目だ。

「わたしもあなたが好きよ。とても好き」あっさりと言った。瞳を優しくきらめかせて。

アレクサンダーは口を開きかけて、なんと応じていいのかわからないことに気づいた。だからなにも言わずに足を引きずって車椅子に向かい、腰をおろして、木箱のほうに動いた。

好奇心旺盛な彼女はもちろんついてくる。アレクサンダーは口元がほころびそうになるのをこらえた。ペニー以外にこの部屋にあるものを見せるのははじめてだった。

「わたしの宝物室をどう思う？」

「言葉では言い表せないわ」キャスリンはうきうきして言った。「ここにあるものをひとつずつじっくり見ようと思ったら、何年もかかるでしょうね。このうえなく美しくて、見たことがないものばかりだもの」そして彼の背後からぱっと飛びだすと、棚の上に手を伸ばし、きらきらと輝くサファイアとトルコ石の首飾りを持ちあげた。金のビーズが使われているせいで重みのあるその首飾りは、見かけほど古いものではなさそうだが、まさに珠玉の逸品だ。

「説明板には、クレオパトラの宝石のひとつとあったわ」

「わたしもそう言われた。ただ、クレオパトラは宝石と一緒に葬られたかもしれないが、彼女の墓はまだ発見されていない。少なくとも、いまのところはだれも発見したと名乗りでていないんだ」彼はうっとりしているキャスリンに言った。

キャスリンはうなずいた。「でも、大変な価値があるものには違いないわ！　そんなものを、ただ棚に飾っておくつもり？」彼女がうれしそうに首飾りを喉に当てるのを見て、アレクサンダーは不意に首飾りを彼女に贈りたくなった。

「わたしからの贈り物と思ってくれないか」

キャスリンは怪訝そうに眉をひそめた。「なにをくださるの？」

「そのクレオパトラの首飾りさ」

「こんな高価なものをいただけないわ、アレクサンダー！」キャスリンはぎょっとして声をうわずらせた。

「高価かどうかは重要じゃない。受けとってくれないか」

「だめよ」キャスリンはつま先立ちになって、首飾りを元のガラス台に戻した。「こんなものを贈り物でいただくなんて不届きだし、とんでもないことだわ、アレクサンダー。あなただってわかっているはずよ」

「いまのきみの口から〝不届き〟という言葉を聞くとは思わなかった」

キャスリンはくすくす笑い、彼はその魅惑的な笑い声を大切に胸の奥にしまいこんだ。

それから一時間ほどかけて、ふたりは宝物室を見てまわった。キャスリンの好奇心はとどまることを知らず、アレクサンダーは彼女の質問に丁寧に答えつづけた――ずっとこうしていたいと思いながら。キャスリンは埋葬用マスクに珍しい宝石や玉、アレクサンダー大王の横顔が彫られた硬貨、インド製のシルクをじっくりと鑑賞した。そしていま、彼女は細いひびの入った茶色い壺の傍らにたたずんでいる。彼女がしなやかな身のこなしで傍らをそぞろ歩くと、自分が車椅子で移動していることを意識しないわけにはいかなかった。

「これは、オスマン帝国にあったものなの？」

彼が車椅子で地球儀の置いてある大きな机に向かったので、キャスリンも従った。彼は地球儀をまわして、正しい場所を指さした。「そう、このメソポタミアという地域だ」

キャスリンはいっとき考えて口を開いた。「あなたはイタリア、ギリシャ、ウィーン、パリ、エジプト、オスマン帝国、そのほかにもいろいろな国を訪れているのね」彼女の優雅な指が地球儀のなめらかな表面の上で軽やかに踊っていた。「あなたに、〈罪深い壁の花たち〉の話をしたことはあったかしら？」

その話ならぜひとも聞きたかった。「いま話してくれるのか？」

キャスリンは控えめにほほえんだが、その瞳にはいたずらっぽい光がきらめいていた。

「ええ」

「どんな話だ？」自分の反応が以外だった。そんなに彼女のすべてを知りたいと思っていたのだろうか？

キャスリンのまなざしが一瞬揺らいだが、彼女はぐいと顎をあげた。「〈罪深い壁の花たち〉は、わたしのほかに五人いて、みんなわたしの親友なの。わたしたちが結婚することが家族のなによりの願いなのに、上流階級の紳士はまったく興味を示さない。社交界では壁の花扱いされているわ」

彼女はいかにも不愉快そうに唇を引き結んだ。「どうしてだれかが結婚を申しこんでくれるかもしれないという望みにすがらなくてはならないのかしら？　最近、みんなで誓ったの──たとえ罪深いことだろうと、ほんとうにやりたいと思っていることを追いかけようと……。わたしが犯した最初の罪深い所業は、あなたの婚約者になりきることだった」彼女はため息をついた。「そしていつかは、神秘の国エジプトやそのほかの国々を訪ねるの。男性と同じように自由に世界を旅するのよ。そうなったら、どんなに風変わりで罪深い女性と言われるかしら」

彼女の声ににじむ切ない思いが、彼の胸を締めつけた。「そうなるとも」彼女のように意志が強く、人生に貪欲な女性なら、そうならないはずがない。

キャスリンはにっこりした。「では、あなたが物知りの案内人になってくれるのかしら？　旅に出たくてたまらないんでしょう？　あなたが見せてくれた宝物にはめいめい過去が染みこんでいたけれど、そこにはあなたの夢もこもっているような気がしたわ。とても美しい宝物だった」

アレクサンダーは彼女をじっと見つめたが、キャスリンは顔を赤らめず、目も逸らさずに、まっすぐなまなざしで彼を見つめ返した。「……もう何年も旅をしていない」アレクサンダーはしまいに口を開いた。忘れかけていた夢が、ふたたびもがいて目覚めようとしていた。どういうわけか、彼女がそばにいて、新しい文化や異国の人々と触れ合って喜んでいる光景が頭に浮かんでくる。

「一緒にそうすると誓いましょうか？」キャスリンはなおも笑顔でそう言った。

だが、そのまなざしにはユーモア以上のなにかがあった。彼女にすべてを捧げたくなるほど、切ない憧れがこもっている。彼は大きく息を吸いこんで、ふたりがスフィンクスの影で笑っているところや、エーゲ海の温泉に浸かっているところをつとめて思い浮かべないようにした。彼女の瞳にそんな夢が躍っているのに、同じような空想にふけるのはそんなにいけないことだろうか？

彼は思わず笑ったが、その声はどことなく悲しげに響いた。「キャスリン、足が不自由な人間を引っ張って歩きたくないだろう。健康で若い男がきみのそばにいるべきだ――ベッドのなかでも」

キャスリンははっとして彼を見た。アレクサンダーにはその目がどことなく、ベッドに連れていってほしいと願っているように思えた。いまのひとことで空気が張りつめている。彼女は頬を染め、瞳も暗くなっていた。自分が彼女を求めるのと同じくらい、彼女も求めている――そのことに気づいた瞬間、熱いものが体を駆け抜け、脚の付け根に流れこんだ。彼は車椅子の端をつかみ、ゆっくりと十から逆に数えた。

それでも、頭のなかにみだらな光景がちらつくことをどうすることもできなかった――服を脱いで、わたしの前に立つんだ……官能的な体に薄絹一枚をまとって踊るがいい。そして自分は、彼女の熱いまなざしが純粋に捧げるものを受け取り、彼女は傷ものにされて二度と元に戻れなくなる――結婚を申しこまれないまま。

心からそうしたいと思っていたし、体が震えるほどの欲望にも駆られていた。体じゅうで脈打っている生々しい欲望に彼女を従わせたい。自分のものが役に立たないときは、口と指で彼女をものにしたい……。

「わたしはきみが望んでいるような男ではない」彼はつぶやいた。

「わたしがなにを望むべきか命令するなんて、傲慢にもほどがあるんじゃないかしら、閣下」キャスリンは静かに言い返した。だが、まなざしは違う――金茶色の瞳の奥に、挑むような光があった。

できるものなら、ものにしてごらんなさい。

そして、彼女が誘っているのは一時の楽しみではないという気がした――彼女は永遠を望んでいる。

「裸になったきみが見たい。服を脱いでくれないか」

言っているそばから、キャスリンの瞳がみるみる大きくなった。片手で胸を押さえている。

「わたしを驚かそうとして、そんなことを……」かすれた声で言った。

「裸になった女性をもう何年も見ていない。これはわたしの欲求なんだ」

「裸になってあなたの前に立つ女性なら大勢いるはずよ――結婚を申しこまれなくても」

アレクサンダーは車椅子を動かして彼女に近づくと、丸みを帯びた腰を撫で、その手を脇に動かした。彼女は身を引かなかったが、彼のほうによろめき、彼の心臓をいっそう激しく高鳴らせた。

「だが、見たいのはきみなんだ」アレクサンダーの言葉は罪深いほど刺激的だった。だがそれは、ここ数日のあいだずっと彼を悩ませていた真実でもある。彼はキャスリンの手首の内側に手を伸ばし、敏感な皮膚を撫でた。「なんなら命令しようか、キャスリン？」

キャスリンの声は少し動揺していた。「わたしがすんなり従うと思い違いをしているから苦しむのよ」

「きみはわたしの囚われ人だ。わたしの意のままになる」

キャスリンは、自分が無防備なことにいま気づいたようだった。それと同時に、魂を焦がすような欲望が美しい瞳の奥にひらめいている。彼は手を震わせ、車椅子の肘掛けを握りしめた。いまや彼のほうが冷静になろうと必死になっていた。「なぜなら、ミス・ダンヴァーズ、きみも罪深いことをしたいと願っているからだ」

キャスリンはなまめかしい笑みを浮かべた。黒いまつげに隠れて瞳の表情は読み取れない。アレクサンダーの目は彼女の口に吸い寄せられた――まるで、見えない力に操られているように。彼女の唇はみずみずしいピンク色で、申し分なくふっくらとしていた。この先どうなろうとかまわないから、彼女にキスしたい。

彼はゆっくりと息を吐きだした。キャスリンがドレスの裾を持ちあげ、部屋履きとストッキングに覆われた足首を見せている。なんと無邪気で、たまらなく魅惑的なのだろう。

さっと目をあげると、彼女は生意気なことにウィンクして、きわどいユーモアを分かち合おうとばかりに笑いだした。

彼は車椅子を動かして出口に向かい、ドアを開けようとして手を止めた。それからやにわに振り向き、ぶっきらぼうに言った。「わたしはこの手のことでは悪名高いんだ、ミス・ダンヴァーズ。そのことはよく憶えておいたほうがいい」

15

キティがマクマラン城に来て四日たったが、その間、公爵にはめったに会わなかった。

アレクサンダーは毎日、美しい木彫りのドアの向こうにある宝物室に閉じこもった。宝物室は、キティがこれまで見たなかで、もっとも美しい部屋のひとつだった。三段重ねの本棚に、古代の工芸品や遺物、絵画に彫刻、巻物の数々。宝物室にいないとき、アレクサンダーは書斎に引きこもっていた。おそらく、広大な領地を管理するために公爵がふだんするようなことをしているのだろう。

雨がずっと降りつづいていたのでキティはずっと城内で過ごしていたが、そんな生活は彼女の性格にまったくそぐわなかった。彼女が愛しているのは、外に出て馬に乗ったり、長い散歩をしたり、さまざまな花の香りを吸いこんだり、美しい自然のなかでただ日光浴をしたりすることだ。それがかなわないので、いまは不自由ななかで楽しみを見つけることにしていた。とりわけ、城に元からある図書室でジェイン・オースティンの『分別と多感』を見つけてからは、それを読んで過ごすことが多かった。

その図書室――アレクサンダーの宝物室の次に見事なその部屋は、キティが愚かでロマンチックな娘だったら、一生この城にとどまりたいと願う理由のひとつになっていただろう。三段重ねの本棚が壁をずらりと埋めつくしているうえに、それぞれの本棚にうっとりするほど見事な本がずらりと並んでいる。最高級の革に金箔押しの装飾が施された美しい本の数々。しかも本棚に沿って車輪つきの梯子が取りつけられていて、いちばん上の棚にある本にも手が届くようになっていた。

キティはまた、ペニーとおしゃべりをしたり、室内ゲームをしたりして楽しんだ。ペニーは少々おしゃべりだが、とても魅力的な少女だ。ユージーン・マスターズがアレクサンダーの従兄弟——ふたりの父同士が兄弟だった——と知ったのもペニーとのおしゃべりからだった。ユージーンの父親は兄の公爵が火事で亡くなってからわずか一年後に亡くなってしまったので、ユージーンがいまのところアレクサンダーの相続人であることも。

家族を襲った悲劇に話題がおよぶと、ペニーは瞳を大きく見開いて傷ついた表情を浮かべながら、つとめてなんでもなさそうに振る舞おうとした。キティはそれを見て、城の歴史にさりげなく話題を移した——それが数時間前のことだ。それからペニーは家庭教師や個人教師と過ごすために別の部屋に行き、キティは小説を持って自分の部屋に戻った。

その日はいつになく物足りないまま時間が過ぎ、小説すらつまらないと感じるほどだった。本を読んでいても、公爵のことや、なぜまだこの城にとどまっているのかという疑問が頭から離れない。公爵が寝室を訪れて取り返しのつかないことをするかもしれないと怯えていたのに、なにも起こらないので、キティはすっかり戸惑っていた。

——もし永遠に興味があるとしたらどうなるの、アレクサンダー？

あのとき彼が見せた、ものほしそうな表情。そして、せっかく与えられたその希望をもぎ取られてしまったような、ぞっとした表情……。

雷が遠くでゴロゴロ鳴り、空が暗くなりはじめていた。まだ正午にもなっていないのに、夕暮れ時のように見える。キティは本をベッドの上に置くと、衣装箪笥からショールを出して部屋を出た。読書に集中するには、もっとおもしろい本のほうがいいかもしれない。廊下ですれ違った数人の召使いたちが、膝を曲げて笑顔で挨拶してくれた。踊り場に置いてある柱時計が時を告げている。図書室に入って重たいカシのドアを後ろで閉めた彼女は、日の前の光景をしばらく理解できなかった。

「……閣下？」キティはようやく声をあげた。

アレクサンダーは床の上に仰向けに横たわっていた。両脚を広げ、両手は頭の下で組んでいる。絨毯の上に伸びているのが故意なのか、それとも転んでそうなったのかがわからなかった。車椅子は数フィート離れた暖炉のそばに置きっぱなしで、彼が横たわっているのは部屋の真ん中――それも、四冊の革装の本が周囲に散らばっている。

「従者を呼びましょうか？」おそるおそる話しかけた。

うなるような声が返ってきたが、なんと言ったのかわからない。けがをしたのか心配になって、振り向いてドアの取っ手をつかんだ。まさにその取っ手の上に本が飛んできて、キティはぱっと振り向いた。「アレクサンダー！」

「だれも呼ぶんじゃない」彼は苛立たしげに言った。「すぐ動けるようになる」

キティはつかつかと彼に近づいた。「よくもわたしに向かって本を投げたわね！」

「ドアに投げたんだ、ミス・ダンヴァーズ。ドアだ。きみにはぶつけない自信があった。さもなければ投げたりしない。さあ、そんなふうに刺すような目で見ないでくれないか」

からかうように言われたが、彼の瞳の奥には不快感と、いまにも爆発しそうな怒りが潜んでいた。そんな理解しがたい感情がくすぶっていると、こちらは不安でたまらなくなる。

きっと、こんなふうに無防備に横たわっているところに踏みこまれたのが気に入らないのだ。

キティはショールを脱いでソファに置くと、図書室を見まわして言った。「本を借りにきたの」

「ほう？」

嚙みつくような言い方。

キティはいっときためらうと、さらにつづけた。「部屋に閉じこもっているのが退屈でたまらなくなって。雨はいやになるほど降りつづいているし、あなただって……ここの主人として、客をもてなしているとは言えないんじゃないかしら。訪問したがる人がひとりもいなくても、少しも驚かないわ」

アレクサンダーは口元をぴくつかせて皮肉な笑みを浮かべた。「きみは客人じゃない」

キティはむっとして腕組みをした。「ではなんなの？」

「わたしの囚われ人だ」ぴしりと言った。

「あなたほど癪に障る人は見たことがないわ！」

キティはつかつかと彼に近づくと、隣に仰向けに横たわり、同じく両手を組んで頭を載せた。ふたりはしばらく口をきかなかった。少しでも身動きすれば、靴と靴が触れ合いそうだ。

キティはブーツで彼のすねをつついてみた。「転んだのね」しまいにつぶやいた。

「そう、転んだ」

その声になんの感情もこもっていないのが、かえって痛々しかった。

「こうなってから、どれくらいたつの？」

「質問のしすぎだ」

「きまりが悪くなると、ぶっきらぼうになるのね」

彼がうなったので、キティは唇をぴくつかせた。「ホイトかほかの召使いを呼びましょうか？」

「だめだ」

「どうしてだめなの？」

「理由は関係ない。わたしがそうしたいと言ったらそうするんだ」

キティはカーペットの上で頭の向きを変えて彼の険しい横顔を見た。つねに――そしてこれからも闘いつづけようとしている顔だ。不意に、胸のなかが尊敬の念でいっぱいになった。

「わたしはここにいないほうがいいかしら？」彼がじっと考えているあいだ、ぴりぴりしながら待った。

「いいや、きみがいてくれたほうがいい」

その言葉に、得も言われぬ幸福感が体じゅうを駆けめぐった。「でも、わたしの助けはいらないのね」

「わたしのことがだいぶわかってきたようだな、ミス・ダンヴァーズ」

キティは鼻を鳴らした。「それはどうかしら。まだ引っかき傷もつけていないのに。できたらそうしてやりたいけれど」

「わたしを〝引っかく〟だと？　変わっているな」

キティは彼の体がすぐそばにあるのをひしひしと感じた。「あなたのことを知るためよ」

彼女の好奇心を感じとったのか、彼はゆっくりと顔を向け、じっと値踏みするように彼女を見た。そんなにひたむきなまなざしで見つめられると、いたたまれなくなる。顔がほてって、呼吸もはやくなって——でも、なにかが起こるという不思議な予感でいっぱいだった。しまいに彼は、ぶつぶつ言って目を逸らした。なにを怖がっているの、アレクサンダー？

「質問があるなら、なんでも答えよう」

「ほんとうに？」

「ほんとうだとも」

「管理人の家であったことを思いだすことがあって？」気がついたら、その質問を口にしていた。かっと熱くなった頬を、とっさに両手で押さえる。どうしてそんなことを聞いてしまったのかしら？

彼が戸惑ったように黙りこんでしまったので、ますます恥ずかしくなった。

「思い出すことならある」しまいに彼が口を開いた。

キティは少し待って言った。「言うことはそれだけ？」

「そうだ」

「あなたといると、どうかしてしまいそう！」

「まだわたしのことが好きらしいな」彼はぞんざいに言った。「だが、そういうところがわたしの魅力のひとつでもあるんだ」

一緒にいて、こんなに相手を苛立たせて、こんなに赤面させる人も珍しい。彼と知り合う前は、ごくたまにしか顔を赤らめたことがなかったのに。「そういえば……あなたとの婚約を公にしたときに、あなたがかつてリンウッド伯爵夫人と結婚することになっていたという噂を聞いたわ」

「レディ・ダフネ――大げさなほど感傷的で、なにかというと美しい涙を流す女性だった」

「その方を愛していたの？」

「一緒にいるのは楽しかったが、愛ではなかった。たがいの両親が進めた縁談だったからな。ふたりが結婚すれば、イギリス屈指の一族となるはずだった。わたしはレディ・ダフネと結婚してはどうかという父の提案を受け入れ、レディ・ダフネは喜んで公爵家の花嫁になるつもりだった」

キティは彼の顔がよく見えるように、絨毯の上で体の向きを変えた。「その方と結婚しなかったことを後悔してるの？」

「いいや」

彼が即答したので、胸のなかに広がりつつあった説明のつかない痛みはおさまった。

「レディ・ダフネはひどいやけどとけがを負ったわたしを見て、婚約を取り消した。アヘンチンキのせいで記憶がぼやけているが、彼女が少なくとも三たび気絶して、化けものとは結婚しないと自分の父親に泣きついていたことは憶えている」

「こんなに魅力的な化けものなのに」キティはつぶやいた。

アレクサンダーは唇をぴくつかせると、頭の下から片手を出して頰のやけどの痕を撫でた。

「ペニーを除けば、女性の知り合いではきみだけかもしれない――醜いわたしを見てもたじろがないのは。大したものだ」

「ほかの方が目を逸らすのは、あなたを見るのがきまり悪いからだと思うわ。どんなふうに関わればいいの？　あなたの痛みをほんとうに理解できるわけじゃないのに、同情の言葉をかける？　そんなのは控えめに言っても上っ面だけでしょう。そのことをみんなわかっているのよ。だから困惑して、ばかみたいに振る舞ってしまうんじゃないかしら。わたしは、あなたほど魅力的な男性はいないと思うけれど」

「なるほどわかったぞ。問題があるのはきみの視力なんだな」

彼はうなりながら両肘を突いて体を起こし、目を閉じた。痛みで歯を食いしばっているほどなのに、助けを求めないなんて……。キティはもどかしくてたまらなかった。あなたのことは哀れに思ってない、それどころか、なんて辛抱強い人なのと声を大にして言いたい。けれども、そんなことを言っても、彼はそっぽを向くに決まっていた。

キティはさっと起きあがると、彼がうめきながら同じように起きあがるのを見守った。それから立ちあがり、車椅子のところに行って、彼のところまで押してきた。てっきりにらみつけられるものと思っていたが、彼は片眉をつりあげただけだった。キティは怪訝に思いながら車椅子をまわりこみ、床に座っている彼に手を差しのべた。

「どうしてもわたしを助けたいんだな」

「あなたが人の手を借りたくないのと同じくらいに」

アレクサンダーは彼女の手をつかんだが、キティは支えきれなかった。彼がうめき声をあげながら仰向けに倒れたところに、ぶざまな格好で倒れこんで――彼の胸に顔を押しつけ、片方の脚を彼の太腿に乗せる格好になった。公爵の上にほとんど寝そべる形になって、キティはしばらく口もきけなかった。

やがて彼の苦しそうな声――笑い声に聞こえなくもない――が、胸伝いに聞こえた。

「なにがおもしろいのか、少しもわからないわ」キティは彼の胸に両手をついて離れようとした。

とたんに、彼は大げさなうめき声を漏らした。「ううっ――ミス・ダンヴァーズ、頼むから動くんじゃない」

「大変！　痛かったのね」キティは声をあげて、彼の上に乗ったまま動きを止めた。「今度はそっと動くわ……」だが、ちょっと動くたびに彼がまたうめき声をあげるので、それ以上動けなくなってしまった。「あなたの左側に動くわね。そのまま動かないで――」

そのとき、おざなりなノックの音がして、キティははっと振り向いた。ドアが開き、せかせかと家政婦が入ってきて、「閣下――」

彼女はふたりに気づいて目を丸くした。だがキティが驚いたことに、すぐにこのうえなくにこやかな笑顔を浮かべて、うれしそうにうんうんと二回うなずいた――どう見ても、不適切な行為をいましめているように見えない。彼女はそれからひとことも言わずに、いそいそと廊下に出てドアを閉めた。

「どうして？　信じられない！」キティはあきれた。

そしてさっと彼に目を向けて、さらに啞然とした。よからぬことをしているように目をきらめかせている。「もう！　痛くなんかなかったのね！　あなたの召使いも、失礼きわまりないわ！」

頭に来る笑い声を無視して、キティは彼の体を押しやった。ひざが彼の股間に当たりそうになったが、気をつけようとも思わない。立ちあがって彼をじろりとにらみつけてから、足音を荒らげて図書室を出た。

それからいくらも進まないうちに、キティは立ち止まって手で口を覆い、吹きだしそうになるのをこらえた。

なんて憎たらしい人。

急いで戻って、そっとドアを開けた。アレクサンダーは車椅子の端を握りしめて、体を苛む痛みに耐えていた。

それでわかった。アレクサンダーは痛みに苦しんでいるところを——自分の弱みを見せたくなかったのだ。

彼は車椅子のヘッドレストに頭を載せ、胸をせわしなく上下させながら痛みを克服しようとしていた。キティは彼に近づいた。なんと言われようと、力になりたい。

後ろから近づくと、天井を向いたまま閉じていたまぶたがぱっと開いた。

「戻って来たのか」彼は口元をこわばらせたままうなった。

キティは彼の汗で湿った巻き毛を額の後ろに優しく押しやった。「戻って来たわ」

彼はキティをじっと見つめた。いま瞳に浮かんでいる問いを口にしてくれたらいいのに。そうすればなにもかもはっきりして、彼に対する気持ちも理解できるのに……。体をかがめて言った。「本を忘れたの」

彼の瞳がほっとしたように和らいだが、それでも苦痛をにじませていることに変わりはなかった。

「あなたのために歌ってあげる」

「頼むからやめてくれ。その責め苦はもう充分だ」

キティはむっとして歌いだした。彼はがまんするしかないと言わんばかりに、あきらめて肩をすくめた。だが、その唇にはほほえみが浮かび、椅子の端を握りしめていた手からは力が抜け、苦しげな表情も穏やかになっていた。

やがて彼が歌詞に気づいて笑いだすと、キティの胸のなかは幸せはここにあるという奇妙な感覚でいっぱいになった――それは、眠っている公爵が若い娘に絞め殺されるという歌だったのだけれど。

しばらくして、キティは図書室を出た――ウィスキーを片手に、本を読む彼を残して。アレクサンダーの唇には、ずっとほほえみが貼りついているようだった。そのほほえみをもたらしたのは自分だと思うと、こちらまで笑顔になる。

キティは居間に入ると、大きな窓のそばにある長椅子に座り、雨が降っている外の景色を眺めて考えごとにふけった。

咳払いの音がして、キティは物思いから引き戻された。

驚いたことに、執事が花束を持って立っていた。その後ろには、家政婦と召使いたちが控えている。

「どうぞお受け取りくださいませ、お嬢さま。夕食になにか召し上がりたいものはございますか？」執事の声は感極まったようにしわがれていた。

彼の後ろでそわそわしていた家政婦が、キティを見てにっこりした。キティはさっき彼女に恥ずかしいところを見られたことを思い出して顔を赤くした。きっとふしだらな娘だと思われたに決まっている。それなのに、彼女を見る召使いたちはみな、こちらが戸惑うほど誇らしげで、希望にわくわくしているようだった。

なかには、ハンカチを慌てて目や鼻に押しあてている者もいた。キティ・ダンヴァーズという娘が来たことで、彼らはとても大きな変化を感じとっているのだ。城内は希望に満ち、召使いたちは爽やかな笑顔にあふれ、見たこともないほどあれこれと世話を焼いてくれる。なかには、はたきをかけながら歌を歌うメイドもいるほどだった。

あまり希望を持たないで——キティは心のなかで彼らをいさめながら、花束を受けとった。キティは認めたくなかったが、その警告がふさわしいのは彼女自身だった。

なぜなら、彼女はもっとも危険な断崖を綱渡りで渡っていたから——彼女に興味を持ってくれるはずのない男性に恋をしたら、そこでおしまいだった。

16

アレクサンダーは双眼鏡を持ちなおした。ケントの領地から管財人が送ってきた台帳に目を通さなくてはならないが、そうしたことはたちまち頭から消し飛んでしまった。

思わず含み笑いが出た。上流階級の女性は木に登らない。ミス・ダンヴァーズは明らかにふつうのレディではないが、それにしてもこんな向こう見ずなことまでやるとは思わなかった。彼女がなにをやらかしても、もう二度と驚かないだろう。彼女といたら、思ってもみなかったことが起こることに慣れてしまいそうだった。

彼女はいま、空から落ちてきた未知の動物のようだった。ときどき訪れる洞窟の近くに生えている、節くれだったニレの木のてっぺん近くに見えるのがそうだ。青いドレスの裾を風にはためかせ、ハーフブーツを脱いで、ストッキングを穿いた足でしっかりと踏んばっている。

見たところ、木登り名人なのは間違いない。

ミス・ダンヴァーズは胸の前に伸びている枝に腕を預け、完璧にバランスをとっていた。彼女の口の動きと楽しそうな表情からして、歌を歌っているらしい。

城からあれほど遠くに出かけているのは、城内の者たちがあの歌を聞かないようにするための気づかいなのかもしれない。

ニレの木の根元にはバスケットが置いてあり、青々と生い茂った柔らかな草の上には毛布が広げてあった。毛布の上には本が一冊置いてある。

双眼鏡を彼女に戻して、気づいたことがあった。地平の彼方に目をやるときの彼女は、なんと寂しそうに見えるのだろう。そのままどんな表情の変化も見逃すまいと、しばらく観察した。彼女の顔に浮かんでいるのは、切ない憧れだ。そして唇が動くのを見て、彼は心臓を揺さぶられたような気がした。

アレクサンダー……。

心のまわりにめぐらしていた不思議な壁が、手ひどく殴りつけられたかのようにぶるぶると震えていた。彼女は美しい顔に切ない表情を浮かべ、ため息と共にアレクサンダーの名を口にし、胸の谷間に手を押しつけた。股間がかっと熱くなり、心臓が締めつけられる。

キャスリンとみだらに愛を交わす官能的な場面が頭のなかにちらついて、股間がますます疼いた。彼女にキスしたくてたまらない。何度も、繰り返し——彼女が歓びの声をあげるまで。こんな危険な欲望が荒れくるっているときにいちばんしてはならないのは、キャスリンのそばにいることだ。それなのに彼は悪態をつきながら、呼び鈴を鳴らして従者を呼んでいた。

ほどなく、アレクサンダーの車椅子は広大な芝生を横切り、ミス・ダンヴァーズのところに向かった。

「勝手ながら、ミス・ダンヴァーズのところに行くとお知らせいただきましたときに、図書室から詩の本を一冊持って参りました、閣下」ホイトが咳払いして言った。

アレクサンダーはうなっただけで返事をしなかったが、ホイトはそれを、差し出がましい口をきいてもかまわないしるしと受けとった。

「料理番から、ワインを一本とラムに漬けこんだフレンチ・ケーキを預かりました。ミス・ダンヴァーズがこちらのケーキがおいしいとお喜びでしたので、料理番が特別に用意したそうです」

ワインとケーキだと――まったく。そこで好奇心が湧いた。「ミス・ダンヴァーズはケーキが好きなのか？」

「はい、閣下。ミス・ダンヴァーズは厨房にお見えになり、昨晩の料理のレシピについて、料理番と話しておいででした。料理番は――いえ、召使いのだれもがたいそう喜んでおりまして……。ミス・ダンヴァーズのご滞在がいつまでもつづくことを、みなが望んでおります」

ホイトは大げさに息を止めて、その年若い未婚女性の立ち位置について、あるじが明確にするのを待った。

アレクサンダーがなにも言わなかったので、ホイトはしびれを切らして息を吐いた。草と落ち葉の上を、車輪がギシギシと音を立てながら進んでいく。キャスリンのいるところまであと数フィートというところでアレクサンダーは言った。「ここでいい。あとは杖を使う」

「お望みのままに、閣下」

「車椅子を持ち帰って、一時間以内にまた戻ってきてくれないか」

「ケーキとワインはいかがいたしましょう？」ホイトが期待を込めて尋ねたので、アレクサンダーはほほえんだ。

「わたしが持っていこう」

「それから詩の本も？」

「それもバスケットに入れてくれないか」そこで彼は、従者のくだらないおせっかいを大目に見ていることに気づいて少し驚いた。

ホイトは車椅子の前に来ると、アレクサンダーの片手に杖を持たせ、もう片方の手にバスケットを持たせた。アレクサンダーは椅子から立ちあがると、無言でうなずいて、ホイトにさがるように合図した。ホイトはいまにも口元がほころびそうな顔で、車椅子を押しながら城に戻っていった。

アレクサンダーはむっとしてうなりそうになるのをこらえた。召使いたちがしじゅう気をまわすことについては、あとでなんとかしなくてはならない。

キャスリンがいる木に近づいて、毛布の上に置いてあった本――『残忍な修道士』の傍らにバスケットを置いた。キティは彼を見おろし、うれしそうな表情を浮かべた。

「すぐにおりるわ」

その言葉を無視して、彼は杖を毛布に落とすと、手近な枝をつかんでぐいと体を引きあげた。ズキリと腰に痛みが走ってうめき声が漏れたが、歯を食いしばってのぼりつづけた。

彼女がいるところまでのぼりたい。なんとしてでも。

しばらくのち、ふたりは並んで枝の上に立っていた。目の前に、壮大な谷間が広がっている。

彼女の瞳は喜びに輝いていた。「ここまで来ることはなかったのに。あなたのところにおりるつもりだったのよ」

「きみの隣に立ちたかった」

「下にいても同じようにできるわ」

思いがけなく、キャスリンが手を伸ばして彼の額を撫で、前髪の巻き毛を優しくかき分けた。どれほどこの手に頭を預けたいことか。彼も手を伸ばして、彼女の髪についた草の葉をつまみあげた。「もしかして草の上を転がったのか、ミス・ダンヴァーズ？」

「そのとおりよ」彼女は明るく笑った。「雪のないところでスノーエンジェル（雪の上に仰向けに倒れて天使の形を作る遊び）を作ろうとしたの」たまらない笑顔で、遠くに目をやった。

アレクサンダーはどぎまぎした。

「手つかずの自然が美しいわ。風も吹いてる」キャスリンはボンネットがずれていないか手をやってたしかめた。

アレクサンダーは、ボンネットが傾いていることを指摘する気にはなれなかった。そのほかにも、巻き毛が肩にこぼれ落ちているし、愛らしい後れ毛も頬をくすぐっている。まったくくしゃくしゃで、身だしなみがなっていなかった。

「あなたがロンドンよりこの開けた場所を好む理由がわかるわ。あら、鳥が飛んでる」キャスリンは声をあげた。ラヴェンダー色と灰色を帯びた空を背景に、ムクドリの群れがぴったりと動きを合わせてダンスを踊っているように見える。

「すると、いまは野鳥を観察しているわけだ」

キャスリンは笑った。その声は、今度は彼の心臓をめちゃくちゃに揺さぶった。「それから、地上も観察しているわ。空もよ。あの雲を見て。さっき見たときは、ハープを弾いている修道士に見えたの」

アレクサンダーは空に目をやった。雲は風に吹かれて、形を変えていた。「ただの雲に見える」

「アレクサンダー――」キャスリンは大げさに驚いた。「それじゃ夢がないでしょう。ほら、見て。男性と女性が踊っているように見えない？　ワルツを踊ってるんじゃないかしら」

アレクサンダーは目をあげて、曖昧な声で応じた。

「子どものころ、雲を見てお話を作らなかった？」キャスリンは遠い目で言った。「よく父とそんな話をしたものよ。父は想像することの楽しさを教えてくれたの。どんな状況でも見ようによっては冒険になることを」

「素晴らしいお父上だったんだな。母ならきみの父上と気が合っただろうに」

「そうなの？」

「母も、雲や星を見てあれこれと冒険を思いつく人だった。父は、母の風変わりなところに恋をしたそうだ」彼はくぐもった声で言った。

だが、キティはその話に目をきらめかせた。「恋愛結婚だったの？」

アレクサンダーは眼下の谷間に目をやった。「舞踏会で母と出会った父は、人混みで母のつま先を踏みつけてしまった。母は笑ったそうだ。そのとき、母と結婚することを悟ったと父は言っていた」

「なんてロマンチックなのかしら」キャスリンはほうっとため息をついた。「わたしの母と父は、幼なじみだった。領地が隣接していたの。父は、十二になるころには母と結婚するつもりだったと言っていたわ。そのとき十歳だった母も、父の花嫁になるつもりだった——それなのに母は、夢見がちな娘たちのことを救いがたいロマンチストだなんて言うの」

大きな鳥がさっと舞いおりてきて、ふたりの真上の枝に止まった。キャスリンは興奮して彼の腕をつかんだ。「なんて美しい羽根なのかしら！」

ふたりはそのまま無言で見守り、しまいにその鳥がバサバサと羽ばたきして雲のほうに飛び去るのを見送った。

「ずっと考えていたんだけれど——」キャスリンがつぶやいた。

「今度はどんなたちの悪いいたずらを思いついたのかな」

キャスリンは彼の肩をふざけて叩くと、真顔になって小さく咳払いした。「わたしたちはお芝居を永遠につづけるわけにはいかない——あなたの興味を引くものは無限にあるもの」

アレクサンダーはそんなことはないと言いたかった。キャスリンに興味を失うときが来るわけがない。彼女は賢く、知略に富んで、厚かましく、どうしようもないほど魅力的な女性だ。

「あなたには莫大な金額を借りているし――」

「きみはわたしになんの借りもない」彼はぶっきらぼうに言った。「タウンハウスを借りる金など、微々たるものだ」

「それでも、婚約を解消したら、もうあなたの厚意にすがるわけにはいかないわ」

「そう遠くないうちに終わりが来ると思っているのか、ミス・ダンヴァーズ？」

キャスリンは彼を横目で見た。「同じことをあなたにもお伺いしたいの、閣下。わたしの予想とは違う状況になっているものだから……。ゴシック小説のヒロインなら、塔に閉じこめられて絶望しながら、自分をさらった悪い男から逃れる計画を必死で考えるところだけれど、わたしは違うわ」

彼女は笑って彼を見た。

アレクサンダーは手の甲で彼女の柔らかな頬をそっと撫でた。「わたしに、容赦ない野獣のように振る舞ってもらいたいか、キャスリン？」

キャスリンはすっと息をのんだ。

「わたしがここにあまり長くいられないことは、あなたもわかっているはずよ」彼女はささやいた。「あなたがロンドンに来てくれたらどうかと思っていたの。そうすれば劇場や庭園に出かけられるわ。博物館にも。そうなったら、楽しいと思わない？　わたしたちは婚約していいるのだから、後ろ指を指されることもないわ」

約束を期待して瞳をきらめかせている彼女を見て、アレクサンダーは皮肉を言う気になれなかった。かわりに彼は枝の上を動いて彼女に身を寄せ、そんなことが現実になる可能性を考えた。

「ここで暮らして、幸せになれると思うか？」

キャスリンはいっとき、からかうように唇をとがらせた。「このうえなく危うい質問だと思うわ、閣下。それはつまり、わたしを永遠に囚われ人として置いておきたいということだもの」

アレクサンダーが答える前に、キャスリンはつま先だって彼の額にキスした。彼女の厚かましさにはいまさら驚かない。彼女はそのまま鼻の頭へと優しく唇を滑らせ、最後にそっと唇に触れた。かすめるようなキスだったが、それは彼の冷たく孤独な心の扉を開き、かつて感じたことがないような温もりと光で満たした。

もう自分を偽ることができなくて、彼は自由なほうの手でキャスリンの頰を包みこむと、優しくキスし、それから荒々しく唇を奪った。彼女の口は燃えあがる炎のようだ――情熱的で、甘く、たまらなく魅力的だ。

いよいよ本気でキスをする前に、彼は唇を離した。少し体を離してキャスリンがなにか言うのを待ったが、彼女は目の前の美しい風景に目を向けているだけだった――だが、唇にかすかな笑みを浮かべている。その魅惑的な美しさが、彼の目をとらえて離さなかった。キャスリンは雲のように動く鳥の群れと彼の領地を見つめつづけた。

その後、ふたりはキスしたことに触れなかった。木をおりるのは大変だったが、彼は大してひどい目に遭うこともなくなんとかやりきった——地面に着地したときは、思わずうめき声をあげそうになったが。ふたりはそれから毛布の上に座って、ワインを一本開け、美味しいラムケーキも平らげた。アレクサンダーは、キャスリンが少し酔っているのではないかと思った。はしゃいだ彼女にせがまれ、雪もないのに地面に仰向けになってスノーエンジェルを作ったせいで、全身が草だらけになった。

ふたりはさらに雲の形についてあれこれと意見を戦わせた。さらに首なしの馬の乗り手がほんとうにいるとするならどんな利点があるのか、どうすれば彼がロンドン下層階級の救世主になれるのかと議論するに至って、アレクサンダーも自分が酔っているのではないかと思いはじめた。なにしろ、こんな会話はしたことがない。ふたりはなおも、イギリスの孤児たちの問題や、次の会期に議会で彼が提案しようと考えている議案について長々と話しつづけた。

アレクサンダーがここに来てから、すでに一時間以上が経っていた。空気が冷えはじめ、空がラヴェンダー色を帯びて暗くなりかけていたが、それでもふたりは城のなかに戻ろうとしなかった。途中でホイトが厚手の毛布を二枚とクッション、明かりのともったランタンを持って現れても、アレクサンダーは驚かなかった。従者は持ってきたものを黙って地面に置くと、ふたりの邪魔をしないようにそっと立ち去った。キャスリンは困ったように笑いながら彼の肩に毛布をかけると、そそくさともう一枚の毛布にくるまった。

そしていま、彼はニレの木の幹にもたれ、片足を引き寄せ、もう片方の脚を伸ばしていた。そちらの太腿は、キャスリンの枕になっている。彼女はそこに頭を載せたまま、ゴシック小説を朗読した。『残忍な修道士』は、意外なほど引きこまれる物語だった。

彼の心臓は不規則ではあったが、ふたたび脈打ちはじめていた。そして久しぶりに、彼は冷たくこわばった胸のなかでいくつかの夢を見ることを許した。

17

公爵と木の下で魔法のような一夜を過ごした次の日、キティは母に手紙を書いた――ダービーシャーのおばさまのところに、もう一週間滞在します。

とんでもないことをしているのはわかっていた。愚かなこともわかっている。それでもキティは本能に従い、手紙を急ぎの便で届けてもらうように手配した。それから数日ほど楽しい日々がつづいたが、ふだんの生活は未知の危険もはらんでいた。彼女と公爵のあいだには奇妙に張りつめた空気があって、すれ違うときやみんなで食事をするときは、そんな空気を感じないわけにはいかなかった。彼はふたりきりにならないようにしていたし、キティは彼がもたらしたなじみのない空気が不安でならなかった。

あるときはくだらないと笑ってすませようとしたときもあったが、すぐに思いなおした。どうしてわたしとふたりきりになろうとしないの、アレクサンダー？　どうしてわたしは、あなたやこの状況から離れるもっともな理由をひとつも思いつけないの？

ロンドンの妹たちと一緒にいたほうがいいことはわかっていたが、何度考えても苛立ちがつのるだけだった。なにを考えても結局彼のことに戻ってしまう。あきらめずに、追いかけてみたらどう？　彼女は不可能なことだろうと、向こう見ずな夢や試みだろうと、こうと決めたら途中で逃げ腰になる性格ではなかった。

キティはため息をついて本を閉じると、小さな書き物机の上に本を置いて、寝室の幅広い窓に近づいた。そしてひんやりするガラスに手を押しあて、湖で手こぎのボートを漕いでいるアレクサンダーの様子を見守った。雷に打たれたように真実がひらめいたのはそのときだった——アレクサンダーは、わたしとふたりきりになるのをほんとうに恐れている。それは、わたしのことが好きだから？　わたしがこの城を離れようとしないから？　これまで経験したことがないほど強い絆で、ふたりが結ばれているのを感じるのに。

視界の端に緑色のものがちらりと見えて、キティはアレクサンダーから目を逸らした。ユージーン・マスターズが花束を手に芝生をのんびり歩いている。毎日そうしているように、今日も花束を持ってきて、ふたりで湖畔を散歩し、旅先での愉快な話をして笑わせてくれるのだろう。彼はとても気さくで思いやりのある人だけれど、一緒に散歩することを思っても胸はときめかなかった。

ユージーンは、わたしを口説こうとしているのかしら？　まさか、そんなことはあり得ない。わたしのことは、アレクサンダーの婚約者だと思っているはず。

それとも、ほんとうのことを知っているのかしら？

昨日、庭園を少し散歩したときに、ユージーンはこんなことを口にした——いずれロンドンのタウンハウスを訪問して、母上と妹さんたちにお会いしたい。キティはだれかに見られているような気がして、そのときは返事ができなかった。実はそのとき、アレクサンダーが丘の上から庭園を見おろしていたのだ。キティが気づくと、彼は車椅子の向きを変えて顔をそむけた。キティは後先考えずに大急ぎでスカートをつかんで緩やかな丘を駆けのぼったが、頂上に着くころには、アレクサンダーはどこへともなく姿を消してしまっていた。ユージーンは明らかに機嫌を損ねたようだったが、そのときはなにも言わなかった。

キティは窓から離れると、書き物机の上に置いた本をデイガウンのポケットに滑りこませ、部屋を出て廊下の先にあるカーブした階段に向かった。階段をおりてくる彼女を見て、ユージーンがにっこりした。

「こんにちは、ミス・ダンヴァーズ。一緒に散歩してもかまわないかな？」

「ユージーン」キティは優しく応じて、彼が差し出した花束を受けとった。「誘ってくださってありがとう。残念だけれど、ほかにしたいことがあるの。でも夕食の後なら、庭園をひとまわりできるかもしれないわ。もちろん、ペニーも一緒に」

ユージーンは失望を隠し、優雅にお辞儀までした。キティは彼に別れを告げると、花瓶に花を活け、狭いほうの客間に行き、クルミ材のテーブルに置いた。それから外に出て、湖に向かった。

「ミス・ダンヴァーズ！」

名前を呼ばれて、キティは振り向いた。「ユージーン、どうかしたの？」

ユージーンは少し息を切らして彼女に追いついた。いつもぴったりと撫でつけてある髪が、何度もかきあげたように乱れている。「いや、なんでもないんだ」彼は笑顔で答えた。「アレクサンダーのところに行くなら、湖まで一緒に歩けると思って」

キティはしばらくためらって応じた。「ではそうさせていただくわ」

キティは彼と並んで歩きだしたが、ユージーンの歩みが遅くなって止まったので、怪訝そうに彼を見た。思ったとおり、一緒に歩くことだけが目的ではないのだ。「なにかわたしに話があるの？」

ユージーンは顔をしかめると、遠くをじっと見て、それからキティに目を戻した。

「きみはアレクサンダーに恋をしているようだ。わたしと長い散歩をしているときも、彼のことを考えているのがわかるし……昨日はあんなふうに彼のあとを追いかけていたし……」

キティは恥ずかしくて顔を赤くした。「公爵のことは尊敬しているし、好意も抱いているわ。でも、それとこれとは違うと思うの」キティは静かに言うと、背筋を伸ばして彼を見た。

ユージーンは彼女の目をじっと見据えた。「アレクサンダーほど孤独な男はいない。彼にはそうした孤独を打ち払ってくれる愛が必要だが、自分からは慰めを求めないし、簡単には受け入れそうもない。しかし、きみの愛が得られるなら、アレクサンダーはすべての財産をなげうつと思う」

「そんなことがあるわけないでしょう！」キティは思わず打ち消したが、胸のなかには切ない希望が芽生えていた。

ユージーンもキティの瞳に同じ希望を見て取ったらしく、笑顔になってつづけた。「十年前にアレクサンダーから多くを奪った恐ろしい悲劇のことは聞いていると思う。アレクサンダーはしばらくのあいだ、手のつけられない、怒れる野獣だった。両親を失い、男性としての機能を失ってしまったことで世界を呪い、憎んだんだ。社交界の人々が彼を〝だれよりもたちの悪い、危険な男性〟と呼んだのは、ただの冗談ではなかった。アレクサンダーは向こう見ずで、奔放で、若く、興味を引かれるものにはあきれるほどのめりこんだ。賭博に、馬車での競走、そして女性にも……。彼はみなから愛され、尊敬される男だった。それが一転して、果てしない苦痛と闘う羽目になった」

ユージーンは湖に目を向けた。「あれから何年も経ったが、アレクサンダーにはいまだにできないことが多い。思うに、彼はいまも毎日、失ったことを思い知らされているんじゃないだろうか。そんな彼を慰めるのは、つらいことだ。わたしにとっても……ペニーにとっても……それ以外の、アレクサンダーを愛する者たちにとっても。なぜなら、あらゆるところで、わたしたちはいまもかならずそうすることにしているから。そしてわが従兄弟がもっとも変わっているのは、わたしたちにそんな慰めを求めないことなんだ」

「あなたはアレクサンダーになにを打ち明けてほしいの？」

ユージーンは髪をかきあげた。「なんでもいい！　アレクサンダーはわたしたちに、寂しいとかつまらないといったことを話さない。だが、わたしたちにはそれがわかる。彼は女性とのあらゆる関わりを避けていて、たとえ――」彼は苛立たしげに息を吐いた。「不躾なことを言ってすまなかった、ミス・ダンヴァーズ。夕食でまた会おう」

キティはユージーンが立ち去って見えなくなるまで見送った。ユージーンは、わたしにどうしてもらいたいのかしら？　彼だけでなく、ペニーもそう。召使いたちですら、言葉にならない期待を込めて彼女を見ているようだった。

湖に着くと、湖岸にたたずんで、アレクサンダーがゆったりとボートを漕ぐのを見守った。そうやって見ると、アレクサンダーはほんとうに孤独だと思わないわけにはいかなかった。でも、きっとふたりを結ぶなにかがある――アレクサンダーは手を止めると、ひと息ついて彼女のいるほうを見た。

キティは片手を振った。彼の口元がほころんでいるのが見える。

彼がオールを使ってこちらに向かって漕ぎだしたので、キティはほっとした。彼女が立っているところから湖はすぐ深くなっている。あと数フィートのところまで来ると、彼はたくましい腕を動かしながらボートを回転させ、艫がそっと湖岸に着くようにした。それからオールを放し、両手を無頓着に太腿の上に置いて、彼女を見た。

彼の空色の瞳はうつろで他人行儀だった。キティの胸は痛んだが、たじろがずに、ぐいと頭を反らして言った。「いつまで口をきかないつもりかしら、閣下」

「……こんにちは、キャスリン」アレクサンダーはしまいに言った。

「あら……今日は壁をめぐらせていないのね。てっきり〝ミス・ダンヴァーズ〟と呼ばれるのかと思ったわ」

アレクサンダーの瞳から冷ややかで皮肉めいた表情が消え、温かな瞳になった。ユーモアと……欲望が見える。

ふだんの彼女は男性の笑顔にだまされない、地に足の着いた分別のある女性だった。それなのに、彼の官能的なほほえみを見ると、心臓がどうしようもないほどどきどきしてくる。下腹部がきゅっと疼いて、心臓の鼓動がさらに速くなった。「そのボートに一緒に乗ってもかまわないかしら？　本を持ってきたの」とっさに言葉が出た。

「いいとも」

ここでことわられたら、どんなにがっかりしただろう。そうならなくてよかった。

アレクサンダーは立ちあがると、揺れるボートの上から手を差しのべた。キティはこわごわとボートに近づいて、彼の手をつかんだ。

「飛ぶんだ」彼の瞳は愉快そうにきらめいていた。

キティは眉をひそめて岸辺とボートのあいだの水面を見た。「もし落ちたら？」

「そうはさせない」

キティは彼を信じて迷わず飛んだが、着地するとボートはぐらりと大きく揺らいだ。アレクサンダーは低い声でうなりながら彼女を支え、それから渡し板に座るのを助けた。彼にあちこち触れられたせいで、キティはぼうっとして、体じゅうがぽっと温かくなった。「よくボートを漕ぐの？」かろうじて尋ねた。

「過去のつらい記憶に苛まれて、城の壁が冷たくて――息苦しくなったときに」彼は穏やかに答えた。

「それでここに来たのね……」キティは広い湖面と、優雅に枝を垂らしている遠くのヤナギに目をやった。

「そう、それでここに来た」

アレクサンダーはキティの向かいに座ると、オールを持って漕ぎはじめた。ふたりはそのまま、このうえなく安らかな静寂に浸った。キティは顔を上に向け、雲の隙間からかろうじて顔をのぞかせている太陽の光を楽しんだ。それから、ポケットから小さな革装の『スリーピー・ホロウの伝説』を取りだし、彼がまだ読んでいないことを考えて、最初から朗読することにした。

物語に登場する登場人物になりきって、ときどき声を変えながら朗読した。しばらく読んだところでひと息入れて、目をあげた。アレクサンダーがじっと見ている。優しく見つめられて、キティの胸に温かいさざ波が広がった。

「朗読が上手だな」彼はつぶやいた。

「ありがとう。妹たちやお母さまのためによく読んでいたの。それから、お父さまにも……お父さまが生きていたころに」キティは咳払いした。「つづきを読みましょうか?」

「そうしてもらおう」アレクサンダーはつぶやくと、力強く、流れるようにオールを動かした。さざ波のように動く筋肉を見ていると、どうしようもないほどどきどきする。キティは頬が赤くなるのをどうにもできずに目を逸らした。

彼女は朗読し、アレクサンダーは温かく美しい太陽にわずかに顔を向けたまま、ボートを漕ぎつづけた。

キティはときどき目をあげて、彼をこっそり見た。自分も、彼が発散する穏やかな空気の一部になりたい。顔のやけどの痕が優雅な頬骨の上でぴんと引っ張られていて、そこだけ冷たい光に包まれているようだった。孤独のなかにあって、どうやってこんな楽しみを見つけたのかしら？　それとも、その状態にすっかり慣れてしまったの？　なんとも奇妙な感覚だった。目の前にいるこの男性を完全に理解できる日が来るのかしら？　ふたりきりでいるいまでさえ、彼はぽつんと切り離されたところにいる。

本をそっと閉じて、ボートの床にあった小さなバスケットの上に置いた。バスケットのなかに、リンゴとサンドイッチがきちんとおさまっている。「わたしがここにいたら――このボートであなたと一緒にいたらお邪魔だったかしら？」そっと尋ねた。

アレクサンダーはオールを動かすのをやめた。瞳を見ても、なにを考えているのかわからない。彼は手を伸ばすと、彼女の頬骨から顎にかけての輪郭を指先でたどった。

「一緒に沈黙を分かち合いたいと思った人は、きみがはじめてだ」

キティはその意味がわからなかった。どうしても知りたい。「アレクサンダー――」

「沈黙の美しさは静けさそのものにある。静寂のなかに、わたしは心の平安を見いだす。空白を恐れるかわりに、わたしは受け入れる」

キティは母や妹たちが、静かになったとたんに沈黙を埋めようとして、なおさら笑い、おしゃべりしていたことを思い出した。公爵のいまのせりふを聞いたら、きっと風変わりで、理解できないと思うに違いない。

「自分の鼓動が聞こえるか？」

「いいえ」キティはささやいた。彼の手が頬から滑り落ちて胸で止まった。口のなかがからからに乾いていた。頬が熱くなるのがわかる。

「静寂のなかでは、感覚が研ぎすまされる。わたしにはきみの鼓動が聞こえる――自分の鼓動も。風がさっと吹きすぎるのも、わたしたちの下で魚が泳いでいるのも。きみの柔らかなため息も聞こえるし、感じるんだ。夜明け前や嵐の後、そして大地が雪に覆われているときの静けさは、このうえなく美しい。そこには安らぎがあるし、静寂のなかにいると、難しい問題の答えもおのずとわかってくる」

「静寂のなかにいて、孤独は感じないの？」

「それは感じるとも。なにか音を立てたらこだまが返ってくるような、果てしない孤独を」

彼がそっけなく答えたので、胸が締めつけられるような気がした。

少し身を乗りだして尋ねた。「どうしてこんな辺鄙な土地にとどまっているの、アレクサンダー？　ロンドンに出て、社交界の一員にならないのはどうして？」

「わたしのなかの空白を埋めるのは、社交シーズンのくだらない付き合いや、中身のないおしゃべりや、偽善ではないから」

「それじゃ、なにがあなたの空白を埋めるの？」

いっとき間があって、彼は答えた。「きみだ」

キティは胸をときめかせながら彼の顔をまじまじと見た。「それならなぜ、木の下で過ごした日からわたしを避けているの？」

アレクサンダーは表情を変えず、返事もしなかった。しばらく見つめ合ったのち、キティは言った。「いまならあなたの鼓動が聞こえるわ——体に触れてないのに。まるで早鐘を打っているよう……それはわたしが、こんなに近くにいるからじゃないの？　あなたは恋に落ちようとしているんじゃないのかしら？」からかうように言って、ゆっくりと笑みを浮かべた。

「まったく——」

「図々しい女だ」キティは先まわりして、くっくっと笑った。

彼の口元がかすかにほころんだ。「きみは泳ぎ方を身につけるべきだ、ミス・ダンヴァーズ」

急に話題が変わったので、キティはいっとき戸惑った。「そのうち教わろうかしら。ずっと思っていたんだけれど、海水浴は危険——」

キティがあっと声をあげる間もなく、アレクサンダーはオールを離し、彼女をつかんで水のなかに放りこんだ。

「ひどいわ！」キティはわめき、じたばたしながらボートのへりをつかんだ。

「きみは冒険が好きだったな、キャスリン」

「この……この、人でなし！」キティはむせながら叫んだ。

「——きみは沈んでいない」背後から彼の低い声がした。「わたしはここだ」硬い体を押しつけられて、キティは罪深く心地よいなにかが体の奥深くで目覚めるのを感じた。腰に軽く触れられただけで、太陽に火をつけられて燃えあがるような気がする。

衝撃的な感覚だった。凍てつく水も気にならない――体の内側から熱くなっているから。

「水のなかに放りこんで、わたしの気を逸らしたわね」キティは彼をなじった。

「なにから気を逸らしたんだ？」

とぼける彼を無視して言った。「あなたはわたしといるのを怖がっているわ――なぜ？」

答えるかわりにがっちりと抱き寄せられて息ができなくなったが、それでもかまわなかった。彼に包みこまれる感覚をただただ味わいたい。

「きみは言っていいことと悪いことの区別がつかないんだろう？」

キティは少し不安になった。「もっと慎重になってもらいたいの？」

「いいや、きみの大胆で向こう見ずなところが大好きだ。きみがほしい……こんなことは言うべきでないとわかっている。だが、きみがほしくてたまらないんだ、ミス・ダンヴァーズ」

キティはすぐに返事をしなかった。言葉が出てこない。頭のなかが、管理人の家であったことでいっぱいになった。あのとき、どんなふうに甘い責め苦を味わわされたか……。下腹部が疼いて、稲妻のような衝撃が体のなかを駆け抜けた。キティは彼の握りしめたこぶしに手を伸ばし、ゆっくりと開いて、指を絡めて手のひらを重ねた。指先から、自分の鼓動と同じくらいせわしない彼の鼓動が伝わってくる。

彼の腕のなかで向きを変えて、緩やかに揺れているボートに背をつけた。でも、水面に顔が出るように支えているのは彼だ。

「わたしの腰に両脚を巻きつけるんだ。そのほうが簡単に浮いていられる」

不届きな姿勢を提案されて、キティは思わず息をのんだ。しばらく彼を無言で見つめ、それから彼の背後に見える芝生の斜面と城にちらりと目をやった。

「ほとんど水のなかで見えないから――だれにもわかりはしない」

彼はキティのウエストをつかむと、ボートから引き寄せた。頼れるものが彼の体しかなくなって、キティはすんなりと彼の腰に両脚をまわした。自分を取り巻く男性の生々しい力と活力を感じた。濁った水底に沈まないように、しなやかな両脚が水を蹴っているのも感じる。

それと共に、奇妙な戸惑いもあった。解き放たれることへの葛藤――ほしいものを手に入れるには、罪深くて不届きな関係にならなくてはならない。管理人の家で一夜を過ごして以来、キティはまっさかさまに恋に落ちつつあった。川の流れを逆向きにできないのと一緒で、どうしようもない。この複雑な感情は、理屈ではとても言い表せなかった。「いままでこんな気持ちになったことがあって、アレクサンダー？　だれかほかの女性といるときに」

彼の鮮やかな青い瞳が不意に真剣になり、探るようにキティの顔を見た。黙っているのがよけいに落ち着かない。

彼は苛立っているようだった――少し面白がっているようにも見える。それから顔を近づけて、こめかみにキスした。「いいや」

キティはそれを聞いてほっとため息をついた。体じゅうから力が抜けていくのがわかる。

彼の喉に顔を押しつけ、においを吸いこみたかったが、そうするかわりに彼の頬に自分の頬をつけた。「わたしもよ」そう言いながら笑いだしていた。思いきって告白して、信じられないほどすっきりしていた。

上空を稲妻が走り、不吉な雷の音がとどろいたが、どちらも動かなかった。キティの両手は勝手に動いて、彼の背中を這いのぼった。「ほかの方と一緒にいて、またこんな気持ちになるときが来ると思う？」

彼が黙っていたので、キティは身を引いて彼の顔を見た。なんとも奇妙な表情を浮かべている。

「いいや、そんなことはあり得ない」

「わたしもあり得ないと思うわ」キティは顔を赤らめた。「では、どうすればいいかしら、閣下？」

アレクサンダーは悲しそうな目をしてかぶりを振った。「きみはほかのレディとまったく違うんだな」

胸がどきりとした。「ふつうのレディになってほしいの？」

彼は親指でキティの頬を撫でた。そんなふうに、彼が触れたところすべてが冷たく燃えている。

「いいや、まったく」彼はつぶやくと、唇を奪った。

18

彼の唇が触れたとたん、キティは夢中になった――炎に、幸福感、そしてあらゆる欲望。激しく性急に唇を求められて、驚きながらも熱く応じた。自分のなかで目覚めた荒々しい衝動に屈して、ため息をつきながら唇を開き、彼の舌を受け入れる。彼の口は日光と、暗闇と、誘惑の味がした。

キスはますます激しく、甘く、魅惑的になった。熱くなった神経の末端を喜びが駆け抜け、彼の腕のなかでキティは身震いした。雨がにわかに降りはじめたのはそのときだった。

「すぐに戻らないと」アレクサンダーはキティを抱いたまま、漂っているボートに近づいた。彼女をボートに押しあげ、自分も乗りこむと、力強くボートを漕いで湖岸に向かった。キティは行く手に目をやった。「城に戻るのではないの?」凍えないように両腕をさすりながら、かすれた声で尋ねた。

「ああ」

「大丈夫かしら」キティは眉をひそめた。

「湖の南東に温室がある。城に向かうよりずっと近い」

ゴロゴロと雷鳴がして、雨はさらに激しくなったが、幸い数分とたたないうちにボートは岸に着いた。ふたりは小石の敷かれた小道を急いで、行く手にある半分煉瓦で半分ガラス造りの大きな建物を目指した。

温室のなかは、湿気とかぐわしい花々のみずみずしい香りに満ちていた。キティはその香りに誘われるようにして奥へと進んだ。幅広い石の小道が、緑が生い茂って影になっているところにつづいている。そしてその先には、広々とした贅沢な庭園が広がっていた。

「ずいぶん温かいのね」キティはほっとしてため息をついた。

ボイラーには火がつき、そこらじゅうにさまざまな花の香りが漂っていた。錬鉄製のベンチが片隅に置かれ、剪定ばさみが置かれた大きな楕円形のテーブルが真ん中に置いてある。気配がして後ろを振り向くと、アレクサンダーが毛布を一枚持って立っていた。「また侍女の役目を務めてもかまわないだろうか？」

彼の瞳は、またもや冗談で彼女を苛立たせようとしているようにきらめいていたが、今日はそこにほかのなにか――目覚めかけた欲望も潜んでいた。それを見て、キティの手足に物憂い感覚が広がった。ほしいものを手に入れるには、罪深くて不届きな関係にならなくては……。

前に進みでると、濡れた体を毛布で包みこんでくれた。彼の胸に両手を広げると、肌の温もりが伝わってきた。体に触れるときはいつも、彼は目を閉じている。胸を少し……それから顎を大胆に撫でた。彼はそのたびに愛撫を堪能しているようだった。

もう一度キスして、アレクサンダー――そう言いたくてたまらなかった。でも、そんなふしだらなことを口にするなんて恥ずかしすぎる。

「きみの鼓動を感じる……」彼の顔には激しい欲望が浮かんでいた。

不意に、目を合わせていられなくなった。いつもそんな目で見て。お願い――抑えのきかない心の声が祈った――神さま、どうかアレクサンダーがいつもこんな目で見てくれますように――飢えと、欲望と、敬意を込めた目で。

額を肩につけると、彼はうなじに手を添えて抱き寄せてくれた――まるで、ずっとそうしていろと言わんばかりに。

「誘惑に負けそうだわ」彼の肩につぶやいた。「いまにも負けてしまいそう……」その言葉は切羽詰まって泣いているように聞こえた。キティは切ないまでの欲望に目を閉じた。

彼は顎の下に指を差し入れて上を向かせた。「なんの誘惑だ？」彼女をじっと見つめたまま、優しくかすれた声で尋ねた。

「罪深いことをして……自由になりたい……後先のことを恐れることなく、自分が望むものを手に入れたいの。あなたと一緒に」

彼の瞳に、熱く飢えたなにかがひらめいた。それから目を伏せ、ふたたび目をあげると、キティの濡れた巻き毛を押しやって耳にかけた。

「どうなることを恐れるんだ？」

キティは小さく笑った。「不躾に聞こえるかもしれないけれど、わたしたちは母からしっかり言い聞かされてきたの。性悪な遊び人のせいで、望まない赤ん坊を宿さないようにと……。おかげで、破滅や不名誉な結末というものをしっかり恐れるようになったわ」

彼の瞳は暗くなった。「わたしは不能なんだ、キティ」

彼の深刻な表情を見て、キティは驚いた。「たしかにそう聞いたけれど――」

「きみはその意味を理解していないらしいな。わたしは女性と、まともに愛を交わすことができないんだ。かつて性悪な遊び人だった日々は、遠い過去になった。わたしは父親になれない。もしなれるなら……きみを公爵夫人にしている」

キティの足下から世界が消え去り、彼女をつなぎ止めているのは彼だけになった。

「あなた……どうかしているわ」心が揺さぶられていた。夢を見ているようで……うれしくて……切なくなる。

「そうかもしれない。わたしはきみの身も心もむきだしにし、きみの秘密をわがものにしたいんだ」

「恐ろしいことを言いだすのね」キティは彼の表情を読み取ろうとした。可能なら彼女を公爵夫人にするというとんでもない告白は、いまは考えない。それで……「あなたが不能になったのは、建物から落ちたせいなの?」

「そのとおりだ」

「お気の毒だわ、アレクサンダー……」キティは胸が痛くなった。子どもを持つ夢が奪われたらどんな気持ちだろう。夫も、子どもも、幸せな家庭も望めないとしたら?

キティにはほかの夢もあったが、今回のことがすべて終わったらこうしたいと思っていた――とくに愛してもいない男性と結婚して、利口で騒がしい子どもたちに囲まれて暮らし、時が来たらこの世に別れを告げる。

「気の毒がることはない」アレクサンダーは言った。「十年もたったおかげで受け入れられるようになった。わたしの心はもう、なくしたものを思って痛むことはない。それをほしいとも思わない」

キティはなにも言えずに彼を見つめた。家族や子どもをほしいと思わないなんて。ずっとひとりぼっちで満足するような人がほんとうにいるのかしら？「家族がほしいと思わない？笑い声がたくさん聞こえる大家族が」

「わたしが不快な騒音を望むわけがないだろう」

キティは困惑した。本気で言っているとは思えない。「だから結婚するつもりがないの？」

「いまのは理由のひとつだ」

沈黙があった。

「それ以上は、わざわざ踏みこんで聞かないと教えてもらえないのかしら？」

彼は低い声で笑い、その声は炎となってキティのなかを駆け抜け、凍えた肌を温めた。

「そうまでしたいと思うような女性に会ったことがない」

彼に愛撫されるように見つめられて、キティは胸が締めつけられるような気がした。失望と困惑、希望、不安――それらが胸のなかでせめぎ合っている。「……でも、わたしと出会ってからは？」

「わたしはきみに惹かれているのかな、ミス・ダンヴァーズ？」

彼の明るい瞳が誘っていた。「そんな気がするわ」キティはささやいた。「そうでなければ、わたしはいまもロンドンにいて、あなたはここにとどまっていたでしょう。わたしたちが出会うことはけっしてなかった」

彼はほほえみを浮かべた。「わたしは、ふつうでないなにかを感じとっているのかな」それから真顔になってつづけた。「きみなしではいられないんだ、ミス・ダンヴァーズ。薬物のことはなんでも知っているわたしが言うのだから間違いない」

「そうなの？」キティはからかうように言ったが、心中は穏やかではなかった。

「ほんとうのことだ。アヘンがいちばんの友人だったときがあった。ハシシは恋人だ。アヘンチンキは弟で、一時期、絶望の淵に沈んでいるときはしばしば寄り添ってくれた」

キティははっとした。「いまは……いまも薬物を手元に置いているの？」

アレクサンダーはかすかにほほえんだ。「この六年間はない」

「どうして？」

「ペニーがわたしを必要としていたから……だから、そばにいるようになった」

そして、その不屈の精神は、ふたたび彼の瞳に現れていた。彼が頭をかがめたので鼻と鼻がこすれ、唇が触れ合いそうになった。「この先いつも思い出せるように、ほんの少しだけきみの好意がほしかった。最初はきみの笑顔だけで充分だろうと思った。それから、笑い声もあればと……。だが、それはとんでもない間違いだった、ミス・ダンヴァーズ。愚かな話だが――まったく愚かな話だが、きみのことがもっとほしくてたまらなくなった」

「わたしはあなたのことが好きよ」キティは胸の内を包み隠さず打ち明けた。「わたしも少しだけあなたの思い出がほしいわ。思い出なら、一生――たとえ生まれ変わっても、自分のなかに残りつづけるでしょうから」――ほんとうは二度と離さないでほしいけれど、アレクサンダー。

ふたたび唇を奪われて、燃えるようなキスをした。欲望の炎に世界が焼かれればいい。そしてこの不安も焼き尽くしてほしい。しっかりと抱きしめられて、ぞくぞくするような感覚に身震いした。唇を重ねるたびにキスは激しく、長くなっていく。自分のなかにあるあらゆるものがこんなキスを望み、彼を求めていた。

自分のために行動したのは何年ぶりだろう。

ふたりのあいだに情熱の炎が燃えあがり、キティの体に最後まで残っていた冷静な部分を一掃した。体じゅうのあらゆる場所が燃え、わけのわからない欲望に駆られて、キティは唇を重ねたままむせび泣いた。うめき声も、言葉にならない驚きや欲望の叫びも、彼がすべてのみこんでくれた。

彼に抱きあげられたときははっとした。大きなテーブルにおろされると、彼が太腿のあいだに立ったので、本能的に彼を受け入れようと両脚を広げた。そのあいだもずっと、彼は優しいキスで魅了しつづけてくれた。

「キャスリン、これからわたしはきわめて不届きな男になる」彼はしわがれた声でキティの唇につぶやいた。「いやなら、そうと言ってくれ。わたしの理性がまだ残っているうちに」

彼の言葉は炎となって、キティの喉から体のなかへとなだれこんでいった。「つづけて」もう、身も心も欲望にあらがえなかった。

彼はつぶやいて応じると、キティのうなじに手をまわし、このうえなく優しいキスをした。あんまり優しくて、喉の奥が熱くなる。雨が温室の屋根をたたくくぐもった音がしたが、室内の空気は静かで期待に満ちていた。キスが穏やかになると、キティの体じゅうの感覚が脈打ってはじけ飛んだ。それから彼は唇を離して顎に、喉に、そして肩のくぼみにキスした。

キティの乳首は硬くつぼまって、ずきずきと痛んでいた。「アレクサンダー……」かすれた声でうめいた。

彼は親指でキティの肘の内側をゆっくりと、思わせぶりにさすった。そしてガウンのウエストを下に引っ張り、あらわになった乳房に唇を滑らせ、片方の乳首を口に含んだ。

その瞬間、疼くような快感が駆け抜けて、切ない叫び声がキティの喉の奥から飛びだした。

「アレクサンダー！」

彼が乳首を引っ張ると、下腹部がかっと熱くなった。キティは彼の髪に両手を差し入れ、頭をしっかりとつかんだ。舌で乳首を舐められるたびに、体が燃えあがるような気がする。

彼は濡れて重くなったスカートに手を伸ばし、じわじわとたくしあげた。ふくらはぎに触れ、膝から太腿、ガーターを過ぎて、温かく濡れた中心に……そんなところに触れるなんて。

まるで夢のなかにいるようだった。

キティはきれぎれに叫び、はあはあとあえいだ。あまりに親密な行為に、ふたりともいっときに凍りついた。彼の手の動き。息が止まるほどの快感。なんてふしだらなことを……。そうしたことをすべて頭で理解する前に、彼が手を引っこめ、後ろに倒れるように促した。キティは言われるままに後ろに肘をつき、欲望でぼんやりした目で彼を見つめた。彼が両脚のあいだに体をかがめたので、やめさせようとした——そんなことをしたら背中と腰が痛むはず。体を起こそうとすると、彼が腹を押さえて押しとどめた。さりげなく主導権が彼にあることを示されて、体がいっそう熱くなった。

彼は両脚のあいだに顔を近づけた。なんてこと……濡れて疼いている襞にキスし、ほほえんでいる……そして、さらにみだらに口を動かして、敏感な蕾を甘噛みした。キティはこらえきれずに鋭く叫んだ。もっと激しくしてほしいとささやきたいけれど、なんと言えばいいの？　そんな言葉があるとしても思いつかない。

口をついて出るのは、すすり泣きの声ばかりだった。そして、快感——得も言われぬ快感にのみこまれそうになる。

すさまじいまでの欲望にむせびながら、体を弓なりにしてさらに求めた。すぐそこにある想像もつかない頂きに、早く到達したい。「アレクサンダー……もっと……」かすれた声で求めた。

彼があふれる蜜を舐め、膨らんだ蕾を舌で淫らに転がすたびに、刺すような快感が体を貫いた。やがて彼は悪魔の責め苦をやめると、体を起こしてキティの瞳をのぞきこんだ。荒々しい、苦しそうな表情を浮かべている。

「わたしもあなたを見たい。触れたいわ」キティは震える声で言った。

彼の答えを待たずに、ベストを脱がせ、シャツのボタンを外しはじめた。彼はぴたりと動きを止め、警戒するようなこわばった表情を浮かべていたが、そこにはなにものにも屈しない強さも表れていた。

「不安なのね」キティはそっと言って、優しくキスした。

「医者にしか見せたことがない」彼は自分の額をキティの額につけた。「だが、きみなら……」

「信頼してくれるのね」キティは頭を離すと、彼の目を見ながらシャツを脱がせた。彼の体に刻まれた痛みと苦しみの痕跡を目の当たりにして、キティの喉は涙で熱くなった。体の左側には、数えきれないほどのやけどの痕があって――顎から首、胸、腹、そしてズボンのなかにまでつづいている。こんな痛みを耐え抜いて生きながらえてきたなんて、想像もできない。目をあげ、彼の視線をとらえて――自分にこんな大胆でふしだらなことができるとは夢にも思わなかった――ズボンのボタンを外した。腰にまでやけどの痕がある。

そして、ズボンのなかの膨らんだ部分に手を伸ばした。彼も同じくらい求めているあかしだ。

「キャスリン――」彼はすっと息を吸いこんだ。

キティは太く温かいものをとらえてさすった。最初はぎこちなく、徐々に大胆に。彼は小刻みに体を震わせ、苦しげな顔には畏怖と激しい欲望がありありと浮かんでいた。

「まさか……あり得ない」彼は声を絞りだすと、キティの頬に手を添えて、荒々しい情熱を込めてキスした。

ふたりの唇がわずかに離れたとき、キティは尋ねた。「なにがあり得ないの?」

「これは……これは……」彼は言葉をなくして、また額をキティの額につけた。顎に手を添え、理解しがたいなにかを探しだそうとしている――彼が求めてやまないなにかを。

彼が無言で見つめていた。でも、それだけではない。ふだんのアレクサンダーはどこか――これまで彼を守ってきた虚無のなかに姿を消してしまっていた。かわりに、あたかも生きた存在のようにこちらを見ているものがいる。いまなら、彼を囲んでいる壮絶な孤独の壁に手が届きそうだった。キティは首を伸ばして、彼の顎にキスした。「わたしはここよ。いまこの瞬間、あなたのそばにいる」いつまでも、ここに――あなたのそばにいたい。「あなたはとても美しいわ、アレクサンダー」

彼はゆっくりとほほえみを浮かべた。「そんなばかげたことを言っても、きみはやはり魅力的だ」

キティは彼にキスした。はじめは優しく、それからあらんかぎりの情熱と愛を込めて。

「脚を広げてくれないか」彼はキティの口につぶやいた。

彼の口調と熱っぽいまなざしで操られているように、キティはすんなりそのとおりにした。彼が硬くたくましい太腿でてさらに両脚を押し広げながら近づいてくる。そして彼女の目を見つめたまま、片手を伸ばして濡れたとば口に触れた。彼の瞳の奥に荒々しい、性急な飢えを見て、キティは怖くなった。

下腹部に、まったくなじみのない、だが甘く身もだえするような疼きが生まれていた。心臓の鼓動も速まっている。彼がゆっくりと指をなかに差し入れると、体のなかで炎がぱっと燃え広がった。彼はさらにもう一本指を入れ——ズキリとした痛みは、すぐに溶けて消え去った——二本の指を抜き差ししながら、敏感な蕾に親指を押しつけ、円を描くように動かした。

キティは叫び、信じがたいほどの快感に翻弄されて体を反らした。体が弓のようにしなり、呼吸がむせび泣きに変わり——欲望が膨れあがってはじけ飛んだ。欲望で体が震え、自分についていて頭にあったことすべてが壊れていくあいだ、彼はずっと抱きしめていてくれた。

ああ……いったいどうしたの？　なぜもっと……なにもかもほしくなるの？

それなのに、体が動かない。彼の温かな腕のなかからも——背中を優しくさする手からも離れられなかった。

19

アレクサンダーの下半身の苦しみは……たとえようもなかった。

それはかつて味わったことがないほど美しく、つらい快感だった。首筋に押しつけられる彼女の唇。この手に感じるむきだしの肌。硬くなったあの部分におずおずと触れる彼女の手。いまも口のなかにキャスリンの味が残っていて――このうえなく甘い、くらくらするような味だ――かすかなラヴェンダーの香りが肺のなかを満たしている。みだらにキスされて彼女の太腿は震えていた。その狭間の燃えるように熱いところに、自分自身を沈めたい。

まったく、なんてことだ……。

キャスリンを永遠にわがものにしたい。その願いに心を揺さぶられて、膝からくずおれそうだった。彼女はもしかしたら、わが心、わが魂になるかもしれない。けっして見つからないと思っていた幸せそのものかもしれない……。彼女の脚に手を這わせ、なめらかなストッキングの上まで来た。さらに動いて、内ももの敏感な肌に指を滑らせる。彼女をなだめて、もっと求めたかった。

死んだと思っていたあの部分がいよいよ硬くなっていた。背中と左脚の痛みが激しくなっている。

「どうしてやめたの？」キャスリンがかすれた声でおずおずと尋ねた。どうやら、自分がなにを聞いているのかわかっていないらしい。欲望で判断力が鈍っているとしか思えなかった。

彼女の震える肩に額をつけて、呼吸を整え、ありたけの自制心をかき集めようとした。キャスリンには不名誉なことをすべきではない。たちの悪い女たらしならそうするだろうが、自分は違う。だから、目覚めた欲望をいまここで満たすつもりはない——彼女がこんなに濡れて、その気になっていても。

子どもを持つことも、まともな夫婦生活も保証できないのに、これ以上彼女の貞操を傷つけて結婚で縛りつけるつもりか？　自分は孤独を受け入れているが——彼女に同じような運命をたどらせるのは残酷すぎる。

温室の奥には長椅子があった。彼女をそこでものしようと思えばできる。彼は背中の痛みにうなりながら、キャスリンを両腕で抱きあげた。キャスリンは頭を彼の肩に預けてなすがままになっている。彼の鼓動のほうが、キャスリンの鼓動よりはるかに落ち着いていた。いまにも脚がくずおれそうだ。彼は痛みをこらえ、彼女と歓びを分かち合うことができないことを恨んだ。わずか齢(よわい)三十で、これまでに受けたあらゆる体の傷が重くのしかかるとは。

長椅子まで来て、彼はキャスリンを抱いたまま腰をおろした。キャスリンは彼の欲望の証に触れて目を丸くしている。それは痛いくらい硬くなって、濡れたズボンがいまにもはちきれそうだった。

ボートに乗っていたときに見せた切ない表情を浮かべて、キャスリンがこちらを見あげた。どうか……。

彼女を失いたくない。

いきなりそんな思いがよぎって、アレクサンダーははっとした。キャスリンに心をすっかりとらえられていることを悟ったのはそのときだった。ひとたび彼女が去ったら、後にはなにも残らない。「できることなら、きみにすべてを捧げたい、キャスリン」

彼女の目がほほえんだ。そんなふうに、目が先にほほえむところが好きだ。それから唇に笑みが浮かんで、最後に顔がぱっと輝く。笑うといっそう美しい。

「すべてはいらないわ。ただ、あなたが少しだけほしいの、アレクサンダー」ひたむきな表情でささやくと、首を伸ばし、震える唇でそっとキスした。

こんなことをしてもなんの意味もないかもしれない――キャスリンに釘を刺したかったが、そこまで酷なことは言えなかった。キャスリンは手を伸ばして、顎を包みこんだ。柔かなサテンに包まれているような気がする。

「肉体的な歓びがあんなに美しいなんて知らなかった。ありがとう……わたしと歓びを分かち合ってくれて」

これ以上は、もう――彼はたまらなくなってキャスリンの額に唇をつけた。ふたりがけっして分かち合うことのない無数のひとときを思うと、喉が焼けるように痛くなる。

キャスリンは体を離して彼の目をのぞきこんだ。「どうしたの？」

彼女の声は震えていた。彼がくだした身を切るような決断を感じとったように、怯えた表情が瞳に浮かんでいる――さよなら。

「そろそろロンドンに戻る潮時だ」

キャスリンの瞳に納得がいかないという表情がひらめいた。「ひとりで？」

「そうとも」

キャスリンは体をこわばらせ、傷ついた瞳で彼を見あげると、きれぎれにため息をついた。

「では、さっき分かち合ったことはなんだったの？」

「そんな目で見ないでくれないか、キャスリン。わたしはなんの約束もしていない」

「それなら、いま約束してちょうだい」

なにかが彼のなかで壊れた。中身はうつろだと思いこんでいたのに。

キャスリンは彼の顎にキスした。「いま約束して、アレクサンダー……わたしも約束するわ」その言葉には、ためらいと大胆さが入り交じっていた。

きみを一生大切にする――彼はその言葉を口にしなかった。「子どもがほしくないのか？ ――愛する家族が。世界じゅうを旅して、きみらしい大胆で刺激的な人生を送りたいんじゃないのか？」

一瞬、彼女の体がこわばった。「わたしは……」

「正直になるんだ、キャスリン。わたしたちのあいだでそういうことは妥協すべきじゃない。さあ、答えてくれないか」

キャスリンは少し笑って答えた。「そんな女性は多いと思うわ。わたしも大家族に憧れているもの。ただ、そのことで夢や希望をあきらめたくないの」

子どもたち……男の子と女の子……ふたりから六人くらい。アレクサンダーは思ってもみなかった幸せな光景を想像して心を揺さぶられた――男の子と女の子が子犬を追って廊下を駆け抜け、そのあとをキャスリンが笑いながら追いかけていく。母がそうだったように、彼女は明るくて気さくな母親になるだろう。いや、それ以上だ。なぜなら、キャスリンは社交界の習わしに見向きもしないような女性だから。

そう、わたしのキャスリンは……。

彼ははっとした。わたしのキャスリン？　いや……〝わたしの〟ではない……けっして。にわかに不安定な感覚がよみがえった。かつての自分が、無理やり表に出ようとしている。何年も前に葬り去った苦悩――すべてを失い、二度と取り戻せないという残酷な自覚が、墓のなかからよみがえっていた。かつてそれが亡霊のようにつきまとい、来る日も来る日も心を痛めつけ、とても癒えるとは思えない傷を無数に残したあのころ……。大声でわめきたかった。あのときは絶望を叩きのめし、地面に踏みつけて勝利をおさめることで、闇のなかに小さな光明を見たはずだ。そのまま虚無のなかに隠れて長年持ちこたえてきたのに、いまになって、ささやかな平安と満足が幻想だったことを思い知らされるとは。

「きみは希望を与えてくれた」彼は押し殺した声で言った。「きみのおかげで、愚か者のように祈り、叫ばずにはいられないほど喉が熱くなった。そして、きみをわがものにして、この命が終わるまできみを大切にし、崇め――愛せるようにと神に願った」息苦しくなって、目を閉じた。

「アレクサンダー……」

「きみを愛するつもりはないし、とどまってくれとも頼まない」歯を食いしばって言った。キャスリンは蒼白になった。

「なぜなら、これだけでは足りない、もっとほしいという願望が、いずれきみの魂を蝕むようになるからだ。満たされずに、悲しそうにしているきみを見るのは耐えられない」

キャスリンに魂まで渡したくなかった。そんなことをしてしまえば、かろうじて持ちこたえているもろい世界が崩れ去ってしまう。

キティは息が切れ切れになるほど悲しみに打ちひしがれていた。涙をこらえることができない。こんなふうになるなんて、ばかみたい――こんなに傷ついて、絶望して、つらい喪失感を味わうなんて。そもそもなんの約束もしていない。自分だって、かなうはずのない夢を持ちつづけて腐らせるような娘だった。そんな娘がさっきは、あらゆるため息、あらゆるキス、そしてあらゆる不届きな愛撫で、あれほどの情熱と欲望をやりとりしていた。「わたしたちは、特別な関係ではないというの？」

アレクサンダーは硬い表情のままだった。「なにを言うんだ。そんな関係のはずがないだろう。わたしはきみになにも与えられないんだ」

突き放されるように言われて、キティの胸は張り裂けそうだった。額を彼の額につけて、かなわぬ夢のことは考えないようにした。「子どもがいなくても生きていけるわ。ほかの生き方をしても、豊かで素晴らしい人生にできるはずよ」

アレクサンダーはたじろいだ。

彼は体じゅうの筋肉をこわばらせているようだった。「きみの人生をそんなふうにするつもりはない」彼の瞳には近寄りがたい怒りと苛立ちがひらめいていた。「わたしは、きみのように快活な人を囲いこんでおくほど自分勝手ではない。こんな孤独な人間のところに……。きみにとって家族はかけがえのない存在だ、キャスリン。きみは家族のために自分の評判と未来を危険にさらした。きみはわたしからなにを要求されるか知らないまま、家族のためにここに来た――わたしが卑劣な男で、きみの貞操を奪い、評判を地に落とすような輩かもしれないのに。きみは勇敢で、無限の可能性を秘めている。だからこそ、あらゆる選択肢のなかから生き方を選ぶべきなんだ。きみという人間は、わたしにも、きみ自身にも、ほかのだれにも抑えつけられるべきではない」

キティはわなわなと震えていた。「わたしはそうなっても寂しくない――あなたも寂しくないはずよ――わたしたちは……わたしたちはいつも一緒だもの」

アレクサンダーは手を伸ばして、彼女の首にかかる髪を押しやった。「それだけじゃない。わたしは一度もまともに愛を交わせないかもしれないんだ。きみのような激しい情熱の持ち主にはとてもそぐわない。並みの男性が女性に与えるような、このうえなく満ち足りた歓びすら与えられないかもしれないのに……。きみは燃えあがる炎だ、キャスリン。わたしの身勝手で、そんな人を残酷に傷つけることはできない」

「いいえ……違うわ、アレクサンダー。勝手に決めないで！　わたしのなかにあるあなたへの思いを打ち消さないで。置かれた状況で、最善を尽くしましょうよ。わたしは少しも不幸せではないわ」懸命に言った。

「きみはなにも知らないんだ」アレクサンダーは冷ややかに言った。「わたしたちの――婚約はおしまいだ、キャスリン」

キティは唇を開きかけたが、なにも言えなかった。背筋がひやりとする。「どうして幸せになれないと言いきれるの？」怒りと喪失感で引き裂かれそうだった。彼の決意がひるがえらないことは目を見ればわかる。ふたりのあいだの溝がみるみる深まっていることも……。

「やろうともしないで決めつけているだけじゃないの。そんな臆病者とは思わなかったわ！」

「キャスリン――」

「痛みと向き合って大切なものを失うのが怖いからといって、生きることまでためらうつもり？」

「きみにはそうする勇気があるのか？」彼の瞳が警告するように鋭く光った。

さっき燃えあがって熱くなった体に寒気が忍び寄っていた。「ええ！　わたしはそうするつもりよ。なぜって、あなたがわたしに向けるまなざしを見て、あなたに触れられたときに感じたもの。あなたはわたしに手を伸ばすのもためらっている。でも、わたしは歩み寄りたいの。あなたさえ両腕を広げてくれたら、いつでも飛びこむわ」

彼は顔をこわばらせた。瞳が暗くなって、感情が読み取れない。キティはその瞬間、怖くなった。まるで、知らないだれかを見ているよう——この人の内面には複雑なことがたくさんあって、それを解き明かし、理解して、受け入れるには一生かかりそうな気がする。もしかしたら、自分の理解力には限界があって、だから彼のなかの悪魔も理解できないのかもしれない。

「では、きみが世界を旅して、イタリアやフランス、エジプト、そのほかきみが訪れたいと思っていた遠い異国を訪れるとき、車椅子に乗った男と行動を共にしたいか？」

「ええ！」

「嘘だ」

「あなたを思う気持ちはわたしの魂にしっかりと根を張っているわ。それを疑うの？」

「そんなものは長つづきしない」

「わたしの内面の強さや誠実さが、あなたにわかるわけがないでしょう」喉が詰まって、驚いたことに目が涙でいっぱいになった。結婚して子どもを持つことはとっくの昔にあきらめていた。そんなものは自分には無縁なことだとわかっていたから。とりわけ、母と妹たちを守って、明るい未来を手に入れようと奮闘しはじめてからは考えられなかった。

けれども、公爵とダンスをしたあの夜から、なにかが変わった。以前のように、愛と家族がほしい、世界じゅうを——もしくは、足を伸ばして行けるかぎりの世界を見てみたいとまた願っている。そして、予想もしていなかったことだけれど、世界じゅうのなによりも解き明かしたいのが、すぐ目の前にいる男性の神秘だった。それがいま、徹底的に打ちのめされてしまったような気がする。

「わたしなら、あなたを幸せにできるはずよ」キティは震える声で言った。「なぜなら、すでにそうしているからだ、わたしのキャスリン。もう幸せにしている」

「それは間違いない」彼はしわがれた声で言った。「なぜなら、すでにそうしているからだ、わたしのキャスリン。もう幸せにしている」

キティは手を伸ばして、彼の心臓の真上に手のひらを置いた。心臓が早鐘を打っているのがわかる。胸がせわしなく上下していた。

「あなたを愛したいの……」キティはとくとくと脈打っている彼の喉にささやくと、強く噛みついた。

ふたりともなにも言わなかった。キティは体を離して彼の目を見た。彼はなすすべもなく、飢えた目で見つめ返している。彼がなにか言う前にキティは体勢を変え、彼の太腿に跨がる格好になった。彼が唖然としているのがおかしかったが、笑うかわりにむせびなくような声が口から漏れただけだった。膝の上で体を揺らすと、彼はすっと息を吸いこんだ。

「なにをするんだ？」膝の上からどけようとするようにキティの腰をつかんだ。

これといった考えはなかった。心はわけのわからない叫び声を上げているけれど、揺るぎない確信がある――男性と女性が触れ合い、キスし、子どもを作るために必要なことをすれば、なにもかもうまくいくとわかってもらえる。「あなたも知ってのとおり、〝図々しい〟には、いろいろと罪深いやり方があるの」そう言って、口を開いて彼の唇を奪った。

キティは全身全霊を込めて彼を抱きしめ、下唇を舐めて甘噛みし、心の痛みをなだめようとした。彼はうめいて唇を開き、キティの腰を押さえていた手を離して尻をつかんだ。ため息をついて身震いし、舌で彼の口のなかをなぞるのは、今度はキティの番だった。彼は尻をつかむ手に力を込めてキティを抱き寄せ、硬くなったものの上で揺らした。

キティは唇を重ねたまま叫んだ。自分ではどうにもできない、説明のつかない激しい情熱ともどかしい感覚に翻弄されて、自制心がちぎれていくのがわかる。体のなかに圧倒的な快感が押し寄せ、なすすべもなく彼の胸の滑らかでたくましい筋肉に指を滑らせた。

それから、彼はキティを持ちあげ、キティは両脚を広げたまま彼の下になった。濡れそぼったガウンとペチコートを躍起になってたくしあげる衣擦れの音が聞こえる。そのあいだも、ふたりはキスをやめなかった。空気はぴりぴりと電気を帯びたようになり、みだらな音とにおいで満たされた。ふたりは荒い息をつきながら体を離し、キティは彼の美しい青い瞳を見つめた。

愛と、思いやりと、敬意。

「きみといると、自分が何者かわからなくなる。きみに夢中なんだ、わたしのキャスリン。その気持ちを隠したくない」彼はキティの目を見つめながら、無限の優しさと燃えるような思いを込めて言った。

キティはそれをはっきりと見て取ると、震える両手を伸ばして彼の唇に触れた。彼はふたりのあいだに手を伸ばし、キティの濡れた中心に触れた。

思わず、温室じゅうに響きわたるようなうめき声が漏れた。

彼はさらに、疼いている部分を指先で愛撫した。そんなところに触れられて、これほど気持ちがいいとは夢にも思わなかった。彼の指が上に動いて蕾の部分をこすると、突き抜けるような快感が走った。思わず悲鳴をあげて腰を突きだすと、なにか大きなものがとば口に押しつけられた。途方もない圧力。焼けつくような感覚に息が止まりそうになったが、次の瞬間、それは消え去った。

アレクサンダーが体を離して冷たい床に転がった。苦痛に顔をゆがめている。キティはいっとき凍りついた。こんな苦しそうな表情は見たことがない。愛する彼がそんなふうに苦しんでいるのを見るのはたまらなかった。彼が新たな痛みの波にはっとあえぐのを見て、キティは傍らに膝をついた。体が激しく痙攣している。しっかりと体を抱きしめたが、硬い石の床に頭をぶつけそうで手が離せない。

長椅子のクッションをつかんで彼の頭の下に押しこんだが、頭ががくがくして枕がはずれてしまった。彼は低くうなった。体が汗で光っている。

「背中が……」彼は苦しそうに言った。「背中がおかしい……」

キティは恐怖のあまり震えていた。「だれか、人を呼んでくるわ」立ちあがると、急いで濡れた服を整えた。

そして、温室から飛びだした。

20

「このヒルをどけろ！」アレクサンダーは腰の激痛にぱっと目を開くと、胸に吸いついていたくねくねした生物をつかんで放り投げた。体を殴りつけるような痛みに、かつて苦しんだ日々がよみがえる。

「閣下！」モンロー医師は、アレクサンダーの胸に吸いついていた残りのヒルを手早く引きはがした。「わたしの見立てでは、閣下は血液の病です。ヒルは治療に欠かせません！　熱がおありなので、よくおわかりにならないのでしょう」

アレクサンダーは歯を食いしばったままうなり声を漏らした。痛みで冷静に考えられない。体じゅうに汗をかき、奇妙な脱力感があった。だが、他人に弱っているところを見られるのはがまんがならない。起きあがって上掛けを払いのけた。ベッドの紺色のカーテンが閉めてあるので、ますます暑くなっている。うなってベッドから出ようとしてぞっとした。「なぜ両脚の感覚がないんだ？」

年若いグラント医師が進みでた。深刻で気づかわしげな表情を浮かべている。彼は鼻の上の眼鏡を押しあげて答えた。「今回の発作は注意を要します、閣下。われわれとしましては、ここ数週間、ひっきりなしに動かれたのがよくなかったのではないかと……。ひどい炎症が見られますし……しかも……」

「しかも、なんだ？　はっきり言ってもらおう」アレクサンダーは鋭く言った。

進みでたのはモンロー医師だった。「閣下は、二度と歩けなくなるかもしれません」

アレクサンダーは恐怖の表情をちらりと浮かべたが、すぐに幾層もの氷の下にその恐怖を沈め、あらゆる感情を抑えこんだ。そこへ暗闇がすっとまとわりつき、その冷たい沈黙のなかで、彼は慰めを見いだした。

しばらくのあいだ、室内で聞こえるのは暖炉の薪がパチパチはぜる音と、彼の荒い息づかいだけだった。そして、その呼吸が落ち着く前に、放っておけば精神を引き裂きかねない生々しい感情を、彼は自分の意志で抑えこんでいた。医師たちは彼がどうするかと身がまえていたが、アレクサンダーはなんの反応も見せなかった。「それは以前にも聞いた」彼はこともなげに言った。「ほかの見立てを聞かせてもらおう」

「閣下……閣下はかつて何カ所も骨折なさいましたが、それらの箇所はなおるのに何年もかかります。炎症は何度も繰り返される問題で、靱帯と筋肉が過度に炎症を起こすと、せっかく回復しかけていた骨や骨格に、取り返しのつかない損傷が生じることも……。われわれは――わたしは、ただちにエジンバラのペロット医師に応援を依頼する所存です。ただし、個人的には……閣下が今後車椅子なしで過ごせるようになるとは思いません」

「そんなことはおっしゃらないで」入口のほうから押し殺した声が聞こえ、ドアが閉まる音がした。

アレクサンダーはぎくりとした――キャスリン。部屋に入ってくる音が聞こえなかった。

足音がして、視界にキャスリンが現れた。はっとするほど美しい。足をベッドからおろして立とうとしたが、体が反応しなかった。何年もかけてつちかってきた意志の力が、怒りや苛立ち……そして恐怖でわめきたいのを押しとどめた。

キャスリンは医師たちをにらみつけた。胸を張っているが、顔は青ざめ、目が真っ赤に充血し、怯えているのがわかる。

泣いていたのだ――わたしのために。

「あなた方は、アレクサンダーがどんな人か知っているはずだわ」彼女は言った。「アレクサンダーはまた歩けるようになります。前向きなことをおっしゃらないのなら、この部屋から出ていって！」声をうわずらせながら、彼女は挑むように頭を反らした。

医師たちは、珍しい生き物を見るような目で彼女を見た。「失礼ながら――」モンロー医師が唇を引き締めたまま言った。「どなたでしょうか？」

「よけいなお世話だ」アレクサンダーは医師たちを見据えて言った。「こちらのレディとしばらく話がしたい」

「閣下、いまは熱がおありですし、われわれも――」

アレクサンダーはかっとした。「ミス・ダンヴァーズとふたりきりになりたいと言ってるんだ」

医師たちは即座に部屋をさがり、アレクサンダーとキャスリンは不安げに医師たちを見送った。キャスリンがぱっと振り向いて駆け寄った。「一緒に闘いましょう。あなたはすっかりよくなるはずよ。心から信じているわ」彼女の瞳には不安と憐れみがにじんでいた。「どうかお医者さまを呼び戻して――」

その憐れみのまなざしは、彼のなかに激しい怒りを巻き起こした。キャスリンをロンドンに帰して、二度と会わないようにするしかないのだ。その思いが、毒を塗った剣のように彼を切り裂いた。「一緒に?」彼がぞっとするほど穏やかな声で聞き返したので、キャスリンはたじろいだ。

キャスリンは彼の顔を窺いながら、震える唇を噛みしめていた。ふたたび顎をあげ、瞳に挑むような表情を浮かべている。そして勇敢で愚かなキャスリンは、身をかがめて彼の体に腕をまわし、このうえなく優しいキスの雨をいかつい顎に降らせた。「ええ、そうよ。あなた。ふたりで一緒に」

彼女の言葉は熱い槍となって心臓を貫いたが、彼は優しい腕をほどいて、枕にもたれた。「それはない。これはわたしの問題だ。なんにせよ、わたし自身の問題なんだ」

「意地を張らないで。そんなふうに捨て鉢に――」

「きみにはもううんざりだ、ミス・ダンヴァーズ」静かに、だがきっぱりと言った。「取り決めどおり、わたしの興味がなくなったら契約は終わりだ。温室であったことは一時の気の迷いで、あんなことは二度と起こらない。なぜなら、わたしがそうさせないからだ」

彼は咳払いをすると、シーツをつかんで身がまえた。「さあ、部屋を出て、ロンドンに戻る仕度をしてくれないか。タウンハウスの家賃は一年分を支払い済みだし、馬車と馬はきみのものだ。婚約の茶番劇が終わったことを社交界にいつ知らせるかは、きみにまかせる。それから、二度と言わないからよく聞いてもらいたい。以前、なんに取りつかれてここにとまれと脅したのかわからないが、いまは正気だ。あのときはどうかしていた」

キャスリンは震える息を吸いこんだ。彼女の傷ついた表情を見ると、たまらない気持ちになる。大きな目は息が止まるほど繊細で、涙がいまにもあふれそうだった。

「おいおい、どういうつもりだ？　泣くのか、ミス・ダンヴァーズ？　わたしたちはたがいをほとんど知らないんだぞ」

まるで、喉の内側をガラスで引っかいているようだった。

そして、キャスリンが泣きだせばどうなるかわかっていた――ああ、キャスリンが泣きだしたら、彼女を抱き寄せて、呪われた運命を共にしてもらうのに。

キャスリンは二本の指を震える唇に押しあてた。暗く底知れない瞳に、さまざまな感情が映しだされる。「アレクサンダー……本気で言ってるんじゃないわね。わたしには――」

「わたしはいたって本気だ、ミス・ダンヴァーズ。そんなふうに感情をあらわにする必要はないだろう。だいいち、迷惑だ」わざと軽蔑したように言った。ぶっきらぼうな声が、だれかほかの人間の声のように聞こえる。

キャスリンは黙ったまま彼を見つめていた。瞳がいやだと言っている。とても見ていられなくて、体を折ってわめきたかった。だが、この重荷はだれのものでもない、自分ひとりのものだ。十年前からそうしようと思ってきたし、これからもそうするつもりだった。

キャスリンにすべてを捧げたかった。彼女の夢を自分の夢にしたい。しかし、キャスリンのような素晴らしい女性を籠に閉じこめるのは、とても許しがたい重罪だ。全身全霊を込めて彼女を愛しているなら、そんなことはすべきではない。

その結論は、蜂蜜のかかった刃のようだった。身を切るようにつらいのに、素晴らしく甘い。その刃は、本物のナイフが刺さったように彼の胸に突き刺さった。「きみはもう囚われ人ではない——さあ、行ってくれないか！」

キャスリンはさっと膝を曲げてお辞儀をした。「もちろんですわ。仰せの……仰せのとおりにいたします、閣下」

彼女の唇は震えていたが、涙に濡れた瞳の奥には揺るぎない誇りが輝いていた。彼女はくるりと背を向けドアに向かったが、その体はひどくこわばっていた。彼女を呼び戻して、ふたたび訪れる暗闇を分かち合ってくれと頼みたい。この数週間は自分のなかに光を垣間見ていたが、暗闇はその光をのみこみ、しまいには平常心を打ち砕いてしまうだろう……。ドアが音もなく開き、キャスリンは振り向きもせずにすっと外に出た。

愛している、キャスリン。ああ、きみを愛している。

血のにじむまで唇を噛んでこらえた——戻ってくれ、頼むと、どんなに叫びたかったことか。たとえようもない孤独が一気に押し寄せ、彼をのみこんだ。キャスリンが心のなかにともした希望という名の光と一緒に。

アレクサンダーの体は消耗しきっていたが、幸い高熱はさがり、腰がずきずき痛むだけになった。冷たい指が彼の額を撫でた。「熱はさがったわね」ペニーがそっと言った。頬に優しくキスされて思わず鼻を鳴らしたが、妹の笑い声を聞くのはいい気分だった。

「ゆっくり休んでちょうだい。意地になってベッドを出ないで」ペニーはそう言い残して姿を消した。

アレクサンダーは目を閉じ、体のさまざまな痛みを感じとった。

――二度と歩けないかもしれない。

――手術をすることになるんじゃないか。

――痛み止めに、アヘンが必要になるかもしれんな。アヘンチンキでは効かないだろう。

高熱でぼんやりしていたときに医師たちがささやいていたことがよみがえった。下半身を覆っていた上掛けをはねのける。両脚を見つめて、感覚の変化を感じとろうとした。

にわかにじっとしていられなくなって、うめきながら肘をついて体を起こし、ヘッドボードにもたれて部屋を見まわした。これまであったことをぜんぶ思い出そうとしたが、思い出せたのは背中に走る焼けつくような痛みと、キャスリンの心配そうな声だけだった。

キャスリン。

人の気配を感じたが、キャスリンでないのはわかっていた。キャスリンなら、体じゅうのあらゆる部分がみるみる生き返るのに。「いつからそこにいるんだ?」

「……一時間くらい前から」従兄弟のユージーンの声には言葉にならない感情がこもってい

て、彼の心を傷つけた。

「憐れみや忠告のたぐいは必要ない。この十年で聞き飽きた」ぴしりと言った。

ユージーンはしばらく無言だったが、しまいに口を開いた。「きみを憐れに思ったことはない。アレクサンダー、きみほど強い人は見たこともない。わたしはただ、きみがひとりでないことを知ってほしいだけだ」

アレクサンダーは部屋を見まわし、違和感が影のように忍び寄ってくるのを感じた。不意に胸がずきりと痛み、恐怖に似た感覚が体を走った。「ミス・ダンヴァーズは？」

壁に映っていた影が動いた。ユージーンは北側の草地を見おろす窓から離れて、彼のベッドに来た。

従兄弟がなにも言わないのを見て、アレクサンダーはますます不安になった。「彼女はどこだ？」

「数時間前、ミス・ダンヴァーズは大急ぎでこの部屋から出てきた。まるで悪魔に追いかけられているように……。涙を流して、見たこともないほど傷ついた目をしていた」

きみにはもううんざりだ……もう行ってくれないか。

そのときの記憶がよみがえったとたんに、痛みの波が容赦なく襲ってきた。アレクサンダーはもつれあった感情を無理やり抑えつけ、それでよかったのだと思おうとした。「そうか……」彼はヘッドボードに頭を預け、絵画の描かれた天井を見あげた。

いつもなら無関心を装って感情を覆い隠すのに、いまはできそうもなかった。絶望のあまり、心臓が激しく脈打っている。込みあげる感情にあらがおうと、シーツをきつく握りしめた。沈黙。孤独。いつも安らぎを見いだしてきたうつろな空間が、これまで経験したことのない、理解できない苛立ちで満たされていた。

「ひとつだけ質問がある。きみの答えを聞いたら図書室に行って、お茶でも飲みながら本を読もう。きみが幸せになる機会をみすみすあきらめたことに気づかないふりをして」

険しい口調で言われて、アレクサンダーは従兄弟をにらみつけた。「ではさっさと質問して、出ていってくれないか！」

「彼女を愛しているのか？」

これ以上ないほど愛している。

だが、その思いを言葉にする勇気がなかった。そんなことをしたら、彼女を失ったことに耐えられなくなってしまう。「彼女のことなら好きだ」顔をさすりながら、ぶっきらぼうに答えた。「少なからず好意を抱いている」

「わたしも彼女が好きだ」ユージーンが鋭く言った。「だが、わたしは飢えたオオカミのような目で彼女を見つめたりしない」

アレクサンダーは背中の不快な痛みをなんとかしようと、枕とクッションが重ねてあるところにのろのろと体をずらした。そして弱っている自分に悪態をつきながら、クッションにもたれた。自分で自分のことをするのにこれほど苦労するとは……。またもやみじめな状態になったことに、彼はかつてない怒りを感じていた。

しかし、喪失感や苦しみはない。

かつてのように暗黒の日々を繰り返すつもりはなかった。絶望が忍び寄ろうとしていたが、目を閉じてあらがった。けっして以前のようにはならない。あんな男に戻ってたまるか。たとえ両脚が永遠に役に立たなくなっても。

ただ、この胸がひどい痛みに苛まれていた。キャスリンが引き起こした痛みだ。

「質問には答えた。さあ、ひとりにしてくれないか」

ユージーンは顔をしかめた。「きみが彼女に、出ていけと無情に命令してから数時間がたった。最後に外を見たときは、馬車に荷物が積みこまれていた。四日かけてロンドンに旅をするための」

その言葉で、アレクサンダーは力を振り絞ってベッドから出ようとした。ヘッドボードの脇に立てかけてあった杖をつかみ、立ちあがろうとしたが、これほど必死になっているのに両脚が言うことを聞かない。背中に激痛が走って、思わず押し殺したうめき声を漏らした。額に玉の汗が噴きだし、いっときまた熱がぶり返したのかと思った。

一歩踏みだしてよろめいた。ユージーンが飛びだして彼の体を支え、車椅子に座らせた。

「彼女を探さないと……」見つけてなんと言えばいいのだろう。アレクサンダーは切羽詰まった気持ちを説明できなかった。わかっているのは、とにかくキャスリンのところに行かなくてはならないということだけだ。つらい思いをさせたまま別れるべきではない。「ふたりのあいだに溝を残したまま彼女を行かせるわけにはいかない。少なくとも、これからも友人でいないと」そうしておけば、彼女と多少なりともつながっていられる。

「あんなに傷ついた目をして……彼女になにを言ったんだ？」

アレクサンダーは車椅子を動かしてドアに向かった。「彼女は炎のような女性だ。その火を消すつもりはない」それ以上の言葉を思いつけなかった。

その意味を理解したのだろう。ユージーンはいっとき目を閉じてため息をつくと、改めて言った。「身だしなみがなっていないぞ。従者を呼んで――」

「かまわない。すぐに彼女のところに連れていってくれないか」従兄弟の助けを待たずに、アレクサンダーは車椅子の車輪をまわしてドアに近づき、廊下に出た。そして階段をおりる手前で手すりをつかみ、うなりながら立ちあがった。一歩、また一歩、そしてまた一歩――そこでくずおれた。

心配そうに階段を駆けのぼってきた従者のホイトが、あるじを支えて車椅子に座らせた。それから器用に車椅子を後ろ向きに動かして、幅広い階段を一段ずつおろした。

「ミス・ダンヴァーズのところに」アレクサンダーは言った。

ホイトの表情がぱっと明るくなったが、アレクサンダーは勘違いするなと言う余裕もなかった。ホイトは車椅子を押して広い廊下を急いで通り抜け、執事が玄関の扉を押し開けた。アレクサンダーは自分で車椅子を動かして外に出た。長い私道の先に、遠ざかっていく馬車が見える。

「別の馬車を用意して、後を追いかけましょうか、閣下？」ホイトが期待と不安をにじませて尋ねた。

アレクサンダーはなにも言わずに馬車を見送った——ロンドンにつづく道の彼方に馬車が消えるまで。キャスリンなら、ロンドンに戻っても幸せに生きる道を見つけるのではないだろうか。わたしに対する気持ちが真の愛ではなく、つかの間熱をあげていただけだったことにも気づくかもしれない。そうなれば、あのとき瞳のなかに浮かんでいた心の痛みも薄れて、ふたたびあの魅力的な笑顔を取り戻す日も来るだろう。

そんなふうに無理やり納得しても、彼女に対する飢えと切ないまでの愛はおさまらなかった。

キャスリンを行かせるわけにはいかない。

彼は肩を落として目を閉じた。彼女に与えられるものは、数週間前よりもっと少なくなっている。数週間前は自分の足で立つこともできたが、いまは……。彼はむきだしのつま先に目を落とし、無言で唇をゆがめた。

「部屋に戻る」熱に浮かされたようなひとときは終わり、理性が戻っていた。

さようなら、ミス・ダンヴァーズ。

燃えるような夕日が彼方の山の稜線にゆっくりと沈もうとしていた。ひんやりした風が大地を吹き抜け、湖面に映る夕日がきらめき、空気がさわやかなにおいに満たされるこのひとときはいつも喜びを感じたものだが、いまは違った。胸を締めつけるような切なさがずっと残っていて、そのことを自覚するたびにますます苦しさがつのっていく。

キャスリンがスコットランドを去ってから、九日が過ぎていた。その間むなしさに耐えなくてはならなかったことと、車椅子を離れなかったこととは関係がない。なぜなら、苦痛を感じずに短いあいだでも車椅子なしで過ごせるようになるには、何週間、もしかしたら何カ月もかかるからだ。彼女がいたときは〝正常な生活〟を送りたくて、かなり無理をしていた。

しかしいずれは回復し、体力を取り戻せるだろう。そして日に一、二時間にせよ、車椅子なしで過ごせるようになる。

それなのにこんなにむなしいのは、ひとえに彼女を追い払ってしまったからだ。

下半身がざわめくことはもうなかった。体がかっと熱くなることも、つかの間の快感を覚えることもない。数日前に比較的進歩的な考え方のグラント医師と話をしたときに言われたのは、骨がふたたび炎症を起こしているせいで、目覚めかけた男性機能によくない影響がおよんだ可能性があるということだった。グラント医師からはそのときも自慰をすすめられたが、まだ試していない。

草を踏みしめる柔らかな足音がして、ペニーが傍らに来た。外出用の赤いドレスを着て、揃いのボンネットをかぶっている姿は、上品な若いレディそのものだ。ただ、両腕にかわいい子豚を抱いているせいで、その優雅さが台なしになっている。

ペニーのロンドン行きが決まってから、ぎこちない空気が漂っていた。社交シーズンは早くも中盤に差しかかっているが、ペニーが社交界入りして上流階級の人々を魅了する時間はたっぷりある。なにしろペニーは公爵令嬢で、優雅な立ち居振る舞いが身についているし、ウィットに富んだ会話もお手のものだ。後ろ盾は名づけ親のダーリング伯爵夫人だし、なにより六万ポンドの遺産とこの器量なら、大勢の男たちが群がってくるだろう。そしてペニーは、自分の風変わりで歯に衣着せない性格を理解してくれる男を選ぶはずだ。

「その子豚を連れていったら、変わり者だと思われるかもしれないぞ」湖を見つめたまま言った。

ペニーは鼻を鳴らした。「ほかの人にどう思われてもかまわない。お兄さまがそう教えてくれたのよ」驚いたことに、彼女は目に涙を浮かべていた。「行きたくないわ、アレクサンダー」

「スコットランドにいつまでも埋もれているわけにはいかない。おまえはもう十七だ。そろそろ同じ年ごろのレディたちと知り合ったほうがいい。翼を広げて、広い世界に出ていくんだ」

「舞踏会で踊ればそうなるの？」ペニーはむっとして言った。「とてもそうは思えないわ！」

「なにを恐れているんだ？」

ペニーはしゃくりあげるように息を吸いこみ、顔をくしゃくしゃにした。「お兄さまをここに……ひとりで置いていくのが心配なの」

アレクサンダーの胸は張り裂けそうだった。「ひとりなものか。思い出がいつも共にある」

ペニーは気づかわしげに彼を見つめたままかぶりを振った。「思い出ははかなくて、実体のないものよ」

「実体ならあるさ」

「わたしはお母さまの顔も、においも、笑い声も、ほとんど思い出せない。お兄さまを通して思い出すだけ。お母さまもお父さまも、お兄さまの話のなかで生きているの。ときどき……怖くなるのよ。ここを離れたら、お母さまやお父さまのことをすっかり忘れてしまうんじゃないかって」ペニーは傷ついた大きな目で彼を見た。「お兄さまも怖くならない？……もし自分がここを離れたら、わたしたちの両親の記憶は風に吹き飛ばされる灰のように消えてしまうんじゃないかって」

「いいや」アレクサンダーはぶっきらぼうに言った。「ここを離れて自分の人生を生きたからといって、思い出は損なわれはしない。それに、ロンドン行きは母上と父上の望みでもあるんだ。社交シーズンを一度か二度経験すること。そして幸せな結婚をして、家族を持つ」

ペニーはぐいと顎をあげた。「もしほかの夢があったら？」

アレクサンダーはほほえんだ。「どんな夢だ？」

ペニーはひと房の後れ毛を耳にかけた。「もし……わたしも世界を旅したいと思っているのだとしたら？　世界じゅうの名所を訪れたいと……」

「それならいつだって後押しするとも」

「わたしは公爵の娘よ。社交界はそうは思わないでしょう」

最初の勇ましさは影をひそめて、いまは若さと不安が声ににじみ出ていた。

「なんと言われようとかまうものか。おまえには公爵の兄がついているんだ。なにをしようと後押しするとも。もちろん、常識の範囲でだが」

ペニーはくすくす笑った。「お兄さまに恥をかかせるようなことはしないわ」

「それはどうかな。その豚をロンドンに連れていくつもりなんだろう」

ふたりはそのまま、美しい湖と沈みゆく夕日を無言で眺めた。「ロンドンに行ったら、おまえに会いにいこう」アレクサンダーはつぶやいた。

ペニーがいきなり目の前に来て、鳥の群れが湖面にさっと降下して魚を捕まえる光景をさえぎった。

「約束してくれる?」ペニーは真顔でささやいた。

「体力がついたらそうするさ。おまえのそばにいて、遊び人やろくでもない男が近づいてきたら剣を突きつけてやる」

ペニーはほっとしてほほえむと、少しためらって言った。「……ミス・ダンヴァーズのことはどうするの?」

「おまえは会いたければ会えばいい」

「婚約は?」

「もう終わったことだ」

ペニーは兄の顔を探るように見た。「ミス・ダンヴァーズはもう婚約者ではないと公にするの?」

なぜ胸がこうも締めつけられるんだ？「わたしがそんなことをしたら、ミス・ダンヴァーズの評判は地に落ちてしまう。彼女のほうでわたしに愛想を尽かしたことにするほうがいい」

ペニーはため息をつくと、かがんで兄の頬にキスした。「愛してるわ、お兄さま」

アレクサンダーは体を起こそうとしたペニーの肩をつかんで抱き寄せた。「わたしも愛している。さあ、戻って荷造りに取りかかるんだ。なにもかもうまく行く」

彼が手を離すとペニーはうなずいたが、まだぐずぐずしていた。

「あの方を愛してる？」ペニーはささやいた。「ミス・ダンヴァーズを……愛してる？」

刺すような痛みが胸を貫き、自分の体が内側からふたつに裂けてしまうような気がした。その感覚があまりに突然で真に迫っていたので、彼は思わず胸を押さえた。「おまえに愛のなにがわかる？」

ペニーはいっとき考えて答えた。「お兄さまがミス・ダンヴァーズにほほえんだときに表れていたのが愛だと思うの。ほんとうよ、それもしょっちゅう。だれにも見られてないと思って油断しているときに、そう顔に書いてあった——それとも、思わず顔に出てしまったのかもしれないけれど。ミス・ダンヴァーズが廊下を歩いていると、お兄さまはあの方に気を取られて——というより、うっとり見とれて、そしてほほえむの。一日のうちに、何度かそんなことがあったわ。まるで、ミス・ダンヴァーズを見るときだけ気持ちが明るくなるみたいに。それが愛ならどんなに素敵かしら」

くそっ。アレクサンダーはごしごしと目をこすった。「ペニー……」

「わたしではどうにもならないと思うの」ペニーはなにも聞こえなかったようにつづけた。「何度となく考えたんだけれど――もしわたしがお兄さまと同じくらいひどいやけどと骨折に苦しんで、悪夢にうなされ、一生まともな生活ができないかもしれないと怯えていたら、そんな人生に耐えられるかしら？　お兄さまだって、あきらめようとしていたときがあったでしょう？　昔、お兄さまの部屋に入るなと言われていたのに忍びこんだとき、お兄さまのまわりに、甘くて恐ろしいにおいの煙が立ちこめていて……アヘンだと、召使いたちがひそひそ話していたわ。お城の空気もそのにおいがして、自分の部屋を抜けだしてお兄さまの部屋に近づくと、お兄さまが苦痛と悲しみでわめいているのが聞こえるの。それで、お兄さまのベッドに入りこんで、手を握って、お兄さまにそばにいてほしいと伝えたこともあった」

ペニーは流れる涙を拭った。「憶えてる、お兄さま？」

「憶えているとも、ペニー」それは、絶望の暗闇に差しこんだ一条の光だった。

「お兄さまには幸せになってもらいたいの。愛し、愛されるようになってほしい。わたしはロマンチックなことはあまり詳しくないかもしれないけれど、キティが――キティがお兄さまを見つめる目にはいつも、こちらが恥ずかしくなるほどひたむきな思いがこもっていたわ。そして、その気持ちは片思いなんかじゃなかった。そんな女性をみすみすあきらめるなんて、ほんとうにとんでもない大ばか者よ！」ペニーは顔を赤くした。「はしたない言葉でののしったことは謝らない。わたしの知っているお兄さまは、怖じ気づいたりしないし、愚かなことをしないはずよ。どうか、そんなことをしないで――キティはお兄さまにとって、ほんとうにかけがえのない人だから」

そう言い残して、ペニーは立ち去った。

アレクサンダーは車椅子の向きを変えて妹を見送った。この十年で、ペニーは驚くほど成長した。こんなに聡明で、思いやりのあるレディになるとは……。

キャスリンはかけがえのない人だ。そのことは、彼女がもう東の翼で眠っていないことをひしひしと意識した最初の夜に認めたはずだった。おかげでその夜は眠れなかった。翌日の夜もだ。疲れきって、四日目の夜に車椅子で部屋を出て廊下をうろうろした。自分のなかに生まれつつあるなじみのない嵐を鎮めたくて。

草を踏みしめる音がして、湖のほうを振り返った。ユージーンが苦しそうに顔をゆがめて立っていた。

「ペニーとのやりとりを聞いていたのか」アレクサンダーはつぶやいた。

ユージーンは遠い山並みにいっとき目をやった。「ロンドンで、ミス・ダンヴァーズを訪問しようと思っていた――わたしとの結婚を考えてくれないかと思って。だが、いまは違う……きみは彼女を愛している。さっきペニーが話していたときのきみの顔を見たが、アレクサンダー、あれほど切ない思いがありありと表れた顔は見たことがない。お願いだ。きみの気持ちを聞かせてくれないか」

しばらく沈黙があったが、しまいにアレクサンダーは口を開いた。「ミス・ダンヴァーズの揺るぎない友情と信頼をものにし、残されたみじめな人生で毎日彼女の笑顔を見ることには、なにものにも変えがたい価値がある」彼は目をちくちく刺す涙にひそかに腹を立てながら額を叩いた――こともあろうに、公爵がなんというざまだ――地獄の苦しみに耐え、不屈の意志で新たな自分に生まれ変わった男に、涙はふさわしくない。それなのに、喉の奥まで焼けつくように痛んでいた。

「夜にだれかがそばにいたらどんなふうだろうと、よく考えたものだ。妻であり、友人であり……恋人でもある女性がいて、悲しみや夢、喜びを分かち合えたら……。ミス・ダンヴァーズにわたしがふさわしくないことはわかりきっていたから、彼女に恋をしないように必死であらがった。しかし、彼女がかき立てたこの気持ちは変わらない。ふたりの出会いがどれほどあり得ないことだったかを思って、怖くなるときもあった。もしミス・ダンヴァーズが偽りの婚約相手に別の男を選んでいたら？　もし違うやり方をしていたら？」アレクサンダーはつぶやいた。「彼女を知っていたら、きっと恋しくなっていただろう、ユージーン。彼女の笑い声や快活さ、彼女の味や感触を知っていたらそうなる。まだ幸せになれるとわかっていたらそうなるはずだ」

「それならなぜ、平気で行かせるようなことをしたんだ？」

「平気ではない」アレクサンダーはかすれた声で言った。「彼女がいない世界は暗闇のようだ。そしてわたしは、彼女を傷つけてしまった――かけがえのない人なのに」

アレクサンダーはどうかしてしまいそうなほど動揺していた。なんと愚かだったのだろう。

あれほどの女性はどこを探しても見つからないのに。

何年も孤独だった。手を差しのべられても、弱者扱いされるのがいやで拒んだし、不自由な体で、あらゆる好意――共感や好奇心、愛、理解を冷たく突き放してきた。キャスリンが示してくれたそんな好意も――彼女の笑顔や優しさ、すべてを受け入れる懐の深ささえも。

しかしキャスリンは、そんな男でも好いてくれているようだった。

これほど愚かなことをして、どこからはじめればいいのだろう？……公爵夫人の称号以外に与えられるものなどないのに。

とにかく、黙っていてはいけない――心の声がささやいた。

アレクサンダーは手紙と祈りからはじめることにした。

21

キティはアレクサンダーの城を出発して数日後にロンドンに到着したが、その帰還は少しも話題にならなかった。新聞記事のなかには、ミス・ダンヴァーズは公爵と駆け落ちしてひそかに結婚したのではないかと勘ぐっているものもいくつかあったが、彼女が三週間近くロンドンを留守にしていたことについて触れている記事はほとんどなかった。家族は彼女がいなくてもうまくやっていたようだし、妹たちは上流階級の人々に親切に受け入れてもらっていることをたっぷりと時間をかけて楽しそうに話してくれた。この数週間のうちに、妹たちのところに届いた舞踏会や大夜会、ピクニックへの招待状は、キティが社交界入りしてから三年のうちにもらった招待状より多いくらいだった。

ミス・ローラ・パウエル——二十六歳のとても魅力的で、しっかりとした良識あるレディが、ヘンリエッタの家庭教師として雇われていた。ミス・パウエルとヘンリエッタはとてもうまが合うらしく、ヘンリエッタは彼女から学ぶのをとても楽しみにしているようだった——キティにはけっしてできなかったことだ。ヘンリエッタはいつも、ラテン語と地理と文学の授業をいやいやながら受けていた。それがいまは、毎日ハミングしながら、いそいそと勉強に取り組んでいる。

そうした家庭教師の報酬で、ソーントン公爵にいずれ返さなくてはならない借金の金額はさらに増えていた。キティはアレクサンダーを思って、切ないため息を漏らした。いまは寒々としてむなしい気分だし、心も打ちひしがれている。彼の言葉は毒を塗ったナイフとなって、思い出すたびに心に突き刺さっていた。

キティは自分のなかの奥深くに、麻痺した部分があることに気づいた。夜に暗闇のなかで彼のことを思っていると、それが消えて、震えるほどの怒りが湧きあがってくる。それから、その怒りががらりと切ない憧れに切り替わり、涙がこみあげてくるのだ。キティはそんなふうにめまぐるしく変わる感情に振りまわされるのがいやでたまらなかった。なぜなら、公爵はもう彼女のことを思ってもいないからだ。家族のために、彼女は表向き冷静を保って、なにもかもうまくいっているように振る舞わなくてはならなかった。

アレクサンダーの名づけ親、レディ・ダーリングはキティの妹たちを喜んで庇護してくれた。レディ・ダーリングと彼女の母親と共に午後の大半をお茶を飲みながら過ごして感じたのは、これまで無名だったダンヴァーズ家の娘たちを社交界の人気者にする役目に、レディ・ダーリングが張りきって取り組んでいるのではないかということだった。その役目で、伯爵夫人は退屈を忘れて生き生きしているように思える。

「それで、わたしの名づけ子はどんな様子だったのかしら？」ダーリング伯爵夫人はお茶をひと口飲むと、カップ越しにキティの様子を窺った。

キティは口のなかがからからになった。落ち着きなく母のほうをちらりと見て、彼女は言った。「お母さま？」

キティの母親はすっと息を吸いこんで答えた。「レディ・ダーリング――ソフィアとわたしは、気の置けないお友達になったの、キティ。ほんとうのことをお話ししたのよ。あなたがダービーシャーでなく、スコットランドのソーントン公爵のところにいると……。あなたは数日前に戻ってきたけれど、ずっと悲しい目をしているわ。わたしたちはなんとかして力になりたいの」

キティは思わずうめきそうになったが、どうにか平静を保った。それでも顔が赤くなっているのがわかる。華奢（きゃしゃ）な陶磁器のティーポットを持ちあげてカップにお茶を注ぎながら、懸命に頭を回転させて答えを考えた。

レディ・ダーリングがほほえんだ。「秘密は守るから安心していいのよ。あなたがあんな僻地でアレクサンダーと一緒にいると聞いたときは、どんなにうれしかったか……。あの子のことは、だいぶ前にあきらめていたの。婚約の知らせが社交界を駆けめぐったときは、また根も葉もない噂が広まったと思ったわ。ほら、これまで山ほどそんな噂があったでしょう。でも、あなたのお母さまが、まっとうな婚約だと請け合ってくださったの。どうかそのことでお母さまを責めないでちょうだい」

レディ・ダーリングはティーカップを置くと、ドレスのスカートを整え、キティをじっと見つめた。「それで、キャスリン、どうしてあなたはいまここにいるのかしら？」

それは、アレクサンダーに冷たい目で帰るように言われたから。彼にとってわたしがただの退屈しのぎで、わたしが片思いをしていただけだから。

彼がわたしを愛していないから。

あのときのことを思い出すと、胸がつぶれそうになる。世間知らずの小娘のように、涙で目をいっぱいにして部屋を飛びだすなんて。確実なことを約束されたわけでもないのに、なにを期待していたの？

あれから大急ぎで荷造りをして、ユージーンとペニーにさよならを告げた。ペニーはびっくりして、引き留めようとしてくれたけれど……。召使いたちはうち沈み、家政婦は悲しげな目をして、メイドの何人かは洟をすすっていた。執事がまた戻られますかと思いきって尋ねてきたけれど、なんの約束もできなかった。ふたつのトランクケースと小さな旅行鞄を積みこんで、馬車は公爵の城を離れた。

——きみにはもううんざりだ……さあ、行ってくれないか。

「どうしてなの？」レディ・ダーリングが重ねて尋ねた。

「お言葉ですが、奥さま……ここはわたしの家ですから、わたしがいるのは不思議なことではありません」——少なくとも、いまのところは。でも、すぐに新しい住まいを見つけなくてはならない。もう公爵の好意に頼るわけにはいかないのだから。そうでなくても、彼に借りているお金はとっくに莫大な金額になっている。「それに、公爵閣下からロンドンに戻るように言われたのです」

母とレディ・ダーリングは揃ってぎょっとした。

「つまり——」レディ・ダーリングは咳払いをした。薄青い瞳を心配そうに曇らせている。

「婚約を解消したということ？　だから戻ってきたの？」

ふたたび沈黙があった。炉棚の置き時計が時を刻む音だけが聞こえる。

「マクマラン城を出る前に、わたしたちの――〝婚約〟については、とくに話しませんでした」声を絞りだすようにして話した。踏みとどまってもっと努力するべきだったのかもしれないと思ったのは、これが最初ではなかった。でも、それでどうなるの？　もっと屈辱的な事実――ふたりのあいだに燃えあがったやみくもな情熱に心まで奪われたのは自分だけだったこと――を突きつけられるだけだ。

「それは、あなたの名誉が傷つけられたということなの？」レディ・ダーリングは険しいまなざしで尋ねた。

まるで、アレクサンダーをひとり残してきたことを責めるような口ぶりだった。キティはふしだらなことを思い出してどぎまぎした。彼のキスの味も、体が疼いていたことも憶えている。キティはしだいに落ち着きを失い、顔を赤くした。

キティの様子に気づいてレディ・ダーリングは目を大きく見開き、母は気絶しそうになった。

「キャスリン！」母は声をあげると、青と銀の模様が描きこまれた美しい扇子をせわしなく動かした。けれども、母親らしい気づかわしげな表情を浮かべる前に、母がレディ・ダーリングのほうを得意げにちらりと見たことにキャスリンは気づいた。

「アレクサンダーが無理やりそんなことを？　そんな子ではないはずだけれど……」レ

ディ・ダーリングは独り言のように言った。

「誓って、そのようなことはありません」キティは顎をぐいとあげた。「マクマラン城に付き添いなしで滞在したのは不適切なことでした。けれども幸い、世間に知られずに、こうして家に戻っています。アレクサンダーに対するわたしの気持ちについてもっと知りたいことがおありでしたら、閣下ご本人とお話しください、レディ・ダーリング」キティは顎を震わせ、涙が湧きあがるのを懸命にこらえた。「大変申し訳ありませんが、頭が痛いので……部屋にさがらせていただきます」

キティは立ちあがると、さっとお辞儀して客間を出た。そして階段を駆けのぼって自分の部屋に戻ると、ばったりとベッドに倒れこみ、柔らかな枕に顔をうずめた。暖炉で赤々と火が燃えて広々とした寝室は暖かかったが、体の芯は冷えきっていて、けっして温まりそうにない。

キティはそのまま分厚い毛布にくるまって眠ろうとした。まぶたを閉じ、呼吸が穏やかになると――いつしか別の病に苛まれていた。アレクサンダーの夢――というより、ふたりが分かち合った、優しくみだらなひとときが入り交じった白日夢……。

「どうしてどうでもいい相手をこんなに苦しめるの！」枕に叫んだ。むせび泣きながら体を起こし、ベッドの端に腰掛けてシーツを握りしめた。

ノックの音がした。キティが返事をする前にドアが開いて、アナが飛びこんできた。危うく気を失いそうな顔をして――見ようによっては怯えているようにも見える。両手でボンネットを押しつぶし、ドレスの裾には草の染みがついていた。

キティは驚いて、よろよろと立ちあがった。「アナ、どうしたの？」

「ああ、キティ……」アナの目は涙で濡れていた。「わたし……わたし……」アナは声をあげて笑ったかと思うと、わっと泣きだした。

「それではわからないわ。なにか落ちこむことでもあったの？」

「いいえ、とんでもない」アナは暖炉のそばにある長椅子の上にボンネットを放ると、両手を組み合わせてにっこりとほほえんだ。「ウィリアムから……結婚を申しこまれたの！」

ウィリアム？　キティはいっとき戸惑ったが、すぐに思い当たった。「リントン卿と婚約したの？」

アナは幸せそうにうなずいた。細かい巻き毛が頬に当たって揺れている。「ついさっき、公園を散歩しているときに申しこまれたの。今夜ご自分のお父さまと話して、明日の午前中にここに来てお母さまと話すそうよ。ああキティ、緊張するわ。もしリントン卿のお父さまが結婚に反対するとしたら、それは――」

キティは妹に駆けよって抱きしめた。「それはあなたが素晴らしく魅力的で、とびきり優しくて、無私無欲で、このうえなく感じがいい素敵な女性だから？　持参金はないかもしれないけれど、あなたの妻としての資質がそれで決まるわけじゃないもの。リントン卿にはそれがちゃんと見えていたのよ。たぶん、あなたの救いがたいほどロマンチックな性格に恋をしたんじゃないかしら」

ふたりは笑いながら体を離した。

「お父さまが生きていたら、さぞかし誇りに思ったでしょうね。お姉さまが公爵と結婚して、わたしが男爵と――心から愛している男性と結婚するなんて。天国があるなら、いまごろお父さまは大いばりで歩きまわってるんじゃないかしら」

「きっとそうしてるわね」キティはつぶやいた。そして、涙がいきなりぼろぼろとこぼれたことに自分で驚いた。「ああ、アナ！　どうか許して！」

アナは気づかわしげな表情を浮かべると、キティをそっと長椅子に引っ張ってふたりで腰をおろした。「いいえ、わたしのほうこそ自分の幸せばかり考えてしまって……。ゆうべお姉さまが悲しそうな目をしていることに気づいてはいたんだけれど、お姉さまのほうから打ち明けてくれるまでそっとしておこうと思ったの」

「あら、あれはなんでもないの。とにかくひどい長旅で、神経がすり減っていただけ。たっぷり休んだら元気になるわよ」

アナはキティの手を両手で包みこむと、心配そうに眉をひそめた。「わたしたちは、以前のようになんでも話せる仲ではなくなってしまったの？」

キティは唇を開いたところで、それ以上嘘を言うことに耐えられなくなった。「ソーントン公爵とわたしは婚約していないの」目を閉じて、一気に言った。

「あんなにつらそうな顔をしていたのは、そういうわけだったのね。あれほど大っぴらに告知した以上は――」

「婚約なんて最初からしていなかった」キティは声を絞りだした。涙があとからあとから湧いてくる。「わたしの作り話だったの。そして、ばかみたいにその人に恋をしてしまった。ほんとうは、ダービーシャーでなくスコットランドの公爵のところにいたのよ。そして、なにもかも台なしになってしまった……。でも、あなたが婚約したのなら、わたしたちが助かる見込みはまだあるかもしれないわ。それに、いったん婚約解消したことが知れわたってしまえば、あとはそれほど厄介なこともないでしょう」それからキティは、今回の計画を最初から話して聞かせた。

「そんな……そうまでしてわたしたちのためにわが身を犠牲にしていたなんて……」アナはささやいた。「お姉さまのとっぴな企てがなければ、ウィリアムとわたしはきっと出会わなかった。婚約できたのはお姉さまのおかげよ」

キティはそれを聞いてうれしくなった——たとえその代償が、いまずっしりと肩にのしかかっていても。そう、後悔はない。同じ状況になったら、家族のためにまた同じことをするつもりだった。

「あなたを愛してる。お母さまも、ヘンリエッタも、ジュディスも」キティはそっと言った。「自分がしたことをやましいとは思ってないわ」

「やましく思うことなんてないわよ」アナは涙を浮かべてほほえんだ。「キッチンからワインかポートワインを持ってくるわね。スコットランドであったことをぜんぶ話してちょうだい」

そしてふたりはワインを飲み、キティはほろ酔いかげんで妹にすべてを打ち明け、妹は姉を責めることなく耳を傾けた。

キティがロンドンに戻ってから、さらに一週間が過ぎた。キティはそのあいだ、いつ公爵からの告知が新聞に出るかと気が気ではなかった。『ミス・キャスリン・ダンヴァーズとソーントン公爵閣下との婚約は無効となる』――そんな告知を予想して、キティは醜聞に勇敢に立ち向かおうと覚悟を決めていた。

だが、目に止まったのは、〈タイムズ〉、〈ガゼット〉、〈モーニング・クロニクル〉に掲載されたミス・アナベル・ダンヴァーズとウィリアム・リントン男爵との婚約だけだった。もちろん、もっと低俗な新聞はふたりの婚約を大きく扱い、急に婚約が告知されたことについて下世話な憶測を繰り広げていたが、妹たちと母の喜びを翳らせるようなことはなにひとつなかった。それさえわかれば充分だ。

結婚の準備は速やかに進められ、アナとリントン男爵はハノーヴァー・スクエアの聖ジョージ教会でわずか三週間後に式を挙げることになっていた。花嫁衣装はすでに注文してあって、婦人服の仕立屋とお針子の一団が、アナの晴れの日に間に合うように休むことなく働いている。

母と娘たちは、花嫁の装いに必要な花の種類や新婚旅行の行き先についてにぎやかにおしゃべりしていた。人気の行き先はイタリアだ。アナの幸せそうな顔を見るたびに、キティの胸はちくちくと痛んだ。そんなときはきまって、妹の幸せに一瞬でも嫉妬した自分が情けなくてたまらなくなる。

キティは騒々しい朝食室を出て、ボンネットとショールを取りに自分の部屋に向かった。頭を冷やすのにゆっくり散歩して友人を訪問するのは少しもおかしいことではない。そうすれば、心のなかを蝕んでいる悲しみも紛れるはず……。廊下に出たキティは、見事な花束を持っていた従僕と鉢合わせした。

「お嬢さま宛に届きました、ミス・キャスリン」従僕はそう言って、彼女に近づいた。

キティは首をかしげた。「アナでなくわたしに？」

「はい、お嬢さま。使いの少年がミス・キャスリン・ダンヴァーズにと申しておりました」

キティは黄色いバラと白いバラがいきなり襲ってくるような気がして、こわごわ花束に近づいた。これまで花束を受けとったことなど一度もなかったので、どう受け止めればいいのかさっぱりわからない。花束のなかに手紙が挟まっていたので、キティは震える指先で取りあげた。

ミス・ダンヴァーズ

残念ながら、きみの好きな花を聞いていなかった。わたしはサクラソウがとりわけ好きだ。

アレクサンダー

キティは目を丸くして手紙を見つめた。いったい、どういうつもり？　ロマンチックでない手紙なのはたしかだった。こちらの心を深く傷つけたことを謝るでもないし、悔いている様子もない。どうして花束をくれたのかしら？　キティはバラに顔を埋めて、香りを深々と吸いこんだ。

彼女は従僕にほほえんだ。「ありがとう、モートン」

モートンはさっとお辞儀して、召使い用の階段に向かった。キティは狭いほうの居間に行って、窓際のクルミ材のテーブルの上に花束を置いた。それから書き物机に近づいて紙を一枚取りだすと、羽根ペンをインク壺につけてさらさらと書いた。

　親愛なるアレクサンダー

　わたしはブルーベルとライラックが好きよ。

キティ

これなら彼の手紙と同じくらい淡々として、どうということのない手紙だ。礼儀にもかなっている。それでいて、キティ・ダンヴァーズについて彼の知らなかったことをほんの少しだけ明かしていた。

体調や回復の具合を知りたくてたまらなかったが、彼はなにも書いていなかった。こちらが心配しているとわかっているはずなのに……。たぶん、体が不自由なことを前提にしてほしくないのだ。それとも、同情してほしくないのかもしれない。そんな姿勢は尊敬に値するけれど、それでも彼がどんなふうに過ごしているのか、気になって仕方がなかった——もし体調が悪化したら、ペニーかユージーンが手紙で知らせてくれるはずだけれど。

キティは手紙に封をすると、メイドを呼んで、執事にすぐ投函してもらうように言いつけた。そして、ぐずぐずせずに友人を訪問することにした。公爵のことは一切考えない。

それから何日かたった。その日の三時きっかりに、新たな美しい花束と革張りの小さな本が届いた。幸い、母と妹たちはレディ・ダーリングと一緒に庭園にいる。キティはこわばった笑みを浮かべて執事から花束と本を受けとると、自分の部屋に急いだ。不安と期待でいやになるほど手が震えて、心臓がどきどきしている。ドアを後ろで閉め、しばらく寄りかかって気持ちを落ち着けた。

窓際に置いてある長椅子に腰掛け、手紙を開いた。

親愛なるキャスリン

わたしは雨が好きだ。わが領地の近くにある断崖に立って、激しい雨に打たれることがよくある。ジョン・ダンのこの詩集を気に入ってもらえるといいのだが。

アレクサンダー

「ひどい人!」キティは叫んだ。どういうつもり? 胸の奥に、ふつふつと怒りが湧きあがった。どうして人の気持ちをそんなに残酷にもてあそぶの? ふたりのあいだでなにも解決していないのに、花束やばかげた手紙を送りつけて……何度も何度も読み返したせいで、しまいに手紙はしわくちゃになってしまった。

次に届けられたのは、ブルーベルとライラックのこのうえなく美しい花束だった。そして、腹立たしい手紙も。

親愛なるキャスリン

わたしは青が好きだ。温かい感じがする。青(ブルー)という言葉の響きもそうだ。きみの笑顔を思い出す。

アレクサンダー

さらに何日か過ぎたころ、少なくとも八通の手紙の束が届いた。まるで毎日手紙を書いて、それを一度に送ったみたいに。ここまでされると気づかないわけにはいかない——以前に「ソーントン公爵から手紙と詩で口説かれている」と嘘をついて、上流階級の人々をだましたことを。

わたしを口説いているの、アレクサンダー? キティは心のなかで問いかけた。

震える指で手紙をまとめている青いリボンをほどき、最初の手紙を読んだ。

親愛なるキャスリン

きみと友達付き合いしていたころが懐かしい。気がつくと車椅子であの木の下に行って、きみとふざけたことを思い出している。この前も雲を眺めていたら、なんと二十人ほどの楽団が空で演奏していた。きみの笑い声や笑顔が懐かしい。きみの厚かましい振る舞いさえも。

アレクサンダー

大切なキャスリン

呼びかけ方が変わって、キティはどきりとした。どういうわけか、〝大切な〟という呼びかけが、〝いとしい〟と同じくらい甘く優しい言葉に思える。

気持ちを落ち着けて、手紙に目を落とした。

ゆうべ、冷たい夜空を流れる星に願いをかけた。そんなことをしようと思い立ったのは、きみと出会ったからにほかならない。

アレクサンダー

大切なキャスリン
ペニーから今日、子豚の贈り物をもらった。なぜ子豚がふさわしい贈り物になると思ったのか見当もつかないが、この子豚には〝ハティ〟という愛らしい名前がつけられていて、見ているときみを思い出す。

アレクサンダー

キティは怒り、声をあげて笑い、しまいに泣きだした。そのほかの手紙は長かったが、どの手紙にもなんの約束もなく、なんの告白もなかった。それでもキティは何度か読み返した。それから、返事を書いた。

大切なアレクサンダー
しばらく考えてみたのだけれど、どうしてハティを見ているとわたしを思い出すのかしら。

キャスリン

このうえなく素っ気ない書き方になったが、彼が愛を語らないのに自分の気持ちを伝える気にはなれなかった。
返事はすぐに来た――まるで、返事をいつでも出せるように、数人の従僕を馬と一緒に待機させているみたいに。その様子を想像すると切なくなったが、キティの口元は自然とほころんでいた。

大切なキャスリン
きみと子豚は同じくらい図々しい。ハティは自分が子豚だとわかっていなくて、わたしのベッドで眠ろうとする。
アレクサンダー

それから、これまで以上に短い手紙が来た。キティはそれを読んで、しばらく息ができなくなった。

大切なキャスリン
ほんとうにすまなかった。
アレクサンダー

キティは気を紛らわせるために母やレディ・ダーリングと一緒に社交の集まりや博物館や美術館に出かけたが、そんなことをしてもますますみじめになって気持ちが沈むばかりだった。家族は彼女の元気がないことに気づいて、具合が悪いのではないかとひんぱんに聞いてくる。キティは明るく振る舞おうとして、ゆうべは舞踏会に出かけたくらいだった。

アレクサンダーが恋しくて、ほんとうに胸が締めつけられるような気がした。もちろん、そんなふうになるのはばかみたいだと思う。彼のほうは、そこまで会いたいとは思っていないのだから。キティ・ダンヴァーズにいっとき興味をもっただけで、すぐに飽きてしまっただけ。彼の斜にかまえた不届きなところに惹かれて恋に落ちたのは、自分が愚かだったからにほかならない。

ただ……もう興味を持ってないなら、どうして花束や手紙を送ってくるの？　ああ、どうかあの人が明け方のまどろみのなかでわたしの夢を見てうなされますように――あの人が甘く熱い思い出のなかでわたしを悩ませるように。

会いたいという気持ちが高じるあまり、自分がまっぷたつに裂けて、そんな思いさえなくなってしまうような気がするときもあった。わからない。これがほんとうに愛なの？　こんなふうにあの人に会いたい、触れたい、キスしたいと切ないまでに望むことが？　ふたりが一緒にいることをあんなにも簡単にあきらめた彼がうらめしくて、キティは夜になるとむせび泣いて枕を濡らした。そんな自分が恥ずかしくて、腹立たしかった。

どうして花束や、癪に障る手紙を送ってくるの？　キティはそう思ったが、彼に説明を求めるつもりはなかった。自分が意地になっているのはわかっていたが、そんなやり方で傷つけられたのが許せなかった――たとえ彼をまだ愛していても。

この胸が張り裂けるような痛みはなに？　キティは苦しみながらも、母と妹たちの前ではなるべく明るく振る舞うようにしていた。公爵についてなにか質問されても、彼がいつ社交界に戻ってくるのか聞かれても、巧みに質問をはぐらかした。

数日後、キティはレディ・ハドリーの真夜中の舞踏会で、人混みのなかにいた。今夜は楽しもうと決めている。服装はお気に入りの一着で、象牙色のレースのオーバースカートを重ねた濃い黄色のサテンのガウンに、同系色の肘まである革手袋を合わせていた。髪は優雅にまとめて、ふわふわの巻き毛で顔を縁取るようにしてある。そんなキティに今年の社交シーズンでもっとも人気のある紳士たち数人が称賛のまなざしを向けていたが、彼女の胸は少しもときめかなかった。

サンズ侯爵からダンスを申しこまれたのは意外だった。彼ほど地位も財産もある紳士からダンスを申しこまれたらどんな女性でも一目置かれるし、家族も社交界でないがしろにされなくなる。それでもキティは、彼の腕のなかにつかの間でも自分がいることを想像できなかった。来る日も来る日も、夢見るのはアレクサンダーのことばかりだったから。

「お声をかけていただき光栄ですわ。ただ、今夜はそんな気分ではありませんので……」

侯爵は黙りこんだ。どう思ったのか、表情からは読み取れない。漆黒の髪と夜を思わせる瞳が魅力的な、とびきり容姿端麗な男性。こちらが落ち着かなくなるようなそのまなざしが、壁際にいた女性――〈罪深き壁の花たち〉の一員で、ひそかに侯爵に思いを寄せているシャーロットにさっと向けられた。シャーロットはダンスを踊っている男女をうらやましそうに眺めながら、つま先で床を叩いてリズムを取っている。一瞬、侯爵の顔に荒々しく、物欲しげな表情が浮かぶのを見て、キティの口のなかはからからになった。

落ち着きを取り戻すのにしばらくかかった。サンズ卿は、シャーロットが彼に思いを寄せているのと同じくらい彼女を思っている。

「もしかして、ミス・ネルソンにお声をかけたほうがよろしいのでは……」キティはそっと促した。こんなお節介をして、シャーロットが喜ぶかどうかわからないけれど。

侯爵は黒曜石のような瞳をふたたびキティに向けて、奇妙な笑みを浮かべた。「あなたが踊ってくださらなくて残念だ、ミス・ダンヴァーズ。では楽しい夜を」彼はそう言い残すと、さっとお辞儀して人混みに姿を消した。

シャーロットも彼に気づいて目で追っていた。だれが見ても侯爵に好意を抱いているのがわかる。

愛はままならない。シャーロットの父は妻と娘に借金を残して亡くなった。だからシャーロットは裕福な結婚相手を見つけなくてはならないが、女相続人がうようよいる社交界で、彼女のような貧しい壁の花に目を留めてくれるような紳士はひとりもいない。彼女の母親は娘によい相手が見つかるようにと、今年のシーズンのために最後の蓄えを使い切ってしまったというのに。

キティは通りかかった従僕の盆からシャンパンのグラスを取ると、シャーロットに近づいた。シャーロットは彼女に気づいてにっこりすると、青い瞳をうれしそうにきらめかせた。彼女の美しさには独特の魅力がある。日光に当たるとすぐにそばかすができるほど白い肌。

だれよりも黒い髪。みんなで彼女をよく〝白雪姫〟と呼んでふざけたものだ。

「ああキティ、ほんとうに退屈だわ」シャーロットは挨拶がわりに言った。

「もしかして、年を取ったせいかしら」キティはおどけた。

シャーロットはレディらしからぬ表情を浮かべて言い返した。「ええそうね、ふたりとも二十三の老いぼれだもの」

ふたりは笑った。

「将来のことを決めたの」シャーロットがいきなり言った。

キティはシャーロットの手を引いて、上階の室内バルコニーに向かった。そこなら笑い声やおしゃべりの声がうるさいぶん、話を人に聞かれる心配がない。

「実は……サンズ侯爵が愛人を探しているの。申し出てみようかと思って」

「シャーロット！」

シャーロットは少しやましい表情になった。「もう、残された手だてはほとんどないのよ」少し考えてつづけた。「そういう、後ろ暗い道しかないの」

「わたしが思いついたもくろみより、はるかに不届きだわ！」キティはたちまち引きこまれた。

「侯爵はわたしがほしくてたまらないみたい……それで、わたしを囲うかわりに、こちらの申し出る金額を払ってもいいと思っているようなのよ」

シャーロットがあんまり切なそうに言ったので、キティまで胸が苦しくなった。「でも、そんなにあなたがほしくてたまらないなら、なぜ結婚を申しこんでくださらないの？」

シャーロットはいっときためらっていたが、少し顔を赤くしてキティの目を見た。「さあ……なにか複雑な事情があるんじゃないかしら」

キティは親友の肩にそっと手を置いた。シャーロットがこうと決めたらてこでも動かないことはよく知っている。「侯爵の腕に抱かれたら噂になって評判が台なしになると忠告しないわけにはいかないわ」

シャーロットはみるみる青くなった。そして両手を組み合わせ、もじもじしながら言った。

「貧乏で苦しむよりよりましでしょう」

キティはなにも言えなかった。

「さあ、この話はもうやめてほかの話をしましょうよ」シャーロットが小さく笑って言った。

ふたりはしばらくおしゃべりを楽しんだが、やがてシャーロットは人混みの熱気で頭が痛いと言いだし、翌週キティを訪問することを約束して家に帰っていった。

それからキティは、妹のジュディスを見て手を振った。近づいてきたジュディスのガウンを見て、キティは感心せずにはいられなかった。襟ぐりが繊細なレースで縁どられている黄色がかったピーチ色のガウンが、ほんとうによく似合っている。金色の髪は幾本もの愛らしいカールに分かれていて、リボンが編みこまれているけれど、本人が期待したほど大人びた雰囲気は醸しだしていない。

キティがスコットランドに行っているあいだ、母はレディ・ダーリングにすすめられてジュディスを外に連れだすようになっていた。ふさわしい紳士の目に留まるよう、女性らしい魅力に磨きをかけるのが目的だ。でも今夜、ジュディスはありのままの無垢なデビュタントに見えた——夢を打ち砕かれ、裏切られたせいで疲れはてている姉とはまったく違う。

「もう、舞踏会ってほんとうに素敵！　ダンスのしすぎで足が痛いわ」ジュディスは茶目っ気たっぷりにほほえんだ。

「たしかに楽しいわね」キティは調子を合わせた。

「楽しいどころじゃないわよ！」ジュディスはむっとした。「お姉さまとアナは、舞踏会や夜会がこんなにも素晴らしいなんて一度も話してくれなかったわ」と、きらきらした目で周囲を見まわしてつづけた。「新しいお友達のレディ・ジェインから、来週のレディ・ビードルの仮面舞踏会に出かけるか聞かれたの。なんでも、社交シーズンでいちばん楽しい催しになりそうなんですって。そんな舞踏会に行かないはずはないでしょう？　ねえ、お願い。お母さまを説得して、キティ！」

「あとでお母さまとアナと話してみるわ」キティはほほえんで約束した。

「よかった！　ジェインに、もしかしたら行けるかもって知らせてくるわ！」ジュディスはうれしそうに声を弾ませると、急いで友達のところに戻っていった。

その夜はとくにこれといった出来事もなく、淡々と過ぎていった。キティは必要なときはほほえんで笑ったが、だれに会ったかは霧が立ちこめたように思い出せなかった。しまいに思い当たったのは、自分がどういうわけか孤独だということだった。

キティはその後も、説明のつかない孤独感に毎日のように苦しんだ。けれども、思えば以前から——アレクサンダーと出会う前にも孤独を感じるときはあった。そんなときに感じる苛立ちに蓋をして、心のなかの空っぽの空間を家族に対する責任感で埋めていただけだ。

そんな孤独を、もうがまんしたくなかった。

アレクサンダーがこんな孤独のなかに何年もいたのだと思うと胸が痛んだ。知り合う前の彼はずっとひとりぼっちで、希望をなくしていた。そのうえ二度と歩けないと言われたら——あのとき彼の暗い目は、さらに自由を奪われることを覚悟していた。

そんなにわたしのことを浅はかな人間だと思っているの？　あなたが五体満足でなければ愛さないと？

そんなふうには思われていない気がした。では、終わりのない虚無を分かち合うことを拒否されるのが怖いの？　彼の別れの言葉がまだ脳裏に焼きついていた。

——きみにはもううんざりだ、ミス・ダンヴァーズ。

平然と言われたけれど、アレクサンダーの瞳は苦痛に満ちていた。苦痛と……不安と……もしかすると、愛に。

ああ、どうしたらいいのかしら？

22

ライムグリーンの昼用ドレスを着て、キティはカーブした階段を滑るようにおりていた。客間に親友たちが集まっているのは、今月の〈罪深い壁の花たち〉の集まりをキティのタウンハウスで開くことになったからだ。以前の質素な住まいでは一度も集まりを主催したことがなかったので、キティは今日の集まりを楽しみにしていた。いま必要なのは友人たちの助言と慰めだ。

客間に入ったキティは、オフィーリアとメリアン、ファニーがいるのを見てうれしくなった。三人は頭を寄せて、なにかの本の絵を見てくすくす笑っている。

「その本が、またあなたのお兄さまのところからくすねてきたものでなければいいのだけれど、メリアン」キティはだれにも話を聞かれないようにドアを閉めて言った。お茶とサンドイッチとケーキがすでにテーブルに並べてある。

「シャーロットは来られないかもしれないわ。お母さまに言われて、あのモーラー子爵と馬車で出かけなくてはならなくなったんですって」ファニーが本を閉じながら言った。「この前出かけたときに無理やり手ごめにされそうになって、パラソルで叩いたと言っていたのに。それでも誘ってくるなんて、どういう神経かしら」

「跡取りがほしいのよ」オフィーリアが鼻を鳴らして言った。「なにしろ二回結婚して、娘ばかり七人もいるんだから！　子爵が躍起になっているのをシャーロットのお母さまが楽しんでいるのが信じられないわ」

「しかも、子爵はシャーロットのお父さまより年上なのよ」メリアンが顔をしかめた。

「シャーロットはどんなに傷ついたかしら」キティはソファに座ってみんなの輪に加わった。

「シャーロットはサンズ卿を心から愛していると思うの。思いを寄せていない男性と無理やり結婚させられるなんてひどいわ！　なんとか子爵から逃れられるように助けてあげましょうよ」

キティがいつになく声を荒らげたので、友人たちは彼女の顔をまじまじと見た。

「みんなで知恵を出し合えば、かわいそうなシャーロットを救いだす計画をすぐにも思いつけそうだけれど――」メリアンが眼鏡を鼻の上にぐいと押しあげて言った。「でも、まずはあなたのことをなんとかしないと」

「わたし？」キティは部屋を見まわして話題を変えようとした。「ところで、エマはどこ？」

「そう、あなたよ」メリアンはぴしりと言った。「エマはコーンウォールのおばさまのお見舞いに行ったわ」

「あなた、ずっと元気がなかったでしょう」ファニーが全員にお茶を配りながら言った。

「わたしたちが、ゆうべの舞踏会であなたの笑みがこわばっていることに気づかなかったと思う？　さあ、スコットランドでなにがあったか話してちょうだい。あなたがどこにいたのか、もちろんオフィーリアから聞いて知っているのよ」

キティはオフィーリアをにらみつけたが、オフィーリアは無造作に肩をすくめただけだった。

「わたしたちには打ち明けないつもり？」メリアンが傷ついたように言った。

キティは胸が熱くなった。「もちろん、あなたたちに秘密にしているつもりはないわ。みんな心の友だし、秘密を守るとわかっているもの。いままでは、うじうじしていただけよ」そして深々と息を吸いこむと、公爵とのあいだにあったことを洗いざらい話した——アナに話さなかったことも含めて。たとえば、彼と何度かキスをしたこと……。

「公爵を愛してるのね」ファニーが目を丸くして言った。

「ええ。でもそれが癪なの。だって、アレクサンダーはわたしのことを愛していないんだもの。スコットランドから戻ってひと月たつけれど、そのあいだにあの人がしたことといったら、どうということのない手紙と花束を送りつけてわたしを苦しめただけなのよ！」

「それが愛なのよ！　あなたは公爵のことをほとんど知らないのね、キティ」オフィーリアが心底驚いたように言った。

キティはさっと立ちあがって、苛立ちもあらわに窓際に向かった。「ずっと怒りと悲しみに苛まれていたのに、手紙でまた切ない気持ちにさせられて——こんなに感情を揺さぶられるのははじめて。アレクサンダーが恋しくてたまらないと思っているのに、無性に怒りがこみあげてきて、泣いて、それからふたりでくだらないことをして過ごしたことを思い出して笑いだすのよ」キティが言葉を切って友人たちを見ると、友人たちはまじまじと彼女を見ていた。

「ふたりのあいだには特別な〝なにか〟があるの。ただ目が合っただけで火がついて、それがやがてとてもひたむきな〝なにか〟になる。そうなると息もつけないし、その人に対して感じている気持ちも現実とは思えなくなるの。そしてこれは賭けてもいいんだけれど――アレクサンダーも同じように感じているはずよ！　なんて憎たらしいのかしら！」

目を見開いてじっと話に聞き入っていたオフィーリアが、カップとソーサーをテーブルに戻して口を開いた。「相当神経をすり減らしているわね」

キティはふんと鼻を鳴らすと、むしゃくしゃして窓辺を歩きまわった。胸のなかにぽっかりと穴が空いて、そこにのみこまれてしまいそうだった。「アレクサンダーと一緒にいるときに見えたの」そこまで言うと喉が詰まって、涙があふれそうになった。

メリアンは立ちあがって窓辺に行くと、キティの手にそっと触れた。「なにが見えたの？」

「幸せよ」キティは目を閉じると、頬を伝う涙を苛立たしげに拭った。「うまく説明できないけれど、母や妹たちと暮らしていたときのわたしは、たしかに幸せだった――社交界でみんなの居場所を見つけるために、できることはなんでもして。でもアレクサンダーと出会ってからは、自分の……自分の幸せが見えるようになったの。それまで抱いたどんな願いとも違う――この先も胸に抱けるとは思えない希望が……。それは芽生えたばかりで力強くて、アレクサンダーがわたしの人生の重要な部分になるという確信で心を満たしてくれた。アレクサンダーはわたしの人生そのものではないけれど……でもわたしの人生を完全に満たしてくれた。そこではじめて、自分がいかに満たされていなかった悟ったの。そしてわたし自身も、アレクサンダーの幸せそのものだという気がするのよ。でも、アレクサンダーはわたしに手を差しのべようとしない。手紙や花束は送ってくれるけれど、愛や誓いの言葉はひとつもないの。わたしが魂のなかで感じているあらゆる感情を、ただ黙ってあざけっているのよ！」

「手紙にはどんなことが書いてあったの？」メリアンが尋ねた。

「どれも簡潔な手紙で……わたしが懐かしいとか……わたしのことを思っているとか」戸惑って答えた。「マクマラン城で一緒に過ごしたときには交わさなかった言葉が書いてあったわ。でも、そんなことを伝えたいなら、どうしてこんなふうに意地悪なやり方で、自分の気持ちもほとんど明かさずに手紙を送りつけるの？」

ファニーも立ちあがってそばに来た。「もしかして、怖いんじゃないかしら」

「怖い？」キティはかっとして声をうわずらせた。「あの人はソーントン公爵のアレクサンダー・マスターズよ。わたしのなにが怖いというの？」

「あなたをがっかりさせてしまうことよ。体が不自由なせいで、あなたを傷つけてしまうことを恐れているのかもしれないわ。あなたを愛するあまり、重荷になるより、あなたに自由に生きてもらうことを選んだのかも……」オフィーリアがつぶやいた。

「まさか。アレクサンダーのように不撓不屈で自信に満ちた人が、人の重荷になることを気にするなんて考えられない」キティは静かに言った。

そのとき、彼と湖畔で過ごしたときのことがよみがえった——きみと一緒に沈黙を分かち合いたい。

アレクサンダーは社交界と距離を置くことをみずから選んだ。そうやって何年も過ごしてきたのに、冷たくわびしい世界から踏みだし、ゴシップ紙や社交界の憶測をものともせずにキティ・ダンヴァーズに会いにこようとした。そこまで彼の興味を引き……彼に触れて……彼にキスした人は、もう何年もいなかった。

キティは指先で唇を押さえて、うっとりするような彼の味と感触を思い出した。力強く押してくる彼の体も。

けれども、胸を締めつけるのはそうした思い出ではなかった。思い出すのは、彼にからかわれ、うっとりし、笑って、幸せを実感したこと。だから自然体で、好きな夢を熱っぽく語っていられた。

彼は、図々しいところが好きだと言ってくれた。

そしてわたしは……彼を愛している。

「たしかにアレクサンダーは、不自由な体ではわたしの幸せの妨げになると言ったわ。そんなことはまったくないのに……。そして、こうも言ったわ。ふつうの男が女を愛するようにはきみを愛せない。子どもも作れないと。実は、その……親密なことをしていたときに、アレクサンダーがひどく体を痛めてしまって……」キティは顔を真っ赤にして息を吐いた。いまに

「それからは、どんなに慰めても、どんなに愛を伝えても、拒まれるばかりだった。

至るまで意気消沈しているのは、そういうわけなの」

キティの告白に、友人たちはしばらく黙りこんだ。

「でも、あなたはまだ彼を求めているのね？」ファニーがキティの表情を窺いながら尋ねた。

「ええ」キティは嘘をつけなかった。アレクサンダーに対する気持ちは偽りたくない。

オフィーリアがほほえんだ。「彼が来ないなら、あなたのほうから行かないと」

「行って、どうするの？」

「あなたと一緒になる運命だと説得するのよ」メリアンがきっぱり言った。「あなたは勇猛果敢で、新しい道を切り開ける人だわ。どんな困難があろうとへこたれない女性のはずよ」

キティは友人たちを見まわした。「それならアレクサンダーがわたしを説得するべきだわ！　あの人の決めたことを変えていいのか、わたしにはわからないもの。わたしを送り返したのはあの人のほうなんだから」

「くだらない見栄を張って怖がってるだけじゃないの、キティ」ファニーがささやいた。「あなたと公爵は一緒になる運命だと、とっくにわかっているはずよ。わたしたちに言われるまでもなく」

静かな言葉が、キティの胸に深々と突き刺さった。彼女は手で口を覆った。「でも、言葉でなんて伝えたらいいのかしら……」

オフィーリアは唇を引き結んだ。「誘惑するのよ」

「誘惑する？」キティはぎょっとした。

「そう。公爵が体を痛める前に〝親密なことをしていた〟と言ってたでしょう。そうしたことが、まだできると思うの。キスをして、体に触れて公爵を誘惑するのよ。そしてまっとうに愛を交わせることをわかってもらうの」

メリアンは息をのみ、ファニーはふっと笑い声を漏らした。キティは友人たちをまじまじと見返すしかなかった。「誘惑するといっても、どうしたらいいのかわからないわ。それに、アレクサンダーの決心がそんなことでぐらつくとはとても思えない」

オフィーリアはお茶のカップをゆっくりと口に運んだが、その上品な動作に反して、彼女の瞳は悪魔のようにきらめいていた。「男性はキスに弱いと言うわ——女性のほうからキスされたら、なすすべもなくなるそうよ。もし公爵が同じくらいあなたを求めているのだとしたら……そんなふうにキスをすればうまくいくんじゃないかしら」

メリアンは顔を赤らめて尋ねた。「経験からそう言っているように聞こえるけれど？」

オフィーリアは黒っぽい頭をさっと振った。「お友達から聞いたの——あなたたちも名前は聞いたことがあるかも——プリンセス・コジマという方」

キティはオフィーリアをまじまじと見た。オフィーリアの父親と付き合いのある人々は、彼が娘を溺愛していることを知っている——たぶんオフィーリアがうんざりするほど。その箱入り娘に、こんな不謹慎な一面があったなんて知らなかった。高級娼婦と噂されるレディと知り合いだなんて。

「プロイセンの亡命した公女さま？　その方は賭博場主の愛人という噂だけれど……。そのなんとかという名の男なら、あくどいことをしてしょっちゅう新聞を賑わせているわ」メリアンが言った。

キティが驚いたことに、オフィーリアはさっと顔を赤らめた。

「デヴリン・バーンよ」彼女はつぶやいた。

「以前に耳にしたことがあるかもしれないけれど、いかにも偽名っぽい名前ね」ファニーは鼻を鳴らした。「でも、そう、たしかにその名前だった。そして、そのプロイセンの公女さまとバーンが――」

「ふたりは愛人なんかじゃないわ!」オフィーリアは一瞬、泣きそうな目になって、ふたたび目を伏せた。「わたしたち――コジマとわたしは、友達のようなものなの。コジマは男性のことにとてもくわしいのよ――男性を誘惑するのにどんなことが必要か。たとえば、男性の体をその気にさせるのにもいろいろなやり方があるんですって。頭の固い医者の言うことだけじゃなくて、女性はそうしたことをもっと知るべきだと思うわ!」オフィーリアは体まで赤くして、友人たちから目を逸らした。

キティはしばらくためらったが、しまいに尋ねた。「その方に、どうやって男性を誘惑するのか聞いたの?」

オフィーリアは後ろめたそうにうなずいた。「ええ」

「オフィーリア、あなた……なにをしたの?」メリアンが声をうわずらせた。

キティはふたたびぎょっとして、声をひそめた。「なにか目的があったの?」

オフィーリアの瞳が揺らぐのを見て、キティは罪深く不届きなことをしていたのは自分だけではないことを悟った。

「わたしたちは幸せになるために、〝罪深くて不届きな女性〟になって……望みのものを手に入れるために、ひるまず突き進むと約束したんじゃなかったかしら？」オフィーリアの声はかすれ、その瞳には、仲間のなかでいちばん大胆な彼女からは想像もつかないほどの不安が表れていた。

「たしかに約束したわ」キティは手袋をしたオフィーリアの両手を取った。

――一度でいいから、わたしたちがそれぞれいけない、いけないことをしたら痛快でしょうね。仲間たちにそう言ったのが、もうずいぶん昔のような気がした。それなのにいま、自分は永遠の愛をあきらめようとしている――その愛のためなら、どんな危険も冒す価値があるのに。

「その方は、わたしにも教えてくださるかしら？」

オフィーリアはほほえんで言った。「あなたに質問する勇気があるなら、コジマはなんでも教えてくれるはずよ」

「秘密も守ってくださる？」

「コジマと会うようになって二カ月になるけれど、そのことはだれも知らないわ」

キティは覚悟を決めたように息を吸いこんだ。「その方に紹介してもらえるかしら。そうしてくれたら恩に着るわ」

アレクサンダーは読んでいた本を閉じて図書室を出ると、ホイトを呼んだ。階段をのぼるのに体を支えてもらうためだ。体裁が悪いのは仕方がない。以前に寝室を一階に移したことがあったが、そうしてわかったのは、車椅子に乗ったまま階段を持ちあげてもらうのは大変だし、屈辱的なことだということだった。だから寝室を二階に戻して、車椅子なしで過ごし、階段も自分の足でのぼれるように努力したのだ。それがまた、助けなしでは階段をのぼれなくなってしまった。

「閣下」ホイトが傍らに来た。「お体を抱えてのぼりましょうか？」階段をのぼるときにいつも言われる。

「いいや」答えはいつも同じだ。

アレクサンダーはうなりながら車椅子から立ちあがった。片方の腕をホイトの肩にまわして、のろのろと階段をあがる。車椅子を運ぶ別の従僕は、ふたりのあとから辛抱強くのぼった。階段をのぼりきると、彼は車椅子に腰をおろし、ふたりの召使いにうなずいた。この儀式と風変わりなあるじのやり方をよく知っている従僕は、一礼して下の階に戻った。

ホイトはなにも言わずに、車椅子を押してあるじの寝室に入った。広々とした室内で、暖炉の火が赤々と燃えている。キャスリンがこの部屋に入ったことは一度もないはずだが、どういうわけか彼女のかぐわしく魅惑的な香りが漂っていた。ホイトに支えてもらいながら車椅子をおり、ブーツと服、下着を脱いで、紺色のシルクのバニヤン（丈の長いゆったりとした寝間着）を頭からかぶった。

それから、窓辺に立って広大な大地を眺めた。もう日は落ち、濃い紫色の薄闇が山々と谷間を包みこんでいる。

「ベッドか長椅子までお連れしましょうか、閣下？」

アレクサンダーはホイトに向きなおった。「杖を置いていってくれないか。今夜はひとりで大丈夫だ」

ホイトはいっときためらったが、しまいに言われたとおりにした。アレクサンダーは杖を握りしめると、体重をかけ、左の肩をつけて壁に寄りかかった。

「風呂の仕度をさせましょうか？」

「数時間前に入ったばかりだ」

「では、ブランデーは？　ウィスキーになさいますか？」

アレクサンダーはホイトをじろりと見た。「乳母みたいにあれこれ世話を焼いて、いったいどういうつもりだ？」

ホイトはごつごつした顔をしかめた。「乳母とおっしゃいましたか、閣下？」

「ああ」

従者は息を吸いこんで言った。「今夜はいつものご様子と違ってらっしゃいましたので……。夕食をまた召し上がらなかったので、料理番がたいそう心配しております。こちらに運ばせましょうか？」

「いいや結構だ。明日朝食をたっぷり食べることにしよう」

ホイトはうなずくと、あたりを見まわして、ふたたびアレクサンダーに視線を戻した。

「いいにおいでございますね」

アレクサンダーは信じられないとばかりに片眉をつりあげた。「おまえがメイドに、ラヴェンダーの香水を振りまくように言ったんだろう。客間にも、音楽室にも。廊下にも。さあ、ひとりにしてくれ！」

ホイトは顔を赤くしたが、あれこれとよけいな気をまわしていることについてはなにも言わなかった。彼が一礼して黙って部屋をさがると、アレクサンダーは苛立たしげにうなって、しまいにほほえんだ。

召使いたちに赤ん坊のように世話を焼かれるのは腹立たしいが、一方で不思議と胸が温まるのも事実だった。召使いとして仕えるだけでなく、家族のように心から気づかってくれている。

彼らはあるじのことをあきらめなかった。あるじがわめいているときは彼らもわめき、あるじが苦しんでいるときは彼らも苦しんだ。

そしていま、召使いたちはキャスリンを懐かしんで、あるじがキャスリンのことを考えるようにできるかぎりのことをしている。彼らがなにを待ち望んでいるかもわかっていた。マクマラン城の女主人であり、公爵夫人。そして子ども部屋を走りまわる子どもたち。

アレクサンダーは重いカーテンを動かして視界を広げ、窓を押し開いた。身が引き締まるような冷たい風が吹きこんできたが、窓は戻さなかった。空は雲で覆われて、少しも星が見えない。これから夏の盛りになるのに、陰鬱な天気だった。

キャスリンが去り、明日の朝にはユージーンとペニーが出発することになっていた。ここにいる自分のなかには家族と情熱と愛、そして笑い声の記憶しか残らない。キャスリンの後を追いかけなかったことを何度後悔しただろう。たとえろくに歩けなくても、後を追うべきだった。

あれからほぼ毎日、キャスリンを傷つけたときのことを思い出しては後悔に苛まれた。それ以外のことは考えられない。彼女に毎日花を届けさせるようになってから数週間がたっていた。花束に添えるのは簡単な手紙のみ。なぜなら、なにを書いたらいいのか、後悔と心許ない気持ちをどう表現したらいいのかわからないからだ。かつて貧しい人々を助けるために議会で演説をしてその雄弁さを称賛された男が、情けないほど言葉をなくしていた。

ほんとうにすまなかった、大切なキャスリン――あの言葉は、彼女が被った痛みと屈辱を思えば充分ではなかったかもしれない。彼女の返事はさらに簡潔で、感情がこもっておらず、ふたりのそれまでの関係を窺わせるようなところはまったくなかった。

当然だ。

窓から離れて、慎重にベッドに移動し、プラッシュ（毛足の長いビロードの一種）の羽毛布団の上に杖を置いて、安堵のうなり声を漏らしながらベッドに入った。医師から言われたことを考えていた。もしあの部分をうまく立たせることができたら？

キャスリンの人生はそれほどむなしいものでなくなるかもしれない。

天井のルネサンス絵画をしばらくじっと見つめた。心のなかの不安をすべて追い払い、キャスリンのことだけを思い浮かべる。彼女の温かな香り。はにかんだような愛らしい笑みが、いともたやすく不届きな雌ギツネの笑みに変わる。頭を振って声をあげて笑うあの仕草。はじめて舌と舌を触れ合わせたときに彼女が漏らした、柔らかくて物欲しげなうめき声……。

熱いものが体の表面を滑り落ちていった。目を閉じて、今度はキャスリンの裸体を思い浮かべる。彼女の背骨を下のほうにたどり、お尻の豊かな膨らみまで来たところで、ふたたび上に戻った。むきだしの華奢な肩を撫で、指先で鎖骨をたどり、バラ色の乳首に……。心臓がどきりとして、体が熱くなった。

それから、両脚の付け根で力なく伸びているものを握り、ゆっくりと上下に動かした。キャスリンが情熱で頬を染めているところを思い浮かべ、彼女の燃えるようなるつぼの甘い味や、指を入れてきつく締めつけられたときの感触を思い出す。下半身がかっと熱くなり、鼓動が早くなった。息づかいが荒くなり、切羽詰まった欲望が体のなかでせりあがってくる。

だが、思ったとおり、あの部分はうちしおれたままだった。

ベッドの端に移動し、ベッド脇の整理箪笥の上に置いてあったラヴェンダー油の瓶を取りあげ、鼻の下に近づけて深々と吸いこんだ。キャスリンの魅惑的な香りで、感覚を呼び覚ませるかもしれない。それから広口瓶の蓋を取り、指を三本浸して、瓶の蓋を開けたまま胸の上に置いた。オイルが指先から手の甲、手のひらへと垂れていく。そのオイルで滑らかになった手で、しおれた部分をふたたびゆっくりと動かした。

根元から先端まで何度か動かしてみたが、変化はなかった。さらに何度か乱暴に引っ張ってみたあげく、額に手を当ててうめき声を漏らした。気を逸らすような痛みはないが、肝心の部分を奮い立たせることができない。

静まりかえった部屋のなかで、荒い息づかいの音が響いていた。いまいましいことに、涙が湧いて目を刺している。くやしくてたまらなかったが、あきらめるつもりはなかった。ひと声うなって頭を再度空っぽにし、もう一度自分自身をつかんだ。それからしばらくのあいだ、キャスリンが満たされるさまをあれこれと想像してみずからを奮い立たせようとした……そして、しまいに敗北を認めた。

グラント医師に自慰をすすめられても二週間近く踏み切れなかった理由が、それでわかった。うまくいかないのが怖かったのだ。

キャスリンとの未来をぜひとも現実のものにしたかった。世界じゅうを旅して、愛を交わしたい――そして、彼女の笑い声を聞きたかった。すがすがしい笑顔。人生に貪欲で、見るからに生き生きしているあの姿……彼女と一緒なら、長年この人生を占めてきたむなしさも吹き飛ぶだろう。

だがなによりも、彼女を幸せにし、彼女の夢をかなえたい。

心はすでに彼女のものだった。ふたりが結婚できない理由をいくら慎重に考えても、そんなものは風に吹かれる灰のように消し飛んでしまう。

キャスリンを迎えにいこう――そして、心も愛もきみのものだと言おう――男性として……夫として差しだせるものはすべて失われてしまったけれども。ふたたび燃えあがったように見えたものは消えてしまって、二度と取り戻せそうもない。心も、公爵夫人の称号も、富も彼女のものだが、彼女の体が快楽で満たされることはけっしてないし、彼女が胸に我が子を抱くこともない。

――きみは燃え尽きることのない炎だ。きみがパチパチ火花を飛ばさなくなったら、さぞかし残念だろう……。

あのとき出た言葉は本気だった。そして勝手なことに、キャスリンを手放すことができなかった――彼女を愛しているから。心の底から求めているから。

彼女を自分のものにしたら、燃えるような情熱や甘い炎もいつかは消えてしまうだろう。それを承知で、彼は目を閉じた。なぜなら、明日自分はロンドンへの旅仕度に取りかかるからだ。彼女が受け入れてくれるなら、二度と離さない。

23

社交界で噂の高級娼婦——あるいは不届きなレディが、メイフェアのなかでも比較的新しくて優雅なタウンハウスに住んでいたのは意外だった。キティはその女性がソーホーか、もう少し高級でない地区に住んでいるものと思っていたし、コジマ公女がこんなにも美しく、親切で、このうえなく素敵な女性だとは思ってもいなかった。その日の午前、キティとオフィーリアは彼女に招かれてタウンハウスを訪れ、陽気な若いメイドに案内されて、彼女の私室と隣り合った居間に入った。黄色がかったピーチ色で統一してあるところにピンク色を巧みに配した、豪華でしゃれた部屋だ。

小柄で魅惑的な体つきのプリンセス・コジマは、キティが訪問した理由を聞いているあいだ、完璧なまつげを一度もぱちぱちさせなかった。それから、キティがプリンセス・コジマとふたりきりになれるようにオフィーリアは先に帰ったが、プリンセス・コジマはキティが緊張しているのを感じとったのか、すぐには手ほどきをはじめなかった。一時間ほど上流階級の楽しい噂話をしただろうか。気がつくとキティはくつろぎ、コジマ——名前で呼ぶように言われた——の話に声をあげて笑うほどになっていた。話題は、プロイセンの宮廷生活の思い出や、イギリス上流社会との違いについて。コジマを慎みのないふしだらな女性だと考える人は多いが、彼女と父親の大公を社交の集いに招待しない人はほとんどいない。

この人となららお友達になれそう――キティはそう思った自分に驚いた。笑顔で話していると、コジマも同じように思っている気がする。

「オフィーリアがあなたを紹介してくれて、ほんとうによかったわ」コジマが言った。「以前から、よくお友達のことを話してくれていたの。故郷から離れたところにいるものだから、うらやましくて仕方がなかった」

「お会いできて、わたしもうれしいわ」キティはにっこりして応じた。「ほんとうに楽しくて、いつまでもお話ししていたいくらい」ただ悲しいのは、ここを訪れたことを上流階級の人々に知られたら、彼女や妹たちが醜聞の的になることだった。そうなれば、最近受け入れてくれるようになった人々も背を向けてしまうかもしれない。

プリンセス・コジマは鮮やかな赤毛を耳の後ろに押しやって尋ねた。「ではそろそろ、心の準備はいいかしら？　男女の営みについて、なにが知りたいの？」

「ずいぶんあからさまね」キティはほんのり顔を赤らめた。

「誘惑はたいていあからさまにするのよ」コジマはつぶやいた。「ただ、女性がどれだけ積極的になるかは、お相手の男性によるわ。ある人は……わたしたち女性に誘惑されるほうが好き……というより、誘惑されるのを待ち望んでいる。でも、ある人にとっては、わたしたちはおいしい食べ物で、キスやじらすような愛撫で手に入れるものなの」

彼女の瞳のなかに、批判めいたところはまったくなかった。あるのは同情と……不届きな光だけ。キティが見たところ、コジマは官能的な魅力を武器に、社会に挑戦することを大いに楽しんでいるようだった。

「その方のことを話してもらえるかしら。あなたの力になりたいのよ」コジマが魅惑的なアクセントで言った。

「ただの男性ではないの」キティは落ち着きなくつぶやいた。「その方は――」そこで言葉に詰まった。アレクサンダー・マスターズという複雑な事情を抱えた人を、どう説明すればいいのだろう。

「社交界でだれよりも謎めいた世捨て人、ソーントン公爵でしょう」コジマが言った。「その方について、新聞がよく勝手なことを書きたてているけれど、ほんとうかどうか教えてくれる人はひとりもいないのよね。その方をどうやって誘惑すればいいのか――助言するには情報が少なすぎるわ」

コジマになら見抜かれても不思議はない。キティはため息をつくと、ソファの背もたれに寄りかかって、膝の上で組んだ手に目を落とした。「公爵は何年か前に、ひどい事故に遭ったの」

「どんな事故？」

「それは答えられないわ」アレクサンダーの最大の苦しみをもたらしたのがなんなのか、社交界の人々ははっきりとは知らないはずだった。「ただ、その事故のせいで、公爵は……公爵はわたしに、女性としての歓びを与えてやれないと思っているの」

コジマはしばらくなにも言わなかった。キティが目をあげると、コジマは彼女をじっと見ていた。

「あなたはそうでないと思っているの？　心身共にまともな男性なら、自分のあそこがどうすれば立つのか、だれよりもわかっているはずだけれど」

キティは目を丸くした。「立つ？」

コジマは不適切な言い方をしてしまったと思ったのか、改めて言いなおした。「ズボンのなかにある部分が硬く……とても硬くなることよ。〝勃起〟とも言うわ。そんなに顔を赤くして……ほんとうは公爵のその部分をよく知っているんでしょう」

キティはうめきそうになるのをこらえて、腹をくくって答えた。「ある程度は」

「そのとき、硬くなってた？」

温室で彼の硬くなった部分を握りしめたことを思い出して、キティの血管はかっと熱くなった。

「長くはつづかなかったわ」正直に言った。「それに……もしそのままだったらどうなっていたかも、よくわからない。死んでしまいそうなほど気持ちがよかったのに、次の瞬間にはこの腕のなかが空っぽになって、満たされない疼きだけが残った……。公爵はそのとき体を痛めてしまって……だから、それ以上はつづけられなかったの。もう二度とやりなおせないかも……」

コジマはうなずいた。「わたしが知っていることはすべて話すわ。ただ……このままでは後ろめたいから言っておくけれど、実はわたし自身、男性と親密になったことは一度もないの。驚いたでしょう」瞳をいたずらっぽくきらめかせて、彼女はつづけた。「昔、父の愛人のひとりと親しくなったおかげで、人には言えないくらいその手のことにくわしくなっただけよ。何年もかけて教わったことを伝えられるのはうれしいけれど、あなたの希望が叶うかどうかはお約束できないわ」

キティは身を乗りだした。「ありがとう、コジマ。あとはわたし次第というわけね」

レディ・ダーリングが大乗り気で協力してくれたおかげで、コジマと会った日の数日後、キティは国境を越えてアレクサンダーのいる低地地方に入った。この前来たときよりもっとひどく傷つくかもしれないけれど、そんなことはもう承知のうえだ。

その日の早朝にキティと侍女が宿屋を出発したときは、空は明るく澄み渡って、雨の気配などみじんもなかった。それがいま、空にはさまざまな色合いの灰色の雲が立ちこめ、ゴロゴロと不穏な雷鳴が遠くのほうで響いている。もしかすると、今日という日の先触れかもしれない。

アレクサンダーは人生のために一緒に闘うつもりがないことをはっきり示した。それなのにいま、招待もされていないのに、またもや彼の城に向かっている。

彼を誘惑するために。

なにもかもがひどくばかげていて、空恐ろしい気がした。アレクサンダーはキティ・ダンヴァーズを愛しているようだけれど、人生に受け入れるのを恐れている。そんな男性の体と心に触れるのは、不可能としか思えなかった。これ以上自分の心が傷つかないように、この場を立ち去るほうが簡単だ。なぜなら、その心はすでにひどく傷ついていて、鼓動も弱々しくなっているから。

でも、なにかをあきらめるのは性分ではなかった。それに……これは、永遠の愛だもの。闘うだけの価値はある。

でこぼこ道で馬車がまたもやがくりと揺れたので、キティはカーテンを開けて外を見た。マクマラン城が遠くに見える。数分後には、馬車は長い私道を走っていた。やがて馬車が止まり、踏み段が引きだされる音がして、キティは気持ちを落ち着けようと息を吸いこんだ。ドアが開き、御者に支えてもらいながら踏み段をおりる。そして砂利の敷かれた私道にブーツが触れたとたん、自分がこれからしようとしていることの大きさに思わず体がよろめいた。

「大丈夫ですか、お嬢さま？」御者の男は気づかわしげに眉根を寄せて尋ねた。

「ええ、大丈夫よ。馬たちにブラシをかけて、オーツ麦とリンゴをやってちょうだい。あなたたちも、厨房に行けば食事をいただけるはずよ」キティは御者と侍女、そして一緒に旅をしてきたふたりの馬丁に声をかけた。

それからひんやりした空気を深々と吸いこみ、緊張と不安で小刻みに震えていた胸を落ち着かせた。立っているのが不思議なくらいだ。この城が懐かしかった。ロンドンの家のほかに、この場所を〝うち〟と呼ぶのになんの抵抗もない。心臓がどきどきした。手が震えないように、こぶしを握りしめる。颯爽（さっそう）と玄関に近づき、大きな鉄製のノッカーを数回鳴らした。

もう片方の手は、ふしだらな服が入っている小さなトランクケースの持ち手を必死の思いで握りしめている。

キティは少し間を置いて、もう一度ノッカーを鳴らした。だれも出てこなかったら、建物をまわりこんで、通用口から厨房に入るつもりだった。もう召使いたちが火を熾し、あるじのために朝食を用意しているころだ。

玄関の扉が開き、一分の隙もなく装った執事が現れた。

執事ははっとした。「ミス・ダンヴァーズ！　どうぞお入りください」

キティはショールと帽子、手袋を彼に渡すと、すまして城のなかに入った。懐かしくて、胸が締めつけられるようだった。執事が咳払いしたので振り向くと、驚いたことに彼は目に涙を浮かべていた。

「お元気だったかしら、ビドルトン？」キティの緊張は少しほぐれていた。

「はい、変わりなく過ごしております、ミス・ダンヴァーズ」

キティは広々とした廊下に目をやり、それから西の翼につながるカーブした階段を見あげた。

「閣下は朝食室においでです」

「わたしが来たことは知らせないでほしいの」静かに言った。「召使いたちにも、ごく限られた者にしか知らせないでちょうだい」

執事は目をしばたたいた。「承知いたしました」

キティは廊下にちらりと目をやると、声をひそめた。「閣下の様子はどう、アルバート?」

執事の表情は暗くなった。「ほとんど眠らず、お食事もほとんど召し上がりません。しかし、お嬢さまがいらっしゃれば、それも変わることでしょう」

キティの胸はずきりと痛んだ。「実は、大それた計画を思いついたの。そのためには、あなたにこのうえなく慎重に動いてもらわなくてはならないんだけれど……」

「なんなりと仰せのとおりにいたしましょう、お嬢さま」彼は小さくお辞儀した。

「では、お部屋に……西の翼のお部屋に案内してもらえるかしら。公爵に知られないように」

「西の翼でございますか?」

ほかの召使いには不届きな計画を一切知られたくなかった。執事のまなざしが興味津々になったので、キティは顔を赤らめた。

「そこには公爵が使わない部屋もあるんでしょう?」

「ございます」執事が答えた。

「では、そのうちのひとつでいいわ。長旅をしてきたから、お風呂の用意もお願い。それから、ここからがあなたの出番なんだけれど、いまから一時間後に、公爵がわたしの部屋に来るような状況をつくりだしてもらいたいの」キティは後ろめたさで、体が真っ赤になっているのをひしひしと感じた。

だが執事は非難がましい顔をするどころか、いまにも安堵の——もしくは歓喜の叫びをあげそうだった。

「それではこちらへおいでください、ミス・ダンヴァーズ。仰せのものも、ひそかにご用意させましょう」

「あなたに任せるわ」

数分後、キティと執事は西の翼の長い廊下にいた。執事がドアを開け、先に部屋に入ったキティは思わず息をのんだ。こんなに美しい部屋は見たことがない。

「公爵夫人のつづき部屋でございます」後ろから執事の声が聞こえた。「化粧室と、小さめの居間、そして控えの間の先に広い客間がございます」

キティはさっと振り向いた。「ここは――わたしにはふさわしくないんじゃないかしら」声がかすれたが、アレクサンダーが受け入れてくれたら自分がこの部屋を使うはずだと思わずにはいられなかった。

それから、隣室に行くドアに目をやった。キティはゆっくりと近づいて、ドアの取っ手に触れた。

「ここからアレクサンダーの部屋に行けるの？」

「はい」

カシ材のドアの冷たい表面に額をつけて尋ねた。「いつもはアレクサンダーが一時間以内に部屋に戻ることはあるかしら？」

「いいえ、お嬢さま。朝食のあと、閣下は宝物室で一時間ほど過ごされます。あるいは書斎でお仕事をなさるか、手紙を書かれるかもしれません」

執事の口ぶりはどことなく不自然だった。なにか隠していることがあるのかしら？　キティはドアから頭を離して彼を振り向いた。「怪しまれずに、アレクサンダーに部屋に戻ってもらうことはできて？」

執事はお辞儀をした。「お任せください」

「ありがとう」キティはつぶやくと、ドアを開けて、ひんやりしてほの暗い公爵の部屋に踏みこんだ。

大きく息を吸いこんで、部屋に染みついたかすかな男性のにおいを吸いこんだ。紺色のカーテンの隙間からまぶしい光がひと筋差しこんでいる。窓に近づいてカーテンを開けると、日光が部屋になだれこんだ。小さなトランクケースを長椅子の上に置き、ベッドを見つめた。最後にこの部屋に入ったときの痛みと不安がよみがえってくる。

紺色と銀色のカーテンが掛かる巨大な天蓋付きのベッドに近づいた。柔らかなシーツに手を這わせ、アレクサンダーが横たわるさまを思い浮かべる。その手を持ちあげ、震える指先を頬に押しつけた。

コジマの助言はあけすけだった。いちばんびっくりしたのは、これまで経験したこともないことで主導権を取らなくてはならないことだ。恥じらいや不安を見せることなく、生まれたままの姿になり、愛撫で彼をたかぶらせ、巧みな言葉でその気にさせなくてはならない。

入浴の仕度ができたので、キティはメイドに手伝ってもらいながら体を洗い、腰まで届く豊かな巻き毛をブラシで梳かしつけた。体を乾かしてから、体の線が浮きでる桃色の薄絹の化粧着をかぶっても、メイドは咎めるどころか浮き浮きしていた。

「おきれいですわ、お嬢さま！」

この調子では、ミス・キャスリンのふしだらな格好と行動について、階下の召使いたちはほどなくたっぷり情報を仕入れることになりそうだった。

メイドが部屋をさがると、キティは公爵の化粧室にある姿見の前に立って、自分の刺激的な姿をたしかめた。それから寝室に戻り、ベッドの端に腰をおろした。

これから起こることを思うと、いても立ってもいられなかった。好奇心と、不安——そして彼をこの腕で抱きしめたいという切ない思いが入り交じって、いまにも押しつぶされそうだった。

キスをして、抱きしめてくれるかしら、アレクサンダー？　それとも、また追い払うつもり？

アレクサンダーは車椅子に乗って朝食室から廊下に出たところで、顔を赤くした従者のホイトと危うくぶつかりそうになった。なにを興奮しているのか、瞳をきらめかせて息を弾ませている。

「熱でもあるのか？」

奇妙なことに、ホイトはにやりとした。「い……いいえ、閣下。なんの問題もございません。まったくなにも」

アレクサンダーがホイトをまじまじと見返していると、召使い用の階段のほうから、家政婦がうきうきと鼻歌を歌っているのが聞こえた。重たい鍵束を探して、あちこちのポケットに手を突っこんでいる。原因はひとつ――ロンドンに行くことと、ロンドン滞在時に使うタウンハウスの準備を整えるよう指示したことを、ホイトが召使い全員にしゃべったとしか思えない。そんな指示を出すのは六年ぶりだった。

最初にキャスリンに会いにロンドンを訪れたときは、親友のジョージの住まいに滞在していた。だがタウンハウスの準備をさせれば、社交界の噂好きの連中がいっせいにあれこれ詮索をはじめるだろう。キャスリンがいなくなってからこれ以上ないほどふさぎこんでいた召使いたちも、見違えるように生き生きしていた。

「旅の仕度はすべてととのったか?」

「はい、閣下。馬車はいつでも出発できます。荷物はすべて二台目の馬車に積みこませました。近日中にロンドンに到着されることも、レディ・ペニーとユージーンさまにお知らせしてあります」

「結構だ」アレクサンダーは車椅子を動かして行こうとしたが、ホイトがその前に立ちふさがった。アレクサンダーは怪訝そうに彼を見た。

「あの……閣下。少し前にミス・ダンヴァーズからお手紙が届きました」

天地がひっくり返ったような気がして、アレクサンダーは車椅子の肘掛けにつかまった。

手紙のやりとりが途絶えて二週間になる。不安と希望がないまぜになり、彼は思わず動揺した自分に腹を立てた。「その手紙は？」

「お部屋にお届けしました」

アレクサンダーは西の翼につづくカーブした階段を見あげて、ふたたびホイトに目を戻した。「なぜ？」

ホイトはしばらく言いよどんでいたが、しまいに答えた。「ミス・ダンヴァーズから、おひとりで読んでいただくようにとご指示をいただいております。そこで、召使いがいつ何時(なんどき)入るかわからない下階の部屋でなく、ご自分のお部屋でゆっくりお読みになるほうがよろしいかと思いまして……。差し出がましいことをしてしまい申し訳ありません、閣下」

アレクサンダーは手紙を取ってくるように言おうとして、もう一度階段を見あげた。ひとりで読んでほしい？　なにが書いてあるのだろう？「部屋まで体を支えてくれないか」

ホイトは見るからに安堵の表情を浮かべて、すぐさま言われたとおりにした。階段をのぼりきると、アレクサンダーはひとりで車椅子を動かして部屋の前に来た。ホイトがなぜかそこまでついてきて、背後でそわそわしていた。

「閣下、その……」

「なんだ？」

ホイトはそれ以上なにも言わずに、お辞儀をして立ち去った。ここの召使いの基準からしても、明らかに様子がおかしい。アレクサンダーはドアを開け、車椅子を動かしてなかに入ると、カチャリと音を立ててドアを閉めた。

ラヴェンダーのかすかな香りがして、全身がぞくぞくした――それに、キャスリン本人の香りも。室内に目を走らせて、いるはずのないキャスリンを探した。

彼女はベッドの上にうつ伏せになり、両手の上に顎を載せていた。謎めいた黒っぽい瞳がこちらをじっと見ている。湧きあがる感情は、あまりに激しく、あまりに複雑で、とても理解できるものではなかった。キャスリンがベッドの上でなまめかしく動いた。なにか言いたいが、舌がこわばり、喉が締めつけられて、言葉が出てこない。心臓も胸から飛びださんばかりに脈打っていた。

夢のなかにいるように、体がふわふわしている。

車椅子を押してベッドのそばの長椅子に近づき、そこに置いてあった杖をつかんだ。彼女の視線が燃えるように熱い。喉元まで出かかった疑問を無理やりのみこんだ。ここでなにをしているんだ？　答えは一目瞭然だが、自分から説明するつもりはないらしい。

杖をつかんで、ゆっくりと立ちあがった。簡単なことではなかったが、そろそろと動いて長椅子に移った。そこでようやく、意志の力をかき集めて尋ねた。「ほんとうにきみなのか、わたしのキャスリン？」

キャスリンはなにも言わずに、大きな瞳でじっと見つめ返した。傷ついた名残と、なんとも言いようのない感情をたたえた瞳。勇気を奮い起こして、そんなことをしてもむなしいだけだと彼女に告げなくてはならない。

これが誘惑であることは、キャスリンの髪と体を愛撫し、うっとりするような陽だまりを作りだしているまぶしい日差しと同じくらい明らかだった。それなら、彼女に警告しなくてはならない。この城に来たら、二度と出られないかもしれないと――たとえ彼女のあらゆる夢が粉々に砕けて足下に散らばることになっても。

「わたしがばかだった、キャスリン」彼はつぶやいた。後悔が胸を切り裂いてそこにとどまっている。

キャスリンはまぶたを伏せて美しい目を隠したが、やがてふたたび彼の目を見た。感情を注意深く隠している。ふたりはしばらく見つめ合った。思い出がふたりのあいだに入りこみ、見えない糸となって心臓と心臓を結びつけたような気がした。

「わたしは不安に駆られて、残酷な言葉できみを傷つけてしまった」彼はつづけた。「そのことは、これからもずっと後悔するだろう。どうかわたしを許してほしい」

キャスリンはゆっくりと瞬きしたが、相変わらずなにも言わなかった。

「きみと知り合う前から、わたしはきみのとりこだった。きみの大胆で不届きな生き方に魅了されたんだ。わたしは……きみに会わずにはいられなかった。それからきみと過ごした時間は、すべて夢のようだった――目覚めることなど考えられないほど」

彼はキャスリンをじっと見つめて、さらにつづけた。「わたしはなにが不可能かというレンズを通して、きみを……わたしを……わたしたちを見ていた。ほんとうは、可能なことに目を向けるべきだったのに。わたしには笑顔が見える――ふたりで図書室の床に寝そべって、上流階級の噂話から議会に提案する社会問題に至るまで、いろいろな話をしているところが。わたしの調子がいいときに木に登るふたりも見える――草や雪の上に仰向けになって天使を作ったり、一緒に旅をしたりするふたりが。きみを抱いて眠る自分も見える。きみに際限なくキスをする自分や、夢や希望や不安を分かち合い、いつもたがいに安らぎを見いだすふたりも見える。そんなことが徐々にできなくなっていくふたりも……。だがそれと同時に、わたしは怖いんだ、キャスリン。とても怖い――なぜなら、きみに与えられないものが、あまりにもたくさんあるから。わたしがなによりも見たいのは、きみの喜ぶ目とほほえむ口元だ。きみには幸せでいてもらいたい……どんなときでも」

キャスリンは唇を開いてため息をついたが、しばらく待ってもなにも言わなかった。沈黙を腹立たしく思ったのは何年ぶりだろう――憎いとさえ思ったくらいだ。これまで、夢のなかでキャスリンの愛らしい声やぞっとするような歌声にうなされ、喪失と絶望、愛と希望に振りまわされてきたが、いまはなにより彼女の返事が聞きたかった。

炉棚で金メッキが施された置き時計が時を刻む音が聞こえたが、キャスリンは口をきかなかった。自分にそんなことを言う資格はないが、とにかく彼女の声が聞きたくてたまらない。

「いつかきみの目に絶望を見るのが怖いんだ。わたしのせいで、きみの目に悲しみを見るのが怖い。愛の営みや……子どもたち――いつもそういったことが欠けているせいで、きみが悲しげな表情を浮かべるのが耐えられない。わたしは恐怖に屈する男ではないが、きみを永遠に失うことを思うと恐ろしくて震えてしまう……この腕を開いてもきみが飛びこんでこない日が来るかもしれないと思うと、怖くてたまらなくなる。きみをわがものにしたいと思う以上に心の底からなにかをほしいと思ったことはない。きみを愛し、大切にし、守りたいんだ。どうか愚かなことをしたわたしを許してほしい、わたしのキャスリン」

キャスリンの口元がほころび、不思議なほどなまめかしく、秘めやかなほほえみが浮かんだ。

しなやかな動きで、彼女はベッドから滑りおりて立ちあがった。シルクの化粧着が魅惑的な曲線にまといついているせいで、胸や下腹部の暗い谷間が見てとれる。その化粧着の前が、わずかに開いていた。さらに、美しい髪が豊かに波打って肩にこぼれ落ちている。官能的な魅力が、彼女の体のあらゆる曲線に命を吹きこんでいた。こんなに大胆なのに、恥じらいも――愛らしい恥じらいも感じさせる。彼女が緊張しているのは、喉と華奢な鎖骨のくぼみが脈打っているのでわかった。

「わたしは管理人の家であなたに恋をしたの、アレクサンダー」

その言葉は彼の意識を貫き、沈黙を破って、彼の心で脈打ちはじめていた虚無を抑えこんだ。杖が手から落ち、体が前のめりになった。キャスリンがゆっくりと近づいてきて、わずか数フィートのところで立ち止まる。彼女の近くにいるだけで、このうえなく心が安らいだ。楽ではなかったが、腰の痛みを無視してその場に立ちつづけた。

キャスリンはさらに近づくと、手のひらを胸に置いてこちらを見あげた。「わたしはあなたに恋をしてしまったの、アレクサンダー。あなたの元を離れてから、毎日が苦しくて仕方がなかった。そして、いまもあなたに夢中なのよ」

喉の奥が熱くなった。彼女の肩をそっとつかんで引き寄せ、しっかりと抱きしめた。「きみを愛している」しわがれた声で言った。「たとえようがないほど」

キャスリンの手のひらの下で、心臓が脈打っていた。

「二度と疑わないわ」彼の胸にささやいて、キャスリンは背伸びして顎にそっとキスした。

「結婚してくれないか」しわがれた声で言った。「友人になってほしい……妻になってほしい……わたしの公爵夫人になってほしい。この命が尽きるまで、全身全霊を傾けてきみを愛すると誓おう、キャスリン。約束だ」

キャスリンは一歩さがって、万感のこもった瞳で彼を見つめた。「愛の営みができないかもしれないし、子どもも持てないかもしれないけれど、それでもわたしと結婚したいの？」

「そのとおりだ」そう言って、その言葉がもたらす痛みに備えて身がまえた。

だが、キャスリンはほほえんだ――まぶしいばかりの笑顔。

彼女はもたれかかって、ささやくように唇にキスした――甘いキスを貪るように飲む。

「愛してる、アレクサンダー。あなたの友人、あなたの妻、あなたの公爵夫人……そしてあなたの恋人になれたら光栄だわ」

キャスリンはふたたび後ずさって、透けるほど薄い化粧着をはらりと足下に落とした。まるで、毎日そうしているように慣れた仕草で。彼女の見事な裸体は、強烈な効果をもたらした。たぶん、〝強烈〟どころではない――呼吸の仕方すら忘れてしまった。「ミス・ダンヴァーズ……わたしは……」

「まあ、動揺させてしまったのね」

よろよろと後ずさって長椅子に座りこみ、彼女を呆然と見あげた。

「ミス・ダンヴァーズ……キャスリン……わたしは……わたしは……」くそっ、なんと言えばいいのか思いつかない。

キャスリンが彼の目の前で膝をついたので、長椅子の端をつかんだ。あの部分がずきずきして、下腹部にも熱く、切羽詰まった疼きがある。だが、肝心の部分はまだ硬くなっていない。

「体が痛むの？」

「いいや」

「動かないで。わたしに任せて……あなたは言われたとおりにしていればいいの」キャスリンは生意気にウィンクした。

彼女はまず、ブーツを片方ずつ脱がせた。それから手を伸ばしてクラヴァットをほどいて抜き取る。さらに上着とベストとシャツをゆっくりと脱がせた。そしていよいよズボンという段になって、彼女はなにも言わずに前開きを開け、きゃしゃな手をさっとなかに入れてあの部分を引っ張りだした。

死にそうな気分だった。

彼女に両手でつかまれて、長椅子のクッションをますますきつく握りしめた。

キャスリンの顔も紅潮していた。「これが男根……男性の象徴だと聞いたわ」

「なんてことだ……」愕然としながらも、彼女にそんなみだらな知識があることに興味を引かれた。

「ここにキスをすれば……そうすれば、途方もない歓びを得られるんですって……わたしがしたら、きっとそうなるわ。そのことを、あなたは知ってたかしら？」

なにも言えずにうなずくと、キャスリンはほほえんだ。なんと官能的な女性なのだろう。彼女の指先のかろやかな動きは、途方もない反応をもたらした。口のなかがからからに乾き、下腹部が締めつけられる。強烈な快感に貫かれて、あの部分が彼女の手のなかで硬くなった。

「わたしの愛に応えているのね」キャスリンがため息をつくように言った。

「いつもそうだ、わたしのキャスリン。これからもずっとそうなる」

キャスリンは立ちあがると、彼の太腿をまたぐような体勢になり、自分のとば口を彼のいきり立った部分に重ねた。彼は苦しげに息をつきながら、クッションから手を離して、キャスリンの腰をつかんだ。

キャスリンは彼の肩につかまった。「ある女性から、愛の営みについて必要なことを教わったの」彼の唇にそっとキスしてつぶやいた。「あなたの前に裸で立つには、相当な勇気がいったわ」

「きみは美しい」彼はくぐもった声で言った。「このうえなく勇敢で、魅力的だ」

「温室で、あなたはわたしと愛を交わそうとして……体を痛めてしまった。でも、きっとまた同じことができると思うの……それほど頻繁ではないかもしれないけれど、まっとうな夫婦の生活が営めるはずよ」キャスリンは彼の瞳をのぞきこんだ。「試してみる？」

「ああ」

キャスリンは唇を震わせてほほえんだ。瞳が潤んでいる。「今回もうまくいかなかったら？」

「またやってみればいい」

キャスリンは頬をバラ色に染めて、彼の頬に満足げなため息を漏らした。ふたりは額と額をつけたまま、しばらく動かなかった。彼のあの部分は柔らかくなっていなかった――むしろ、自らの意志を持っているように、いきり立って彼女を求めている。下腹部の疼きも燃えるような欲望に変わっていた。

彼はなにも言えなかった。腕のなかの女性が望むものをすべて与えたくて、ありとあらゆる感覚を彼女に集中させていたから。

だからキャスリンの豊かな黒髪に指を差し入れて頭を上向かせ、唇を重ねた。

24

キティの血管を燃えるような欲望が駆けめぐった。彼は羽毛のように柔らかくキスして、ゆっくりと、優しく味わおうとしているのがわかる。喉の奥が熱くなって、これまで感じたことがないほどの幸福感で胸がいっぱいになった。頰を包みこむ彼の手が優しくて、たまらないほど切なくなる。

「愛している、わたしのキャスリン」彼が唇をふさぎながらつぶやいた。欲望をあらわにして貪りはじめた彼に、柔らかなうめき声を漏らしながら奔放に応える。やがて頰を挟む手が震えはじめ、ふたりは額をつけたまま唇を離した。

彼に跨がったまま長椅子のクッションに両膝をついて、両腕を彼の首に絡めた。彼の硬い部分が柔らかな襞に当たって、下腹部がぞくりとする。震える手で彼の口に触れて言った。「これからすることは痛いんですって。あなたがほしいのに」

彼はかすめるようにキスした。「優しくしたい」くぐもった声でささやいた。飢えと希望で顔が苦しそうにこわばっている。「きみを歓ばせたい」

彼の腕は震えていた。ふたりが結ばれることを彼の魂が望んでいる。「わたしも同じよ」顎のやけどの痕にキスした。「このままあなたを愛したいわ」

「待つこともできる」彼はキティの髪に指を差し入れた。「結婚式の夜まで……待つこともできる」

「いいえ」

彼はキティの額に優しくキスした。「キャスリン、いとしい人……」

その言葉を口でふさいで、なまめかしいキスでじっくりといざなうと、彼はしまいにうなり声をあげて、ふたりのあいだに燃えあがった荒々しい情熱に屈服した。

彼は指先を顎から鎖骨へと滑らせ、さらに乳房をなぞった。それから手のひらで左右の乳房を包みこみ、乳首を愛撫する。しまいに乳首をつままれて、キティは稲妻のような快感にはっとあえいだ。アレクサンダーは唇を離して肩に、顎に、敏感な喉のくぼみにキスをした。

それから、体をかがめて硬くなった乳首を口に含んだ。敏感になった部分を甘噛みされ、吸われて、キティは息ができなくなった。びりびりと快感が走っている。「アレクサンダー……」息を切らしてうめいた。肌が汗で湿っている。

欲望が不確かなものをことごとく焼きつくしていた。体のなかを荒れくるう飢えを満たしたい。これから起こることが怖かったが、キティは息を弾ませて待っていた。

彼は片方の手で背中を撫でおろして、お尻を包みこみ……そして、ぎゅっとつかんだ。そしてもう片方の手を太腿のあいだに滑りこませ、太腿の内側から濡れて疼いている中心に向かって這わせた。

彼の親指が太腿の内側を伝うと、両脚のあいだのずきずきと疼いている部分にぞくりとするような快感が走った。けれども、内ももを往復しているだけで、いちばん触れてほしいところに触れてくれない。彼のかすめるような愛撫に、いまやすべての神経が集中していた。彼の指が敏感な肌の上を這いまわるせいで、両脚のあいだにこのうえなく甘いなにかが膨れあがっている。

　とうとう中心の襞に触れられて、キティはうめき声を漏らした。

　彼は濡れて敏感になっている襞に沿って指先を優しく動かした。キティはみだらな愛撫がもたらす快感に体を震わせて酔いしれていたが、その指が上に動いてじんじんと疼いている蕾をつまむと、たまらず声をあげた。

「アレクサンダー！」

「キティ……」彼は優しくつぶやいてキスしながら、悪魔のような指先で蕾をこすり、円を描くように愛撫して、キティを駆り立てた。体がわななき、息づかいが速く、激しくなる。それから彼は、二本の指を熱いるつぼに深々と差し入れた。鋭い痛みが走ったが、それと同時に快感がせりあがって、キティは言葉にならない叫びをあげて砕け散った。

　しばらくして、彼の声がした。

「……わたしを見てくれないか」

　キティが言われたとおりにすると、彼はふたりのあいだに手を伸ばして、熱いものを彼女のとば口にあてがった。顔が暗く紅潮すると、彼のいかつい顔がますます魅惑的に見える。

「わたしは動けない……きみがわたしに乗るんだ」

　キティは彼の胸に手を置き、やけどの痕が残るところを優しく撫でながら、たくましい筋肉に手を這わせた。「わかってる」

「痛みはある……だが、間違いなく気持ちよくなるはずだ。甘い責め苦に、思わず叫んでしまうほど」

彼はキティの腰をつかみ、自分自身の上にゆっくりとおろした。障壁を過ぎるときにキティは体を反らして悲鳴をあげたが、しまいに彼のものは根元までおさまった。キティは体をこわばらせ、小刻みに震えていた。せわしなく呼吸しながら、狭い通路を不意に満たしたものをなんとか受け入れようとしている。

そして、彼の首に腕をまわして瞳を見た。畏怖と驚きが浮かんでいる――それから、ふたりがつながっているところに目を落とした。

「キャスリン――」かすれた声しか出なかったので、彼は声をかけるのをやめてキティをしっかりと抱きしめた。

ふたりはそのままキスをした。はじめは軽く、それから激しく――彼女が体を震わせて満たされることを求めるまで。アレクサンダーは快感に顔をゆがめてうめいた。キティの腰をつかんで、じれったいほどゆっくりと上下に動かすと、何度か動かしたところで、彼女は歓びの声を漏らした。

彼はキティの下唇を噛んで、みだらに吸った。そしてつぶやいた。「馬に乗るようにわたしに乗るんだ、キャスリン。ゆっくりと、深く。軽く、素早く動いてもいい。きみのやりたいようにしてくれないか」

「ゆっくりと、深く動くわ」キティは彼の唇につぶやくと、彼の上でゆっくりと腰を上下しはじめた。

信じがたい快感に、ふたりはうめき声を漏らした。彼はキティを抱き寄せ、斜めに唇を重ねて、深々と、優しくキスした。わざわざ促されなくても、彼女は本能的にみだらで、ものうげなリズムで腰を動かしている。彼女は何度か動いたところで〝ゆっくり〟ではなくなり、肉体的な欲望のおもむくままに恋人の上で動きはじめた。アレクサンダーは彼女の腰をつかんだまま、唇に称賛の言葉をつぶやき、うめき、しわがれたうなり声を漏らした。

キティはむせび泣きながら彼の名を呼び、腰をうねらせ、喉からかすれた叫び声を漏らした。快感が刻々と高まって圧倒されそうになる。汗で体が濡れて、肌と肌が滑った。彼の髪に指を差し入れ、震える息を彼の唇に漏らしながら、彼と一緒に、いにしえの美しく生々しいリズムで動いた。

息が止まるような熱いうねりに乗って、キティは彼の腕のなかで歓びに体をわななかせ、彼の首の付け根に向かって叫んだ。

彼はキティの腰をつかんでしっかりと押さえつけると、激しくキスして口をふさぎ、いきり立ったもので彼女を何度も貫いた。苦しみと快感が渾然一体となった行為を、終わらせたくない。内側から快感がせりあがり、なだれのように彼女をのみこんでばらばらにした。彼は荒々しいうなり声を漏らして、まだ震えている彼女のなかにみずからを放ち、彼女を抱いたまま仰向けに倒れこんだ。

幸せだった――太陽が雲間から現れて、これからもずっとそこにあるような気がする。

「素敵だったわ、アレクサンダー」キティはにっこりほほえんでつぶやいた。

アレクサンダーは彼女のこめかみにキスすると、そっと体を持ちあげた。キティは痛みにはっとあえいで、顔を赤らめた。アレクサンダーは脱ぎ捨てた上着に手を伸ばすと、ハンカチを取りだして、キティと自分をきれいにした。それから彼女の化粧着に手を伸ばし、キティの頭からかぶせて、彼女を膝の上に載せた。ふたりはそうやって抱き合ったまま、しばらくじっとしていた。やがてキティの震えがおさまると、彼はますますしっかりと抱きしめ、髪を撫でつけた。

「明日結婚してくれるか？」

キティは小さく笑った。「そんなことができるの？」

彼はキティの後れ毛を耳の後ろに押しやった。「実はきみに会いにロンドンに行って、特別結婚許可証を入手するつもりだった。ただし、きみが盛大な結婚式を望んでいるなら話は別だ」

「わたしがほしいのはあなたよ」キティは彼の胸に体をすり寄せた。

彼が髪に口をつけたままほほえんだのがわかった。

「きみの力でベッドに持ちあげてもらえるかな。ホイトにこんな乱れたところを見られるわけにはいかない」

キティは背筋を伸ばした。「アレクサンダー？」

彼はいたずらっぽく瞳をきらめかせた。

「もう、ふざけないで！」キティは笑った。「ああ、あなたを愛してる」

「わたしの心はきみのものだ、キャスリン。これからもずっと」彼は声をひそめて、ほとんどささやくように言った。

その約束を聞いて、キティは彼の腕のなかで眠りに落ちた。唇にほほえみを浮かべ、このうえない幸せに満たされて。

エピローグ

八カ月後
ナイル川

キティとアレクサンダーが乗っている専用ヨットは、ナイル川をゆったりと航行していた。ベッドの上でお尻にキスされて、キティは笑顔で体勢を変えた。喜びを分かち合いたい最高にうれしい知らせがあるが、当面は秘密にしておくつもりだった。

どうやら、身ごもっているらしい。母から聞いた妊娠のあらゆる兆候が当てはまる。乳房が敏感になり、偏食がますますひどくなっているし、月のものがもう三カ月も遅れている。それでも、スコットランドに帰国して医師に診察してもらうまでは、確実なことは言えない。

この四カ月半というもの、ふたりは海づたいに旅をして、異国の素晴らしい場所を訪れてきた。最初に訪れたのはパリ。そこでキティは最新流行の服を買い、華やかな街を三週間かけて最愛の人と観光した。それからリスボンとベニス。イスタンブールでひと月過ごし、寄港せずにナイル川を旅する。ナイルの旅を終えてロンドンに戻れば、ペニーとジュディスが来たるべき社交シーズン用の新しい服を揃えるときに手伝ってやれるはずだった。

背骨に沿ってキスされて、キティは満足のため息を漏らした。これからのことを考えていたのに、すっかり気を逸らされてしまった。思わせぶりに愛撫されて、お尻から背骨にかけてじっくりキスされると、ほどなくあそこが濡れて疼いてくる。熱い欲望で震えてしまう。

「アレクサンダー！」お尻の丸みを噛まれて、キティは思わずあえいだ。

彼は太腿のあいだの暗がりに舌を這わせて、両脚を押し開き、濡れて疼いている部分を舐めた。いっとき手が離れたが、腰の下にクッションを押しこまれて、さらに両脚を広げられる。ベッドが沈んで、期待で体が熱くなった。

彼は柔らかい襞を舐め、押し広げて、そこにある蕾を唇で挟んでそっと吸った。いちばん敏感なところを舌で円を描くように舐めまわされると、とても耐えられなくてもどかしくなる。そして最後に砕け散る至福のひとときは、まともに考えることも……息をすることもできなくなる。ただ歓びの声をあげるだけ……。

快楽が肌をざわめかせ、彼女を外側から燃やしていた。なにも言えないうちに、彼が温かくてたくましい体でかぶさってきたので、滑らかなシーツの上で、頭を後ろに向けて言った。

「あなた……」昨日は彼の腰がずきずき痛んだので、甲板に置いた詰め物入りのリクライニング・チェアに座って一日を過ごしたのだった。「わたしが――」

「いいや、わたしに任せてくれないか」彼はつぶやいて、ふたりの体のあいだに手を滑りこませた。「こんなふうに、きみがほしくてたまらない」

彼はいきなり太腿から柔らかな襞、快楽の蕾を愛撫した。それから太く硬い男性自身をとば口にあてがわれて、キティは全身を震わせ、ほとんど反射的に腰を持ちあげた。

ふたりは週に一度、ときには二度、あるいはキティの予想を越えてもっと頻繁に、甘く激しく愛し合った。そんなときはキティが上になり、新しく刺激的なやり方で愛を交わすのがつねだった。キティが彼の目をのぞきこみながらゆっくりと、緩やかに腰を動かすときもあれば、彼がキティの腰を動かし、彼のあの部分に打ちつけて絶頂に導くこともある。

それは素晴らしい営みで、ふたりはこのうえなく幸せだった。

だが、ごくまれにアレクサンダーが主導権を取り、彼女をあおむけにしてのしかかってくるときがあった。そのほかにも、ふたりとも同じほうを向いて横向きになって愛を交わすこともある。けれども、こんなふうにキティがうつ伏せになって、彼が後ろから覆いかぶさってくるのははじめてだった。

彼はキティの肩にキスをすると、首筋を甘噛みした。後ろに大きな体があると自分が小さくて無防備になったような、それでいて官能的な力を与えられたような気持ちになる。彼の震える息や心臓の鼓動を感じた。頭の横に筋張った筋肉質の腕も見える。

こんなにも求められているなんて。

「わたしをものにして、アレクサンダー」キティは唇の端にキスされながら、苦しげに言った。絞りだされた刺激的な言葉が、彼の口に吹きこまれる。

彼は膝を使って、彼女の太腿をさらに開いた。いきり立ったものをとば口にあてがい、さらに押し広げる。彼が入ってくるにつれ、すっと息を吸いこまずにはいられなかった。なめらかな通路に押し入った彼のものは、しまいに根元までおさまった。

「アレクサンダー！」

なだめるように首筋にキスされた。彼のものになって、燃えているのが誇らしい。

それから、彼は動きはじめた。快感とかすかな痛みが神経の末端をちりちりと焦がしている。思わずシーツを握りしめ、たとえようもない責め苦にすすり泣きを漏らした。彼に突かれるたびに低いうめき声が漏れる。重苦しい圧力とこのうえなく甘い快感、そして張りつめたなにかが下腹部に広がっていた。

「キャスリン」

耳元で、荒々しくみだらなささやきが聞こえた。

「なんて熱くてきついんだ」彼は首筋にうなった。「こんなに濡れて……キャスリン、きみがもっとほしくなる」

「そうして……お願い」キティは背中を反らし、シーツをさらに握りしめた。

彼はさらに深々と、激しく突きあげた。そのたびに鋭い快感が膨れあがって、われを忘れそうになる。肌が汗で濡れ、彼の男性らしい香り――刺激的でそそられる香りにくらくらした。そして膨れあがる快感にこれ以上は耐えられないと思った瞬間、張りつめていたものがはじけ飛んで叫んだ。少し遅れて、彼も声を絞りだして砕け散った。

ふたりは荒い息をつきながらそのままじっとしていた。それから彼の体が離れたと思うと、両脚のあいだに布を押しあてられ、きれいに拭われた。力強く優しい手に仰向けにされると、このうえなく青く美しい瞳が見おろしていた。

親指で下唇をそっと撫でられた。優しい仕草に胸が締めつけられる。「どんなにきみを愛しているか伝えたかな、公爵夫人？」彼はキティの唇につぶやいて優しくキスした。

「毎日、何度も聞いているわ。あなたにそう言われるのが大好きなの。だって、わたしもあなたのことを心から愛しているから」快楽の余韻が体に残っていて、声が震えた。彼といると、自分が美しく、魅惑的な女性で、大切にされているという気がして――かけがえのない人間になった気がする。「……子どもができたかもしれないの」思いきって言って、彼の反応を息を凝らして待った。

一瞬、彼は凍りついた――それからこわばっていた顔がほぐれて、喉の奥から息を吐きだした。

キティは彼の言葉をひたすら待った。彼は額と額をつけて目を閉じ――そして、このうえなく美しい笑みを唇に浮かべた。

「どこまでわたしの人生を完璧にしてくれるんだ、キャスリン。未来の贈り物まで……」キティの胸は、日光のような幸せでいっぱいになった。彼の首に両腕をまわしてぎゅっと抱きしめる。「スコットランドに戻ったらはっきりするわ」涙が目をちくちくと刺していた。

彼はキティのまつげにキスした。「それは喜びの涙か、いとしい人？」

「ええ、そうよ」キティは喉の奥で笑った。「あなたを心から愛しているもの」

「わたしも愛している、キャスリン。いまも、これからもずっと」

唇を重ねたあと、彼がふたたび愛の営みをはじめようとしたのはうれしい驚きだった。

訳者あとがき

アメリカの新進気鋭のベストセラー作家、ステイシー・リードの作品を本レーベルではじめてお届けします。著者は二〇一四年のデビュー以来、すでに二十作以上の長編を発表しており、本書のような英国摂政期（リージェンシー）もののほか、西部劇やパラノーマルものも執筆しているマルチな作家。今回お届けするのは、そのなかでも本国でとりわけ話題となった作品です。

この時代の英国は、当主が死ぬとたったひとりの男性相続人しか爵位と遺産を相続できないという、女性にとってはきわめて不公平な時代。そのせいで生活が苦しくなり、上流階級とは言えない生活を送る貴族の女性は少なくありませんでした。本書のヒロインであるキティは、子爵の父親を数年前に亡くして、いまは母親と妹たちとの五人暮らし。有力な後ろ盾も持参金もないために男性からまったく相手にされないまま、いたずらに日々を過ごしています。

物語は、キティと友人たち――〈罪深き壁の花たち〉――が、そんな人生を変えるには大胆で不届きな女性になって行動に出るしかないと誓い合うところからはじまります。友人たちの夢は、燃えるような恋をし、結婚して家族を持つこと。けれどもキティの頭には家族のことしかありません。父の死後、長女として家族の面倒を一手に引き受けてきた彼女の望みはただひとつ、妹たちが裕福な相手と幸せな結婚をすることでした。そのためには、自分はどうなってもいいとまで考えています。

そんな彼女が思いついたのは、一世一代の大勝負とも言える途方もない計画でした。こともあろうに最も有力な貴族のひとり、ソーントン公爵の婚約者になりすまし、その権威と人脈を利用して妹に申し分ない結婚相手を見つけようというのです。

それは友人たちでさえ引いてしまうような無鉄砲な計画でしたが、後がないキティは前に進むしかありません。それまで社交界の片隅にいたキティがにわかに主役となり、突然現れた公爵の前で動揺を抑えて気丈に振る舞う場面でははらはらさせられます。けれども、公爵の婚約者を演じるうちに彼に惹かれていることに気づいて、はじめて自分の幸せを意識するようになると――彼女が本来の自由奔放な自分を解き放ち、ひとりの女性として幸せをつかもうと奮闘しはじめるくだりでは、心から応援せずにはいられません。とりわけ、終盤の思いきった行動には拍手を送りたくなります。

なお、ロマンス小説でヒーローの体が不自由で、なおかつ男性として不能というのはかなり珍しい設定です。体の痛みにひたすら耐え、思うように動けずにもどかしい思いをする日々を、公爵はどんな気持ちでやり過ごしてきたのでしょう。幸せな夫婦生活はとても送れないと、彼がキティを愛しながらも迷い、絶望するのも無理はありません。それだけに、長年苦しんできた彼が報われる終盤の展開は感動的です。かつて彼の両親がそうだったように、キティと彼はかならずや笑いの絶えない家族を作り、彼らを慕う使用人たちに囲まれて幸せに暮らすことでしょう。

本書では、キティにつづいて友人たちも、それぞれ大胆で不届きな行動に出ることがほのめかされています。たとえば、キティととくに仲のいいメリアンは、父親の決めた年配の相手との結婚を避けるために、悪名高い放蕩貴族を巻きこもうとなにやら企んでいる様子。本書も含めて、〈罪深き壁の花たち〉の物語はシリーズ化されることが決まっていますが、まずはメリアンの恋を描いた次作 *Her Wicked Marquess* が、今年十二月に出版される予定です。今後機会があれば邦訳をお届けできるかもしれませんので、続報をお待ちください。

二〇二〇年十月　　細田 利江子

壁の花の小さな嘘

2020年10月17日　初版第一刷発行

著 …………………………… ステイシー・リード
訳 …………………………………… 細田利江子
カバーデザイン ………………… 小関加奈子
編集協力 …………………… アトリエ・ロマンス

発行人 ……………………………… 後藤明信
発行所 …………………… 株式会社竹書房
〒102-0072 東京都千代田区飯田橋2-7-3
電話：03-3264-1576（代表）
03-3234-6383（編集）
http://www.takeshobo.co.jp
印刷所 ………………… 凸版印刷株式会社

定価はカバーに表示してあります。
乱丁・落丁の場合には当社までお問い合わせください。

ISBN978-4-8019-2423-9 C0197
Printed in Japan